U0939081

LOVE VS HOUSE

婚前房后

仇若涵◎著

ZHEJIANG UNIVERSITY PRESS
浙江大学出版社

图书在版编目（CIP）数据

婚前房后. / 仇若涵著. —杭州：浙江大学出版社，2011.4

ISBN 978-7-308-08501-4

Ⅰ. ①婚… Ⅱ. ①仇… Ⅲ. ①长篇小说—中国—当代 Ⅳ. ①I247.5

中国版本图书馆 CIP 数据核字（2011）第 041315 号

婚前房后

仇若涵　著

责任编辑　宋旭华
文字编辑　杨利军
封面设计　居　居
出版发行　浙江大学出版社
（杭州市天目山路 148 号　邮政编码 310007）
排　　版　杭州中大图文设计有限公司
印　　刷　临安市曙光印务有限公司
开　　本　710mm×1000mm　1/16
印　　张　20.5
插　　页　1
字　　数　343 千
版 印 次　2011 年 4 月第 1 版　2011 年 4 月第 1 次印刷
书　　号　ISBN 978-7-308-08501-4
定　　价　35.00 元

浙江大学出版社发行部邮购电话(0571)88925591

序

PREFACE

♥ 谨以此文纪念这个房价高涨的时代 ♥

打算写此文的时候，身边的同事朋友都在谈论房价，这是一个房价高涨的时代，有关房子的一切，因为高额房价的缘故，已经成为这个时代每个人的生活必须面对的一件最重要的事，无论是亲情，还是友情、爱情，你都无法绕过它。

再想起亲朋家发生的事，于是有了这个故事。可以说，它非常的真实，真实到我们生活中的每个人都能在这个故事里找到自己的影子。我边写边在天涯论坛连载，其中写写停停，从去年写到今年，到实体书出版上市，天涯仍然没有更完，热心的读者跟帖将近一年，却仍然在继续等待着，他们边看边议论，各抒己见，为各自喜欢的人物热切地争论辩解着，我想，也是因为这个故事的真实性。

写此文的时候，网上盛行着一个笑话：蜜蜂狂追蝴蝶小姐，蝴蝶却嫁给了蜗牛，蜜蜂不解："蜗牛哪比我好?"蝴蝶："人家好歹有自己的房子，哪像你，住集体宿舍!"在这个年代，原本纯洁的爱情，也不得不顾虑到房子。

有爱情没有房子的婚姻会幸福吗？有房子没有爱情的婚姻会幸福吗？我想，这是现在每个年轻女孩都在关注的话题，这是古老的面包和爱情的选择题。我这个故事里的男女也都在做着这样的选择题，只是有的选择错了，有的选择对了。

谢丽当年为了爱情不顾一切嫁给了一无所有的张大伟，当他们的爱情结晶长大到十岁的时候，他们仍旧住在别人出租的房子里，天天担心被房东赶出去，夫妻因为清贫窘迫的生活互相指责谩骂，最终大打出手，谢丽哭着冲回了娘家，也自以为明白了一个道理：没有房子就没有一切！她开始为了属于自己的栖身之所丢弃亲情和爱情。

谢婷婷认为没有独立的婚房，再甜美的爱情走入的婚姻也不会幸福，所以现实的她，不顾左璠对她的深情，在婚前提出没有婚房就分手，在婚后为了争取房产证上的名字和婆家闹得不可开交。

怀玉因为爱情和房子嫁给了厨子谢平，谢家没有钱给他们买独立的婚房，却一纸赠与合同把老房子给了儿子儿媳，怀玉名义上有了谢家的房子，却仍旧和老人共处在一个屋檐下，她甘之如饴，但是生活却总不由人控制，当大姑小姑纷纷住回娘家开始对老房子虎视眈眈的时候，她才发现这房子其实不是她的，她开始为房子而战。

那么，到底是房子重要，还是爱情重要？在我少不更事的时候，我会肯定地回答，当然是爱情重要，因为“有情饮水饱”。但是当我结婚成家，开始喜欢听这样的歌时，“这如刀的现实，将我切碎在路上”（汪峰《觉醒》），我发现，在现实的生活里，你再有情，也是无法饮水饱的。

适当的现实，是应该的。天真和浪漫只应该在适当的年纪，比如孩提时候，只应该给予适当的人，比如深爱你的人。

谢丽婚前不现实，所以她吃了很多年的苦。谢婷婷现实，一开始就扬言没房不嫁，最终也凭借自己非凡的美貌嫁入了高门大户的左家。当她坐着小车回娘家时，她姐却在小吃一条街卖章鱼小丸子，双手布满刀痕和烫伤的水泡，为赚到一百块钱而沾沾自喜。

那么，人是否要现实到底？也不应该，太现实总是让人寒心，它会让爱你的人远离。谢婷婷就是最好的例子。婚后，她发现房产证上没有自己的名字，她认为婚房是女人的避风港、避难所、养老院，所以她必须要在房产证上加上自己的名字，左璠不同意就是不爱她。她以离婚作威胁，向深爱自己的老公，向一直对她不满的公婆发起挑战，最后也以离婚收场，没有得到想要的房子，却失去了自己深爱又最爱自己的人。

一年后，当谢婷婷因为老房拆迁分到了自己的房子，在大街上重逢左璠时，看着他身边新娶的妻子，在隔着人海相望的时候，她才明白过来：没有了那个爱你的人，守着一栋冰冷的水泥房子又有什么意思？

我记得朱熹曾说过：“中者，无过无不及之名也。”在现世这条汨河中，当我们面临爱情与面包的选择时，也应该保持中庸之道，不现实不好，现实太过也不好，爱自己，也请珍惜爱你的人，谈房的同时，请记得说爱。

目录
Contents

Contents

Chapter 1

婚前·“裸”来的“幸福”

谢丽一家虽然算不上钟鼎人家，好歹是广州市的城里人，在市区有一套大房子，父亲在国营厂子，有退休工资，当年和张大伟处对象时，她爸妈也是坚决反对的，但谢丽还是义无反顾地嫁了，因为张大伟长得帅，因为对她好，因为懂浪漫，没有婚房就租房子结婚，就像现在的许多年轻人。

大姑来了

叶怀玉是一个外省媳妇,从北方嫁到广东省的广州市。今年二十八岁,长相可人,气质文雅。生活也一直过得很幸福。老公谢平一表人才,对她痴心一片,当年是追了四年才追上她的。两人有一个两岁的女儿,活泼可爱,和公婆住在一起。公公是名士派,国企退休工人,每个月有一千八百元的退休金,家事上向来是当甩手掌柜一概不管。婆婆勤快能干,为人也和气,婆媳你敬我一尺我让你一丈,相处得不错。在房价高速飞涨的今天,让年轻人拥有幸福感的,莫过于一套属于自己的房子。怀玉和谢平就有这么一套大房子,位于广州市的越秀区,五室一厅,一共有一百五十多平方。

结婚的时候,婆婆拉着她的手亲热地对她说嫁过来就是她的亲闺女,同时公婆以赠与的方式把房子送给了小两口作为他们结婚的婚房,赠与合同白纸黑字鲜红手印儿按着哩。这房了是公婆年轻时候单位分的福利房,公婆原本是浙江杭州人,公公年轻的时候当过兵,退役后被分到广州市,进了国营厂子,老人是干一行爱一行,当兵时立过功,当了工人也用心学习,全心投入,积累了丰富的工作经验,最后被评为全国劳动模范,厂子奖励他,给他分了福利房,一百多平方,就把老婆孩子都接过来了,在这边安了家。

现在这房子就是谢平和怀玉的。试想想,两个人都是八零后,在其他的年轻人望房兴叹的时候,他们却在一线城市,在周边的商品房开盘价高达一万三一平方米的时候,在市区拥有那么大一处房产,平时工作赚的钱不用存首付还房贷,生活是不是一下子变得从容快乐?

毫无疑问,这是肯定的。但是,也就是因为这一套大房子让怀玉卷入了婆媳姑嫂的家庭混战。事情的起因,还得从大姑来了说起。

嫁出去的女儿逢年过节或者平时偶尔回娘家放在全国都很正常，但这次不一样，大姑这次是因为夫妻吵架回来的。夫妻吵架回娘家住几天倒也正常，但这次不一样，大姑已经住了快一个月了。

谢平的大姐谢丽和老公吵架，抹着眼泪领着十岁的儿子回娘家来了。半夜三更的，一家人都已经睡下了，怀玉和谢平睡在东边，公婆睡在西边，其他房间空着。因为老房子不方便改装，他们又并不是那种土生土长拥有一房一栋城中村的广州土著，再加上怀玉和婆婆又爱干净，所以尽管很多邻居靠收租金发了财，他们家也没有舍得租出去。

大姑带着哭腔大半夜在外面喊门，公婆救火似的起来了，然后怀玉和谢平也睡眼惺忪一起到了公婆那边的客厅。怀玉和谢平与老人相处得很好，平时除了一起吃饭，家事上互不相干，所以过得倒也不错。黄色的灯光把谢丽的脸映得一片蜡黄，像张陈旧的纸，她的神情十分憔悴，红着眼睛坐在那里诉说缘由。

吵架的原因是她嫌弃老公张大伟没本事。结婚的时候在外面租房子作婚房，结婚十多年仍然租房子住，这男人窝囊，快四十岁了一个月还挣不了几个子儿。吵急了老公气愤之下打了她。脸打肿了，眼角也青了，嘴角边还有些疼。

一家人义愤填膺地听着谢丽的哭诉，听完之后，老人已经红了眼睛，护女心切，一把揽过十岁的外孙小志，抱在自己怀里，对谢丽说道："你就在娘家住，想住多久就住多久！他不来接你，你就不回去！"谢平也在一旁跟着说："姐，家里房子大，南边北边的房子你随便住吧。"怀玉见婆婆、老公都这么说了，自然也没什么好说的，立马说道："姐还是住南边吧，从前的闺房，我现在去收拾一下。"

这样，大姑带着儿子就住下了。女儿和女婿打架，哭着回娘家住几天是人之常情。南方人护女心切，特别是从杭州移民到广东的公婆，女儿和儿子看得一样重要，这也是怀玉当初决心做外省媳妇的一个缘由——她老家有点重男轻女。

对于大姑回来，怀玉起先也表示理解，没有说什么，还抱有同情，家暴呀，现实版的《不要和陌生人说话》。但是时间长了，一天两天，转眼一个月过去了，大姐带着儿子一直住着，姐夫也不见人影，怀玉一颗心比谢平她姐还要盼着那姐夫到来，好接了她们母子回家去，但是望穿秋水也看不到人影。

怀玉不是冷血的人，她这样急切地盼望大姐夫接了大姐去，是有原因的。自从大姐带着十岁的外甥在这儿住了一个月之后，从前安宁平静的生活已经消失得无影无踪,就像一颗石子投入了平静的湖心,激起千层浪。她的生活因为大姑子以及外甥的长期居住变得面目全非,让她觉得很痛苦。

大姐有三十二了,但是看上去仍然很年轻。谢家的三姐弟虽然读书不怎么样,但是个个长相出众。大姐高中毕业就进厂子上班了。谢平读了一个大专,后来在厨师学校考了证出来就一直当厨师。小女儿总算考上了大学,不过是国家扩招之后考上的三流本科,进去的时候因为差点分数家里还花了几万块钱,马上就要毕业了,学的是什么风花雪月与生活沾不上边的舞蹈专业。

不过上天是公平的,关上一扇窗的时候,不忘打开另一扇门。谢家的三姐弟虽然读书成绩平平,但是长得都很不错,个个跟电影明星似的,男的高大帅气,女的漂亮妩媚。谢平身高一米七八,肤色不白但是十分洁净,身材比例也非常完美,两条笔直的大长腿,穿什么裤子都好看。脸是国字脸,棱角分明,五官精致,深目高鼻,怀玉以前和他出去的时候,总是有朋友偷偷问她:"你老公是不是混血儿啊,长得也太欧美了。"怀玉总是幸福地笑,跟人解释说不是,正宗的中国人。

大姐谢丽一米六五,身量苗条,皮肤白净,水汪汪的大眼睛,任何时候瞅着人时都滴着水似的。她年轻的时候就有很多人追,可能是当年挑花了眼,找了一个没房的工人嫁了,结婚到现在已经十二年了。姐夫张大伟的国企厂子这些年是越发不景气,处于倒闭状态,一般都是一个星期上两到三天班,这样的工作状况每个月能拿个七八百就不错了。两个人原先在外面租房子,厂子不行了,两个人发现每个月到手的一点工资付了房租后,基本上吃饭都成问题,更别说买房子了。贫贱夫妻百事哀,没钱的结果就是夫妻天天吵架互相指责互相埋怨最后大打出手,谢丽带着一身的伤,鼻青脸肿深更半夜回娘家,对这份感情也基本绝望了。

至于小妹妹谢婷婷,那更是好看,小时候就被人拦着拍广告,考电影学校的时候,因为演技太差,面试没通过,面试老师看着她的样子还说可惜了。

大姐这些年因为自身的婚姻开始对男人失望透顶,只能寄希望于自己。早在五年前她就辞去了国企的工作,以前和她老公一样都在大厂子上班,后来发现身边的姐妹越来越有钱,老公都是做生意的,所以她也辞职出来想做点生意。只可惜天生不是做生意的料,倒腾来倒腾去,一个行当干几个月发现不赚钱就丢了,到现在也等于是半失业状态。

最近听说广州市的西湖路夜市生意特别好,她又张罗着摆地摊去了。白天在娘家家务事一概不管，关了门睡觉，晚上六点出发摆地摊到晚上十二点才回来。谢丽因为心情不好，自然就开心不起来，在娘家住下来后，出出进进见人就拉着一张脸，对任何人都没一个笑脸，怀玉是她弟媳，自然也不例外。

怀玉看到大姐成天黑着一张脸，这几年平和安宁的生活让她很快乐，平时开开心心经常想笑的。现在回到家，原本在门外想起能马上见到老公和宝贝女儿就会止不住笑容满面，现在一抬脚走进家门，见到大姐愁眉苦脸的样子，自然也不敢笑，生活无端也压抑起来。

这还是最不要紧的，不笑有什么关系呢。更可怕的在后头。

随着大姑的到来，生活发生了翻天覆地的变化。首先，怀玉在家里哪怕是半夜三更，她都不敢穿睡衣和拖鞋。任何时候，都是整整齐齐地严阵以待。因为她十岁的外甥小志随时都有可能冲入她家的任何一个房间，或者是到客厅冰柜里找东西吃，或者是上厕所，或者是找他舅有所谓的要紧事。

有一天晚上十点，怀玉和谢平刚亲热完毕，两个人赤身裸体地相拥着说情话，抚摸着各自温暖滑腻的身体，在橘红色的床头灯下，已经进入半睡眠状态，突然就听到“砰”的一声，一个细长的影子踢开门冲了进来。两个人在被窝里抖成一团，心理上真像通奸被捉现场，谢平一边穿衣一边胡乱吼道：“谁啊？！”这时候才响起小志的声音：“舅，我没钱买作业本，妈说要我找你！”一边说一边旋风似的冲到谢平面前，伸出脏脏的小手。怀玉吓得立马缩到被子里去了。

生活开始混乱

谢丽现在没什么钱，全靠地摊那点收入，所以平时小志学校要交什么学杂费水费，小志都是张口向谢平要。起初，甚至在接下来的几个月，怀玉也没有说什么，小志这孩子长的随他妈，小小年纪就是竹竿似的细长条，大大的黑眼睛，长大后肯定也是一迷人小伙，平时嘴巴甜，舅舅舅妈没少叫。她和谢平负担得起，给外甥一点零花钱也是应该的。但是这种半夜闯进门来要钱的方式实在让人吃不消。

而且很多时候也不只是晚上，早上六七点，小学生上学早，怀玉九点才上班，谢平有时候是晚班，厨师工作时间和平常人不一样，比如谢平，不是晚上五点半到十一点上班就是早上十点到晚上八点。如果是晚班，白天一天在家要补觉的。两个人大早上还沉浸在睡眠中，外面就听到“砰砰砰”小孩快速跑动的声音，地震似的。怀玉无法不在那种声音里醒过来，因为实在是太响了。这孩子是男孩，有力气，跑动都倍儿精神，像一座山在移动，轰隆隆的，然后就是敲门声，“梆梆梆”一边使劲敲门一边大声喊：“舅！我妈让我向你拿点早餐钱！”

可能这种事拿出去说，别人会说怀玉太小心眼。孩子嘛，不过是早上晚上影响你一下，用得着这样计较吗？

其实错了，晚上十点多，小志如果不进来找他们，通常都在隔壁房间。怀玉想睡觉的时候，隔壁却传来“呲呲”的刺耳响声，孩子在地板上溜旱冰呢，或者听到“砰砰砰”的声音，孩子在地板上拍皮球。有一天晚上，换成一种“嘀嘀——嗒，嘀嘀——嗒”的声音，怀玉在床上翻来覆去被吵得睡不着，心里琢磨着小志到底在玩什么，发出这种古怪的声音，前面两声清脆急促，后面一声沉闷响亮，当中要间隔一分钟才会响起。

一个小时过去，两个小时过去，那单调的声音还在“嘀嘀——嗒”地响着。怀玉干脆坐了起来，拿起床头柜上的闹钟一看，差点没叫起来，已经凌晨两点了！可是那调皮孩子居然还没睡，怀玉推了推旁边的谢平，谢平在她的推搡下睁开眼睛，怀玉指了指隔壁，对他说道："小志在玩什么？你姐也不管管，这么晚了还在玩，明天不用上学？"

谢平也听到那"嘀嘀——嗒"的声音，对她说道："算了，睡吧。"谢平伸出一只手捉住怀玉的手，对她温柔说道："睡吧。"一边说一边把怀玉的身子往他怀里拉，怀玉却仍旧坐在那里，对谢平说道："谢平，你想想办法，我睡不着。我最近睡眠都不好，小志在楼上总是不安分。"谢平不吭声，怀玉说道："谢平，要不你出去看看？"谢平就翻了一个身，说道："一会他就不玩了。孩子不懂事，不要计较了。"怀玉只能蒙了被子努力睡觉。

这是孩子影响他们的地方。除此之外，大姐对他们的生活的改变也功不可没。怀玉和谢平都不喜欢看电视，卧室里放着电脑不放电视的。大的液晶电视在客厅，结婚买回来没怎么动过，基本上是摆设。

大姑来了就不一样了。只要她不去摆地摊，基本上就坐在她家的客厅看电视，看韩剧日剧，所有的偶像剧言情剧百看不厌，手里拿着遥控器不停地换台。其实，公婆也有电视，十七英寸的大彩电，只不过是那种老式的，不是液晶的，大姑不喜欢看，只是一天到晚坐在她家客厅看，开的声音又大，怀玉回到家里，基本上找不回从前的安静了。

一个月过去，他们仍然住在她家，而且到底什么时候离开没有个定数。时间久了，早上被吵醒，晚上睡不好，回到家就听到电视剧里的对白，两个人生活突然变成这样，不免让人吃不消。

除了吵着他们，怀玉还觉得没私人空间。他们的卧室在东厢房，大姐从房间出来，到客厅去，必须经过他们的睡房外面。睡房的南面开着一扇大窗，外面就是走廊。有一次，两个人正亲热呢，怀玉要高潮了，止不住轻轻呻吟了一声，那天声音也不大，比起从前简直小巫见大巫，公婆住在大西边，老人的卧房和他们的卧房中间隔了一个大客厅，再加上房屋隔音效果好，老人耳朵背，平时叫再大声也不要紧的。可是那天，怀玉明显感觉异常，歪着头一瞅，窗玻璃上映着一个俏丽的黑影子，停留了一会，就像唱皮影戏的人把皮影搁在幕上休息了一会，"噔噔噔"又朝前走了。刚开始怀玉没在意，想着可能是大姐晚上想下楼喝水，刚好经过，谢平正在状态，神情迷离，拉着她往身下按，怀玉也不去想了。

可是第二天，她刚下班从外面回来，婆婆和大姑不在客厅，她想着在厨房做晚饭，便也想过去搭把手，可还没进厨房，就听到里面说道："外省媳妇就是不好！别看外表文文静静，其实骚得跟个狐狸精似的，晚上叫得声音那么大，妈你是没听见，外面的人听到了不知道怎么看我们家!”

怀玉立刻就呆了，站在外面差点石化，通红了脸退了出去。她向来和婆婆关系挺好的。这大姑到她家住了这么久，好事不做，居然挑拨她们之间的婆媳关系。她要是长期住下去，没事的婆媳也要挑成有事的婆媳了。怀玉心想不行，一定要想办法让大姑尽快回家。以前逢年过节来住五六天没什么事情，现在住了一个月，果然就出幺蛾子了。

家是让人放松的地方，可是如今却像办公室一样让人不自在，没有自由的空间，到哪里都不能放松。门缝窗隙里窥视的眼睛，就像办公室安在暗处的摄像头，原本和谐的婆媳关系、夫妻关系，如今也变得有点让人担心了。一个月下来，怀玉觉得特别的累。

晚上，怀玉就对谢平说道：“谢平，你姐什么时候回去？她住在这里，我实在是太难受了。”她小声地把今天听到的事情说了。谢平也有点发愣，不过他为难地看了看怀玉，拍了拍她的肩膀，对她说道：“怀玉，你再忍忍，我姐平时也不回娘家住的，现在不是和我姐夫吵架了嘛，等我姐夫来接她走了，不就没事了吗?”

怀玉就说道：“那你姐夫什么时候来接你姐啊，现在都一个月了，从没住这么久过，以前不就几天吗？长此以往，谁吃得消?”

谢平就说道：“玉啊，你让我怎么说，当时她半夜三更回来，我打包票说随便她住，她是我亲姐，家里又有房子，总不能不让她住吧，我当时开了这个口，现在总不能自己打自己的脸吧?”

怀玉就不吭声了，她不想让谢平为难，想着再忍忍吧，夫妻嘛，床头吵架床尾和，姐夫肯定会来接走大姐的。

如果没有发生后来的一件事情，怀玉也许会一直隐忍，亲姐亲外甥，过得又不如他们，来了毕竟是客。可是她最终还是没忍下去。

这一天，她下班回到家里，就看到两岁的女儿谢双双站在墙角，在那里抹着眼泪哭，怀玉立马就慌了，走过去对孩子说道：“双啊，你哭什么?”女儿看看她，伸手往房间里轻轻指了指，小脸委屈地对她说道：“我想喝爽歪歪，志哥哥不给我喝。”怀玉就把孩子抱在怀里，走进客厅，小志在那里做作业，嘴里叼着一根吸管，手上一瓶五颜六色的爽歪歪。他妈妈蹲在地板上，把摆地摊要卖的货物铺了一客厅，在那里整理着，旁边的茶几上放着一大箱爽歪歪。大姐脸上有笑容，怀玉扫了一眼，想着可能是大姐这两天赚了钱，给儿子买的。

那大堆的爽歪歪，好歹有二三十瓶，东倒西歪地放在桌子上。怀玉看着女儿哭红的眼睛，泪痕狼藉的一张小脸，想着不知她在角落哭了多久，她那么小的一个孩子跟小志要喝的时候，你做大人的就不会给我女儿拿一瓶？你来我家一个多月，平时家里的冰箱都是我补货的，你和你儿子吃得心安理得，天经地义，吃了我整整一个月，别说一瓶爽歪歪，就是一箱也不止啊，今天又何必这样刻薄待我女儿？就算是谢平的亲大姐，也不应该这样做人啊。

怀玉想到这里，也就心灰意冷了，决定无论如何，晚上要和谢平商量一下，姐夫自己不过来，他们就给姐夫打个电话，让姐夫把大姐和小志接走。

说起叶怀玉和谢平的婚事，怀玉的同学都说怀玉嫁亏了。为什么？因为怀玉是重点大学毕业，而谢平只是一个大专毕业生，怀玉是编剧，谢平是一个厨师。但是怀玉的老家人却认为她嫁得不错，理由是广东省是富省，广州市也是很多人向往的城市，公婆不用他们负担，且给了他们这么大一套房子。现在许多年轻人，结婚多年都在为一套房子奋斗，而怀玉呢，虽然是地方台的小编剧，和电视台也是合同工，不是体制内的，因为年轻，所以作为编剧也没名气，收入不高，但是每个月几千块的工资可以全部存起来，两个人结婚这三年，虽然每年到处旅行，花钱都是大手大脚，但也还是存了十万的。他们想着再存个五万左右，就去买一辆十几万的中档车开开，成为广州市的有车有房一族。

至于怀玉自己，对于这婚姻，她也不觉得亏，虽然说和谢平在志趣精神上没什么共同语言。谢平最喜欢和别人研究菜式。怀玉有时候带他去见朋友，大家一起吃饭，从坐上饭桌的那一刻起，谢平就滔滔不绝，每上一道菜，他就津津有味地和人介绍这菜是怎么做的，这样做不够好，怎么做才会味道更美。谢平对于厨艺有着疯狂的热爱。而怀玉呢，她喜欢写故事，这也是她大学学编剧专业，工作后进了电视台当编剧的原因。为了写出更好的故事，她平时要看许多有深度有内涵的书，比如《小逻辑》，比如《故事，银幕制作的风格和原理》。谢平对这些通通没兴趣，他有时候还会把“昙花一现”读成“云花一现”，把“内讧”读成“内杠”。不过没关系，这并不影响他们相爱。

两个人男才女貌，外表上不相上下，学历上怀玉强点，但是家境上，谢平扯平过来了。怀玉来自北方一个小县城，那里房价两千一平方米，从房价可见一斑。怀玉有时候想,她嫁到广州市里,虽然作为外省媳妇多有心酸,但是好歹也算是人往高处走了。她为她的孩子奋斗到一个更高的起点,而且嫁过来就有一栋大房子,算是豪宅了。怀玉当时最终答应谢平的追求,你说完全没考虑现实,没想到这栋房子,肯定也是假的。大家都是普通人,活在红尘俗世里,要吃喝拉撒,吃穿住用行不考虑怎么可能。怀玉是比较理想的人,她只想工作后为了她的故事梦想奋斗,不想被房价压得喘不过气来,谢平家有这么大的房子,这自然是最好的,摆脱了生计的折磨,直接为理想努力,人生自然会轻松许多。所以,她选择嫁了过来。

当然,两个人很相爱。谢平是怀玉在广州市读大一时就认识了。怀玉有次在外面逛街吃饭,谢平和几个朋友坐在另一桌,大家在同一个饭店,谢平无意间抬头瞅到了怀玉。那天也不知怎么了,谢平平时是一个很没胆量,不敢泡妞,平时跟女孩子说话都要红脸结巴的人,可是那天,他居然像个小流氓一样走过去了,直接问怀玉要电话号码,怀玉不肯给,拒绝了他。

看到怀玉坐着公交车离开后,谢平很失落。之后又小流氓一般地尾随怀玉,跟着她一起到了学校。谢平后来还去怀玉大学天天候着,死缠烂打,感天动地,再加上谢平长得真是惊人的帅,两个人也就认识了。

怀玉大学食堂伙食不好,谢平又会做各种各样的好吃菜式,所以一有机会,谢平就给她做。到了大二,他甚至在怀玉学校附近租了一房子,买齐了所有的厨具,一有空就过去给怀玉补充营养,怀玉在外地读大学,有时候想念家里的吃食了,会和谢平说起,没过几天,谢平就照她说的全部做出来了,味道都差不了多少,把怀玉感动得哟,不知道多幸福。

谢平给怀玉做饭,风雨无阻,这样坚持到怀玉大学毕业。怀玉之前一直以为是谢平酷爱做菜,有些人爱某一样东西可以到痴迷的地步,怀玉就相信谢平可以一天二十四小时系着围裙,不是在买菜的路上,就是在做菜的过程中,所以也没觉得有什么。直到谢平带着怀玉第一次去他家见他爸妈,在他家的那一餐饭全是公婆做的,怀玉才感到有点意外。

吃饭的时候,怀玉发现公婆厨艺一般,可是谢平却吃得津津有味。她心里奇怪,这时候,婆婆对她说道:“你别看我们家谢平在外面酒店是掌勺的大师傅,可是他在家从来不给我们做饭的。”怀玉便看了谢平一眼,谢平只是冲她微微一笑,给怀玉夹了一筷子菜,埋下头继续吃饭,也没有感觉自己多伟大。

谢平认识怀玉的时候，基本上已经工作十年了。经过十年社会的历练，从配菜工做起，到今天当掌勺师傅，拿五千多块一个月的工资，一路都是辛苦走来的。

两个人吃完饭，谢平送怀玉回去的时候，怀玉对他说道："你平时不给你爸妈做饭的啊？"谢平就说道："是，厨师都这样，在外面天天做饭，回到家就再也不想进厨房了。我爸妈做得再难吃，我也不会因为难吃动手做饭。"怀玉对他笑道："那你给我做了四年。"谢平就搭过手来，笑着把她拢在肩膀下面，温柔说道："你不一样嘛。我为你做什么都愿意。"

怀玉也是因为这份感动最终决定嫁给谢平。是，他没什么大本事，家里可能永远不会发大财，也没有高学历，更不会花言巧语，但是这是一个老实诚恳、真诚又专一的男人，一辈子跟着他不用担心小三入侵，可以过得岁月静好，现世安稳。

最难得的是，他们结婚后，有时候怀玉吃腻了公婆做的饭菜，想吃老公做的菜了，偷偷地向谢平提出来，谢平也会不顾辛苦了一天给她做小灶吃。他们婚后的生活一直过得很幸福。

有人说，外省婚姻，门不当户不对的婚姻不会幸福，但是就目前来说，怀玉看不出来他们有什么问题。

怀玉在家里陪女儿玩，她自己带着孩子到超市买了一大箱爽歪歪，当然提回来时也没让大姐知道，怕引起不必要的争吵。女儿终于不哭了，怀玉想着谢平回来怎么和他说，无论如何，她一定要想办法把这件事情解决掉。随着大姑的到来她的生活变得一塌糊涂，甚至连女儿也受影响。她一定要千方百计地让生活重归原先的幸福安宁。

姐夫你走不走?

谢平晚上十一点才回来,回到家饭也不吃直接去浴室洗了澡进了卧室。怀玉给他把衣服洗了,又把卫生间打扫了一遍,就进了卧室。谢平在那里看小说,一本网络小说,谢平和她逛街时在地摊上买的,谢平睡前都会看一段,有一次怀玉翻了一下,觉得那本书写得很一般,怀疑她老公的品位。

作为编剧,怀玉也出过几本小说。谢平为之感到很高兴很骄傲,见到朋友就介绍说我老婆是作家是编剧。别人要是给他面子说要他老婆送一本签名书,谢平就乐得屁颠颠地跑回来告诉怀玉。

怀玉虽说没什么名气,说是当编剧其实也是大电视台下面一个眉目不清的栏目组,去她电视台别人提她名,估计没人知道,但是好歹出的书都是出版社给稿费的,不是那些自费出书可比的。被老公以及他朋友重视,她当然是高兴的,可是没有送书的习惯。她笑道:“我才不送,送书的都是那些自费出书的,自费出书要自己负责销售三千册,他们才会乐于送书,我不送,我不要让人误会。”谢平就围着她直打转,央求道:“好老婆,你就送一本吧,出版社不是送你十本样书吗?我都答应我朋友了。”脸上都是讨好的笑。

怀玉就只能说好,不过嘴上说好却没行动,一直拖着,直到谢平再次提醒她,她才又笑又叹地拿本样书出来签名,谢平就在一边认真看着她写字一边对她笑道:“我朋友说一定要你的亲笔签名,警告我说如果是我伪造的一定找我算账,我说,我那字特别难看,我老婆字可是很好看,我想做假也没那本事,呵呵,玉啊,写文雅点。”

怀玉正在一个本子上写草稿,怕字不好,先在旁的地方练练感觉,多写几遍。写的是“祝天天开心,一帆风顺”,谢平在一旁看了,嫌太普通,对她道:“你好歹也是作家,怎么能和我们写得一样呢？要与众不同一点。”怀玉就只得笑了笑，重新改了一个不那么常见的，“祝盛年昼锦，好天良月”，谢平满意了，等怀玉签好名，他就笑呵呵地把书拿来反复看，爱不释手，怀玉看到谢平如此重视，心里也跟着美滋滋的。她一直不怎么看重自己，为人低调又谦虚，可是谢平却常把她捧到天上。

谢平一直很看重怀玉，他从来不会因为自己是厨子不是大学生就自卑，他活得快乐，这种性格也感染了怀玉，结婚几年，生了小孩，他们夫妻两个人的感情倒像是越来越好。不过谢平从来不看怀玉的书，怀玉有时候也怪他几句，他就说道：“看不懂。”怀玉只能笑笑，对他道：“你啊，就喜欢看一些网络小说，没点深度。”

这一天，怀玉走到谢平旁边，坐在床沿，心里想着到底该怎么说，谢平明显很累了，怀玉坐在他身边，他就伸出一只手握着她的手，也不吭声。怀玉对他说道：“谢平，饿不饿？”谢平摇头，怀玉估计他像以往一样在厨房熏得没什么胃口，便也就作罢，想了想说道：“谢平？”欲言又止，谢平却含笑看她一眼，温柔说道：“洗澡没？”一边说一边摸了摸怀玉的手臂，看到她穿着睡衣，手臂上湿湿的，发丝上滴着水，知道她洗过了，怕她着凉，便对她说道：“上床吧，别着凉。”怀玉就笑了笑——当时可是夏天。不过她还是微笑着上了床，身子往下面缩了缩，缩到谢平的胳肢窝里躺好。

谢平大概也困了，把书放下，关了床头灯，在黑暗中抱着怀玉睡下。怀玉在黑暗中睁着眼睛，眼前浮现出女儿泪水狼藉的一张脸，孩子从小就亲奶奶，到现在也是和奶奶睡的，每次抱到他们睡房来孩子就要哭，公婆对于这件事倒是很高兴，小两口也没意见。因为两个人太恩爱，孩子完全交给老人带，反倒乐得轻松，不过虽然没有带孩子，可那毕竟是两个人的爱情结晶，还是非常疼她的。

“谢平，今天双双哭了……”谢平立马睁开眼，问为什么。怀玉就把小志不给她喝爽歪歪的事情说了，谢平没吭声，怀玉说道：“谢平，你大姐到我家住了一个多月了，姐夫到现在都没来接她，这样下去也不是一个事啊，你说是不是？”谢平就答非所问地说道：“怀玉，我想今天的事，我姐可能没看到吧，她还不至于舍不得一瓶爽歪歪，小志还小，男孩子成熟得晚，自己要喝舍不得让给别人也正常，以后多教教就行了，你不要太往心里去。”

怀玉知道谢平在替他姐和外甥开解，就说道：“谢平，今天的事只是一件小事，我的意思是，这样下去生活也不正常是不是，我们这一个多月，几乎没睡一天好觉，你有时要上晚班，我有时候写剧本要通宵赶稿，再说，不但我们的生活回不了从前，姐这样长期待在娘家也不是事，你不为我们着想，也替姐想想。”

谢平就说道：“那你说我怎么办？”怀玉就说道：“要不，你给姐夫打个电话吧！”谢平没吭声。怀玉继续说道：“说不定姐夫也想来接，夫妻之间，互相让一让就过去了，他们一家这样赌气分开也不是办法呀！”

谢平仍旧没吭声，怀玉继续说道：“谢平，你看你姐这一个多月都没笑过，可见她心里也是不好受的，所以我觉得你还是给姐夫打个电话吧。”谢平翻了个身，对怀玉说道：“他打我姐就是不对，他要是真有心认错，他就应该主动，好歹也到我家接了我姐回去，我打电话过去叫他来接我姐，算什么回事？不行。”

谢平姐弟情深，护着他姐，在这一点上很坚决。

怀玉知道劝不动谢平了，在心里叹了口气，愁眉苦脸地一个晚上没睡好。

不过第二天，却有值得高兴的事情。怀玉下午在电视台上班的时候，电话响了起来，是她姐夫的手机号码。怀玉一看姐夫主动给她打电话了，十分高兴，接起电话，笑着叫了一声“姐夫”，这一声叫得特别清脆响亮。她姐夫张大伟大概是受到怀玉这么热情的鼓舞，便搭讪着说道：“怀玉，你姐还在你家？”张大伟对谢丽自然是有爱情的，当年也是轰轰烈烈地爱过来的，他自然也知道，他没钱没势的，除了谢丽，这世上还有哪个女人愿意跟他？这世上到哪再去找谢丽那样的好女人去？

怀玉就笑着说：“是啊，是啊，小志天天念爸爸呢。”张大伟眉开眼笑地说道：“儿子想我啦，我也想他们。”怀玉就笑道：“这样吧，姐夫，你来接姐吧，他们都很想你。”张大伟就在电话那端连连说好，怀玉笑着挂了电话。

怀玉浑身一阵轻松，想着好了，事情得以解决，她终于可以过回从前的生活了。

晚上回到家，家里多了几分喧闹，怀玉走进去一看，果然是姐夫张大伟来了，她含笑叫了一声姐夫，张大伟也笑着和她打招呼。一家人都在公婆那里吃饭，谢丽也没出去摆地摊，脸上难得有了笑容，小志也在餐桌上快活地摇头晃脑，大快朵颐。

当天晚上，大姐夫没有回去，怀玉想着天太晚了，住一晚再走，这很正常。

谢家房子大又多，北边小妹的闺房给小志当卧室，谢丽夫妻俩睡在南边。这是多么大的一间房啊。和租住的蜗居比，一个宽敞明亮，一个阴暗逼仄，简直天壤之别！

当天晚上，儿子睡着了，夫妻俩心照不宣地洗了澡，一起进了房。久别胜新婚，大吵之后因为考虑过离婚分手，和好之后不由情意更浓。硕大的一间房，关了门窗随他们怎么起劲折腾。在身体的亲密接触里，两个人仿佛回到从前恩爱幸福的时候。

怀玉等着大姐一家离开。

第二天，晚上回到家，家里仍然十分热闹，大姐夫呵呵笑着在那里正张罗着摆筷子。怀玉心想来住几天，也正常。

第三天，大姐夫脸上挂着笑在厨房和餐厅间忙进忙出，十分地自然。

第四天、第五天，大姐夫晚上在她家客厅看电视。

第六天，家里清净了，怀玉想着他们一家总算回去了，隔壁却传来“卡啦啦，卡啦啦”的声音，怀玉惊异地从床上坐起来，对谢平说道：“怎么回事，你姐和你姐夫没回去吗？”谢平说道：“哪有回去？”怀玉说道：“我怎么没看见他们？”谢平说道：“小志在房间做作业，我姐和我姐夫在摆地摊还没回来呢。”怀玉就“啊”的一声，仰身躺到床上去了。

接下来的日子里，大姐一家基本上算是在她家安家了。白天姐夫去上班，晚上准时回来，大姐去摆地摊，姐夫有时去陪她，有时上晚班不去陪但一到家去就接她，两夫妻吵后变得更加恩爱，简直浓情蜜意，大姐脸上也有了笑容。

但怀玉受不了，她看不懂了，这是什么意思，难道从此后，他们要住在自己家了吗？家里凭空多了一家三口，这家还是她的家吗？

她偷偷地和谢平去说，谢平总是说他们会走的会走的，再等等。

家里多了另外一家人，生活以更加可笑的方式在怀玉面前展开。因为是早年的福利房，老房子，埋在暗处的水管总是出问题，所以房子的改装装修都不敢大刀阔斧。大姐的房间没有卫生间，大姐一家要洗澡要上厕所必须到客厅来。家里的卫生间就只有客厅那个大卫生间了。当时谢平怀玉他们结婚装修的时候，也考虑到水管变动的问题，没有在他们的睡房再建一个小浴室。

现在倒好，一家人洗澡上厕所都在客厅的那个卫生间。大姐一家来了之后，怀玉几乎每次去卫生间都发现里面有人，不是上厕所就是洗澡，而且大姐一家还特讲究，大姐和姐夫夏天通常都是两个澡，姐夫是早上一个晚上回来一个，大姐是出去摆地摊之前一个，回来又一个。

洗完澡之后，怀玉进去，每次进去都几乎要吐出来。卫生间到处都是黑色的毛发，四散的白色泡沫，而且手纸没有准确地丢在垃圾篓里，却是散落在地板上，白色手纸上沾着可疑的黄色迹子，看多了都是要吐的。怀玉要想用卫生间，首先必须要清扫战乱一样的卫生间，往往清理干净，转过身再进去，又脏得惨不忍睹。

更离谱的一次，她半夜冲进厕所，眼睛迷糊着就掀开马桶盖，一堆褐色的大便浸在水里,大便环成一座小山,直径粗如手臂,虎视眈眈地冷眼看着她。“呕”的一声,怀玉胃里一阵翻江倒海,扔了马桶盖就冲了出去。

后来还是谢平进去冲干净了。谢平也有点糊涂,当场就披着睡衣在客厅骂开了:“谁没素质上厕所不冲?”他大姐“噔噔”地从房里跑出来,对谢平不好意思地笑道:“你姐夫今天喝了一点酒,喝醉了,肯定是他,我马上去冲。”一边解释一边冲进卫生间,发现厕所已经干净了,便一边走出来一边说道:“这不干干净净的吗?”又看到怀玉苍白了脸站在卫生间外面,意识到什么,一张脸立马就拉长了。

找到房子就搬出去

事情有一天以一种更离谱的方式呈现。

那天怀玉肠胃突然不舒服，拉肚子，原本在睡房看书的，突然就要上厕所了，冲到厕所，发现手纸没了，立马又冲进卧室去拿手纸，等她拿着手纸连跑带跳地冲向卫生间时，卫生间的门却关上了，里面透出黄色的灯光，一个黑色的蹲坐着的人影映在毛玻璃上面——里面有人。

她的肚子一阵剧痛，可是也只能排队，便抱着肚子吃力地回去了，在睡房静静地坐着，绷紧了全身抵抗着那种腹痛如绞即将一泻如注的苦痛，一张脸都白了。坚持了五六分钟，她起身往卫生间走，卫生间的门依然紧关着，里面的人没出来。怀玉无法再承受，用手在玻璃门上敲了敲，里面尖厉一声："谁啊？"那声音是没好气的，带着被打扰的愤怒。

是大姐的声音。怀玉说道："姐，我肚子疼，你能不能快一点？"谢丽没吭声，好半天才哼哧说道："再快也有个过程是不是？我肚子也不舒服，谁肚子舒服上厕所啊？"怀玉便没有办法，只能又抱着肚子缓缓地折身回去。

在床边坐了几分钟，再次去卫生间，卫生间的门仍然冷漠地紧闭着，怀玉一张脸白如纸片，她回到睡房，拿了手袋，把手纸塞到手袋里，背在肩上，谢平看她半夜三更的好像要出门，便对她道："大晚上去哪里？"

怀玉原本就是穿着上班装的，自从大姐一家来了，她都不敢在家里不戴乳罩乱穿睡衣了，现在倒好，出门不用换衣。谢平这样问她的时候，她在低头穿皮鞋，她轻声道："我出去上厕所，家里厕所有人。"

谢平愣了愣，怀玉已经带上门出去，走到外面的街道了。怀玉家在市中心，老城区,出门走50米的样子,然后往左拐,就是闹市区,那里有一个巨大的家乐福,怀玉就打算去超市里上厕所。想着大半夜家里有厕所却不能上,进个厕所跟坐火车硬座上厕所排队一样,何苦来,这还是她的家吗?

怀玉脚步匆匆,在家乐福把生理问题解决了,不由浑身轻松。低头走出家乐福时,就听到一声:“怀玉!”她抬起头来,就看到老公谢平双手抄在裤子口袋里,在一棵大树下等着她,那树旁有一根路灯柱子,路灯的光就像月光一样,从顶上照下来,清水一般,浇了谢平一身。

怀玉瞅着谢平,心里也还是感动的,想他还是爱她的,否则也不会看她跑出门他也跟着出门了。她心里有委屈,可是不能冲谢平发火呀。怀玉努力笑着,走到谢平旁边,谢平捉住她的手,关心对她道:“现在好点没有?”怀玉点点头,对他说道:“回家吧。”

远近的霓虹就像倒置的星空,怀玉的心情慢慢好起来。

谢平却仍旧看着她,对她说道:“去大药房买点药吧,可能是吃坏肚子了。”怀玉连说没事了,有些肚痛就是这样,大概人自身有保健功能,一般排泄出来就没事了。怀玉现在就是如此,之前生不如死的感觉已经没有了。

她笑了笑,说道:“没事了,回家吧。”

谢平点点头,两个人手拉着手回去,谢平三十出头了,大怀玉三岁,怀玉二十八。可是两个人都不显老,怀玉更是不显老,看上去二十出头的样子,两个人走在外面,因为样子好,檀郎谢女,一对璧人,别人都要多看几眼。因为恩爱,也经常是手拉手出门,再加上孩子从生下来就是老人带着,两个人结了婚和没结婚一样,一直保持着热恋的感觉。

两个人走在回家的路上,这段路很近,可是这种独属于两个人的时间空间现在太珍贵了,他们把步子都放得缓缓的。谢平看了看怀玉,想了想,对她说道:“怀玉,明天我找机会问问姐夫和我姐,看看他们到底是怎么回事,怎么有家不回,在我们家住这么久。我知道这一两个月,你受委屈了。我也想通了,他们吵架打架家常便饭,我姐那人就这样,当年全家反对就她一个人死活要嫁。现在还是老样子,揍得鼻青脸肿你替她心疼哩,她倒好,见到那男人立马眉开眼笑什么都忘了。”

怀玉还指望什么呢,老公疼她爱她,知道她一直在受委屈,那么之前受的委屈在听到老公这句话和他的承诺后一切都值了,都烟消云散了。

怀玉笑了笑,把一张月亮般洁白的粉脸向老公胳膊上靠过去,粉嫩的脸蛋倚在谢平的长袖 T 恤上慢慢地蹭着，整个身子娇娇地倚向他，幸福也同时盈满了心间。

谢平不是说话不算话的人。第二天傍晚，一家人围坐在一起吃晚饭的时候，谢平就当着姐夫和姐的面提了出来，这个关于什么时候回他们自己家的事情。

一家人都坐在一起吃饭，怀玉嫁到谢家来之后，虽然刚结婚不久，公婆就和他们分开过了，五房一厅两厨两卫，公婆只要了两间小房，厨房卫生间是这房子作为怀玉他们的婚房装修时刻意考虑过的。怀玉也有自己的厨房和厨具，但是两个人都有工作，平时工作忙，而公婆平时比较空，又只有谢平一个儿子，乐得给儿子儿媳做饭，所以怀玉和谢平下班后都是在爸妈这边吃饭的。

怀玉也不是不懂事理的媳妇，公婆做饭，他们白吃，怀玉刚开始想着每个月给老人一些生活费，也是做小辈的一点意思，可是公婆死活不要，连说他们的钱够花，怀玉后来就只好换了另外一种方式，公婆那边的冰柜，自家客厅的冰柜，只要一出现货源不足的征兆，她就立马去超市采购回来尽快补足。

因为嫁过来几年了，对于谢家的经济情形，怀玉也慢慢了如指掌。一家五口人只有公公一个人拿工资，婆婆一辈子是家庭主妇，老人养大三个孩子确实不容易。

谢家虽说有一栋价值好几百万的房子，可是实际上一辈子是小市民家庭。不过自从福利房也可以上市买卖后，辛苦了一辈子的老人听到现今一天一个价的房价，也还是眉开眼笑，心理上感觉自己是大富翁，纸上富贵也能安慰到很多人的。

外省媳妇难做，和老人要说普通话，有时候你费力地说了一大堆，老人头一转，对旁边的人说："怀玉刚才说什么，我没听懂。"外省媳妇比起本地媳妇，在公婆面前是隔得更加远的。怀玉父亲当时听说她嫁到广东省了，从北方过来看亲家的时候，那眼泪从他离家开始，一直流到火车到站，为什么呀，就是担心女儿嫁到外省，人生地不熟的，一个人，过得不幸福。

幸好怀玉知足懂事，懂得孝敬体恤公婆。所以在此之前，婆媳关系一直不错。老人讲了一辈子的本地方言，和儿媳说话要讲普通话，怎么着，生活也有一点演戏的感觉，平时普通乏味过了一辈子的生活场景有点像舞台背景了，婆婆是高兴的。公公就更加高兴了，公公没什么文化，却很渴望做一个文化人，如果年轻的时候有文化，他何止是一个劳动模范？自己几个孩子读书都不中他意，儿媳妇是重点大学毕业的高才生，又是电视台编剧，还出了几本畅销书——虽然并不是特别畅销，但是对于老头子来说，也是一件非常有面子的事情，所以公公婆婆在此之前，对怀玉一直都不错的。

当时做了许多菜，一张大圆桌，怀玉一家三口，大姐一家三口，再加上公婆，就是八个人，平时五个人吃饭成了习惯，突然多出来三个人，怀玉到现在都没有习惯，等到她上桌，往往不是找不到干净的筷子就是找不到空着的饭碗。

再加上十岁的男孩子是最调皮最好吃的时候，外甥小志特别喜欢吃肉，一看到桌上有肉，整个人就变成了狼，那视线就跟红外线一样，笔直地射进肉碗里，直到那碗菜的肉全部被他扫荡干净，红外线才快速地挪到下一个肉碗里。

不过这一切都快过去了，因为老公答应她要下逐客令了。谢平最近一直在上晚班，吃过晚饭五点半上班，到晚上十一点回来。怀玉坐在谢平的旁边，平时都这么坐的，公公坐在上首，怀玉坐在下首，给老人递个碗盛个饭什么的，老人看着舒心，谢平看到他们相处得好，自然也是很爱怀玉。

桌上有许多菜，红烧狮子头、剁椒鱼头、香菇烧菜心、大龙虾、鱼香肉丝，等等。怀玉正低头吃饭呢，谢平突然清了清嗓子，出声道：“姐、姐夫，小志在我们这里住，离他上学的学校太远了，孩子路上不安全，你们什么时候回家？老住在这里对小志学习不好。”

谢丽原本和张大伟在那里小声说着话，脸上都是笑容。听到这句话，两个人脸上的笑容就没了，怀玉尽量让自己显得像没事人，因为如果脸上有什么异常，大姑公婆可能就怀疑是她唆使谢平下逐客令的。

谢丽有点负气，一边使劲地往饭碗里夹菜，筷子一下一下，用劲地戳着菜碗，好像跟饭菜有仇似的，一边没好气说道：“怎么，你嫌我了？我们不回去了，一直住在这！”

谢平也是直性子，说话不会转弯，一边夹菜一边垂着眼皮面无表情地对他姐说道：“老住下去也不是一个事啊，你们自己不是有家吗？”

谢丽便怨怼地瞪了弟弟一眼，没有吭声，愤怒之下仔细一回想，又止不住心里犯酸。张大伟看了看形势，便笑了笑，对他们小两口说道：“谢平，怀玉，姐和姐夫也不是赖着不走，不肯回去，实在是我们原先租的房子到期了，那房东要赶我们走，我正想这两天和爸妈和你们说呢，我们暂时没地方住，也一下子找不到更合适的房子，那房东天天催我们去搬家具电器，我和丽商量了一下，想搬回家里住一下。爸、妈……”

张大伟说到这里，转向两老人，用诚挚甚至央求的语气说道：“行吗？我们找到合适的房子就马上搬。”

婆婆看到大女儿红着眼睛，早就十分心疼了，如今女婿都低三下四央求了，立马打包票说道："没事，住吧，家里房子大，随便住，房子不用急，你们慢慢找，什么时候找到合适的，什么时候搬。"

谢平说："妈……"老太太打断他的话，说道："她是你姐，亲姐！"谢平不做声了。

公公看了老太太一眼，没有出声。

怀玉心里连连叫惨，想着谢平这么一出声，不但没有把神送走，反倒把他们的家当都拉来了。

第二天，怀玉晚上到家，果然外面停了两辆搬家公司的车子，电视、冰箱、大立柜，姐夫和大姐张罗着搬家公司的员工往楼上搬家具，看来，他们是真的在娘家安下家来了。

漫漫无期

怀玉从一个期待到另一个期待，自从大姐回娘家后，首先她一心盼望着大姐夫来接姐姐，这个盼望落空后，她就一心盼望着他们尽早回家，第二个希望落空后，如今她开始盼望的，就是大姐一家什么时候能找到合适的房子，好尽快搬出去。

因为姐夫是当着全家的面这么说的。怀玉还是太善良，不知道她的期待只会如连环一样，环环相扣，解也解不开。

谢丽和张大伟这些年一直混得很不如意。两个人基本上属于半失业状态，一个月运气好，能有一千块的收入就不错了，一千块要应付儿子读书，一家三口吃穿住用行，之前每个月捉襟见肘，所以才会成天吵架最后打架。

他们年轻的时候，也是爱得死去活来，非对方不嫁的。张大伟是广东省乡下人，他老家是穷山恶水的地方，去个县城都要坐两个小时的车。他的父母现在都还在城里打工，两个老人不要他照顾，但是照顾他们也不太现实，因为张大伟这人懒，又好点酒，还爱打点小牌，没用的本事样样精通，有用的本事一点也不会，更可怕的是没有上进心。两个老人赚了钱也不给儿子，知道靠儿子养老靠不住，想着趁现在还干得动的时候赚点钱以后好回乡下养老。

谢丽一家虽然算不上钟鼎人家，好歹是广州市的城里人，在市区有一套大房子，父亲在国营厂子，有退休工资，当年和张大伟处对象时，她爸妈也是坚决反对的，但谢丽还是义无反顾地嫁了，因为张大伟长得帅，因为对她好，因为懂浪漫，没有婚房就租房子结婚，就像现在的许多年轻人。

只是过了十多年，爱情因为面包磨光了，两个人互相埋怨指责对方没本事，经常闹得不可开交。最后谢丽动了离婚的心思，半夜三更冲回娘家，张大伟也长时间地负气不肯来接她。

他们没有想到柳暗花明又一村，冥冥之中误打误撞，竟然让他们找到了一条让生活轻松简单的路——那就是谢丽娘家的房子大，儿子有独立的一间房，他们两人一间房，那是将近 60 平方都空着呢，他们搬过去，不但不要蜗居在租居的房子里，而且不用付租金，下班回来有现成的饭菜吃。世上有这么大的便宜为什么不去占，还要傻傻地继续在外面租房子住哩。

两个人的感情突然浓情蜜意起来，先前的龃龉、不快，因为住房问题得到解决全部烟消云散，张大伟答应谢丽他会努力工作好好发展事业，谢丽对她的地摊事业也报以巨大希望，两个人想起从前花前月下的日子，互相体谅互相珍惜，想起对方的好来，感情一下子倍增，仿佛回到当年。

但是两个人似乎都明白，如果他们要回去继续租房子住，每个月赚的那点钱大部分用来支付房租，那么他们肯定又会翻脸又会吵架最后发展到动手，所以他们不能回去。

两个人虽然没有商量过，却心照不宣地认为住在娘家大房子里，他们的生活才能继续下去，才有幸福可言，所以才有了之前那一出——房东要撵他们走，找不到新的合适的房子，都是谎言。

只可惜怀玉不知道。

有时候谢丽和张大伟也会内心不安，张大伟还有一些男人的自尊心，认为男人在老婆家长住就是上门女婿。谢丽有时候会说，等到她的地摊事业发展好了，他们有了钱就搬出去。张大伟有时也会说，等到他的事业好了他给她买房子！

不过在生存的现实面前，那些自尊心那些良心上的不安，全部都是浮云。他们一家在娘家的大房子里漫漫无期地住了下去，而且越住下去越发现适意，生活越来越从容悠闲。

作为一个外省媳妇，怀玉唯一的办法就是隐忍和等待。隐忍着自家的屋檐下多了一家人，等待着他们找到合适的房子搬出去的一天。

她只能这么做，因为老公爱她，她不想让他为难，不想让他的父母责怪他，亲姐姐亲外甥怨恨他。因为她不想把原本融洽的婆媳关系弄僵。

婆婆大概是怕她有意见，居然主动和怀玉说起她大女儿。

有一天晚上，怀玉回家早，婆婆在那里择空心菜，怀玉平时空闲下来，也会帮婆婆做点事，洗个碗、扫个地之类的，做儿媳妇的要和公婆住在一起，如果太懒，婆婆肯定会有意见的。怀玉在这方面非常的懂事,不过婆婆总是对她说:“怀玉你不要做,你工作了一天,不要太累了。”

婆婆根本不是传说中的恶婆婆,很疼她。因为婆婆对她好,怀玉便越发地要对婆婆好,两个人在一起扫地擦桌子,有时候包饺子之类,不知道有多么温馨。谢平不喜欢和老人说话,他亲爹娘他也嫌唠叨。老人上了年纪,就十分寂寞,以前怀玉刚嫁过来的时候,毕竟儿媳妇是外省人、外人,知心话不能和儿媳妇讲啊,老太太做梦都想儿子每天能和她多说几句话。

谢平一回到家里,坐在沙发上,懒懒地等着吃饭回房休息,什么话也不想多说。老太太就坐在旁边,瞅着儿子,脸上微微笑着,和他东家长西家短陈芝麻烂谷子的唠叨,谢平哪关心这些啊,老人没说几句,他就一声不吭地晃到外面去了,基本上老人说十句他才应一句。

儿子这样子,老人伤心啊。有时候怀玉都看不过去了,对谢平说道:“你妈想和你说话,你下班回来陪老人说说话啊。”谢平就皱眉道:“我听了二十多年,耳朵都起茧了,一件事一天至少要在你面前重复三遍,你侄子生孩子啦,吃早饭时讲一遍,晚上下班回来讲一遍,吃晚饭时在饭桌上还要唠一遍,你说痛不痛苦?”怀玉就笑道:“老人年纪大了,就想和儿女说说话,你不想和你妈说,你也不要晃出去,你坐在一旁,不说话做做样子也行啊。”谢平就摇手说:“算了,你还是饶了我吧。”

怀玉笑得不行了,想着谢平不但没有凤凰男的愚孝,甚至有点算“不孝”了。到后来,她看着婆婆可怜,一有空就陪老人聊天,两个人倒是情同母女。有时候谢平开玩笑道:“不要和我妈走太近,到时她兴致来了,要你再给她生个大胖孙子,看你怎么办?”

怀玉就笑着吐舌头,他们毕竟在城里,生了一个女儿就再也不想再生了。这几年,老人也没说什么,城里人毕竟是城里人,也没有那么重男轻女,怀玉第一胎生了女孩,老人也欢欢喜喜的,把双双天天抱着,心肝肉尖儿地叫,视如掌上明珠。

这一天,两个人正在那里择菜,婆婆看了怀玉一眼,想了想,就对她说道:“怀玉啊,你姐条件不如你,也没你有本事,你姐夫那个人什么样你也看清楚了,妈知道你心性好,不会计较,妈代你姐谢谢你了,这房子反正我和他爸都给你们了,你姐想住久一点就让她住吧,手心手背都是肉,看她过得不好,妈心疼啊。”

老人说到这里,眼里突然有了泪,怀玉就怔了,想她婆婆哭什么。

婆婆用手抹了一眼眼泪,红着眼睛说道:“丫头傻啊,当时嫁给大伟,我和她爸是死活不同意，她要人才有人才，家里情况又不差，当时多少条件好的追她，什么样的找不到，偏偏要嫁给你姐夫。结婚那天，婚车停在下面，你爸还在暴跳如雷，揪着你姐的头发按着她的头往墙上撞，可她就是不清醒，死活都要嫁给你姐夫，她穿着婚纱站在楼下，我和你爸都不去送她，她却站在那里，说爸妈不下来，她就不走……”

老人说到这里，眼泪又如泉涌一般，怀玉就立马拿了纸巾递过去，对老人说道：“妈，你别伤心……”

老人接过怀玉的纸巾擦了眼泪，看着她点点头，对她道：“不哭了，哭有什么用，现在孩子都十岁了。唉，怀玉啊，你爸是被你姐伤透了心，前些年一直不开心，直到谢平和你结了婚，你爸脸上才有了笑容啊，就你和谢平这桩婚事，你爸满意啊，我走出去，别人都夸我，说我儿媳妇好，漂亮、聪明、有本事，还是作家编剧！你六叔到广州来，你爸还带你六叔到新华书店，指着你写的书告诉他是他儿媳妇写的，你爸很喜欢你……”老人说到这里，又叹了口气，“你说你姐，长得也和你一样好看，人也不笨，怎么找男人就这么没眼光呢，像你这样，多好！”

怀玉心里就愣了一下，想着婆婆是不是说她找男人挑婆家有眼光呢？

谢平可是好男人。不过想来也不用介意，老人夸了她那么多，再夸夸她宝贝儿子也是人之常情，当儿媳妇，最忌心眼太细，容不下一点事就完了。再说天下的婆婆，哪个不是认为自己的儿子是天下第一，真龙天子似的。

老人又说道：“你姐找的男人不行，她要是会读书，读个大学出来像你这样本事，妈也好放心，现在妈愁啊，不知什么时候是个尽头。”

老人叹了一口气，把菜篮子里的空心菜颠了颠，又用手捏去了一片她认为不好的叶子，再低头估量了一下，对怀玉说道：“够了，不要择了，我拿给你爸洗去。怀玉，你姐命不好，性格不好，她从小在家娇生惯养，我们把她惯得大小姐脾气。你没事多担待，大家都是一家人。”

怀玉还能说什么，自然说好。她心眼也粗，听话不听音，要是别的儿媳妇，早就心里闹腾开了：大姑子从小娇生惯养，难道我就是一口风吹大，当奴当婢出来的？

怀玉没想那么远。当时傻傻的，哪里看得到未来，哪来的警惕之心，还傻站在那里。想到姐姐，替她心疼呢；想到公婆，也替他们难过；想着可怜天下父母心，女儿嫁出去过得不幸福老人照样不省心啊。她不知道就是因为婆婆爱女心切，才导致后来一连串的故事。

自从大姐一家三口在家里长期住下来后，怀玉发现家里的洗发水、牙膏、洗衣粉、卫生纸等等一切生活用品以最快的速度减少然后消失，还有她的化妆品、洗面奶、面膜也有被人用过的痕迹。

大姐一家从来不会在超市买生活日用品回来，他们一家用怀玉买的，用得极其自然非常大方。

卫生间的手纸基本上两天一卷，一袋十卷的卫生纸以前一家人可以用一个月，现在半个月也用不了。她曾经亲眼看到小志扯卫生纸就像扯一条白色的巨龙，人进了卫生间，那手纸还在客厅缓缓飘动。

昨天刚买的一只牙膏，又长又大的一只佳洁士，第二天早上上班前去刷牙时，就发现已经扁了肚子，被人狠狠地挤出来一堆，自然也是姐夫一家用掉了。

怀玉是节俭之人，这一点也很得公婆的称赞，她用牙膏都会节约，每次挤出来一小截就行了，可是小志大姐他们呢，每次刷牙，怀玉有次观察了，狠狠地挤出一长条，在牙刷上从头覆盖到尾，刷牙的时候，大部分牙膏掉下来，落在水池里，粘在白色内壁上，看着不知道让人多疼惜。

还有洗面奶，刚买的自然堂。前天晚上用过一次，第二天早上再用时，样子没变，仍然是一满支，饱满地立在那里，可是拿在手里不对劲了，分量轻了许多。怀玉愣了一下，用手挤了一下，挤出的全是气泡，里面空心了。她就愣了，想着她大姐要用她的洗面奶用就是，用得着这样挤走吗？或者说她一次性就要用掉她大半支洗面奶，那也太浪费了吧。

有了那次事件后，她就把她的化妆品保养品不放在客厅的浴室，而是放在睡房了，每天早晚要用了，宁愿再拎个化妆袋拿到卫生间。结果第二天，隔着房门就听到大姐对婆婆说：“妈，怀玉真小气，我不就是用了她一点洗面奶嘛，她居然全偷偷藏起来了，这不是摆明了不让我用吗？”

怀玉气得胃直疼。

她想着大姐一家什么时候才能找到房子搬走呢？这一天到底什么时候到来啊？可是她等来的不是大姐一家的搬走，而是小姑子谢婷婷回家了。

当时是夏天七月，小姑子谢婷婷拉着一个拉杆箱亭亭玉立地站在他们面前，告诉他们，她大学毕业了，她要在广州市找工作，她再也不离开爸妈了。

怀玉只差没晕过去。

Chapter 2

要房·我拿爱情赌房子

有情不能饮水饱是没错,可是自己也要想想,别人都是辛辛苦苦赚来的凭什么毫无条件地跟你分享?婚姻是个天平,两边的重量要基本对等。你有什么?现在又不是男主外女主内的时代,女人凭什么一定要求男人有房有车呢?房子确实是基础,但是感情如果和物质挂钩就变质了。

小姑子到家

谢婷婷又白又瘦又高,头发黑亮浓密,高高地束成一个马尾,走动起来头发就起劲地摇来晃去,充满了青春活力。身上穿着一件白色的紧身工字背心,下面是一条蓝色牛仔热裤,脚上踩着一双五颜六色的人字式草编拖鞋。

小姑回到家里很高兴,走到冰箱那里拿了一瓶矿泉水,然后往沙发上一坐,身子往沙发靠背一仰,长吁了口气,等着大家的发言。公婆看到小女儿大学毕业回来自然十分高兴,谢平还没去上班,怀玉当时也下班在家一阵子时间了,谢丽和自家男人摆地摊去了,可能要一会儿才能回来。

婆婆拉着小姑的手一起坐在沙发上,笑微微地看着爱女。谢婷婷长得实在是太漂亮了,大美女,很有明星范儿,之前总有人对婆婆说,“你小女儿长得像一个明星。你知道不?”老太太可高兴啦,表面上谦虚道:“哪里像什么明星啊,一般一般啦。”别人就指出那个明星的名字:“像范冰冰,你仔细看,很像。”老太太起初不相信,后来有一天在电视上看到范冰冰了,仔细一对比,发现和小女儿还真有点像,心里不由又得意了几分。

“婷婷,你这衣服也太差了吧,这什么衣服啊,露的比没露的还多。”老人伸手摸了一下小女儿的短裤,那热裤只到大腿根部,裤角处是白色的毛边,裤子是牛仔裤,怀玉瞅一眼,怀疑小姑子是自己把长的牛仔裤剪了当成热裤了。

她读大学时也这么干过,一条长的牛仔裤,先是剪成九分裤,然后是七分裤、五分裤,接着是牛仔裙,最后又缝回去做条热裤,读书时故意把牛仔裤剪几个洞穿,或者把边脚挑花,做出那种白色的毛乎乎的流苏。这种事,怀玉读书时没少干过,当然,她现在的衣服都是中规中矩的,虽然平时衣服买的少,但是真需要添置了一般都是去大商场买,虽然一件大衣上千块,可是好衣服可以穿几年,这样折算下来,其实比买地摊货划算，所以怀玉工作后就没有再穿地摊货了。小姑子身上的衣服估计都是地下商场买的，年轻就是好，没有牌子什么都往身上披挂也好看。谢婷婷把两条腿伸直了，两只手舒服地往沙发上一伸，对她老娘说道："妈，现在流行这种裤子，大夏天的，这样穿凉快！"

怀玉就偷偷笑了笑，婆婆也没有再就女儿的衣服多说话。这种年代，年轻人做事有自己的风格，大人讲话他们也不会放在心上，你说了也白说，老人之前吸取过经验教训，所以最多说说，也就不重复了。她笑眯眯地看了看小女儿，谢婷婷两条白嫩笔直的大长腿从热裤里伸出来，长长的一直搁到地板上，她的一只脚干脆从人字拖鞋里拿出来，搁在冰凉的地板上，脚趾头也是白莲花一般，青葱似的一个美人。

老人慈爱地问道："婷婷，在大学找男朋友没有？"谢婷婷仰脖子喝矿泉水，看也不看地对她老娘说道："找了。""哎呀，也不带回来给爸妈看看？""毕业分手了。""啊，为什么？"老人很吃惊，谢婷婷喝完水，抹了抹嘴，理所当然地娇娇说道："还为什么呀，他家是外省的，又只有一个儿子，妈，你舍得我嫁到外省去啊。"老人才笑起来，点头道："就是，外省的不能嫁，人生地不熟的，你一个女孩子怎么能嫁过去呢，到时候婆家欺负起来，我们不在你身边，苦日子有得你受的，我跟你讲，天下的婆媳没有处得来的……"

老人说到这里，大概想到怀玉和谢平也在旁边，不由有点尴尬，怀玉和谢平听到这里也是很有默契地互相看了看，谢平偷偷握了怀玉的手，重重地捏了捏，嘴巴朝他老娘那边努了努，怀玉止不住笑，怕婆婆看到，立马低了头去，脸上的笑是藏也藏不住。

老人也识趣，补充道："当然，像妈这么懂事理，像你嫂子这么有文化的自然没问题了。"谢婷婷听着一乐，想起什么，站起来说道："嫂子，我给双双买了衣服鞋子。"

谢婷婷话说完，就站起来，蹲下身子打开拉杆箱，从箱子里翻出两套童装，微笑着送到怀玉手里，怀玉不好意思地接过，对她说道："这么客气。"怀玉其实和谢婷婷打交道不多，她嫁过来的时候，谢婷婷在读大二。这丫头疯得很，平时寒暑假经常不回家，回家也只是待几天，总是很忙的样子，什么要出去旅游啊，或者要出去打工，等等。所以对于这个漂亮的小姑子怀玉也不是很了解。

不过看到她没工作就知道给双双带衣服，怀玉还是有几分意外和感动的，她心里想着这小姑子可能没有大姐那样难相处。但愿如此吧，否则大姑小姑一个德性，她可真吃不消了。她对婷婷客气说道："婷婷，你也刚毕业，没什么钱，以后不要给双双买了。"谢婷婷大方地挥挥手，对她嫂子说道："没事，我现在不毕业了吗，我马上要工作了,到时赚了钱我爱怎么买就怎么买,谁叫我和我哥从小感情好呢,谁叫双双漂亮可爱呢。”

一家人也跟着她笑起来。正在这时,她爸爸也回来了。老头子自从退休后,有了退休金,再加上年纪大也干不动活了便闲在家里,可是闲着无所事事没有寄托,一天到晚只觉得闷得发慌,后来终于找到一个打发时间的办法,就是到街头找别人去下棋。早上七点钟就拎个小板凳准时出门,中午十二点回来吃中饭,睡个午觉,下午两点又拎个板凳出去,晚上七点左右回来,就像以前上班一样准时,这样的生活作息已经好几年了,雷打不动。平时大女儿回来他也不会因此改变时间安排,和谢丽一家说几句话,照样去下他的棋去。要是有一天老头不去了,一家人反倒觉得奇怪了。

“爸!”谢婷婷看到她爸爸回来了,立马冲上前去,从后面抱着她父亲,将脸搁在她父亲肩头猫一样磨蹭着撒娇,老头子呵呵笑,对她说道:“什么时候回来的?”谢婷婷就一一告诉他。老头子自然很高兴,对她说道:“回来好回来好,你大姐和你姐夫现在也住在家里,你看一家多热闹。”

这也是怀玉犯愁的地方,如今加上小姑子,一家总共有九个人了。婆婆这时候站起来,说道:“老头子,你去做晚饭,我给婷婷把房间打扫一下,她还住她从前的闺房。小志和他爹娘睡去。”怀玉心里思忖,婆婆这样安排就由不得她出面了,大姐一家可能要腾出一间房给小姑子住了。想到这里心里又叹口气,虽说这房子公婆在结婚的时候就送给她和谢平了,可是她还真没有房子主人的感觉。婆婆给小女儿安排房间,对她那是招呼也不打一个的。怀玉想着还是自己买房子好啊,要是本事大,赚的钱多,买个房子搬出去,肯定从头到尾都不会有这些烦心事了。

怀玉一心想着回归原先简单安静的生活,可随着小姑子大学毕业回家,原先的念想好像变得越来越不可能了。

不一会,大姐谢丽也回来了。婆婆问张大伟怎么没回,谢丽一边整理没卖出去的货物一边说他朋友一个电话叫他过去吃饭喝酒了,叫她妈不要管他。小志也从房间做完了作业,跑出来吃饭了。一家人围坐在一起吃晚餐,电视里放着动画片,小志在那里看《喜羊羊和灰太狼》,双双刚好也喜欢看,两个小孩找到了共同点,最后都各抱着一只碗下了饭桌到电视面前去看了,其他的人才发觉饭桌没有之前挤得慌了。

自从小女儿回来后,公公一直笑呵呵的,一家团圆老人很高兴。吃饭的时候,老头子看了小女儿一眼,对她说道:“你回来要找什么工作啊?”大学毕业直接往家里奔,多半是工作还没定下来，等着慢慢找的。谢婷婷果然说道："慢慢找吧，我想当售楼小姐！"

怀玉愣了一下，想当售楼小姐？大学毕业去当售楼小姐？售楼小姐又不是一个正式的工作，吃的是青春饭，一个楼盘卖完了奔向另外一个楼盘，现在中国房价是水涨船高，但凡事有涨有跌，不可能永远如此。

怀玉看了小姑子一眼，想着小姑怎么会有这种念头。虽说现在大学生满大街都是，可是再不济一毕业想着当售楼小姐的还真少见。她公公大概和怀玉想法一样，对婷婷说道："售楼小姐，卖房子？这工作不可靠，干不了几年就不行了。"谢婷婷却有自己的想法，一边用勺子盛汤，一边说道："爸，这你就不懂了，售楼小姐赚钱多，卖掉一栋楼，抵得了哥哥和嫂子干一年啦，再说，就是卖不掉，也能认识有钱人啊，爸、妈，你们总不希望我嫁个没房子的吧。"

怀玉心里一乐，继而摇头暗笑不已，想着这小姑子精明，自己找工作找老公的事情全惦记上了，而且还挺上路挺现实的。

婆婆果然很开心，使劲地往小女儿碗里夹菜，谢婷婷的饭碗被各色菜式都堆得冒尖了，小山一样。老人夸奖说道："就是，现在房子那么贵，一定要找个有房子的，没房看也不用看。我女儿长那么好，又是大学毕业，自然可以使劲儿地挑！"

谢婷婷点点头，微微笑着说道："妈，就是这么一个道理。我可不想像姐那样租房子结婚。"谢丽原本听到妹妹要找一个有房的，就怕他们扯到自己头上，埋着头一声不吭，吃饭如同嚼蜡，饭都是一粒粒往嘴里塞的，如今她那白痴似的妹妹说话无遮无拦，果然扯到她最痛的地方了。她就火了，把碗筷重重一放，冷声道："我没房怎么了？我照样和你姐夫过得自在，活着不要那么现实好不好，就知道钱钱钱，你懂爱情吗？"

谢婷婷却不以为然，悠悠地道："我没有说要房子不要爱情啊，我找个有房子爱我的男人不是刚好吗？这世上的男人人品都差不多，最坏的少，最好的也少，顶多找个人品差不多的吧。"谢丽自然又联想到自身，妹妹的话就像汽油桶里扔了一个炮仗，立马砰砰啪啪地在谢丽心里炸开了。她说道："你也不要得意，你姐也是过来人，结婚那么顺心如意？找男人又有钱啊，又爱你，还要年轻长得帅？做梦去吧，现在有钱的男人就变坏，电视里放得还少啊，个个找小三，气死你！"

谢婷婷瞅了她姐一眼，她是家里三姐弟最小的，一向最得宠，说话直来直去惯了，她说道："那像姐夫这样没钱的，我看也没见得多爱你多优秀啊。"谢丽就更气了，结巴道:“你,你姐夫怎么不爱我了?他对我不知道多好!”

谢婷婷说道:“姐夫要是爱你,你住到娘家来了,住了两个多月?他要是有本事,你们结婚十多年,小志都十岁了你们也没钱买房?他要是有骨气,他和着你一起住到娘家来?嫁出去的女儿泼出去的水,你住回来算怎么回事?不知道爸妈多担心,出去说闺女住在家多丢脸!”

老太太替小女儿收拾房间的时候,把她大姐的事全说给她听了。谢婷婷自然也就知道了,如今索性也全说了。大女儿被老公打回娘家长达几个月,任何一个当爹娘的看着都会犯愁的。虽然说两夫妻后来和好都住在谢家了,可是长住下去,小区邻居熟人看到了:“谢丽回来啦?这次住得久啊,大伟好像也来了?”怀玉公婆都是抹不开面子,闪烁其词的。

老太太平时苦闷找不到人诉说,小女儿回来了自然就全掏了心窝子,一个是吐吐苦水,另外一个也是对小女儿以示警戒,希冀着她能够从她姐身上吸取经验教训,不要步她姐的后尘。

幸好,谢婷婷机灵开窍,老人如今十分安慰。

谢丽气得直哆嗦,一张嘴里就像含了滚烫的热油。怀玉也感觉很痛快,这话虽然是小姑子说的,可是正是她无数个晚上在内心激烈的抗争反对语录啊,只可惜她没那个胆,全部在肚子里消化,一直都是内心独白。

谢丽索性从饭桌上站了起来,眼里突然都是泪,她擤了一下鼻子,对谢婷下蛊似的说道:“好,我等着看,看你找个什么样的。你现在还年轻,你就幸灾乐祸吧!”

谢婷婷才不吃她那一套,春风满面地说道:“姐,我告诉你,我不但要找个年轻的帅的,有房有钱爱我的,我还要找个高门大户,比我们家强的。你等着吧。”谢婷婷也是气愤她姐姐咒她将来的寻夫大计不如意,所以对她姐反唇相讥。谢丽气得转身出餐厅,临出门前,含泪对她爸妈说一句:“爸、妈,你们也不管管,从小就只知道疼她,看现在惯成什么样了!”话说完就“噔噔噔”地进自己房了。

没了谢丽,一家人继续吃饭。老太太对小女儿说道:“你姐住在家里,心里也不好过,你不能刚回来就这样说你姐,哪壶不开提哪壶,她毕竟是你姐啊。”谢婷婷翻翻眼珠子,淡淡说道:“妈,我又没说假话,她结了婚这样住在娘家就是她不对,哪有这样的,哥和嫂子是心地好,换了我嫁了人,我小姑子敢这样住下去,我立马撵人啦。”

说到这里,又转过头,对怀玉甜甜说道:“嫂子,你放心,我会很识趣,我现在是没结婚,没办法只能住娘家了,等我结了婚,我才不会这样麻烦你呢。"说完还对怀玉粲然一笑,一副懂事体贴的神情。

怀玉看到小姑子这样替他们着想,不由心生感激,冲她也亲切地笑了笑。她暗自庆幸,幸好两个姑子不是一丘之貉,幸好有个明事理的,怀玉如今慢慢了解小姑子了,这颗心也没有第一眼看到小姑子到家那时恐慌了。

婆婆这时候叹了口气,说道:"你姐一辈子估计就这样毁了,男人三十而立,大伟今年都快四十了,还是没出息的样子,这一辈子也看不出能有什么长进了。昨天你小姨到我家里来,她女儿嫁得好,跟我炫耀,说买了哪里的房子,买了什么样的车,家里有多少存款,嘲笑我说我不会嫁女儿,嫁了张大伟那样的人家那样的人,现在外甥都十岁了,还要长期住在娘家,把我气得哟,亲姐妹又不能说她,背地里不知道流了多少泪。唉!"

怀玉看到婆婆又在那里抹眼泪,公公一直在一旁吃饭,来了一句:"你这是瞎操心,儿孙自有儿孙福,当时不听我们的话,就由着她去吧。"

谢婷婷就拿了纸巾给她妈妈擦眼泪,笑了笑,又知冷知热地在老人背上轻轻拍了拍,贴心说道:"妈,你不要难过,我给你保证,我一定嫁个好人家,起码也要有车有房,给你争口气,等我结婚了,我把你接过去,我给你和爸养老!"

老人最爱听子女这样说话了,听到小女儿这么说,一颗原本烦恼得皱缩的心立马熨帖开来,甭提多舒心了。立马也不哭了,眉开眼笑,一边擦眼泪一边直点头,一家人总算又没事了。

这样,谢婷婷就在家里住下来了,一边住在娘家一边在外面找她的售楼小姐的工作,而且很快就让她找到了。大概是这些年房地产火爆,再加上谢婷婷实在是难得的漂亮年轻,很多大房地产开发公司都需要这种售楼小姐。

这妞一工作立马就换了一个人,穿着打扮很职业起来。每天上下班都是那种黑色或灰色的女式西装,下面不是西装裤就是一步西装裙,里面配着或白或蓝的衬衣,长头发束成一个马尾,整洁干练,充满青春活力,在哪都是最亮丽的风景线。

相处久了,怀玉发现小姑人很不错。虽然是没出嫁的闺女,在娘家吃喝都是理所当然的,可是她却很自觉。一旦身上有钱了,回家总是不忘给家里人买点什么,老人的保健品、小孩的玩具,或者酸奶水果也是成天往家里提。

现在家里的两个冰箱空了,怀玉看到了想着明天抽个时间去超市采购回来。第二天打开冰箱时，却发现里面满满当当，肉类蔬菜零食海鲜全都有。她当然知道不会是爱占小便宜的大姐一家主动添置的。

有一天，看到小姑子又提着大袋小袋从外面回来了，怀玉就走过去帮她忙，婷婷累得一张俏脸红彤彤的，满头大汗，怀玉和她一起拎进来，两个人一起往冰箱里塞东西。

怀玉心里高兴，嘴上却仍然说道："婷婷，这冰箱里没货了嫂子会去买的，你刚工作赚点钱不容易，存起来吧。"谢婷婷却笑了起来，一边把几袋山竹蛇果等放进冰箱一边说道："嫂子，我这点钱存起来有什么用啊，存到猴年马月也存不了多少，不如现在就用了，还值点钱，这物价是越来越高了。"说到这里，又看了看怀玉，神情像花朵一样秀气，"再说这么大一个家，不能老要哥和嫂子花钱啊，我现在能赚钱了，给家里买点东西也是应该的。"

怀玉听到这些话，一颗心不知道多安慰。小姑子要是不给家里添置东西，她也不会说什么，或者说她不添置东西对她说了几句感谢的话，她也会很知足，如今她不但不停地给家里买东西回来，还那么懂事，怎不叫人喜欢。

人啊，做好事没关系，就怕做好事一心付出别人拿了还不当事连个感谢也没有，这才是最郁闷的，我把钱扔水里我还能听个响呢！所以大姐谢丽一家就让怀玉很痛苦。

不过幸好小姑子谢婷婷十分的懂事，善解人意。怀玉一边笑一边感叹，想着亲生的两姐妹，这做人的差别怎么一个天上一个地下呢。

除了给家里买吃食，谢婷婷还给双双小志买衣服买玩具。家里的小玩偶、小汽车、皮球、篮球突然多起来，有时候客厅简直就是一个儿童游乐场。小志晚上在房间里玩得更欢了，不过比起从前的生活，有了小姑子的体贴和照顾，怀玉感觉没有从前那么压抑了。

难能可贵的是，谢婷婷工作一个月后，居然送给怀玉一套高级化妆品，洗面奶、面膜、乳液、化妆水，整套的日常护理，价值两千多块，怀玉可以用半年了。怀玉平时用的也不差，自然知道值多少钱，她起初不肯收，对小姑子说："这个太贵了，你留着自己用吧。"谢婷婷却笑了笑，柔柔说道："嫂子，你拿着吧，我不用这个牌子的，这是别人送的。"怀玉愣了愣，看了小姑子一眼，谢婷婷就飞红了脸，说道："追我的人送的，可惜他不知道我不用这个牌子的。"

怀玉就明白过来，对她笑道："恋爱啦？"谢婷婷就一边娇羞地跑出去，一边对她嫂子说道："我还没答应他呢。"怀玉倒是替小姑子欢喜。

怀玉皮肤好，又没谢婷婷那么娇气讲究，她平时一年的护肤品要用到好几千，几十块一盒的也不会去买，不过幸好牌子不挑，知道是好牌子，有保证的，也就用了。所以怀玉对于这份礼物还是很欢喜的。

晚上谢平回来，怀玉坐在梳妆台前和谢平说起这件事，镜子在灯光下水晶一般，光华潋滟，怀玉心情愉快。谢平笑道："给你就拿着吧，这丫头心眼不坏，就是没大脑，傻呵呵的。"怀玉就笑，嗔了谢平一眼，对他说道："我看她挺聪明的，找男人都知道找个有房子的。"

谢平就笑道："所以说她没大脑，看似精明实则笨拙，什么都写在脸上，目光短浅。你以为那是她自己的想法啊，她是看到现在女人嫁男人都要有房子，所以也这样要求，她啊，从小做什么事都是随大流，自己想要的东西就非得到不可，张嘴就要，从不会想长远一点，也不会顾及别人。"

怀玉就怪道："你怎么能这么说你妹妹？"停了停又道："随大流不吃亏，一件事大家都在这样做，那肯定错不了。现实也不是坏事。"谢平就呵呵笑道："我没说她现实不好，可她现实得有点过了，找男友像挑商品，八字还没一撇呢，事先就条条框框一大堆，真以为自己是公主选驸马？我是男人我懂，再有钱的男人也不喜欢只爱上他钱的女人。总之，吃饭的时候听着她叽叽喳喳我就觉得烦。"

谢平说到这里顿了顿，望了怀玉一眼，笑道："哪有你好，玉啊，当年你要是像她那样，我就娶不到你了。"怀玉也漂亮而且是大学生，如果像他妹妹一样，找男友要挑学历、挑长相、挑家世，谢平可能早就被淘汰了，最后肯定也轮不到他抱得美人归。

怀玉就笑看着谢平。谢平对她的爱，总是带着他捡到宝的欣喜若狂。当时决定嫁给谢平的时候，闺蜜十分担心，对她说道："谢平是很帅，对你也痴心一片，可是他只是一个厨子，你们在一起，能有共同语言吗？"怀玉现在想来，也觉得好笑，什么才叫共同语言呢？难道谈论理想、人生观、价值观才叫共同语言吗？怀玉觉得，商量柴米油盐，只要意见一致，也叫共同语言。

她和谢平在一起很幸福，因为谢平从来不会因为她的学历她的工作就有不如她的想法，他是把她捧得高高的，托在掌心，放在水晶瓶里一样珍爱着。他对她疼得不得了，恨不得全天下人都知道他老婆学历比他高，他老婆是编剧作家文化人。他觉得老婆比自己学历高有文化愿意嫁给他，是他的本事。

谢平这样的性格，也是他们的婚姻能够幸福的原因。很多时候，痛苦只是心魔作怪,一个人心态好往往就与幸福接近了。

小姑子的回家,也算是柳暗花明。怀玉最初是抱着家里更麻烦的想法,没想到小姑子倒是替她减轻了负担,所以怀玉对于大姐一家什么时候搬出去,慢慢也抱了乐观的想法。她想着总有一天大姐会想通会找到合适的房子搬出去的。换了是怀玉,她肯定宁愿在外面租房子,也不会住回娘家的。让爸妈知道自己婚姻不幸福,男人不济事,老人一颗心天天油煎火烧一样,还不如自己住到远远的地方去,不让爸妈知道。

可是怀玉忽略了一个极为重要的事实,那就是她是电视台有住房公积金的编剧,算是白领阶层,而谢平的大姐却是一个无业游民,老公也是半失业状态,在生活面前,自尊啊,孝心啊,一切都不值一提。

风波再起

张大伟大半夜才回家，喝得醉醺醺的，看人都是双影子在晃。因为太晚了，谢家外面的铁门也关了，张大伟没有钥匙，在外面借着酒意使劲拍打着铁门，吵醒了熟睡中的怀玉。

这门是可以从里面打开的，外面的人没有钥匙也进不来，张大伟在外面叫着谢丽的名字，一声高过一声，让她开门。可是谢丽没动静，怀玉和谢平都醒了，眼睁睁瞪着天花板，听到姐夫在外面叫驴似的嚎叫，他姐也没一点动静。

时间大概过去了半个小时，怀玉干脆披衣坐起来，一边在黑暗中寻找着拖鞋一边说道："我给姐夫开门去吧，大半夜的也不知叫到什么时候去。"谢平却拉住了她，拧开床头灯，穿了睡衣起床，对她说道："我去开门吧，你出去不方便。张大伟那人也是有病！如果不是看在我姐份上，早就揍他了。"谢平一边说着话一边出门去了，怀玉倒是在床头灯的附近发了一会儿小怔，想着大姐和姐夫可能又吵架了。外面"哗啦啦"开门的声音，张大伟带着酒意对谢平说着客套的话，怀玉在这样的声息里回想着，从前安宁平静的生活，宛如空庙古寺般的寂静，以前谢平晚班没回，她一个人在家，公婆早就安睡，她都嫌太安静了。如今回想起来，是多么让人留恋。

好一会所有的声息才静止，谢平走进屋，重新关了门上了床，从后面抱住怀玉，把她紧紧揽在怀里，呢喃着说道："玉，还是你好，还是我们幸福。"怀玉脸上微微地笑了笑，一只手从被子里伸出来，盖在了谢平的大手手背上，谢平的手反转过来，把她的小手握在手心。两个人才安然睡去。

谢丽一直没睡下。之前受了妹妹谢婷婷的一通气，到现在还没有顺过来。给儿子收拾衣服腾出房间搬回到自己那间房，也是一直红着眼睛掉泪的。这些天，看到谢婷婷总是板着一张脸,谢丽在怄气。谢婷婷伤了人不自知,成天给小志买礼物,看到谢丽也是笑嘻嘻的一张脸,“姐,姐”甜蜜蜜地叫。谢丽无法和小妹计较,可是小妹说出的话,却勾起了她的伤心事,那些往事,就像一块块无法消释的积食,停在她的胃里,许多天过去,却更加难受。

男人张大伟在外面叫她的名字她当然听到了。她是故意赌气不去开门的。男人喷着酒气了进门,摇头晃脑的。谢丽背对他坐着,也不去理他。张大伟走进来,虽然看东西模模糊糊的,可还是看到谢丽坐在那里,他愣了一下,“哦”了一声,说道:“谢丽你在家啊,我叫你你也不出来给我开门,谢平给我开的门,脸拉得那个长哦,我好歹是他姐夫,他拉长脸给谁看呢,没家教的东西!”

谢丽不吭声,对于张大伟内心又充满了鄙夷和看不起。这种情绪伴随了她好几年了,就好像沉疴痼疾,总是定期发作。她想着前些日子她那妹妹能够当着全家的人奚落她看不起她,全都是张大伟的错,是张大伟没本事,赚不到大钱,找不到好工作,买不起房子,别说买房,就是租房子的钱也不宽裕,但凡一个月能多出来两三千块钱,她谢丽也不会长期住在娘家。没事谁愿意住在娘家?谁不想住大房子?谁不想听别人的好话?谁不想被人羡慕,让父母安心,逢年过节的有面子地回来给老人提了大袋小袋的礼品?

谁没年轻过?谁年轻的时候就懂事看得到未来?难道当年不现实不功利地追求爱情,到了后来,反倒是她错了?

前尘往事不堪回想,一回想就要落泪的。

张大伟看到他说话谢丽不出声,便又搭讪着笑道:“小志睡了吗?”当时已经凌晨了,小志早就睡下了。谢丽心里哼一声,仍然沉默,张大伟自己也发现天色很晚了,摸了一下脑袋,对谢丽充满歉意地说道:“丽,对不起,我其实不想喝的,朋友老不让我走,老婆,对不起,我向你保证……”

他走过来,一只大手扶在谢丽瘦弱的肩头,对她说道:“丽,我向你保证,我以后再也不这样喝了。”谢丽却狠狠地扭了身子,一甩手,把男人温热的手从肩膀上拍开。

张大伟怔了怔,酒也醒了大半,看了谢丽一眼,见她板着一张脸,好像是生气了,又想起回到家后,他一直是自说自话,她一声不吭,多半是有心事了,他说道:“怎么了,谁又得罪你了?”

谢丽仍旧不理他,张大伟坐在她对面去,谢丽就转动身子,背对着他,就是不想和他说话。她心里对自家男人充满了憎恨看不起，可是毕竟是相爱走过来的，曾经也是爱得刻骨铭心的，而且在一起十多年，孩子都十岁了。纵使那爱情快被磨光了，磨到她都不相信了。这世上哪有爱情呀，只不过是男人毁你一生的幌子，爱情是什么，那是用来装点坟墓的鲜花，那是悬崖边上的一点蜂蜜。可是，这么多年的夫妻生活，总还是剩下点什么。她不能说话，她害怕一说话心里的怨恨看不起轻视会全部像火山岩浆一样喷涌而出，伤害到他的自尊。哪怕那男人的自尊已经薄如纸片，若有若无，她也要去维护。所以她只能沉默。

其实在一起十多年，张大伟到底还有没有自尊，谢丽有时候都怀疑，假若他有自尊，他怎能让自己的生活过到如此不堪的地步？

张大伟看几次三番找她说话，谢丽都不吭声，也就不管她了。自己洗了脸，脚也懒得洗，歪在床的一边睡下了，不到一会，就打起了呼噜。谢丽一个人坐在黑暗里，她想着她的婚姻她的人生就像这包裹她的黑夜一样，看不到任何光明和希望。

第二天，张大伟良心发现，按时上班去了。谢丽在房子里睡了一天，早上早饭没吃，中午她母亲进来叫她吃饭她也没出门，老人心疼女儿自己送了进来，到晚上时，她却自己起来了。

收拾打扮一新，要出去摆地摊。自家男人靠不住，余生要有所变化，只能靠自己了。

当时怀玉刚回家，在家里的客厅撞到大姐。谢丽三十出头却很时尚，因为白净也显年轻，留着时下流行的波波头，身上穿着一条黑色热裤，下面配着黑丝袜，上身是一件红色的T恤，那T恤的领口很大，一只赤裸的肩膀从里面露出来，十分的香艳。脚上踩着一双红色的高跟皮鞋，那细长的鞋跟足足有十厘米，俨然一时尚年轻女郎的打扮。怀玉瞅着大姐的打扮，想着她打扮得如此时尚性感去摆地摊，不免有种悲凉和无法理解的感觉。穿那么高的鞋跟，拎着大堆货物在街上走，不辛苦吗？

谢丽也看到怀玉了，可她仍旧拉长了一张脸，心情不好，在外面做生意时要向陌生人赔笑脸，回到家她不想笑就可以不笑，更何况她是谢平的亲姐，凭什么要照顾弟媳的情绪给她一个笑脸，所以她这脸摆得理所当然，怀玉也习惯了。

两个人匆匆点了点头，怀玉努力笑笑，大姐就拎着两袋货物从她面前擦身而过了。怀玉直觉大姐对她有敌意，这种敌意以前谢丽回娘家住个几天没发觉，现在她在娘家住了那么久，怀玉就强烈地感觉到了，她摇了摇头，想着可能自己想太多了。

明星再美，我们普通人也不会去嫉妒。你会去怨恨家财万贯的李嘉诚么？倒是身边的人，因为时时刻刻在比着，往往伤人最深。谢丽自从在娘家长住下来后，每次看到怀玉，她总是没来由地更加抑郁。怀玉慢慢不再只是她的弟媳，而是像一根刺，她优雅考究的穿着打扮，她娴静从容的言谈举止，她与弟弟谢平的恩爱生活，都刺进了她的眼睛，刺进了她的心，而且时日愈久，那刺越来越尖锐。

只是现在两个人暂时还都不自知。

谢丽那天生意很不错。在她的摊位上买东西的人很多。可能是她进的货很好，她主要是卖女式手袋、女式服装，还有各种发带、发夹等等小饰品。那天晚上天气很好，不是特别热，凉风习习，吹在身上就像山谷的溪水流过，最让她感到快乐的是，不但生意好，而且很多单身的男子经过她的摊位时，总是会找个机会蹲下来，和她搭讪，他们误会她是一个年轻的女子了，这一点，对于谢丽来说太重要了。徐娘半老一事无成一贫如洗的她，是多么希望得到别人的重视和追求啊，所以谢丽那天的心情真的很愉快。

旁边有个男的也是摆地摊的，卖一些皮具。他吆喝顾客的时候，广告词是这样的："快来买啊，送帅哥送美女。"有人停下来，问他帅哥美女在哪呢，他就指着自己说："帅哥在这。"又指了指谢丽，"美女在那。"虽然是开玩笑，甚至是不怎么尊重的玩笑，可是谢丽还是微笑着好风度地不计较。

那天晚上，只用了一个小时，她就卖出去一百五十多块钱，利润有一百块，她想着生意如果天天这么好，那么一个月也有三千多了。有了三千多，她还怕什么呢，可以租好房子住，不用待在娘家受气。这时候张大伟电话打过来，问她什么时候回家，要不要他去接她，吃饭没有，想吃肠粉还是萝卜牛腩，他可以买来带给她。

谢丽心情愉快的情况下，一颗原本对张大伟怨怼的心也温柔了，她笑着说好，娇娇地说想吃云吞面，能不能也送过来。张大伟说没问题。谢丽就笑，对他道："那可是汤汤水水呀。"接完电话，心里还在想着，如果自己能赚到钱，那么张大伟赚不到大钱也没关系。他虽然没有上进心，可是老实，对她好——虽说打架，可每次都是她先动手的。再说家是两个人的，要共同承担。

谢丽望着广州繁华的夜景，街上车水马龙，游人如织。在热闹的市声里她蹲在摊位前边笑边叹，想这世上哪有十全十美的事，钱到底是假的，只有感情才是真的。活在这世上，找一个对她始终如一的男人不容易。她现在也算看穿了，知足常乐吧。

正在那里美滋滋地边数钱边感慨着，突然听到一声："快跑，城管来了！"她慌里慌张地抬起头，就看到前后左右的摊位老板纷纷在收拾东西，匆匆忙忙地往前面跑，一下子好像世界末日，天下大乱。谢丽还搞不清楚状况，看到别人跑了，只能也跟着跑。她迅速地把货物归置到两个袋子里，然后拎起袋子就跑，后面有灯光，好像还有追喊声，那白色的灯光，刀刃一样，一道一道劈过来，她恐慌中跑得更快了。

高跟鞋的鞋跟太高了，匆忙中她崴了脚，脚踝处一阵钻心的疼痛，火烧一般。可是她仍然拼命地往前跑着。时间不知道过去了多久，跑到了另外一条街上，感觉后面没人追赶了，她才停了下来，蹲在一根路灯柱子下面点检了一下，才发现掉了一百块钱，货物也掉了一袋，等于说，今天还蚀了本。

谢丽不由得垂头丧气。一跛一跛走回家去的时候，经过几个正在兴建的小区，那高楼耸入云霄，广告词贴在墙上，就在她的眼前，那字眼一个个大得几乎可以把她生生吃掉，“水岸豪宅，一线江景，开盘价，12888/m²”。谢丽想着她这样的状况，摆地摊摆到何年何月才能买到一平方啊，就算摆个几十年存到房子首付，像她这种没正式工作，老公那种三天打鱼两天晒网的，怎能还得了月供？就算他们拼死拼活地愿意供，银行信得过他们，会放贷吗？谢丽不由心灰意冷。

她站在那高楼下面，像一只蚂蚁一般仰头望着。她想着她谢丽年轻的时候也是一表人才，当时眼光多高，为什么就那么傻，什么样的不挑，却挑了一个乡下没有房子的男人呢？当时想着他长得帅，对她好，两个人在一起谈得来，跟着他十分快乐，所以不顾一切地嫁了，就因为至高无上的爱情呀。爸爸说：“你以后会后悔的！”她说：“跟着大伟再穷我也乐意，有钱难买我乐意！”

事后多年，生活的苦楚才证明她当年是多么愚蠢幼稚，对于生活来说，有钱才能乐意呀。

谢丽的心里又发生了翻天覆地的变化。离婚的念头又在她的心里蠢蠢欲动。不行，她要摆脱这个窝囊男人，和这个没用的男人离婚，否则她谢丽一辈子就完了。

谢丽回到家的时候，她爸妈早睡了。谢平怀玉他们也睡了，谢婷婷出去疯玩了还没回来。是张大伟惦记着她出房来开的门，站在她的面前，对她笑着说道：“在家里就听到你的脚步声了，跑出来一看果然是你，今天这么早回来？我刚去接你没见着，又折回来了。云吞面都冷了，我给你热去。”

谢丽没说话，侧着身子从张大伟面前走进房，摆地摊收入一百块带来的安全感就像一个肥皂泡，很快就在她的面前破灭了。最强势的女人也希望找个男人来依靠，何况谢丽本身并不是女强人。她把货物袋随手丢在过道里,咬着牙吸着气忍着疼痛一步一步进房了,张大伟发现她的腿有异常,便伸手去扶她,被谢丽挥手打开了,张大伟便知道,谢丽的火气还没消。

谢丽的火气不是没有消,而是像滚雪球一样,越来越大。

多年的夫妻都是这样的,所有的问题都是轮回,因为同样的问题根本无法解决。很多夫妻吵架了又和好,和好了又吵架,反反复复。很多做人妻子的幻想着调教老公,其实那是不可能的。性格决定命运,江山易改,本性难移。谢丽一直觉得痛苦,是因为张大伟没本事,赚不了大钱,永远都无法在这个城市拥有自己的房子,两夫妻互相指责,无数次争吵,都是为了张大伟吸取教训,在今后的日子里能够变得上进聪明,能够赚大钱,但是张大伟没有。认识大伟的时候,他在厂子里上班,结婚十多年,他还在厂子里上班,仍旧做着那一份工,拿的工钱反倒不如从前了,因为厂子要倒闭的缘故。有些男人天生就不会赚钱,张大伟就属于这一种。

“你腿受伤了,我找药给你揉揉。”张大伟已经形成习惯了。谢丽开始闷声不响的时候,多半就是暴风雨的前奏,所以他要对她格外的好,希望她感动之下能够阴转多云,多云转晴。

谢丽却并不领他的情,她的内心充满了悲愤和苍凉的情绪。受了今天事情的刺激,她再也受不了。原本因为娘家房子大住房得到解决,平静下来的心又开始激烈地翻腾起来。张大伟因为经济上对于谢丽的亏欠,婚后多年对谢丽一直体贴呵护,十分宠溺。他热了云吞面上来,送到谢丽面前,谢丽面沉似水,一声不吭。他只得放在一边,转身去给她找药。张大伟在房间里翻箱倒柜的时候,谢丽冷眼瞅着自家男人的背影,想她谢丽怎么就这么苦命?许多不如她漂亮不如她聪明不如她会折腾的女人都过上了有房有车的生活,为什么她谢丽独独这么命苦,找了这样一个三棒槌打不出一个屁来的男人!

张大伟找到云南白药,蹲在谢丽的旁边温柔地对她说:“来,我给你擦擦。”他伸手握向谢丽受伤的脚。“滚!”谢丽却暴喝一声,一脚踢开了。张大伟愣了一下,把手上的药瓶往地板上一砸,骂道:“你是不是又皮痒了!”

谢丽原本就怒火中烧的,想发火正没由头呢。听到张大伟这么说,立马站了起来,抄起附近的水杯就砸向张大伟:“没用的男人!不知道我在外面怎么受欺负,你除了喝酒睡觉还会做什么,我真是瞎了眼,当年要嫁给你,窝囊废,没本事,一个月赚那么几个钱，丢人！连老婆孩子都跟着受苦！”

水杯砸了过去，张大伟矮身躲过，水杯撞到墙上，“砰”的一声，碎了。隔壁的怀玉一激灵，从谢平身上抬起头来，他们正在亲热呢。

她愣了一愣，一切又安静了，想着多半是产生幻听了，正要动作，隔壁又“梆”的一声，张大伟举起一把椅子砸在了地上。

谢丽指着张大伟，对他说道：“你敢砸，这都是老娘的东西，老娘当年的嫁妆，你砸试试？”张大伟就说道：“我砸怎么了，我就要砸！”谢丽就向他冲过去，两个人扭打在一起，身子一会冲到东一会冲到西。

小志醒了，从床上光着脚跑过来，站在他父母的面前，一边呜呜地哭一边大声地叫：“爸！妈！”孩子的脸上已经满是泪。

怀玉再没兴致了，那边已经吵翻天，她哪还有心情。她一边试着从谢平身上翻下来，一边对他说道：“谢平，你姐和你姐夫打起来了。”谢平却捉住她的腰，骨节粗大的褐色大手牢牢握住她白嫩的纤腰，不让她下来，呢喃着对她轻道：“不用去管了。”这个时候，就是有把刀架在谢平脖子上，他也不管不顾了。大手捉着她的腰就用力起来，橘黄色的床头灯照在两个人身上，怀玉在谢平的力度下摇摆，就像风中凌乱的花。房间内一片温馨。怀玉含笑看着谢平，谢平也不作声地看着她，两个人在激情里凝望着，动作着。

“啪”的又是一声脆响！怀玉真的没有了心情，匆忙中捉住谢平放在腰间的手，立马手忙脚乱地穿衣，一边穿衣还一边对谢平说道：“快起来，到时你姐夫又要打你姐了，又不是第一次。”谢平才跟着起来了，一边穿衣一边低声咒骂：“他们一家就是有病！”

谢丽听到孩子的哭喊声，她的眼睛也红了，她抹了一下泪，尖声道：“张大伟，你给我滚！”张大伟也火了，对她说道：“当时是谁不要脸，叫我过来接她的？”谢丽愣了一下，对他说道：“张大伟，你说清楚，谁叫你来接我的，我谢丽说了那样的话我天打雷劈不得好死！”张大伟说道：“怀玉说你和小志都想我，否则大爷我才不来。”谢丽便听明白过来，知道是她弟媳做的好事！想着肯定是嫌她在娘家住久了，对于怀玉，不由开始生恨。

孩子仍旧在放声哭泣，谢丽说道：“张大伟，你给我听好了，我要和你离婚，你给我滚，马上滚，你等着离婚吧，窝囊废！”张大伟冷笑两声，对她说道：“像你这种老女人，除了我世上还有谁要你？”“滚，有多远滚多远！”谢丽拿着一个台灯砸过去，张大伟很有经验地闪身躲过，拨开儿子，拉开门走了。

在玄关碰到怀玉和谢平，张大伟怒气冲冲，黑着脸看了他们一眼，一声不吭地出门扬长而去。怀玉和谢平互相看一眼，到她姐门口，谢丽正在抱着孩子哭。怀玉瞅一眼，公婆也起来了，大概是匆匆赶过来的。公公穿着条大裤衩，肥大的肚子沉甸甸地，脖子上套着一件汗衫，那汗衫还团在那里，没拉下来。看到怀玉，便侧过脸去，大概是因为在儿媳面前形象不雅有几分不好意思。谢丽泪如雨下，对她老娘道："妈，我要离婚，我要离婚！"

怀玉和谢平傻了眼，谢平看到她姐没事，想来是两夫妻吵架，便也拉了怀玉的手，示意了一下，两个人静静地回自己房了。

怀玉却不知道，她大姑子和她的梁子算是结下了。

看看懒到什么地步

大姑子谢丽不去摆地摊了。因为她发现靠摆地摊她永远也发不了财。这年头不发财就买不起房。谢丽总是这样，干一个行业一般都是雄心壮志起劲两个月，两三个月后，发现没有发财的可能，便立马心灰意冷，另起炉灶。这也是她不停地折腾来折腾去却没有发财的原因，哪怕小财也没有发过。

张大伟和谢丽赌气，一直没有回谢丽娘家。第二天晚边吃饭，谢丽母亲问起，谢丽面无表情，硬着声音道："死了。"她母亲在心里叹口气，自已摇了摇头，也没有说什么。

谢丽这些年来，最讨厌看到她父母因为她过得不如意伤心难过的样子，每次她爸妈一旦表现出对她的婚姻痛心疾首，她就要起火，弄到现在，她爸妈除了叹气摇头，什么话也不敢说了，从前温柔似水的女儿早不见了，现在面对的是一个动辄大怒的悍妇。可是这摇头叹气，仍然像针扎一样让谢丽十分痛苦，她只能埋头继续吃饭。

张大伟接下来几天都没有出现，仿佛黄鹤一去杳无踪。谢丽的脸上也没有悲凄的表情，有时候在怀玉的客厅里看韩剧，也看得哈哈大笑。怀玉有时候在一旁看到了，就想着大姐是吵架吵多了无所谓了，还是不想让他们看到她的伤心，假装坚强？可是她也没办法，作为外地媳妇，特别是婆婆还健在又活蹦乱跳住在同一个屋檐下的时候，她学会了，只要自己的小日子幸福，其他与已无关的家事能不操心就不要操心，这是在家庭范围内明哲保身的最好办法。所以大姐和姐夫的吵架，她虽然目睹了整个过程，可是也不能说什么做什么。

张大伟和谢丽同住在娘家的时候，怀玉还想着将来某一天他们肯定会搬走的，毕竟一家长期性地全住在娘家，于情于理都太荒诞。可是如今张大伟赌气走了，谢丽又闹着要和他离婚，怀玉就知道大姐又不知要住到何年何月去了。再当面提让她搬走的事,不是往伤口上撒盐吗?

这种生活何时是一个尽头,怀玉现在也完全没辙了。看到婆婆那张为大女儿痛惜的脸,怀玉知道什么话都不能说,说了不但起不到效果,相反的,只会恶化她们的婆媳关系,所以她识趣地沉默了。

谢丽不去摆地摊了,没事情做了,便天天闲在家里。怀玉下班回来,总是看到大姐坐在她家,或者在她公婆那边,坐在沙发或者一把椅子上,不是在看电视,就是在看杂志。大姐喜欢看各种时尚杂志。有时候怀玉也不理解,大姐这么些年,为什么一点点钱也存不了,现在基本上也想通了。怀玉也喜欢关注时尚方面的东西,这几乎是所有女人共同的毛病,可是她对时尚再感兴趣,她也只会上网到时尚论坛里看看,不会到外面的书店商场去买大本华丽装的时尚杂志,那种杂志纸质精美,一般一本要二十到三十块左右,而且内容大部分都是网上摘抄的,没什么新意,不值这个价。可是大姐却期期不落,在哪里看到了就立马掏钱买下来,买回来就反复地看,研究上面的穿衣打扮,她觉得自己不落伍,三十多了走在街上仍然有不错的回头率,就是这些年她坚持买时尚杂志的成果。

到娘家两个月,怀玉家的时尚杂志已经有五本了,都是大姐买的。此外,虽然大姐没正式工作,只是摆地摊的,可是她身上的衣服都是商场买的名牌,一件地摊货也没有。她买衣服最舍得下血本,是那种身上有一千块钱,商场上看中的一件衣服一千二,她会打电话向姐妹借两百块钱把那件衣服买下来的主,这些年,她买衣服一直是这样的做派。

她不像怀玉,虽然也在商场买衣服,可是买的一般都是百搭单品,不是永远不会过时的,就是可以百搭,色调也以黑白灰为主。这样穿多年也仍然好看,谢丽买衣服却从来不会这样想,手头有钱了就立马感觉自己没衣服穿了,这样感觉之后就立马会去逛商场,到了商场,看到什么中意的,试穿满意后,也不管能不能多穿几年,就立马买了下来,所以说,在置装这件事上,谢丽每年花在置装费上的钱其实比怀玉多得海去了。

在这一点上,谢丽和谢婷两姐妹一模一样,怀玉有时候想着大概大城市娇生惯养长大的女孩子都是这种性格,不像她小城市出来的,花每一笔钱都要算计。

所以,怀玉每次到家里,看到大姐的时候,谢丽总是打扮得十分时尚地一边看着电视或者翻杂志一边吃着零食。谢丽十分喜欢吃零食,最喜欢嗑瓜子,她曾经向谢婷传授美白减肥经验,"想白?吃瓜子!瓜子可以白肤,而且经常吃瓜子,还可以使脸型变好，我的瓜子脸白皮肤好身材就是这么来的。”所以怀玉到家，还没看到大姐的人就能闻到瓜子的满室生香，然后是吃瓜子的声音“咔嚓咔嚓”，走进去，就看到满满一垃圾篓的瓜子壳，有些瓜子壳投放不准，掉在了地上，雪片一样地纷纷散落。

看到怀玉回来了，谢丽最多点点头，然后继续去看她的电视杂志。她吃下的零食残骸堆积如山，但她从来不会主动做任何家务，哪怕扫一下地也是不肯的。这一点，她们两姐妹也十分相像，对于谢婷婷来说，拖把在她面前倒下了，她就直接跨过去，扶都不用扶的。

这样导致的后果，就是家里开始变得出奇的脏。以前怀玉打扫她这边的家，公婆打扫他们的房间，相安无事。现在呢，大姑小姑一般的公共场所都是她家的客厅和卫生间，可是她们却从不做家务，地是从来不扫的，垃圾多到溢出来，小虫子嗡嗡地飞也不会换一下垃圾袋，卫生间里的洗衣机上堆满了她们的内衣裤，她们堆到发臭才会想起来。想起来就立马大叫怀玉的婆婆：“妈，给我洗洗衣服！”

总之，家里开始脏乱起来。

当然，一个人不会因为多出来一个缺点，从前的毛病就自动消失了。谢丽仍然爱占小便宜。怀玉月经来了，去柜子里找卫生巾，没了。翻箱倒柜地在屋子里找一圈，没找到，明明上次谢平多给她买了一大包。最后，在卫生间的垃圾篓里发现了，红红的一片片，谢丽用了。

怀玉郁闷得哟，抱着肚子一声不吭地进了自己的房间。谢平问她怎么了，怀玉叫他去给她买卫生巾，谢平就立马去了。这些年，谢平对于给怀玉买卫生巾认为天经地义。怀玉以前问过他不怕丢人呀，谢平说，男人疼老婆是应该的，做这种事有什么好丢脸？再正常不过。买回来又给她去熬红糖姜茶。谢平买的还是少女系列的七度空间。怀玉握在手上，瞅着包装袋上的美少女图案直乐呵，一颗心也温暖起来——都快30了，已经是两岁孩子的妈了，这男人还给她买少女系列。

怀玉是爱干净的人，家里的卫生一直是她做的，她觉得一个人不打扫卫生，就和一个人方便过后不清理是一样的，隔了时间让别人看到会一阵恶心。所以傍晚下班回到家，总是要扫地、拖地板、擦家具、洗衣服，以前家里人少，两个人又爱干净，孩子一直在公婆那边，家里没什么家务活，所以也不累。

现在就不一样了，每天回到家，家里总是一片凌乱，客厅要重新整理，垃圾要清理，地板要拖洗，卫生间就更甚，刷马桶、擦地板、清理下水道，谢丽头发多掉得也多，一大把一大把，经常把下水道给堵了。

怀玉坚持了这么久，随着不做家务的小姑子回家，失意的大姑子天天赋闲在家，她终于受不了了。

问题是不但身累，还心累。做儿媳妇的永远不要以为你的分量在婆婆心中和女儿是一样的。怀玉现在总算明白了，大姑小姑懒到什么地步，简直人神共愤！

可是她亲爱的婆婆呢，却成天笑眯眯的，大姑小姑被子都不自己叠，婆婆乐颠颠地给她们叠好了，还笑着对怀玉解释说："都是我从小惯的！两个人大小姐脾气！"有时候小姑子心情极好的情况下洗了一两件衣裳，那就不得了。婆婆收小女儿的衣服时，不但叠得整整齐齐，而且放在鼻子边闻一闻，慈爱地说道："哎呀婷婷，你这衣服昨洗的，怎么这么香哩。"谢婷婷饭后主动洗个碗吧，婆婆脸上就都是舒心骄傲的神情："我这小女儿孝顺啊，都知道体恤我，不让我干活哩。"谢丽心情不好，脸拉长得都快成马脸了，婆婆瞅准机会总是对怀玉道："你姐心情不好，不要让她做什么。"

怀玉还能说什么。她成了谢家最劳累忙碌的人，婆婆不但不会待她如两个女儿，反而会在一旁说道："怀玉啊，这衣服要洗了吧。"有时谢平看不过去，帮老婆搭把手，婆婆就说："怀玉啊，不要让谢平干活，他工作了一天，多累呀。"怀玉那个时候真是寒天饮冻水，滴滴在心头呀。

所以这一天晚上，她把房子全部打扫整理完毕，洗了一个澡回到房里想找谢平吐吐苦水，到床边时基本上身子已经累得散了架。

怀玉扑倒在床上，对谢平说道："累死我了，老公，来，给我按摩一下。"谢平原本在电脑上玩游戏的，听她说完，就立马跑过来替她揉肩膀。怀玉看在眼里心里还是很舒坦的。

怀玉一边享受着谢平的按摩一边说自己的心事，末了她说道："老公怎么办啊，我真是太累了，现在一个家要彻底清扫干净基本不可能，我累死累活忙一天，打扫好了，第二天回到家，又是老样子，你那姐和那妹啊，从来不会想着房子干净了要好好爱惜一下，照样东西乱丢垃圾乱扔。"

谢平笑了笑，对她说道："怀玉，我妹也不知什么时候出嫁，我大姐现在这样子，我也不好再说什么，家里也只有我们这一套房子，所以暂时还真是没办法的事情。玉啊，我看我们以后只要管好自己的房间就行了，至于那客厅还有那卫生间，你就不要去管了，当是公共场所好了。你心里面划一下线，我们两个人把自己的范围弄得干干净净就行。”

怀玉心里却闪过一丝阴影，对谢平说道：“谢平，这房子是我们的啊，当时爸妈转给我们的，一百五十多平方可全都是我们的。”怀玉想着什么划条线划个范围，她总感觉害怕。谢平笑了笑，说道：“是啊，这房子是我们的，永远是我们的，我只是说你打扫卫生划条心理承受线，这样你才不会那么累，因为打扫公共场所只会心生抱怨，你试试。”

第二天，怀玉照谢平说的那样做了，只打扫自己的房间，她扫地，谢平就帮她擦桌子，怀玉知道婆婆不喜谢平帮她做家务，就看着他笑道：“你不用做了，歇着吧，只有一间房。”谢平就一边麻利地擦家具一边笑道：“没事，看你辛苦我闲着也难受。”怀玉说道：“你妈看到了到时又说我。”谢平说道：“我妈说的话你不要放心上，你当是阵风，吹过就算。”怀玉笑了笑，想着还有儿子这样说自己老娘的，真是稀奇。

晚上对谢平说道：“今天学你的做了，果然好受许多，不再怨气冲天了。老公你真聪明！”谢平就哈哈地笑，说道：“我当然聪明啦。”他又想起什么，对怀玉说道：“老婆，我们做个智力测验吧，看我们谁更聪明，我今天在网上看到了，我很多同事测了。”“好啊。”怀玉也没做过智力测验，两个人就在电脑上测试开了，刚好家里一台手提一台老式台式机，两个人同时做测验。

按着考试规定的时间把考试测验做完，统计分数，怀玉一百二十分，谢平一百二十三分。谢平先是看了看怀玉的成绩，然后看了看自己的，喜得原地跳了起来，孩子气地说道：“啊，我比你高了三分，老婆我比你聪明！”

怀玉看了看网页，上面说满了一百分的都是高智商，她说道：“我们都是高智商啊，多三分你那么高兴啊。”谢平就笑道：“当然，证明我比你聪明嘛。”怀玉说道：“那么聪明当时怎么没考大学？”谢平就笑道：“当时不是不想学习吗，没上大学怎么了，我现在反正可以娶个大学生老婆。”

谢平高兴地走过来，抱她在怀，把她扔到床上去了。一边剥她的衣服一边对她说道：“上次没做完，今天一定要好好地……”

怀玉就笑，客厅里电视声音很大，大姐和她婆婆说话的声音还响着。“妈，我就是要离婚！”老人说道：“乱讲，孩子那么大，怎么离，你以为离了就好了？”

怀玉捏住谢平的手，轻声说道：“不要了，你姐和你妈都在外面呢。”谢平子弹都搁膛里几天了，再不发人都要憋坏了，他把怀玉的衣服扒光了，伏在她身上，一边亲她一边对她说道：“不用管，她们说她们的，我们做我们的。”

怀玉看到他那样，只得笑着不作声了。

两个人在电视的吵闹和说话声中动作着，婆婆大姐的声音响锣一样，不过反倒是比平时多了一分刺激。不过高潮的时候，怀玉挣出一身的汗，也没有让自己发出一点声音。

事后，谢平拱在她身上，一边亲着她耳朵尖儿一边对她轻声说道："玉啊，怎么不叫了，我还是喜欢听你叫。"怀玉就笑，乌浓的眉眼瞅着自己老公，想着能叫吗？

谢丽在家里看了十天左右的电视，又开始找工作了。这次是白天出门，每次出门都要打扮得十分光鲜亮丽，俨然一个都市白领。不过她最近没有添置什么新衣，又是人生低谷失落的时候，需要漂亮衣服增添自信，发现自己的衣服都过时难看，所以就打上了怀玉衣柜的主意。

有一天晚上，怀玉回到家里，打开衣柜，想找一件衣服明天上班穿，怎么找也找不着，翻遍了衣柜，又找遍了睡房的大小角落，还是找不到，心里也感觉奇怪，对谢平说道："谢平，你看到我那件白色的雪纺上衣没有，我明天想穿。"谢平说："衣柜里没有吗？"怀玉说没有。谢平说："可能你丢在哪个角落了吧。"怀玉一边找一边说道："不会，好衣服我一般不会乱丢的，我都会挂在衣柜里。"谢平就说："那再找找。"怀玉说找不到，谢平也起床帮她找，两口子找遍房间每个角落，最后客厅、阳台上都翻了几遍了，也没找到。

两个人都纳闷，想着奇了怪了，去哪里了。

第二天晚上回到家，怀玉却发现她的白色雪纺衬衣挂在衣柜里了，衣襟上有可疑的口红印子。她起了疑心，拿起来闻了闻，衣服上一股浓郁香水味儿还有汗味。怀玉皱了眉头，从衣柜里拿出衣服，到卫生间去洗，刚好看到大姐谢丽洗完澡从浴室里出来。

怀玉也想明白了，以前从来没有出过这种事情，大姐来了就有了。她本想开腔问几句的，后来又不想得罪人，便也没吭声。可是她也不是软柿子随便好捏的，既然你穿我的衣服一声不吭，那么我锁上我的房门也理所当然吧，谢丽随便进她房间也不是一次两次了，不久前的卫生巾事件，她放在自己房间好端端的，那卫生巾还会自己长脚跑到垃圾篓躺着去？这次衣服也是一样！

怀玉一边做了这样的决定一边到了房里，对谢平说道："以前出门上班锁门吗？"谢平说道："有时候锁，有时候忘了，反正外面上锁的。"怀玉就说道："以后我们房间也锁上吧。”谢平是唯老婆是从的人，当下就说好。

第二天，怀玉上班前就把自己的房间上了锁。

谢丽再看到怀玉的时候，脸明显就拉长了，怀玉也不吭声，当这件事没发生过。

最后，倒是谢丽和谢婷婷两姐妹吵起来了。那天晚上，谢丽在客厅看电视，怀玉在房间里改剧本，谢平在一旁玩游戏，怕吵到老婆神圣的工作——谢平觉得与文化沾边的都非常神圣，所以游戏也消了音，一个人在那里玩着。

怀玉之前应电视台要求写了一个都市情感剧，里面原本有个植物人，三十集电视连续剧几乎每集都要出现。原本对剧本怀玉还蛮满意的，结果导演给她来电话了：“怀玉啊，那植物人要改一下，让他说话，让他活动，要不就直接换了，你这样写我不好给演员算经费，每集躺在那算什么事……”

剧本费在整个电视剧的制作成本中九牛一毛不值一提，往往几百上千万的投入，编剧最多拿到几十万。这还要是那种最出名的一线编剧。怀玉是小角色，所以一切听导演的，导演让她改，怀玉只能乖乖地改。

原本很安静的，突然就听到谢婷尖着嗓子的声音：“我那条黑色的连衣裙谁穿了？穿了又不洗，塞我衣柜里！”然后是谢丽的声音：“我穿了，你那么大声音做什么？”谢婷婷站在那里生气说道：“姐，你也真是，你想穿我衣服你跟我说，你爱穿什么随便你穿，麻烦你说一下好吧，再说了，大热天的，你穿出去了就给我洗一遍，行不行？脏不脏啊！”

谢丽也没好气说道：“我现在天天在外面找工作，要穿好一点，自己没衣服，只能看看你有没合适的，洗什么，我明天还要穿呢，你不是不在家吗？你以为我不想和你说啊。”谢婷婷就愤怒道：“自己没衣服找自家男人买去，张大伟那烂人，你趁早和他离了算了。”虽然张大伟窝囊，谢丽却不许别人辱骂他，哪怕自家妹妹也不行，立马就火了，对谢婷婷大声道：“你姐夫怎么不好了，他对我真心！我跟着他没衣服穿，受苦受累我也愿意！”

谢婷婷倒是笑了，看她姐小母鸡一样，反倒放缓了声音，对她说道：“姐，你一辈子真是白活了，受苦受累可以得到一个真心伴侣。但假如不受苦受累也可以得到，为什么非要这样呢？任何人都有寻找快乐的理由。”谢丽听到这里，又听得呛出泪来，前尘往事如鲠在喉，一时说不出话来，谢婷婷看到她姐难过了，便也息事宁人，笑了笑，说道：“姐，别哭了，说清了就行，衣服你随便穿。”谢丽就收了眼泪，眉开眼笑，说道：“还是亲妹好,不像……屋门都锁起来,小气,自私,外地人,就不是一家人!"

怀玉在房子里听到了,知道是说她,心里咯噔了一下,看了谢平一眼,谢平估计带了耳麦没听见,全神贯注地在玩游戏。怀玉就摇了摇头,想着你要是不和我说一声,我锁上也理所当然,乱进房间乱翻东西招呼也不打一个,说翻个天去,也是你谢丽的不对。这事情你要说我坏话也只能由你了。

接下来的几天,怀玉也一直没有主动说出谢丽可以穿她的衣服,可以随便穿的话。因为谢丽根本没有向她承认曾经偷穿过她的衣服。

事情就这样平息了,谢丽也不再拿她的衣服穿了。她想着可能这事就这么过去了,她却不知道,这是她第二次得罪大姑了。

大家在一个屋檐下,难免有摩擦,就像碰撞在一起的瓷器,裂痕有了就是有了,那可是消不掉的,不是你重新归位,大家各不相干就从此太平无事。而且,这裂痕多了呀,到最后就是无可挽回的"砰"地碎了,家庭大战就这么爆发了。

谢丽每天打扮得很白领地去找工作,她想找份白领的工作,只可惜除了长得像白领,其他地方都不符合,典型的心比天高,命比纸薄。她学历太低,才初中毕业,能力也不济事,电脑打字好比蜗牛,比小志还要慢得多。小志网上聊天又是打字又是发表情的,网友无数。谢丽二指禅,紧瞅着键盘,好半天也打不出一个字来,而且什么办公软件也不会。

谢丽每天兴冲冲地出去找工作,又总是失意地回来。找工作的时候,对于什么"物流助理、文秘、销售经理、翻译、编辑"之类的也不懂,也不敢去打电话咨询,对于"饭店服务员、超市收银员、打字员、保洁"这些字眼还是能理解,对于"女工"之类的看着亲切。但是她不想再去厂子里当工人,又不敢去应聘翻译之类的工作,她一辈子没听过简历这东西,所以只敢尝试打字员之类的,又由于电脑知识实在贫乏,面试极难通过,服务员、保洁的工作她又不想做,找工作便以全军覆没告终。

幸好谢丽很坚强,她决定重新开始了,也就不泄气,起劲地折腾,一个折腾完了,就又去折腾另外一个行业。有一次应聘超市收银员差点成功了,过了第一轮面试,超市老总觉得她形象不错,可以当收银员,结果后一轮面试,由于她基本的收银操作也没学会,惨遭淘汰。

外省婚姻

这一天中午，怀玉在单位休息，手机突然就响了起来，怀玉拿起来一看，是弟弟叶小舟打来的，弟媳怀孕了，马上要生了。怀玉之前和弟弟说过如果生了要立马告诉她，她弟弟也因为马上要为人父，乐呵呵地对他姐说那是自然的。

如今电话突然打进来，怀玉便已料到了几分，一边接通电话一边笑了起来。电话刚接通，叶小舟就说："姐，生啦，生啦。"怀玉就说："恭喜恭喜。"她弟媳生了一个儿子，怀玉自然也高兴。自从她大学出来读书后，家里就少了一个人，除了爸妈就只有弟弟了，后来弟弟结了婚，家里多了一个弟媳，如今又添了孩子，而且是个男孩，叶家有后了，不至于绝户。家里人丁兴旺，对于普通人来说，这自然是可喜可贺的事情。

晚上下班，怀玉回到家里，就和谢平商量她弟弟生孩子给红包的事情。按她老家的规矩，弟弟生了孩子，做亲姐姐的肯定要给一份厚礼的。怀玉要给她弟弟寄钱，至于寄多少，自然就要和谢平商量了。

谢平听怀玉说完，就笑道："你们那还有这种规矩啊，我们这边可没这规矩。"怀玉也知道谢平说的是实话，他们生双双的时候，谢丽就没有给一分钱，刚开始怀玉还觉得奇怪呢，虽说姐姐家里情况不好，可是没个多总有个少吧，要意思一下。后来问了谢平才知道，他们南方这边没这种规矩。

这就是外省婚姻的问题所在。一个省的人嫁到另外一个省，生活习惯、饮食禁忌、规矩风俗有很多的不一样，有些习俗甚至是迥然不同，就像白天和黑夜的区别。在自己老家你可能觉得合情合理的地方，在另外一个省可能简直就是莫名其妙。之前就出过许多这种状况，比如南方这边嫁女儿，男方家是要给很多聘礼的，一般不是车就是房，但是在北方，嫁女儿却是恰恰相反，女方家要给很多陪嫁，怀玉的闺蜜嫁在老家，光嫁妆就用东风牌的大卡车拉了六大车！所以北方有点重男轻女，说女儿是赔钱货也是这么一个原因。

怀玉结婚的时候，因为她家里经济条件不如谢平家，所以她结婚，等于就是一个人过来了，嫁妆基本上没有，房子是谢平家的，装修费也是她公婆掏的钱，至于家具电器，那是谢平自己掏钱买的。谢平比怀玉工作得早，她大学毕业的时候，他工作将近十年了，平时除了抽烟又没什么不良嗜好，像个老实本分的守财奴，所以存了不少钱。怀玉刚毕业工作，能养活自己就不错了，家电都是谢平私房钱买的。谢平人很好，考虑到怀玉的感受，对他爸妈说家具电器都是怀玉娘家出的钱，他们给的嫁妆，因为嫁那么远，不方便在北方买了拉过来，所以直接给了他们钱，要他们两个人自己买。

公婆老家是浙江的，浙江这边嫁女儿，其实对女方要求也很高的。结婚前，女方会向男方要求聘礼，男方少的给个六万八万，多的就不封顶了，不过最后不管给多少，女方家都要再添点进去当嫁妆。如果男方家准备了房子，那么女方家至少要准备一辆车。谢平担心自己爹娘对怀玉有意见，所以才这么和他爸妈解释的。也因为这个缘故，在此之前，公婆对怀玉一直没什么意见。公婆现在在广州，以后死了肯定也是在广州这边买块墓地，老家是不回去也回不去了。所以对于那些陈规，只要儿女高兴，他们也不去计较了。怀玉娘家情况一般，又没主动跟他们要聘礼，结婚买了这么多高档豪华的家具电器，还要怎么样？礼数上过得去就行了。天下做父母的，儿女开开心心，他们还计较什么？

谢平真的是一个很好的男人。怀玉和他回北方娘家结婚的时候，临走时她爸妈按照本地的规矩给谢平塞了一个很大的红包。谢平看也没看，直接给了怀玉，怀玉打开数一数，发现是五万块钱。怀玉知道她爸妈不容易，本来家里情况很一般，前些年供她读大学基本上没什么钱了，这五万块多半是爸妈向亲朋借来的。

怀玉把家里的情况向谢平说了，谢平想着反正他们小两口房子也有了，他存的钱又还有一些，两个人都在工作，不愁钱花，怀玉又一心孝顺，不想要老人的钱，便索性应了她，对她道："那还给爸妈吧。"老人自然无论如何不肯收下，说是女儿的嫁妆，大红包烫手山芋般在怀玉和她爸妈手上来来去去。最后，谢平和怀玉趁老人不注意，把红包塞到她爸的口袋里了。

谢平之所以对怀玉这么好，也是有原因的。

认识怀玉之前，谢平通过相亲交往过两个女孩子。不久后，就发展到床上去了，不过两个都不是处女,他这个老实的处男反倒是她们开发的。认识怀玉后,谢平尝到了自由恋爱的甜头和激情,就一心一意追怀玉去了。

还记得两个人第一次接吻的时候,在大学校园的林荫路上,怀玉穿着白色的连衣裙,踮着脚,身子不自禁地微微向后仰。谢平被激情所控,上半身压在怀玉身上,双手捞着她柔软的身体,急切间去索她的唇,却发现她闭着眼睛,两手微微攥着拳头,牙齿紧合得密不透风。那一刻,谢平瞅着怀玉,心里仿佛被子弹击中,是一种狂喜,怀玉居然连吻都不会接!她连初吻都是他的!

事后证明他的猜测没有错。进一步深入的时候,谢平在被窝里折腾一夜都没成功,处女的身子是最顽固的城堡,下边干、紧实,根本进不去。后来还是五一长假,在宾馆里奋斗三天三夜,东方发白晨曦已现时才得以成功。白色的浴巾上一朵红色的小花,谢平拿在手里瞅着,样子像极了一个农民。

"哪像现在呀。"谢平经常用一种回忆的口吻说,"现在就像自来水,人在上面像划船……"

其实老婆是不是处女也无所谓,现在时代不同了,不过发现怀玉的第一次是他的,谢平就不得不激动万分,对怀玉就更加宠溺了,他已经宠溺到有点怕老婆的程度,同事经常拿这事笑话他。

谢平却觉得理所当然,他一个厨子,收入低,还天天在油烟和酷热中工作,怀玉能嫁给他,当然是他的福气。哥们说:"你长得帅啊。"谢平就叼着烟说:"男人帅有什么用?脸能当卡刷吗,自动取款机看到你能狂吐钞票?!"

这一次,她弟弟生孩子怀玉要给钱,也是外省婚姻的普遍性问题之一。

怀玉说道:"谢平,这是我们那边的规矩,弟弟生孩子,做姐姐的一定要给的,而且我又是考大学出来的,在我们那边算是很有面子,别人都以为我混得很好,所以比一般做姐姐的要多给一些。"谢平就笑了笑,说道:"行,你看着办吧。"

怀玉就点点头,她嫁过来之后,基本上吃住在婆家,平时的工资都存起来,虽然经常贴补娘家,可是也都是用自己赚的钱,这之前一直没出现过什么问题,所以这些年贴下来,她也没发觉什么异常。其实她不知道是谢平待她好,一直没和他爸妈说过。如果公婆知道她这些年贴娘家的钱数,可能就没那么好了。谢平也不是不计较,毕竟怀玉已经嫁了过来,这么多年,还一心向着娘家,不过因为他爱她,所以一直没说什么。

怀玉想了想,对谢平说道:"我想给两千,你看怎么样?"两千不算多,在怀玉老家,有钱的姐姐给五千的也有。谢平就说道:“给一千吧。”怀玉就没吭声。

第二天给她弟弟转了账,还是转了两千,一个月的工资基本上就转一半了,给她弟弟发短信要她弟弟去银行查一下。晚上回到家的时候,刚好她弟弟的电话打到手机上来,很快活地告诉她钱到了,谢谢她。怀玉自然也高兴,用老家的方言对她弟弟说道:“钱到了就好,没错吧,两千块。”他们北方的方言不像南方方言那么难懂,怀玉老家话就像普通话一样没多少差别,除了把“我”说成“俺”把“在哪里”说成“搁哪里”外婆叫做“朗”外公叫做“外姥”此外,基本上就是普通话了。

怀玉和弟弟通电话的时候,刚好谢丽也从外面回来,就听到了。谢丽今天又出去找工作了,没有找到,心情不好,而且一身的汗,回到家整个人就像刚从水里捞上来的。听了怀玉的电话,听到她居然结了婚还给娘家一下子寄两千,想着真有钱啊,这么阔绰地贴娘家,谢平也不管管。再联想到自身,不由悲从中来,想着人和人真是不能比。

不过谢丽和怀玉也没起正面冲突,再说,她现在是住在娘家——谢丽是一个比较传统的女人,没有什么男女平等儿子和女儿地位一样的思想,住在娘家她一直是心不安的,想着寄人篱下吃人嘴短拿人手软,房子是谢平和怀玉的,出嫁的女儿和儿媳妇比起来,女儿就是客,儿媳妇才是自家人。所以谢丽就算有意见,暂时也只能埋在心里了。

然而,姑嫂间有了嫌隙,整个家,就像安放着一个滴答作响的定时炸弹,让人无端地不安。

晚上吃饭还早,怀玉惦记剧本的事,就进自己房了。剧本牵一发动全身,你不可能改了其中一集,其他集数就可以不用动,所以虽然是改,基本上等于推倒了重写。

怀玉在房间里忙着。公公还没回来,婆婆在怀玉客厅收拾房间。公共场所怀玉不再收拾了,一阵子下来与垃圾场没啥区别,婆婆看不过去,就自己收拾起来,一边收拾一边唠叨:“这怀玉也不知怎么回事,现在人也懒了,家务都不干了。”

谢丽在客厅吃着苹果,右手拿着一把水果刀,左手拿着一个大红苹果。苹果皮蛇一样盘旋而下,老太太把拖把拖到她面前,她就抬起两只脚,伸在半空,看了看怀玉房间,故意大声说道:“妈,这家务活你做什么?有了媳妇还不歇着?别人都说娶了媳妇就轻松了,你怎么还更累?”

怀玉这次听得清了,耳朵里就像被人泼了一勺热油,心里震了震。在房间里抬起头来。大姐和婆婆的话她都听得一清二楚,听过之后,不免心惊肉跳。婆婆对她有意见了？这是结婚这么久，婆婆第一次在背后对她表示不满，那个拉着她的手说待她就像亲闺女，那个下班后她要做家务说放着我来，那个隔几天担心她想念老家的面食时不时问她想不想吃饺子馒头的婆婆到哪去了？

老人把拖把从女儿面前拖过去，听了大女儿一席话，一颗心不由更不悦了。这时，老头子从外面回来了，听到她娘俩的说话，开腔说了一句公道话："丽子你也真是的，你妈在做事你就不会帮一下？怀玉也是爹生娘养的，不是石头缝里蹦出来的，人家白天还要忙工作，老伴啊，我看你啊不要这样高要求，你儿媳妇已经够好了，不要没事挑事。"

老太太就抬起头来说道："我又没说什么，行了，做饭去吧，一会都要回来了。"怀玉在房间里怔了半晌，对公公生起感激之心，想起刚才，照着这形势发展下去，有大姑这样煽风点火的长舌妇在家，这日子估计安生不下去了。

晚上大家一起吃饭，张大伟又来住了，谢丽再次眉开眼笑不提离婚的事。他已经和谢丽和好。怀玉也搞不清楚他们的状况，大概是张大伟在外面没地方住，所以夫妻吵架就主动认个错，总之，两人现在十分恩爱，简直如胶似漆。他们分分合合的，怀玉也不好说什么。

谢婷婷也回来了，一大张桌子，九个人。公公在做菜，在厨房里忙得团团转。婆婆和大伟在端菜，两个姑子肯定是什么也不做的，大小姐一般地等着开饭。小志和双双又在看动画片，怀玉平时给家人盛饭成了习惯，所以现在依然是她给大家装饭。以前还好，毕竟一家人，盛饭给公婆也是应该的，现在大姑小姑都在家，她一个人男女老少全部要照顾到，不免忙得像个陀螺，分身乏术。一般都是别人吃喝上了，她还在挨个地给他们送饭去。时间久了，未免也有点疙瘩。涵养再好心态也会失衡的。

大姑小姑从来不会伸手搭她一把，小姑还好，接过饭碗的时候，还会笑着看怀玉一眼，亲热地说声："谢谢嫂子。"谢丽就是接过，眼皮也不抬一下，没一点表示。不过怀玉虽然有意见，也算了。

她是性格比较和风细雨的人，如果不是原则性的问题，基本上她不会因为一点小事发火。所以她大姑虽然来家住了两个多月，吵闹、爱占小便宜、人懒、煽风点火，怀玉心里经常有所怨言，可是表面工夫还是做得很好，维持着一家人表面上的热闹和谐。

怀玉把饭都盛好了，就去厨房叫公婆一起吃饭，然后坐在双双旁边，喂她吃饭。孩子早就不吃母乳了，现在两岁多，一餐也能吃掉一碗饭，长得白白胖胖的，特别漂亮可爱。

一家人正吃着，外面就听到门铃响，怀玉抬起头来，她婆婆脸转到怀玉这边说道："这个时候谁来啊？在吃饭呢。"坐在那里说话屁股却没动，怀玉自然知道婆婆的意思，便站起来，说道："我去看看。"婆婆对闺女和儿媳就是双重标准，女儿不做事理所当然，儿媳一时间没反应过来，还要出言提点。

怀玉走过去拉开门，发现是附近的李嫂。李嫂六十多岁，和她婆婆差不多年纪，平时和婆婆挺处得来的，经常来坐坐，陪她婆婆聊天之类的。

"李嫂啊，快进来，吃饭没有？没吃饭在家吃！"婆婆看到李嫂来了，饭也不吃了，立马张罗着李嫂坐，一盆火似的招待她。李嫂却瞅了谢婷婷一眼，笑眯眯地在一旁坐下了，一边目不转睛地看着谢婷婷，一边挥着手对谢家人说："你们吃，我吃过了，你们吃。"

怀玉也坐下来喂孩子，刚开始也没想到李嫂有什么事，以为就是邻居串串门。等到大家吃完饭，大伟把桌子收拾干净，谢平上晚班去了，一家人坐在那里休息。谢婷婷起身要回房，李嫂却开口道："婷婷呀，有男朋友没有？"谢婷婷乐了，说道："还没有呢。"又大方地转过身正面看着李嫂，笑着说道："李嫂给我介绍呀。"李嫂就说："好，刚好有这么一个，李嫂我今天就是为这个事来的。"

一家人都乐了，或者说都有点兴奋，没想到这年头还有媒婆上门做介绍。婆婆立马张罗着老伴去切水果。老头子也替小女儿高兴，忙不迭地应着去了。谢婷婷听到张嫂给她说亲事，房也不回了，在一旁坐下，对李嫂说道："什么样的啊？您说说。"脸上也是笑嘻嘻的，一点也不害臊。

怀玉婆婆推了婷婷一把，对李嫂说道："这孩子，现在都不害羞，哪像我们年轻的时候，有媒婆说亲早就躲房里去了。"婷婷就说道："妈，这什么年代了，躲房里能嫁得出去，现在宅女都要参加相亲大会哩。"

"啥柴女？"老人听不懂，谢婷婷对天翻白眼，放弃对她老娘解释。怀玉抿着嘴笑。

李嫂却用大手拍拍大腿，附和说道："对，婷婷说得没错，大嫂子，现在年代不同了。"婆婆也是乐呵呵的，椅子往李嫂那边挪了挪，挨近了身子还凑过去，热情说道："李嫂，你说的是哪家呀？什么样的？家里情况怎么样？"李嫂就笑道："给我姑的儿子说的，小伙子小时候到我家来过，说不定还和婷婷在一起玩过，李彬，知道吗？小伙子一表人才，一米八二，又上进又听话，也是大学生，现在在上海，博士！前两天到我家来了一趟，说是在这边出差来看看我，刚好看到婷婷下班回来，他一眼就相中了。托我来说说。他现在在上海的一家什么外企工作,听说工资快一万了!”

一家人都在听着李嫂说话,怀玉基本上也听清楚了。想着这小伙也还不错,又是博士又在上海,还一表人才,小姑子虽说长得很美,可也只是一个三流本科出来的,又是一个售楼小姐,广州市虽说不错,和大上海可不能比,不是说过吗,上海看哪里都是乡下,当然也包括广州市。

怀玉正想着这门亲事可能成了呢,却感觉气氛不对,一抬头,发现家人脸上的笑容淡了许多,不但是他婆婆,甚至谢婷婷都冷漠了许多,之前的热络劲一下子没了。大家看着李嫂,之前一盆火似的,现在火冷灯熄,瞅着她似千里之外。怀玉就奇怪了,想着小伙子这么好的条件,一家人怎么这样啊。

老太太脸上的笑容就像牙管里挤出来的牙膏,稀释的,软塌塌的,没有形状。她拍了拍身上,把外衣的下摆捋了捋,眯着眼睛好似在拈身上的一根线头,一边拈着一边漫不经心地问道:“那城里有房没?”

李嫂愣了一下,有点难堪地说道:“没有,不过小伙子年轻,以后肯定能在上海买得起房的。”

老太太就“哦”了一声,没有再问什么。

之后就显得相当无味,一家人对李嫂纯粹是敷衍应付,明显不上心。到了后面,老太太干脆走到另一间房去了,有一搭没一搭地隔着房间回答李嫂的话。李嫂也看出来了,面子上挂不住,勉强聊了一会,就托说有事走了。

等到李嫂前脚出门,家里就一锅粥似的沸腾开了。谢婷婷哈哈大笑起来,婆婆从另一间房走出来说道:“李嫂这个人真有意思,做介绍也不看人,什么歪瓜裂枣乡下汉都拿来瞎说,李彬什么样的我不知道,他老家在我们浙江乡下,丽水!家里穷得揭不开锅。这样的人也来我家说亲?!”

怀玉想着原来是这么回事,可是人家现在不是在上海吗?果然,她公公拍了拍裤腿说道:“李嫂不是说了吗?以后在上海买房。看人家家境做什么?人家李彬还是博士毕业,在上海工作,以后肯定有出息的。”

谢婷婷这时候站了起来,准备回房了,对她爸说道:“爸,你现在是不知道,上海满大街博士,李彬我见过,是一表人才,性格也好,人也聪明,不过像他家那样的,他就算在上海工作,我敢百分之九十九肯定一辈子也是买不起房的,上海房价可比我们这高多了,没房的再好我也不要。现在没房以后买得起房的我也不要。没安全感!”

婷婷说完正准备走,这时候,谢丽反对拿房子说事,她慢慢地对妹妹说道:"女人的安全感是自己给自己的,别人给的再安全也得看别人给到什么程度。日子总是两个人过的,需要两个人一起奋斗。如果房子都是男的一个人买的,不信女的就有安全感!男女一起奋斗买的房子更有安全感。社会是公平的,三十岁之前你使劲挑剔对方,等到四十岁过后有没有想过你的婚姻会怎样?人还是高尚点,不要成天钱啊房子的。找老公第一要看人品。"

谢丽因为和张大伟和好了,心里又有了一个新的赚钱计划,共同努力一起买房的打算又在心头成形,所以说出这么一腔话来。

谢婷婷鼻子里冷哼一声,对姐说道:"你高尚?找个没房子的结婚,你就结婚十多年埋怨十多年啊。我不想过你那种生活,太可怜!"

张大伟听到此,脸上红一阵白一阵,两只手在暗处攥成拳头,只觉谢婷婷相当可恶!

谢丽脸都白了,气得翻江倒海,老公就在旁边,谢婷婷这样不给面子,无异拿把刀在砍她,而且砍的还是她和老公两个人。她对妹妹厉声道:"婚姻是对等的,要求别人有房的时候想想你自己有什么?"

谢婷婷却轻笑一声,答非所问地说道:"姐,你现在还能说有情饮水饱么?"一双大大的清水眼瞪向谢丽,谢丽愣了一下,慢慢说道:"有情不能饮水饱是没错,可是自己也要想想,别人都是辛辛苦苦赚来的凭什么毫无条件地跟你分享?婚姻是个天平,两边的重量要基本对等。你有什么?现在又不是男主外女主内的时代,女人凭什么一定要求男人有房有车呢?房子确实是基础,但是感情如果和物质挂钩就变质了。"谢婷婷冷嘲道:"那你这样没和物质挂钩的我看怎么也变质了?"张大伟气得直接站起来,出门去了,出了门还仰天长叹,男人没本事,人人把你看做脚下的泥,想怎么践踏就怎么践踏。

谢婷婷也无所谓,她对张大伟早看不惯了。

"我们没变质,结婚这么多年还是很恩爱!""哎哟,成天赌气、吵架、闹着要离婚还叫没变质?姐,那你告诉我什么叫变质呀?"谢丽一张脸都黄了,好像被人掐了命门,看老公出去了,许久才急白脸说道:"你姐夫是不上进,我婚姻不幸,并不代表你就是对的!"

怀玉看着她们两姐妹唇枪舌剑,婆婆这时候出来当和事佬,说道:"你们两姐妹别吵了,婷婷说得没错,如果一个男人还没有能力安家,就不要拉个女的下水陪你穷!"

谢丽更加受气，护着李彬就是护着自己，她内心后悔也不能让人知道，所以她继续对妹妹硬着声音说道："现在没房又不代表一辈子没房，我看那小伙子不错，人家看上你是你的福分。你年纪也不小了，这样挑三拣四的，女人家没几年好，一不小心就老了，等到你过了二十五岁，到时候就是菜市场晚上的白菜！别说李彬，可能不如他的人都不要你了。"

谢婷婷却淡淡地笑了笑，说道："姐，现在白菜也不便宜，不是当年了。中国男多女少，我也还年轻貌美，现在不挑，以后像你这样更没得机会挑。再说了，你放心，我保证今年就找到了，而且要结婚！"

谢婷婷此言一出，语惊四座。全家人都跟着好奇激动了，婆婆站了起来，拉住小女儿的手，说道："什么样的？快跟妈说说！"

谢婷婷拿开她母亲的手，红着脸说道："妈，急什么，等到条件成熟我自会带回来。"说完就轻盈地一转身回房去了，婆婆满意地点点头，微微笑着说道："这孩子我放心，丽子……"

谢丽又怕老人说到自己，刚被谢婷婷赤口白牙地说了一通，就像滚烫的开水兜头淋下，她可再承受不了任何冷嘲热讽了，关心同情也不行，便也低了头，不待她老娘把话说完，一溜烟不声不响地回房去了。

老太太摇摇头，叹口气，对老伴说道："大丫头当年傻啊，现在日子过成这样，无论如何，婷婷一定要找个有房的！"她老伴重重叹口气，双手背在身后，低着头进自己房去了。

十一点多，谢平上完班回来，怀玉把她给两家里寄了两千块钱的事说了，她对谢平说道："一千块真是太少，我拿不出手。家里也不少这一千块，所以我寄了，谢平，你不会怪我吧？"

谢平虽然有点吃惊，可还是抱了抱她，大方道："寄了就寄了吧，你弟反正也只生这么一个。"怀玉笑道："是啊，我们那边生个男孩出来，就不急了，第一胎生了女儿才急呢，就要马上想着生第二胎。"谢平就笑，说道："所以你嫁给我是有福啊，嫁给你们本地男人，第一胎生了女儿，你就要变成生产机器。"怀玉就窝在他的怀抱里笑。

你来，我就挡

自从上次谢婷婷爆出自己有不错男友的真相后，一家人都笑眯眯的，期待着婷婷哪一天带男友回来。

大家一心盼望，没了争吵，家里氛围不错。

这一天晚上，怀玉吃过晚饭，在客厅里打扫卫生。自从上次无意听到婆婆背后的埋怨后，怀玉又拿起了客厅的扫帚拖把。谁都想过安宁平和的日子，婆媳交恶谁也不想啊。怀玉想着如果辛苦点，能给婆婆留个好印象，那还是辛苦点吧。

谢平现在不用上晚班了，所以在一旁陪双双、小志玩，谢丽拿着遥控器看电视。怀玉看着房间经过她的打扫一点一点变干净，心情也像这打扫过的房间一样，慢慢变得亮堂起来。她们家的地板颜色是那种蒲公英黄，洁净又带着温暖，拖干净的地板看着特别可亲，她弟弟孩子要起名，起什么样的名字全权交给她。怀玉受到娘家人重视，最近心情也很不错。

心情变坏，源于谢丽的一句话。

谢丽突然出声，理所当然的口吻："谢平，给我五百块钱。"谢平给了她五百块钱，怀玉看在眼里，没有吭声。

第二天，怀玉看到谢丽提了一个服装袋回来了，原来拿五百块钱买衣服去了。

第二次，要的是六百。

第三次，谢丽又开口向弟弟谢平要了一千，当着怀玉的面。谢丽这些天没有摆地摊，自然没了收入，她老公的工资要每个月十号才发，也只有一千块不到，所以最近她没有钱用了，出去打个车都没钱，别说添置新衣了。

怀玉疑是自己听错了，愣了一下，她想着什么意思，大姐把她叶怀玉这个弟媳当空气吗？跟她老公拿钱竟然如此理直气壮？而且一而再再而三？拿钱做点事也好，问题是是去商场买衣服！她心里就像扎了一根刺，可是没有吭声，等着谢丽接下去的说法。

谢平也愣了一下，平时给小志交学杂费练习册费给零食钱，几块几十块的他也无所谓，之前谢丽要了五百六百他也没吭声，现在没过几天又要了，他便有些不乐意了。好半天才说道："姐，你又要钱做什么？"谢丽便有点恼火，感觉弟弟就像变了样子，简直成了陌生人。她烦恼道："要钱自然是有用，我现在天天在外面找工作，不要花钱啊？这钱我向你借的，我有钱就还给你。"

怀玉在心里冷笑一声，谢丽说是借，鬼才相信，她说话就像一阵风，就像影子，分量轻得没有任何可信的成分。

谢平没有吭声。他是很节俭的老实男人，身上的钱除了有时候买包烟基本上不会变少。姐姐这样一而再再而三几百几百地跟他拿钱，未免心里会有割肉般的疼痛。谢平是中国的小葛朗台，对自己对亲人都小气，怀玉除外。

怀玉瞅了谢平一眼，脸上没有表情，地也不拖了，手扶着拖把站了一会，然后就不吭声地进了房间，她的意思相信谢平看懂了，她反对给他姐钱，谢平应该会明白她的意思。

怀玉突然进了房间，谢平自然看到了。那天刚好谢平身上也没钱了，平时以备急用，身上放个一千左右，其他钱都存工资卡里，然后凑了一个一万的整数，就老老实实交给老婆大人，小两口恩恩爱爱地挑个周末一起到银行去存定期。存定期的路上，怀玉还好，谢平的心情那是相当愉快，瞅着四下无人，都要抱着老婆亲两口的。为啥呀？他就这么三个爱好，第一个老婆，第二个烟，第三个就是存定期了，看着银行里的钱一点一点增多，那种充实和安定感，存过的人肯定懂的。

前面那一千左右被他姐拿光了，所以身上真没有钱，他说道："姐，我今天身上没钱，要不我明天给你取吧。"谢丽听到她弟说明天去给她取，也就没说什么。看着怀玉突然地也不拖了，一张脸板得跟手机屏幕一样，一声不吭地进房了，她的心里也不痛快，想着这弟媳对她有意见哩。心里也嘀咕：你对我有意见我还对你有意见，嫁到我家来，家务活不干，一直贴娘家，成天吹枕头风，教坏我弟！你敢对我有意见试试？！

不过又想毕竟是借钱，弟弟给了钱也就算了。弟弟是她的亲弟弟，他们是血亲，她向他借钱怎么了？

谢平坐了一会，也进房了。刚进房，怀玉就抬起头来，对他说道："你答应你姐了？"

谢平点点头，说道："我明天去取了给她，她没钱用。"怀玉就站起来，看了看外面，走过去把门关上了，对他说道："谢平，我不同意你再给你姐钱。一次五百一次六百再加这次就是一千六了。"

怀玉现在也明白了，对于不要脸的亲戚，你忍气吞声息事宁人，对方只会得寸进尺，不如奋起反抗，说不定还能让他们识趣而退，她和谢平过回从前安宁幸福的生活。谢平也知道他姐有点过分，这钱说是借，其实是打水漂，没指望她真能还，他们家是无底洞。不过姐弟情深，小时候上小学都是一起共把小伞走的，谢平说道："钱不多，我姐现在可能真没钱。"怀玉说道："谢平，我不是无理取闹，平时小志要零食钱买作业本买笔，你给他钱我说过没有？他是孩子，是外甥，给孩子给也就给了。你姐没钱可以向她老公要，跟你要算什么回事？这事不能开这个头，事不过三，必须到此为止。钱是小事，但是开了这个头以后就无止尽了。"谢平没吭声。

怀玉继续说道："这两个月我一直在忍，我已经忍了够久了。你姐他们一家住我们的，吃我们的，喝我们的，我也就不说了，这房子虽说你爸妈转给我们了，可是毕竟是老人的房子，女儿回来住我也可以接受。我现在也不催着他们走了，知道他们困难，我们家房子大，她是你亲姐，有能力照顾一下，但是谢平，我们不能给你姐钱。她和你姐夫有手有脚，为什么要跟你要钱？要了钱也不作正经用，拿了就去商场买衣服，我自己拿工资都没像她那么奢侈，是不是发展到后来，你姐夫没钱了也跟你要钱？我们的日子还要不要过下去？"

谢平就只能说道："我姐今天说了不是给，是借。"

怀玉就冷笑了两声，说道："那行，叫你姐打借条。"谢平就点点头，同意了怀玉的话。

第二天晚上，谢丽在客厅又开腔了，怀玉当时也在场，谢丽说道："昨天说好的。"谢平就拿出五百块钱来，谢丽欣喜地去接，钱在谢平手上停了停，谢丽抬起头来，谢平对她说道："姐，你打个借条吧。"谢丽就愣了一下，伸出去接钱的手就像被蝎子蜇了，说道："什么？"她怀疑自己听错了，谢平又说了一遍，"打个借条吧，前面两次就算我给你的，这次打个借条。"

谢丽就气得站了起来，大声道："是不是你老婆叫你这么做的？你还是男人吗？我是你亲姐啊，我向你借点钱，你还要我打借条？！"她也不由分说，直接冲到怀玉面前，对她说道："你一个外地的别给脸不要脸，我向我弟借点钱怎么了？！"

怀玉也火了，抬起头来，冷声道："姐你要借钱我也没说不借，打个借条也是应该的，是你说要借的，我们两个人工资也不高，又要养小孩……"

谢丽就气糊涂了，指着怀玉，说道："要我打借条？那你给你娘家的钱，一次给两千，你要你弟打借条了吗？你弟是人，我就不是人？啊，就只许你贴你娘家，不许谢平关心一下我这个可怜的姐，你弟是喜事，我还是没工作要钱用呢。"怀玉没想到谢丽会拿这件事说事，她反唇相讥道："你拿了谢平的钱做什么用了，你心里清楚，去商场买衣服去了吧？买的还少吗？拿了两次钱，前后才相隔几天，你平时住我们家，吃喝这么久，我也不说了，小志要钱我也没说过什么。前面几年，我们给小志的压岁钱每年都是八百。"

谢丽气得浑身直哆嗦，说道："你们家？你要不要脸，这是我家！我爸妈，我弟我妹都在这里，你也有脸说你家，嫁过来什么也没带，当时嫁给我弟不就是图我家的房子吗？不要脸，外地人，从哪来滚哪去！"

到了后来，谢丽大概是为了突显本地人优势，开始用南方方言破口大骂，杭州话加上广州话，什么市井语言都有，怀玉也不怒也不恼，对她说道："你骂也没用，想要拿谢平的钱就打借条，事情就这么办，至于我是不是这个家的，由不得你这个嫁出去的人来说话！"

谢丽气得尖叫一声，冲上来要打架，谢平从后面扯住了他姐。谢丽用拳头打她弟。谢平用劲推开她，对她吼道："你疯了是不是？疯了是不是？"谢丽一边还手，一边开始号啕大哭。

响动惊动了西边的公婆。中国的家庭都这样，一屋子人住着，如果又有老又有小的话，通常芝麻点大的事都能炸起来。平时双双自己玩着摔了，在那里哭，老人也是火急地围过来，一家人也跟着吵吵嚷嚷，所以其他事更不用不提了。

两个老人跑过来看个究竟，婆婆一看到亲姐弟打成一团，从来没见过这样的阵仗，立马就慌了，手忙脚乱地跑上来拉架，谢丽抱着她老娘就开始大哭不止，她到了后来，先是气愤，后来却是真伤心，联想到自身了，鼻涕眼泪俱下，说着怀玉的种种坏话。

"妈，你当年糊涂呀，这房子为什么要转给他们？现在她拿房子说事了，说我住她的喝她的吃她的。妈，我是回娘家啊！妈，我在外面受苦受累，我没地方可去！我回娘家都被人嫌弃呀，妈！"

谢丽最后一声"妈"叫得凄惨无比，身子像脱皮的虫子，从她老娘的怀抱里使劲向上一挣,然后头向后一仰,涕泪纵横。老人眼睛红了。

怀玉一直没吭声,头却有点眩晕,站在地板上却好像在天花板上行走,胸口仿佛突然间压着巨石,有点喘不过气来。

公公也没说话,怀玉尽量平静着自己,抱着最后一线希望,想着一家人不可能都是谢丽,总有明理的人。她却不知道,婆婆永远是疼女儿的,看到女儿这么伤心,婆婆对于怀玉未免态度改观,一边哄着女儿,一边对怀玉说道:“你姐可怜,你也不让着她一点?”

声音不大,却像耳刮子抽在怀玉脸上。

怀玉傻站在那里,她知道这次姑嫂正面开战,可能也是她婆媳关系交恶的开始。

这原本平和温馨的家,如今好像山雨欲来风满楼了。老太太带着谢丽回她那边去了。

谢平走了过来,把怀玉抱在怀里,拍了拍她的肩膀,怀玉倚在老公怀里,身子骨突然全软了,好像筋骨一下子全被人抽走了。

谢平抱着怀玉进了房。房门在他们后面关上。怀玉倚在老公的怀里,心生害怕,她想着她错了吗?当包子当了这么久,她今天才发作出面说话,她错了吗?如果嫁在老家,她都不会忍到今天,当你老实人好欺负,无所顾忌地骑到你头上作威作福,老虎不发威当是病猫。

可是为什么出面说话表明了自己的态度后,局面没有得到扭转,却反倒好像更加恶化了呢?

她只是想重归原先平和安宁的生活,可是为什么事情却越来越棘手,到后来,仿佛一切都不受她控制地坏下去了?她呆呆地看着自己的房间,壁灯还开着,橘红的灯光照亮了一半房间,就像红色的纱缦一样,帅气的老公低着头担心地看着她,多么温馨美好的家呀,可是她怎么感觉这一切不会长久了?

怀玉慌乱了,一种即将失去的恐慌攫住了她的心,呆坐着无所事事更加害怕,她索性站起来,客厅的卫生打扫到一半,她做家务去了。

怀玉继续在客厅打扫卫生,她把垃圾扔出去的时候,经过公婆那边,仍然听到谢丽的哭声,还有密集如雷雨的控诉:“妈,你也不管管,那女人寄给她娘家钱没数,她嫁到我家来赚的钱再多也是我们的,她给她弟一次就给两千,我向谢平借个五百块,她就要我打借条。谢平也是孬种,娶了媳妇就变了,以前他对我多好,多听话!他今天为了护那个女人都打我了，他居然打我！我没有这样的弟！”

“好了，不要哭了，这钱我给你，五百块，拿着。”

是婆婆的声音。老人给了谢丽五百块，谢平不用给了，怀玉表面上好似胜了。可是一颗心为什么更加不安了呢？

怀玉的脸上浮起哭笑不得的表情，这大姑是什么人啊？住在这这么久，俨然她是一家之主，不但做尽了佛爷，还要挑拨关系，上次说她做爱声音大，这次又说她拿钱贴补娘家。

怀玉一宿没睡。她知道她今天赢了，却可能是打开了潘多拉的盒子，从此卷入风波中去了。

老头老太太也没睡。两老人相伴到老，现在虽然仍在同一个房间住，却是两张床，分床睡的。年少夫妻老来伴，感情还不错。

一间小小的房，小瓦的黄色的灯，房间里一片幽暗，火柴盒似的堆挤着箱柜还有老式电器。床一张放在南边，一张放在西边，都是小床，不过老人睡够了。老太太自己掏私房钱给了大女儿五百块钱，谢丽拿了钱收了泪回房去了。事情算是平息了，可是老人心上却似长了一个硬块，而且再也无法平复下去。

今天的事对老太太刺激很大，她一边看着电视一边对老伴说道：“老头子，今天的事，我在想，当年我们把房子转给儿子，是不是做错了？女儿按理说也有份，手心手背都是肉，今天看到丽子这样……”

老头负气躺下了，一边往身上拉扯被子一边说道：“怀玉是大学生，我们家那情况，不给房子她真会嫁给谢平？再说了，当时大家一起商量了，俩丫头也没意见，你现在放这种马后炮做什么？”

老太太低下头去，却又心事重重地叹口气。怀玉公公想起什么，提点老伴道：“这事以后不要提，更不要在怀玉面前提起。”

第二天晚边，怀玉下班回家，婆婆在包饺子，婆婆以前不会包饺子，偶尔谢平要吃了，她就在外面超市买，后来怀玉嫁过来，告诉她手工饺子好吃，她老家经常自己包了吃。老太太就向怀玉学习，学会之后，只要谢平或者怀玉说想吃饺子了，老人总会包给他们吃。

怀玉看到婆婆在包饺子，眼前自觉地浮现出从前的婆婆。从前婆婆待她多好呀，担心她到南方生活不习惯，隔个两三天，就笑眯眯地主动问怀玉：“玉啊，想吃馒头不？

还是吃饺子？妈给你做！”

往事重现，旧景重温，怀玉一颗心突感温暖，看到婆婆一个人在那里忙活着，便洗了手过去帮忙。

怀玉说：“妈，我来吧。”婆婆笑了笑，把擀面杖让给了怀玉。怀玉比婆婆会擀面皮，所以拿了擀面杖过来就麻利地忙活开了，擀面杖在她手下滚得飞快，圆溜溜的小面片一张一张飞旋着从她手下有条不紊地出来。怀玉想着婆婆可能不会听信大姑的话，应该会相信她这个儿媳子，毕竟她和老人相处三四年了，大姑回来长住才两三个月。你看，她今天都给自己包饺子了。

然而，婆婆看她一眼，却突然说道：“玉啊，你嫁过来后，就是我们谢家的人，这房子啊，这钱啊，全是你的。明白吗？”

怀玉就笑了笑，没吭声。婆婆是精明的，算盘打得精刮，她不会因为昨天大女儿的事情就立马翻脸向怀玉要房子，但是对于谢丽的种种控诉却无法不放在心上，所以才有了今天的鸿门宴。老人继续说道：“你和谢平结婚的时候，妈说过把你当亲闺女待，这些年我们也过得不错，是不是？你娘家现在就只是你娘家，就像我女儿回来了，她也知道她是客，昨天还埋怨我把房子给你们了，害得她现在回家住着不自在……”

怀玉心里一阵揪紧，手上擀面皮的动作放缓。知道婆婆对她有意见了，她想了想，脸上呈现笑容，主动解释了：“妈，我一年难得回一次娘家，早把这当自己家了，我和谢平感情很好，妈，你待我也好，我都知道。平时双双你多疼她，没有你，我们年轻人也不会这么轻松。我上次给家里寄钱，是我弟生孩子，我们那边的规矩是做亲姐姐的，弟弟生孩子肯定要给一个红包的。”

婆婆“哦”了一声，眼皮也没抬，对于怀玉，她的印象的确是慢慢变了。先前，女儿说她那么多，她也没说什么，年轻夫妻，房间里的事，当婆婆的难道还管着？谁没有一个年轻的时候？她也不是不通情理的老人。可是后来，丽子告诉她怀玉居然不给她用洗面奶，不借衣服给她穿，一支洗面奶才多少钱？一件衣服借穿一下又怎么了？真的很值钱，给丽子用一下又怎么了？她是大姐，对大姐那么小气！老太太就是那时候开始对怀玉不满的。再后来，怀玉人变懒了，也不搞卫生了，老太太就更加不满了，昨天晚上就更是受气，听着女儿向她哭诉的话，老人一颗心有如刀割，她甚至想着怀玉真的对丽子说了那么狠那么绝情的话吗？怀玉真的一直在贴娘家吗？所以她今天买了面粉肉馅，回来包饺子吃。

老太太这样做，自然是有打算的。一方面是向儿媳示好：我做婆婆的不是恶婆婆，你看，我并没有因为女儿的一些话就对你有成见，你昨天这样对我大女儿说话，我今天依然给你包饺子！另外一方面，老太太想先礼后兵，先实施和风细雨的怀柔政策，趁着怀玉欢喜感动的时候，查明一下她到底这些年贴了娘家多少钱。

老人慢腾腾道："你们那还有这种说法啊，哪能这样呢？这闺女出嫁了就是婆家人了，这娘家哪能好意思向闺女要钱呢？那之前你弟结婚是不是也是你出钱的啊？"

怀玉心里跳了一下，低下头去，事实上是的。她弟弟结婚，她出了两万多，她接了一个剧本，作为排名最末的编剧，累死累活半年赚下来的外快。还记得当时，她告诉谢平打算把这笔意外收入送给弟弟作为他结婚的厚礼时，谢平愣了一下，直说太多了，怀玉居然笑着回道："我自己赚的钱，我还不能做主?!"谢平当时没吭声，脸色却好像不好看。

怀玉现在回想起来，才发觉谢平其实对她真的是太纵容了。

后来她把两万块汇给她弟了，谢平也一直没告诉他爸妈。

"怀玉，在想什么？你弟结婚是不是你也出钱了？"

怀玉才激灵一下回过神，撒谎道："妈，没有。"

老人狐疑地瞅了一眼她，然后一张脸就像石头一样硬。怀玉就知道惨了，婆婆对她有意见了。她想着傻啊，就不应该解释的，老人在这个南方活了大半辈子，南方就是她的世界，这里的风俗人情就是她的准绳，走遍全中国，她也要拿这根准绳来量的。她应该一开始就否认给娘家钱了，这样亲口一说，等于是承认给娘家钱了，婆婆会怎么看她？

怀玉一颗心开始忐忑不安了。

Chapter 3

婚嫁·十指连心的公婆

谢家嫁女儿，因为嫁的是钟鼎人家，女儿没一点嫁妆实在也说不过去。所以老两口能搜刮的都搜刮出来。谢丽穷得饔飧不继，全国人民奔小康的时候，她还在温饱水平，什么都没有，于是只能打起了怀玉和谢平的主意，老人想着他们两口子结婚后吃住都在家里，平时的工资都存着的，想来存了不少钱。

婆婆真来了

家里很安静,可是怀玉却感觉不对劲,这种安静就像暴风雨来临之前的天气,静得让人无端地紧张。

家里人仍旧如从前一样过着生活。吃完晚饭,大家就各自回房休息了。怀玉心里有事,可是她也不知道如何向谢平说起,她闷闷不乐,一直到谢平回家。谢平见天色晚了,招呼她睡下,怀玉躺在床上,轻轻叫了一声:“谢平。”谢平“嗯”了一声,温柔地问她什么事。怀玉却说不出口,她侧过身去,谢平再问她,她便说没事。

谢平也累了,便关了灯,和她一起睡下。睡下了,也仍然要从后面揽她在怀,大手伸到她的睡衣里,覆在她的乳房上。怀玉却睡不着,不久,谢平睡熟了,被子跟着他的呼吸一起一伏,怀玉在黑夜里瞅着老公,身子却像烙饼一样,睡不着了。今天婆婆和她的谈话,那个场景总在她眼前浮现,她把婆婆说的话一个字一个字反复咀嚼,总感觉婆婆待她不像从前了。她们的婆媳关系可能从此后要发生变化了。

怀玉一个晚上没合眼。

第二天晚上,回到家。低着头在过道里换拖鞋,就听到婆婆在客厅里的声音:“谢平啊,怀玉这些年到底赚了多少钱?你们两个人的钱,我们两个老人又没和你们要过一分,你们的钱做什么用去了?”

怀玉听到婆婆的声音,心里就一跳,整个人呆如木偶,也不知道动了。婆婆这样做是什么意思?怀疑她结婚这些年贴补娘家?还是在谢平面前挑拨他们的夫妻关系?平时和朋友同事相处的时候,关于婆媳难相处的事情怀玉也听得多了,大家都说天下婆婆是乌鸦一般黑,没个好的,没事也要找点事,总喜欢在儿子面前说媳妇的坏话。怀玉以前没碰到过,有时躺在谢平怀里,还开玩笑地问起:“你妈有没你在面前说我坏话啊?”谢平就紧紧抱着她,对她说道:“哪能呢? 我妈是那种人吗?”

这些年,他们一家一直相安无事,可是现在却变了,婆婆开始教唆儿子要怎么管理儿媳妇的钱了。这都是大姑来了长期住下的结果,积毁销骨啊! 往日幸福安宁的生活离怀玉是越来越遥远了。

“妈,我们的钱都存起来了。”是谢平不耐烦的声音。谢平平时也不爱和他老娘聊天,老人一和他唠叨他就表示不耐烦,今天也是如此。婆婆继续说道:“你姐亲口和我说的,说怀玉前两天给她娘家寄了两千块钱,说是她弟弟生孩子,怀玉自己也承认了,那么平时逢年过节的她是不是也往家里寄钱的? 去年她弟弟结婚,你和怀玉一起回她娘家了,她弟弟结婚是不是也是怀玉出的钱?”

听着婆婆一连串的质疑,怀玉一颗心跳到了嗓子眼,她屏气息声,紧张到极点。事实上,她弟弟从相亲到订婚,从订婚到结婚,之前给女方家的红包,家里房子的装修,之后的婚宴,怀玉出了两万多块,而这些,她没有瞒过谢平。谢平都知道的。此时此刻,她非常害怕谢平说实话,因为此前她也没有想过有这么一天,婆婆会向谢平盘查她的收入。

谢平说道:“妈,她弟弟结婚我们只送了两千块钱,她家亲戚送五千的都有! 她们比我们家有钱!”“那你们结婚,她家才给了家电的钱? 我和你爸还以为她家穷呢!”老太太还挺精明的,记忆力也好,谢平烦恼道:“那是我不要,妈,你也不想想,你儿子一个厨师,又没学历,怀玉是大学生,又是编剧,长得又好,我们家娶她又没另外买房,现在多少女的不愿意和公婆同住,你好意思向她爸妈要那么多钱? 怀玉她家也在北方的大省省会,她爸是退休公务员,她妈是退休老师,比我们家强多了。”

怀玉听了一阵感动,想着谢平真是好,一会回房,一定要抱着老公狠狠亲他,多好的男人呀。事实上她娘家家境远不如他家,谢平却总是在他爸妈面前把她说成大城市的女儿,家里很有钱,比他家家境要好,这个男人,即使在亲娘面前,宁愿撒弥天大谎,也要处处为她着想,宁愿睁眼说瞎话,也要维护她,怀玉一颗心感到温暖。

婆婆不相信,继续问道:“她弟生个孩子都给两千,结婚也只给两千?”谢平烦了,站起来说道:“妈,你瞎操心做什么? 我累了,我要回房去睡了。”老人还在唠叨:“她弟结婚也不能给两千啊,你爹一个月退休工资才多少呀? 有钱给你姐花一点啊,她家里条件不好,可是五百块都不肯给,娘家要钱就随便给,谢平啊,你也不要太疼媳妇,要教训一下,这媳妇嫁过来就是我们家的人。”

里面没有了谢平的声音，然后就是婆婆的叹气声："人老了真没意思，你说句话儿女当你是放了一个屁，人站在他跟前，也当你空气一样，唉，没意思。"

怀玉知道婆婆多半要出来了，只得安静站在那里，果然，不一会，婆婆出来了，在玄关撞到怀玉，脸上便有点不自然，勉强笑着打个招呼，也就擦身过去了。怀玉倒是因为谢平护着她，心情却大好，给了婆婆一个灿烂的笑容。

可是老人一颗心，因为儿子不听话，娶了媳妇忘了娘，怀玉又站在那里不吭声一个劲地听壁角，无端地生气起来。怨气一点一点累积到心里，虽然没发作，却一笔一笔记着的。对于怀玉，态度就没有以前好了，怎么看怀玉，都像是个有心机怂恿男人不孝顺爹娘的浪蹄子。

等到婆婆走过去了，怀玉才一阵烟似的溜回房间。婆婆皮笑肉不笑地从她面前经过，之前又说了那么多难听的话，怀玉对婆婆也开始心生芥蒂，她想着以后不知道会怎么样。

不过回到房里，想起老公那么维护她，怀玉还是很高兴，冲着谢平亲热喊了一声："老公！"然后双臂一伸，快乐小鸟般扑了过去。谢平大老远就张开了手，生怕她扑个空，摔到地板上去，抱着她了，才安心了。怀玉窝在谢平怀里，开始没头没脸地亲他，谢平有点莫名其妙，抱着她说道："今天怎么啦？对我这么好！"怀玉就笑，却不说话。长长的双臂环着他的背，扭股糖似的粘在谢平身上，两个身子紧紧贴着，在那里慢慢地摇啊摇的。

现在外省婚姻，亲家隔着千山万水，很多一辈子见不到面的。怀玉公婆从来没有去过怀玉娘家，只在怀玉结婚前，她爸过来看了一下闺女，看到她嫁得好，也就放心了。老人千里迢迢来一趟不容易，自然是西装革履衣帽一新来的，所以谢平爸妈也找不到怀玉娘家穷的疑点和证据。事实上，怀玉妈妈做了一辈子家庭主妇，她爸是一个小生意人，经济情况比谢家还要差一点，再加上是北方小城，谢家再不济也有一栋几百万的房子，所以不如谢家。叶家的真实情况和谢平嘴里说的简直天壤之别，风马牛不相及。不过因为隔得远，谢平也就壮着胆子说瞎话，撒再大的谎也无所谓，因为知道他爹娘不可能查户口一样跑到北方去验证。

所以说，外省婚姻也有好处的。就像怀玉，在她爹娘面前，也说谢平是重点大学生。为什么不说呢？为了让亲爱的爸妈安心，撒点小谎有什么关系？结婚又不是找工作，难道爹娘还真要查明女婿的学位证书？

不过，第二天却又出了事。

也是下班回家，其他人还没回来，婆婆在那边做晚饭，怀玉用钥匙开门进了自己房间，脱了外套放下手袋，就挽起袖口去厨房帮婆婆做晚饭了。在自己家里，谁会刚开了门又立马反锁上？这样却导致了混乱的结果。

为什么许多女人嫁人前都会要求男方有房子？为什么男方有房子，只是要和老人住，女方也不同意，一定要男方另外再买婚房？这样的要求是不无道理的，大家庭生活，你永远没有隐私可言，其他人也不知道尊重为何物，更何况怀玉这种大姑小姑一起住在娘家的情况。

怀玉去厨房帮忙了，心想着谢平对她这么好，那么她也好好表现，老人对她不满，她就主动点，多帮老人做做家务，让老人态度改观，回到从前。

然而，到了厨房，忙前忙后，有时主动热络地和老人说几句话，婆婆却对她态度不清，总之，感觉不对劲了。以前怀玉主动到厨房帮忙，婆婆总是笑容可掬的，今天怀玉走进厨房亲热地叫声妈，对老人道："妈，你歇着吧，我来做饭。"

老人却只是退让在一边，让怀玉忙活，别说客气话，脸上笑容也没的，阴着一张脸，就像梅雨时节的天气，怀玉在切菜的时候，婆婆就站在一旁削土豆，就是不开腔。老人还在为昨天的事生气呢，儿子明显变了一个人，成天围着媳妇转，老人含辛茹苦养他二十多年，突然间对她如此生分隔阂，能不伤心吗？她短时间内做不到释怀。

怀玉也不是傻子，婆婆这态度，看一眼就明白了。她在心里叹口气，总感觉她们婆媳之间已经有了疙瘩，就像冰块，不仔细看看不到，但是寒得慌硌得难受。

她把手上的事情做完，公公就回来了。谢家一直是公公掌勺，两婆媳都不怎么会做菜，但是老头子做饭却像一个将军，除了做，其他事一概不管，而且喜欢指派人，做菜前的洗菜切菜他不管，做好后清理灶台洗碗碟的事他也一概不管，所以怀玉只需要做之前之后的工作。

公公对怀玉笑道："怀玉，快歇着去吧，我来。"公公对她倒是一如既往的热情喜爱，怀玉也回了公公一个笑容，一个人走出厨房，越挨近自己房间，回想起婆婆变化的态度，一颗心就越是闷闷不乐。

她是充满压抑地进自己房间的，推开房门，原想在晚饭前自己在房间里好好静一静，理理头绪，把已经慢慢恶化的婆媳关系改善过来。她想反省一下，检查自己做得不对、不到位的地方？比如前几天和大姐吵架，话是不是说得太过分了；比如她从前那样贴娘家,谢平没说话,并不代表公婆也不介意,她以后要收敛点了,毕竟嫁了人。

可是她怀着这样的心境推开门,却傻眼了。

小志坐在她书桌旁,正在玩着电脑,那孩子好像在QQ农场偷菜,脸上带着紧张邪恶的笑,电脑旁放着一瓶可乐,喝了几口,有几滴洒在怀玉的书桌上。

"小志?"怀玉皱眉叫了一声,她真的几乎到了忍无可忍的地步了,她已经让他们住到她家里来了,她也不指望他们哪天搬出去了,可是她的睡房,她和谢平的爱巢,不但大姐,连这外甥也是想进就进。他们平时在这房里亲吻拥抱,或坐或站的亲热,哪个地方不值得珍惜留恋?

"舅妈?"小志被怀玉一声喝问吓到了,唬得站了起来,然后"砰"的一声,放在一旁的可乐瓶倒了,可乐流了出来,小河似的,从书桌上一直往下面流,瞬间就像洪水,以极快的速度流到怀玉卧室的真丝地毯上!

她的真丝地毯。当时结婚前和谢平两万多买的。因为她喜欢,所以谢平买了。婚后那么多年,怀玉每次心情不好,看到那块地毯她就开心了。

怀玉每次看到这块地毯就像看到她北方的家。因为她儿时的房间也有这么一块地毯。当时在家具城看到这块紫鑫石的真丝地毯时,她站在那里,吃惊地睁大了眼睛,因为这块地毯和她老家的一模一样,都是古典的希腊生活布景,上面的人物、家具和她老家那块重叠,就像两张多洗的相片。当然,她老家放在她房间那块很小,而且是山寨货,因为她家没钱,爸爸从二手市场给她买的。

记得当时,怀玉激动万分地告诉谢平这件事,她说她很想把这种地毯买下来,可以一解乡愁,可是小两口去问价的时候,却被吓住了,那么一块地毯,居然要两万六千八。怀玉无论如何不肯买了。她执意拉着谢平的手离开,却恋恋不舍地回头。

第二天她回到家,房间里却已经铺好了这块地毯,谢平知道她喜欢,一个人偷偷买下来了。谢平很节俭,可是因为爱,对怀玉却很大方,大方到简直就是奢侈了。

所以婚后的日子,怀玉看到这块地毯,就有了许多想念,小时候的家、爸爸的爱,还有老公谢平的爱。每次看到这块地毯,一股幸福感就油然而生。

可是如今……

怀玉一阵风地走过去,一声不吭拉起小志就把他往门外带,到门口把他往外一推,对他道:"以后不许进舅妈的房间。"小志吓坏了,受了力度再加上小脚发软一屁股坐在地上,看着平时温柔的舅妈突然发怒,嘴巴一张,哇地哭出来了。然后哭着从地上爬起来,抹着眼泪往外面走了。

怀玉脑子很乱,在原地呆了一呆,慢慢走回去,也没心情和时间去别的地方找抹布,匆匆拿起一件旧衣服,蹲在地毯上细心地擦拭起来。可乐不是灰尘呀,真丝不沾灰,平时擦一下就干干净净,可是今天不管怀玉多么努力,却于事无补,那酱黄色的饮料弯曲漫延着,就像一条毒蛇,无可救药地吞噬着她心爱的地毯——她年近三十,作为女人,唯一一件像小资的奢侈品。

怀玉拼命地擦拭着,她不知道这地毯还能不能回到从前,擦不干净,只能花几百块钱拿去干洗,能洗干净吗?

怀玉双腿跪在地上,仍然保持着那个擦拭的姿势,门却"砰"的一声被人踢开了,怀玉还没看到人就先听到声音:"你怎么敢打我儿子!"她看得清了,是大姐谢丽,她母鸡护雏一样护在小志前面。

怀玉哭笑不得,站起来对谢丽说道:"姐,我没打。""我都亲眼看到了,妈,妈……"谢丽拉着小志的手高声叫怀玉婆婆,"妈,你来评评理,你儿媳妇打我儿子,我还是谢平他姐呢,她眼里有我吗?小志是她外甥,那么小,她居然敢动手打我儿子,妈,你睁开眼看看,当时我告诉你,啊,叫你不要娶外地媳妇,你偏不听,现在看到了吗?外地人没个好东西。我儿子这么小她都敢打,她怎么下得去手?!"

怀玉听得瞠目结舌。谢丽对怀玉早就有意见了,一直想发作好好治治她,没找着机会,如今亲眼看到儿子哭着来找她,亲耳听到儿子说舅妈打他了,那还得了。她隔了几个房间高声叫喊着,怀玉婆婆从厨房那头跑过来了。

老人听得清了,立马把外孙抱在怀里,对怀玉板脸道:"你也真是的,怎么能打小志?!"昨天的火气还没消,家里如今又闹起来了,老太太此时此刻一颗心,简直就是烈火烹油,怒火越烧越旺。

小志从小到大基本上就是老人带大的,比一般的外孙还要亲一层。虽然说孙女也一样是心肝宝贝,可她对小志也是心疼万分的。

怀玉试图解释:"妈,没打,我只是推了他一下,他进我房间,把我地毯弄毁了……"

"你还有理说,坏女人,对我有意见是吧?你冲着我来就是,欺负我儿子做什么?"这时候谢平也回到家了,刚进家门,怀玉看到老公的身影,眼泪就止不住在眼眶里打转。可是她仍然拼命忍耐着,她也不知道怎么了,只觉得再也待不下去了。嫁到外省,以一个外地人的身份生活着,简直就像一滴水淹没在苍茫大海里,力量太微薄了。

“吵什么，怎么了？”谢平看到家里又吵起来了，便一边大声说话一边走过来。谢丽先发制人，对他说道：“你找的好老婆！居然敢动手打我儿子，她一个大人打小孩，也做得出来？谢平，这可是你亲外甥，他长这么大，我和他爸平时舍不得动他一根寒毛，竟然被她打了！”

谢平说道：“你亲眼看到了吗？”谢丽气愤地把小志往谢平面前推，对他说道：“你舅不信，说给你舅听，那坏女人有没打你！”小志被这场景吓坏了，惶恐地看着四周，想起一切都是自己惹的祸，他刚才哭着到他妈妈面前，说一声：“舅妈……”还没来得及细诉委屈，他妈妈就一阵风地把他带进房了，如今事情变成这样，毕竟是小孩子，嘴巴一张，又大声哭起来了。

婆婆心疼万分，认定了怀玉打了小志，要是没打，那孩子不敢说，哭什么？老人一把拉过小志抱在怀里，对怀玉提高音量怒道：“有什么事坐下来好生说，不要冲着孩子来，多大点孩子，太没教养了！”怀玉呆了一呆，天灵盖好像打了一个闪雷，婆婆声音如此之大，神情如此愤怒，婆婆和她反目了吗？这是老人第一次用这种怨怼的语气对她说话，大庭广众之下公然责怪她，完全站在大女儿那一边，不听她的任何解释。她张了张嘴，却百口莫辩，一家子人挤在她的睡房里，闹得鸡飞狗跳，这过的是什么日子？

思及此，她便再也止不住，看着谢平，眼泪“刷”地就留下来了，她把受了惊吓一直抱着她大腿的双双抱在怀里，然后往谢平怀里一塞，抹了抹眼泪，对婆婆说道：“妈，大姐没回来长住之前，我们生活是怎么样的，相信你清楚，今天的事你自己问小志，你看到底是怎么回事，妈，我也忍了够久了，今天我话也说出来，大姐一家一定要搬走，否则的话，我和谢平就搬出去！”

她说完这些话，就一个人低头出门去了。天已经黑了，夜色如墨，简直就是铺天盖地朝她泼过来，淋了她一头一脸。谢平看到怀玉天黑出门，知道她受了委屈，无奈地看了他姐和他老娘一眼，抱着孩子跑出去，在外面拉住怀玉的手，对她说道：“这么晚了，去哪？晚上治安不好，我姐什么德性，你又不是不知道，不要和她一般见识。”

这番话里面大概听到了，立马就高声大喊起来。怀玉说道：“谢平，我没有真打小志，他进我们的房间可乐弄坏了我的地毯，你知道我很喜欢那真丝地毯的。”谢平愣了一下，点点头，说道：“我知道，回家吧，有事当面说清。”怀玉低声说道：“我没事，我去电视台拿点东西，我想一个人静静。”“我送你过去。”“不用了，你带好双双吧，我想一个人安静一会。”怀玉说着就一个人走了。谢平在后面不放心地看着老婆的背影，广州晚上的治安真的不好，双双看到妈妈突然离家走了，也害怕得大哭起来，谢平只好手忙脚乱地抱着孩子进去了。

怀玉一个人走在长街上，昏黄的路灯光就像深海里游来游去的鱼，街面就像浮沉暗黑的大海，这样的景象让她没来由地觉得冷。她不自觉地双手抱紧了胸，低了头，走在街上就像在冰冷的海水里行走。怀玉默默地走着，也不知怎么的，眼前突然就浮现出她当初带谢平回去结婚的情景。

那是南方人谢平第一次去怀玉家，也是去怀玉家结婚，第一次见岳丈和丈母娘。当时怀玉刚好大学毕业，谢平向怀玉求婚，两个人相恋了四年。谢平希望她大学毕业留在广州市嫁给他，而当时怀玉有两个工作供她选择，一个是她老家一家报社的编辑，一个是广州市一个电视台的全职编剧。

在她毕业之前，她爸妈就打电话过来，她年迈的父亲反复在电话里叮嘱她："回来吧，在老家找个工作，你在身边，爸妈也方便照顾你。"她母亲对她说："回来吧，你还没回家，许多人就来说媒，在老家找一个，找一个本地的，爸妈也安心。"

当时怀玉因为有才又漂亮，在大学也有很多男生追的。

怀玉也曾经摇摆，迟疑着无法短时间做决定。但是当谢平告诉她下班后他其实不喜欢做饭，给她做四年全是出于爱的时候，当电视台打电话问她什么时候去报到的时候，为了爱情和理想，她留在了广州市。

做了决定，立马就是紧锣密鼓地带着谢平回她老家结婚。谢平的到来，让怀玉的爸妈很高兴。谢平这孩子人才出众，对怀玉又好，老人看在眼里喜在心上，对他照顾有加。再加上怀玉和谢平两个人璧人一对，走到哪都是风景，羡煞旁人。可是当谢平休息去了，怀玉爸妈还有她弟弟一家人在一起的时候，当爸妈知道谢平是外省的，怀玉要嫁给他，留在广东省的时候，她爸妈却不同意了。

谢平在怀玉从前的闺房睡觉，一家人却在客厅开家庭会议。

她妈妈说道："本地那么多好男人你不找，偏找个外省的，隔得那么远，以后生孩子坐月子妈都不能在你身边照顾你。平时逢年过节，也不能回娘家。那小红，你小时候一起玩大的，就嫁在对面小区，才隔了一条街。过中秋过春节，就带着一家人回娘家了，多热闹。"

她爸说道："谢平这小伙子人挺好的，就可惜是外省的。你不在爸妈身边，嫁过去，爸妈怕你受委屈啊。"

她弟也说道:“姐,你嫁那么远,以后姐夫要是欺负你怎么办?我总不能叫上我兄弟坐火车去帮你出头吧。”

怀玉当时听了她弟的话还放声大笑。看着弟弟烦恼担心的模样,怀玉就笑着说她很幸福,现在交通方便,想回娘家随时可回。

如今回想起来,到了今时今地,特别是刚才,他们谢家,从大姐到婆婆,全部一边倒,针对她一个人的时候,她突然发现当初她爸妈的担心是多么正确,当时的反对是多么英明啊。她为什么不多考虑一下,却把自己放在了这么一个孤立无援的境地呢?

而且这边的人情多么可笑,她的老家有一句俗话:“外甥是舅的一条狗,叫往哪走往哪走。”他们小时候,她舅总是一脚把她弟笑着踢翻,然后她弟狗皮膏药似的粘上去,抱着她舅的大腿笑啊闹啊的。可是这边呢,外甥碰都碰不得,她只是无法控制情绪推了孩子一下,谢丽看到了,那反应就像一只被烫的猫,婆婆也认为是她的错,不给她解释的机会。

怀玉走到单位,一个人在清冷的办公室呆坐了一会。她的手机响了,是谢平打来的,她没有接。谢平人不错,他们感情很好,很相爱,可是她今天突然发现,婚姻不是光有爱情就可以的,婚姻也不是两个人的事,而是两个家族的事。不管是平头百姓还是高门大户,不管是有文化还是没文化,都脱不了这个理。特别是和公婆大姑小姑处在一个屋檐下,想过得幸福安宁那是不可能的。那甜美的爱情,在这样的环境下,也会一直不变吗?怀玉想想都感到害怕。

怀玉想着,当时真傻啊,哪怕和谢平换一个陌生的城市生活,也比到他老家来住在他家的老房子里要强,哪怕节衣缩食克勤克俭凑个首付买个鸽子笼样的小房,也比和公婆住在一块要自在。可是一切都来不及了。婚姻是单向轨道,不可能回头,生活又何尝不是单向轨道,不能回头只能前进。这些年房价水涨船高,他们又一直没有买房子的意识,平时花钱大手大脚,娘家婆家,人情物理,花钱简直如流水,没个数。如今突然有了要到外面买房去住的心,也是有心无力,现在广州市的房价,别说大姐他们买不起,就是怀玉他们这样的,也是望房兴叹。他们十万左右的积蓄,广州现在的房价,一万多一平方,十万首付都差得远。再说那房子是公婆给了他们的,如果真打算搬出去,岂不是将几百万的房产主动拱手让人!

她只觉得生活变得沉重起来,整个人如同走入了死胡同,基本上都没有了别的选择。每天的日子都是乌云罩顶的,无端压抑,除了不多说话之外,还得谨小慎微,哪怕你的一个无心之失，也会导致轩然大波，让人不得安生。

手机一直不停地响着，震动也开了，彩铃唱着忧伤缓慢的歌，在办公桌面上不停地旋转着，发出“嗡嗡”的蜂鸣，怀玉知道又是谢平打来的，她抹着静静流下来的泪水，不去接。那个家还是她的家吗？大姑子一家、小姑子，还有公婆，一共九个人，她和谢平小两口的家现在已经龟缩到他们卧室那么大小了，而且就算是卧室，也没有隐私，其他人总是在他们的卧室出出进进，如自家菜园，随意地乱翻东西。她已经感觉那个家不是她和谢平的家了。和他们相比，尽管那房子在法律上她有一半，可是怀玉可以肯定，九个人里面，除了她之外，其他八个人肯定都有主人翁的感觉，而她，却明显地感觉自己是一个外人。

“咚咚”，外面响起了敲门声，怀玉愣了一下，看了看时间，已经晚上十点了，她想着这么晚了，谁会来办公室？“咚咚”，外面的敲门声又响了，怀玉便立马抹了眼泪，沙着声音说“来了”，小跑着去开门。

打开门却呆了，是老公谢平。他冲她笑了笑，说道：“我来接你的，外面太乱，实在不放心。回去吧，小志把事情都说清了，大姐知道她误会你了。”怀玉一听不由得更委屈，眼泪又流了出来，谢平叹口气，抱住了她，一边替她抹着泪一边笑道：“有个好消息告诉你，婷婷明天带男朋友来家吃饭，男方家很有钱，有车有房，而且父母都是高级知识分子，听说一个在房管局工作，一个在法院工作，还都是负责人，是领导。”

怀玉愣了一下，谢平笑呵呵地看着她，怀玉说道：“真的？”谢平点点头，说道：“婷婷说很快就结婚，带回来给我们看一眼就马上结婚，爸妈都要高兴疯了，你看婷婷结婚就搬走了，至于大姐，我已经和她说了，叫她马上回她家。大姐今天也说了，她也会搬走，是她对不起你，她说要向你道歉。”

怀玉听完，一颗心总算不那么难受了，大姑小姑都要走了，总算是连绵的阴雨天结束，能够看到太阳了。她抹了抹眼泪，看了谢平一眼，嗔怪道：“又没叫你来接。”谢平低下头在她发丝上亲了亲，对她说道：“打你无数遍电话都不接，能不来吗？怕你受委屈。我当时还想着，实在过不下去，我们就出去租房子，别说你，每天回到家，看到家里鸡飞狗跳的，我都看着烦。”

怀玉听到这里笑起来，这话她信。谢平对她比对他爹娘姐妹亲多了，他只有在她面前才有说有笑的，在他姐妹爹娘面前做任何事都透着三分不耐烦，家里人找他说话，他干脆就站起来，高瘦的身子晃一晃，晃出门去了。可是和怀玉在一起，就有说不完的话唠不完的嗑。周末的时候两个人在床上,可以从早上八点醒来,说到中午十二点也不起床,说的无非就是网上的新闻啊,论坛发的搞笑帖子,各自的极品同事等等,芝麻绿豆大点事也感觉十分可乐。

“好了,别伤心了,我答应你,她们要是再这样起劲折腾,我就和你搬出去,不理她们了。”谢平抱怀玉在怀,又在她脸上亲了一下,“我知道婆媳姑嫂不好相处,不能让你一人受气。”怀玉说道:“才不搬呢,房子是我们的呀。”谢平说道:“那就叫她们搬走。”怀玉道:“不太好吧。”谢平笑道:“有什么不好的,老婆重要,在这城里,你只有我,我不能让你受挤兑。我可不是一味愚孝的凤凰男。”怀玉说道:“其实你姐一家不住在我家,就没事了,以前和爸妈住在一起,分成两边住,不也挺好?”谢平就笑,说道:“所以我今天吼她,她撒泼无理取闹就马上滚蛋。我姐夫那人,真是没救了,唉,不聊了,回去吧。”

怀玉就说好,拿了手袋关了办公室的门,两个人回家的路上,谢平一直拉着她的手,这男人,对她还是很不错的。谢平怕她仍然在伤心,还说广东话逗她开心,叼着根烟装陌生男人搭讪:“靓女,可唔可以俾你电话号码我呀。”怀玉扑哧笑出声来,对他道:“你广先(你讲先)。”在广东几年,耳濡目染,她也会几句的。

头顶是月朗星稀银蓝色的夜,凉风吹在脸上就像小时候夏天用过的痱子粉,一下一下拍过来,清爽洁净,广州这样的一线大城市抬头还能看到几颗星,这样的运气值得庆贺。怀玉心情瞬间变好,低下头,路灯映着她和谢平的影子,在他们前头,肩并着肩,头碰着头,也是让人窝心的。

回到家,谢丽受了她弟一通骂,又受了谢婷婷一通责怪,知道寄人篱下,不得不低声下气,再说她原本就有错在先,小志一开头还没说话呢,她就认定怀玉打了小志,又想到到哪里租房子都没有娘家好,所以就主动对怀玉说道:“怀玉啊,是姐的不对,今天是误会,小志也和我说清了,说舅妈平时对他挺好的,对不起。”

大姐都这么说了,怀玉还能计较什么?她也只能说道:“姐姐快别这么说,我也有不对的地方。嗯,我们那边,对外甥都是打打闹闹的,我不知道这边……”

谢丽也笑起来,附和道:“知道你是外地的,规矩不同,我们这边不流行那种。”

两个人都有点难堪,“外地”两个字刺得怀玉耳朵难受,气氛一时有点尴尬,谢丽又立马说道:“今天是我不对,对不起。你不要和姐计较,姐是粗人,没什么文化。等我找到房子就马上搬走。”

怀玉看谢丽这么说了,也不好再说什么话。

婆婆也冲怀玉笑了笑,主动走近来,对她说道:"是你姐不对,我刚才都把她说哭了。谢平也骂了她,婷婷一回来就立马说她了。你不知道一家人有多护你。"大家都笑起来,怀玉也只能跟着笑。

谢婷婷这时候从房间跑出来,拉着怀玉的手,通红了一张脸对她幸福地说道:"嫂子,我明天带男朋友回家,你帮我把把关。"怀玉就笑着说好,公婆也是一脸的喜气。

谢家虽说在市中心有一套大房子,也是年轻的时候分的福利房,最大的财富也就这套房了。他们也是平民老百姓,平时的生活都是捉襟见肘——肉每斤涨了两三块钱,也要感叹半天的人。所以谢婷这次找到的男朋友,居然父母都是公务员,而且都是高层次的知识分子,怀玉的公婆自然非常激动。因为算是高攀了。

这时候,怀玉姐夫张大伟主动对谢婷婷说道:"男方家在房管局工作,那么买房能不能有优惠?"谢婷婷瞅她姐夫一眼,有点得意道:"左璠说,广州市所有房地产开发商都要看他妈脸色。左璠还说了,以后我们要买房,绝对给内部价!"

谢婷婷一张脸红彤彤的,就像京剧舞台上的花旦,抹了厚厚的胭脂。这年头谁还会这样漫天漫脸抹胭脂,怀玉睃了小姑子一眼,自然知道是她太过高兴的缘故。

她姐夫就兴奋了,也不顾之前谢婷婷对他的言语伤害了,激动地搓着手,凑近来说道:"那我们以后买房就找他！婷婷先说好了啊。"

谢丽在一旁泼冷水,说道:"事情还早着呢,再说,张大伟,真成了,你有钱买得起吗?"

张大伟立马"阳痿"了。

婆婆一直在瞅着小女儿,这时候对她说道:"婷婷,他叫什么,什么左什么?"

谢婷婷长长的马尾一甩:"妈,左璠,左右的左,璠是王字旁的璠,播种的播字不要提手旁。"

婆婆点点头,一会又问道:"这璠字是什么意思?"他们家给儿女取名都是很常见的字眼,比如平啊,丽啊,婷之类的。

怀玉这时候就说道:"妈,璠在古文的意思里是美玉的意思,也表示优秀的人才。"公公听到这里笑了,说道:"对,是这么一个意思,咱们家幸好怀玉有文化。"

怀玉就谦虚地笑了笑,小姑子说道:"是,嫂子说得没错,我也问过左璠,他也是这么说的,他说是他妈妈取的名字。"

婆婆说:"看来真是不错的人家,取这么有文化的名字,可见父母都是文化人。"

公公笑道:“那是,一般人不会取这个字。好人家,打着灯笼都没法找去。”

一家人就莫名其妙地都跟着笑。

怀玉对这门亲事倒是将信将疑的,想着真如婷婷所说家世那么好,那小姑子还真有本事。可是看到全家个个脸上喜气洋洋,甚至谢丽、张大伟脸上都有即将沾光的兴奋,怀玉就更加好奇了,想着明天就要来了,那就好好看看。

小姑的男友

左璠第二天到谢家吃晚饭，这已经是板上钉钉的事情了。大家各自回房了，怀玉拿了衣服去卫生间洗澡，大姐和姐夫坐在她家的客厅里看电视，小志在房间做作业，两口子大概怕影响儿子的功课，所以都待在客厅。

这样的结果就是小志专心了，怀玉却很不方便。

以前的时候，因为公婆基本上不到怀玉他们这边来的，客厅的卫生间和他们的卧室又只有几步之遥，所以怀玉谢平洗澡的时候，都是把衣服丢在睡房的，洗完了就光着个身子跑回来穿衣服，反正就那么几步，家里又没其他人，客厅也是他们的，怀玉害羞，通常会带件睡衣进浴室，不过出来时，也只是穿了件睡衣，女人洗了澡，里面再戴乳罩，那不是有病么？

不过现在……怀玉回想起从前自由自在的生活，遥远得就像前生的事。

去浴室洗了澡，又穿上家居服垂着眼迅速回自己房间。关上房门，确定锁好了，她便立马把身上所有的衣服全脱了，只余下一条内裤，然后套上一条睡裙，窝到床上去。

谢平看到她洗好了，便起身也打算去洗澡。“谢平……”怀玉叫住他，对他说道，“你等一会，热水不够，大姐和姐夫刚洗过。”

谢平便点点头，看到怀玉丢在床上的衣服，他便走过去，替她把外面的衣服挂到衣柜里去。怀玉放在从前，好衣服肯定也要一件件挂衣柜的，可是最近心情不好，所以一股脑儿脱了就扔那了，看到谢平自觉又细心的动作，她的心暖了一下，没有之前那样无端压抑了。

谢平替她把衣服理好，才走到浴室去洗澡，他没有怀玉那么讲究，男人嘛，洗过澡，穿着裤衩，趿拉个拖鞋就进他们自己的房里了。

他一进房就坏笑着看着怀玉，把门关上，然后装流氓样走到怀玉面前，把她从床上捞起，抱在怀里，怀玉笑起来，一边假意推开他一边对他说道："喂，喂……"

谢平一边把手在她的胸前揉搓，一边说道："小娘子……"怀玉笑着不去看他，这时候，外面"咚咚"响起敲门声，怀玉愣了愣，谢平继续动作，外面这次响起说话声："谢平，你出来一下，爸妈和你商量点事。"

是婆婆的声音，怀玉推了推谢平，谢平抬起头，皱眉道："妈，大晚上的，我睡了。"

谢平没有动，仍然抱着怀玉。婆婆在门外说道："这么早就睡了？你爸有事找你，快出来！"老人的语气先是揣测，然后是怀疑，到最后是有点愠怒了。怀玉担心谢平不出去，婆婆又怀疑是她唆使的，便从谢平怀里挣出来，又推着谢平往外走。

谢平只得胡乱套上了一件宽松T恤以及一条沙滩裤，怀玉看婆婆没有叫她的名字，知道她不用出去，又不想让婆婆看到她穿着睡衣的样子，便整个人缩到被子里去了，只露张白白的小脸在外面，盖得严严实实的。

谢平看她一眼，见她像条小虫子一样，不由笑起来，对她说道："我出去一下。"怀玉笑着点点头，谢平便走出去开门，老人往里面看了看，对他说道："怀玉睡了？"谢平高大的身子堵在门口，说道："妈，大晚上的什么事啊，刚才吃饭的时候又不说。"

老人说道："你爸在我们那边等你呢，过去再说。"谢平说道："什么事啊？你说不就行了？"

老人对他说道："走吧走吧。"谢平才趿拉着拖鞋"啪啦啪啦"地过去了。

怀玉在床上翻了一个身，不知道公婆把谢平叫过去什么事。她拿了一本书看起来，想着公婆找谢平，肯定有大事情商量。

没想到，不到五分钟，谢平就回来了。板着脸，神情很不好。怀玉放下书，从床上坐起来，关心地问道："什么事？"

谢平返身把门关好，走到她身边，在床沿上坐下，对她说道："没什么事，爸妈说明天左家那小子来，要我做饭招待。"

怀玉没想到是这件事，她笑了一下，说道："你怎么说的？"

谢平一边脱了鞋上床，一边说道："我没同意。"怀玉看了谢平一眼，谢平和她并肩靠在床头坐着，怀玉对他说道："谢平，爸妈做的饭菜没你好吃，左家好像不错，你看婷婷高兴的，你又是高级厨师，爸妈想叫你做饭也是可以理解的。"

谢平不屑道："我才懒得做，左家那小子现在八字还没一撇呢，他们就那么上劲，赶着去巴结,用得着吗?"

怀玉还想劝他几句,谢平侧过身,和怀玉面对着面,对她说道:"好了,你不要和他们一样,我说了不做就是不做。"

他把怀玉抱在身上,怀玉伏在他赤裸的胸膛上,听着自家男人沉稳有力的心跳,对他说道:"那为什么我叫你做饭你就做啊?"

"你是老婆嘛。"

"啊,老婆比爸妈比姐妹还重要?"

谢平说道:"当然,人如果有一百岁的话,前面二十多岁,是爸妈陪着过来的,后面七十多都是老婆相伴着呀。再说了,和老人在一起,他们说的我不感兴趣,我想说的他们听不懂,还是和你在一起开心。"

怀玉就笑笑,抱着他的身体自己却扭道:"那老婆说的话你都听吗?"

怀玉是看着谢婷婷好像挺喜欢左璠的,小姑子对她也不错,公婆也好像一心渴望着成就这门亲事,所以不如让谢平做顿饭,也是地主之谊。所以她打算劝劝他。

怀玉在谢平怀里扭得像条蛇,谢平笑起来,把她抱紧了,亲了一下她,对她说道:"当然都听。"

"那明天你做饭吧。"

"不给他们做。"

"唔,好老公,我也想吃你做的嘛。"

怀玉又开始在被子里挨着谢平身子扭啊扭。

谢平愣了一下,然后笑了,说道:"遵命。"

怀玉也笑笑,从她老公的胳肢窝里抬起脸,身子拼命地向上升,谢平个高,怀玉要亲到他,还得努力地向上向上,"叭唧"一下,总算亲到了。

谢平笑了笑,心满意足地关了灯睡觉,两手长臂猿一样地伸过来,把娇小的怀玉抱在怀里,怀玉也合上眼安心睡觉,想着婆婆、大姑总是说她没事吹枕头风,教坏谢平,她心想着,亲爱的婆婆呀,你要是听到我吹这样的枕头风,你会不会待我一如从前呢?

第二天的晚饭,就是谢平做的。

怀玉下班回到家的时候,谢平已经做好了许多菜放在餐桌上。冷盘热盘煲类摆了满满一桌。面拖蟹、文昌鸡、三色龙虾、麻婆豆腐、西湖醋鱼等等,看起来色香味俱全,诱人食欲,桌面上都快摆不下了,可是怀玉走到厨房想打个下手帮个忙,才发现灶台上还堆满了各种食材,谢平正忙得团团转。

怀玉过去帮忙,对老公说道:“谢平,做太多可能吃不下。”公公在一旁打下手,看着忙碌的儿子,眼里都是骄傲和欣赏,谢平对着怀玉笑了笑,眼睛往他爸那里睃了一眼,公公对怀玉笑道:“没事,吃不完我们自己吃,左璠第一次登门,又是富家子弟,不能让他小看了我家。”

对于怀玉懂事地肯来帮忙,公公还是很高兴的。三个孩子,都是从小衣来伸手,饭来张口,从来不会在老人忙碌的时候走进来帮个忙,谢平昨晚上不同意早上却又肯了,老人想着肯定是儿媳妇的功劳。三个孩子只有这个儿媳懂事,老人看着怀玉忙前忙后,想着有文化还是不一样,对于这个儿媳,老头子还是越看越满意,心生欢喜的。

左璠是晚上七点准时来的,开着一辆银灰色的荣威350。广州人向来是“禾秆掩珍珠”,更何况他爸妈是当官的。

左璠的到来,对于谢家来说,无疑是蓬荜生辉的。谢婷婷和左璠一起下车,幸福感达到顶点。她手挽着左璠的胳膊,把头靠在左璠的胳膊上,左璠手上提着礼品,两个人走进了家门。

全家人都在,怀玉谢平,谢丽张大伟,老头子老太太,都站在客厅欢迎着左璠。自从谢婷婷挽着左璠的手从车上面下来后,全家人脸上的笑容就没有断过。

左璠把大包小包的礼品送给了老人,然后在老人的热情招待下落座。一家人也各自找位子坐下,男女老少那视线都是密集的雨点,落在左璠身上就没挪动过。左璠倒是处变不惊,依旧温文有礼。左璠的闲适好像是与生俱来,经年的习惯。这自然也是只有富贵人家才能养出的从容,从小见的世面多,父母的财力也会拓宽孩子的视野。怀玉在一旁安静看着,对左璠倒是在心里喝了声彩。

左璠中等个子,大概一米七左右,谢婷婷如果穿高跟鞋,可能就比他要高了。左璠脸色白净,戴着一副黑框眼镜,而且举止谈吐十分谦虚有礼,怀玉在一旁静默着打量,对于左璠印象还是不错的。

左璠不帅,但仍然算得上一表人才。他不像谢平,谢平是货真价实、无死角的型男,但是左璠呢,以气质取胜。他眼睛很小,而且是单眼皮,脸上也有一些黑色的小麻点,但是有高鼻梁,然后黑框眼镜时不时地扶扶,再加上说话温和淡定,举止从容闲适,整个人消瘦,也是文人公子哥,算是有钱人中的潘安了。

怀玉想小姑子谢婷婷果然有本事,女人长得漂亮,嫁人的机会果然是不一样。

公婆对左璠明显也很喜欢，那男孩子，说话不卑不亢，又十分博学，怀玉的公公问什么他都知道。老人活了一辈子，什么不懂？老头平时在家里高谈阔论，油价涨了，房子又涨价啊，西南的干旱啊，奥巴马现在在哪你们知道吗？却是无人响应，两个女儿成天关心时尚美容，对他讲的不感兴趣；谢平呢，向来不爱说话；老伴么，那是没有共同语言，老太太都不知道中国现在的主席是谁呢。只有对怀玉，老头子才会有知音之感，他说什么，怀玉都懂，所以老头平时很喜欢这儿媳妇，有文化，懂得多，和她说话自己都博学高雅了。

这次和左璠说话，老头也有了和怀玉高谈阔论的感觉，而且还更加融洽。为什么呀？怀玉再谈得来，那也是儿媳，做公公的要有个做公公的样子，成天和儿媳妇聊天，怕外人说他"扒灰"。和女婿就不一样了，两个大老爷们，那是随便怎么聊都行。至于张大伟，那就不用提了，老头子当年第一眼就没看中过，谢丽结婚当天差点把女儿活生生撞死。

怀玉的公公对左璠是越看越中意。

通过左璠与公婆的谈话，怀玉也慢慢知道，左璠是中国政法大学法律系毕业的，现在在广州一个地区的法院工作，也是公务员了。虽然现在还是一个小职员，但是因为他父亲在法院某个部门负责，前途不可限量。

一家人了解左璠后，已经十分中意了。谢婷婷坐在左璠旁边，左璠回答老人的问话时，谢婷婷就时不时瞅着左璠，眼里都是骄傲幸福。谈话进行得差不多时，怀玉的公婆起身准备晚餐，怀玉也起身帮忙的时候，左璠吐出一口气，冲谢婷婷笑了笑，捉住谢婷婷的手在唇间快速地亲了一下，又闪电般地放开了。婷婷低下头红着脸抿着嘴在那里笑，其他人其实也都看到了，见小两口那么恩爱，一家人为了避免小两口尴尬，只能拼命忍住笑，可是越拼命忍着，却越发地熬不住要笑。谢家好像多年没有这么快活了。第一次这么快乐的时候，好像是谢平和怀玉结婚前后，那时候，大姑小姑子和她的感情也都不错。

怀玉也诚心祝福小姑子，想着小姑子真是有本事，她当初对谢丽说她要找一个年轻的帅的有本事的多金的，看来真的让她找到了。

端菜盛饭仍然是怀玉，谢丽和张大伟都没动，谢婷婷要陪着左璠，左璠是客，他想帮忙老人也不让的，谢平看在眼里，便站起身，帮怀玉盛饭，老人看了谢平一眼，神情有欣喜也有惊讶，以为儿子懂事知道孝顺了。其实是谢平看怀玉一个人丫环似的忙前顾后,实在是过意不去,才起身帮忙的,如果放在以前,他是家里再忙乱也懒得伸手的。

看到谢平帮自己,怀玉一颗心比喝了蜜还甜。这是她嫁到外省最值得安慰的地方。说句实话,平时和公婆大姑小姑打交道,她真的感觉是自己一个人在和整个家族做斗争,她被他们集体排外,大姑子的污言秽语脏水一样往她身上泼,多么心酸和委屈呀。只有谢平,她最亲爱的老公,对她理解照顾,给她体贴呵护,疼她爱她,站在她这边,让她感到幸福。

感受到谢平对她的深爱,生活中的所有小委屈,都会在刹那间烟消云散,化为乌有。

吃晚饭的时候,通过谈话,谢家又从左璠的嘴里了解到,除了他爸在法院工作,他妈妈还是广州市房管局下面一个部门的科长。科长虽然是小官,可是在中国,七品芝麻官照样好过有钱的布衣百姓。他爸妈都是老一辈的大学生,也是外地人移民过来的。他们家在广州有一栋大房子,在海南杭州还各有一处房产,前几年投资房产发了财,家里有两辆车,他爸单位有配送的车,妈妈前些年买了一辆现代,家里只有他一个儿子,没有兄弟姐妹,爸妈现在都还在工作,没有退休。

一家人从左璠那里得到这些信息,个个都好像打了兴奋剂,怀玉公婆更是不停地嘱咐谢婷婷给左璠夹菜。

怀玉甚至佩服起小姑子来,这年头,找老公真的最好找独生子,这不是爱不爱的问题。结婚后,柴米油盐鸡毛蒜皮的生活与爱情无关,再爱也没有用,她就是活生生的例子。没有兄弟姐妹的家庭,嫁过去过两个人的世界,这日子就就像蜜里调了油,要浪漫有浪漫,要安逸有安逸,而且隐私自在全有了。

吃完饭,谢婷婷就送左璠出门,左璠就回去了。谢婷婷折回来后,她老娘拉着小女儿的手就没放过,笑眯眯地瞅着她,一颗心甭提多骄傲多幸福。一家人毫无睡意,拉着谢婷婷问长问短,什么时候订婚,什么时候结婚,婷婷你去过左璠家没有,他爸妈对你好不好之类。

谢婷婷笑着摇头说:"还没去过他家呢。"她爸妈又马上追着她问什么时候去,又笑又叹的,不无担心。

怀玉和谢平明天还要工作,怀玉把上次改好的剧本发给导演后,导演泥牛入海没了消息,怀玉也不敢打电话骚扰。导演制片都忙得很,分身无术,有好消息肯定会主动给她打电话,没打电话就可能是黄了。

怀玉工作几年，已经积累了丰富的工作经验，所以她最近又接了一个剧本，类型是历史剧，回到家还要翻资料写剧本，所以就示意谢平回房。谢平是早对这些没什么兴趣，他不像谢丽和张大伟，对于左家寄予着买房的希望。他是什么也不图，妹妹嫁得钟鼎人家是好事，可是好像与他也没多大干系，所以谢平拉了怀玉的手，两个人就回房了。

回到自己房里，关上房门，怀玉就在书桌上埋首翻起资料来。历史剧这种题材不好写，弄不好就要闹笑话的，比如如果古代人把美人叫成美女，观众都要笑的，当然，“母后执意如此，那朕即刻辞去皇帝一职”这样的对白也不能写，所以怀玉不但从网上搜资料，白天还专程跑到广州市图书馆，借了几本大部头回来。

怀玉一边拧开书桌上的灯，戴上眼镜，一边对谢平说道：“谢平，我还有工作要做，你先睡吧。”

谢平“嗯”了一声，看了怀玉一眼，便在床沿上坐下来。今天左璠上门对谢平倒是有些触动，他抬头看着妻子的身影。怀玉专心致志地在看书，书桌上的灯异常明媚，照得周围一片温馨。怀玉神情专注，一张脸肤色好得仿佛红灯映雪，每当看到重要的信息资料，她便拿笔在笔记本上摘抄下来。

房间里很安静，这是谢家难得的清静时刻。谢平坐在床沿，耳朵边只听到怀玉做笔记发出的“沙沙”的声音。

谢平充满深情地看着她的背影，等到怀玉工作完，看看时间困倦要睡的时候，转过身，发现谢平仍然没睡。她走过去，对他笑道：“怎么还没睡？”谢平笑了笑，拉着她的手握在手心，对她说道：“怀玉，当初你为什么嫁我？”

他含笑看着她，怀玉笑了笑，也在床沿坐了下来，将头放在老公的肩膀上，笑着不说话。谢平抱着她，对于怀玉当年为什么嫁他，他一直是好奇的。怀玉和他在一起的时候，还是处女。婚后，怀玉总是笑着感叹：“哎呀，我好可怜，一辈子只跟了一个男人，可某人在认识我之前，却过尽花丛，不公平不公平。”谢平就坏笑着说：“那小娘子你想怎么样？”

他看到怀玉第一眼就喜欢上她了，可是在追求的过程中，整个四年，他却是没信心的。怀玉漂亮聪明，是重点大学的大学生，而他谢平呢，只是一个厨师，成天在油烟滚滚的厨房里忙活着，饭菜做不好酒店经理要骂，饭菜做好了，要被那些有钱的老板叫到前面去，规规矩矩站在他们面前，一一向他们解说，这道菜是怎么做的，如何做才能做得好吃。

所以他不明白，为什么漂亮又聪明的怀玉会嫁给他。今天看到左璠，他想着怀玉应该要嫁左璠那样的，有家世背景，一表人才，有份好工作，同样也是大学毕业，文质彬彬，十分博学的。他只不过是个厨子，厨子好像与文化沾不上边。

“玉啊，当初为什么要嫁我？”谢平抱着她，又问了一遍，然后说道，“你应该找个左璠那样的。”怀玉笑了笑，抬起头来，欠起身子在谢平脸上亲了一下，说道：“跟你说个故事……”

她拉着老公的手，微合着眼睛瞅了他一眼，笑道：“以前啊有小两口，男的经常把女的打得眼睛都睁不开，别人都劝女孩子和男人分手，可是那女孩却无论如何不肯，别人问为什么。”

谢平也问道：“为什么呀？”

怀玉说道：“那女孩说因为那男的能做一手好菜。”她说完就扑哧笑出声来，谢平也乐了，知道怀玉也是爱他的，至于理由，她可能没真说，不过知道她真心爱他就够了，他抱着她，对她说道：“做厨师真的有那么大魅力？”

一定要买婚房

接下来的日子，左璠到谢家就来得勤了。谢平抽空把小志弄脏的地毯拿去洗了，可是花了几百块钱干洗，上面仍然有淡黄色的渍子。谢丽和张大伟虽说要搬走，却迟迟未有行动。谢婷婷订了婚，手上带着一个巨大的钻戒，给亲朋好友单位的同事分了喜糖。谢丽和张大伟好像更有理由留下来了，妹妹订婚发喜糖要人手帮忙啊，怀玉自然也不好说什么。

她担心上次一家大闹的事没过去，而且也过不去，只是暂时偃旗息鼓罢了。曾经的龃龉，就像地毯上的黄色渍子，不是干洗就能回复从前的，家庭生活也是这样，不是大吵过后和好了，就能回到从前的。

谢婷婷订婚很阔气，光那喜糖袋就是十五块一个的，红底白花，上面无数红心，那喜糖里的德芙巧克力都是两元一块的。每袋喜糖里有一个巨大的棒棒糖，婷婷分糖时笑着解释，那是公婆想让她生的是孙子。怀玉心想着看来左家也是重男轻女的，小姑以后怀的是男孩才好。后来听同事说，广州这边本地人事实上也是非常封建，特别是有钱人家，一定要生个男孩继承香火。

不过，谢婷婷认定自己第一胎怀的肯定是儿子，没有时间担心，被结婚的事冲昏头脑，每天都是神采飞扬，出出进进不知道多么开心。

但是在订婚后，一个问题横亘在他们面前，差点让左璠和谢婷婷没结成婚。那就是婚房的事。

这一天晚上，左璠又在谢家吃饭。两个人现在已经如胶似漆了，怀玉公婆把左璠当女婿看的，疼得都有点敬着了，宠得都有点奉迎了。谢平有时候都看不过去，肚子里很窝火。

一家人围坐在一起吃着饭，家里现在加上左璠，已经是十个人了，大人说话孩子哭闹再加上电视机的声音别提有多热闹了。

怀玉的公婆在和左璠商量结婚的事情。左璠和谢婷婷也算得上是闪婚了。火箭般的速度订婚，然后就是结婚，谢婷婷这几天坐着左璠的荣威去看了好几家的婚纱。

在饭桌上，谢婷婷看了一眼左璠，幸福地对她爸妈说道："爸、妈，我和左璠商量好了，我们打算下个月十六号就结婚!"

怀玉公婆听到这个消息，十分兴奋，连连点头说道："好，好。"一家人高兴之余，老太太看了一眼小女婿，对左璠说道："左璠啊，你们结婚后打算住在哪里呢?"

左璠笑了笑，对老人礼貌说道："阿姨，我们结婚后和我爸爸妈妈一起住。"

公婆就呆了一呆，意外得好似平地里摔了一跤。那么有钱，结婚却不给儿子买婚房，说得过去吗？谢婷婷也愣了一下，谢丽这个时候也抬起头来。后来那餐饭就说别的去了。等到左璠回去后，谢婷婷刚进门，她妈妈就对她说道："婷婷，左家那么有钱，你们结婚，难道就不给你们买婚房?"

谢婷婷皱眉道："我一时糊涂也忘了问，还一直以为他们肯定会给我们买婚房的呢，我也是今天才知道他爸妈打算让我们婚后和他们一起住。"

老太太说道："你想和左璠爸妈一起住吗？婷婷，公婆不是爸妈，你和他们住一起，不比在家里，可以任性胡来。再说了，当男人天经地义要为结婚多花钱，买婚房是应该的，要添丁进口，自己的房子可不行。我上过一次当，我就不会上第二次当，无论如何，我不能让我的小女儿受苦。问问左家，他们有没有女儿，愿不愿意嫁给一个没有房的人家？怀玉当年，你爸担心她不肯嫁给谢平，才把房子给了他们小两口，我们谢家是明事理的人家，不占别人家的便宜，但是该给的也一定要!"

谢婷婷嘟嘟嘴，说道："妈，我才不想和他们住呢，他爸妈都是厉害角色，特别是我那准婆婆，一看就是一厉害婆婆，对我好像也不特别好，如果不是左璠对我……"

怀玉没有吭声，虽说她是谢家的媳妇，可是真要她吭声，以后万一出了什么错，肯定会怪到她头上。谢平呢，对这种婆婆妈妈的事也不关心，拉了怀玉的手，两个人眼睛互相示意一下，知道都想回房了，谢平便站起来，说道："爸妈，我们回房了。"

老太太却说道："你妹结婚的大事呢，你做哥哥的也听一听，大家一起出出主意。"无奈，谢平和怀玉只能重新坐下了，谢平只能拉着怀玉的手，在暗处捏着握着，逗得怀玉笑了，嗔怪似的看他，他就微微笑一笑，以此打发难捱的时光。

于是,家庭会议继续。

婆婆说道:“那按今天左璠的意思,就是说你们结婚,连新的婚房也没有啦?”谢婷婷垂下了眼睛,皱眉说道:“不可能!他要是不买新房子结婚,我才不嫁给他!”

怀玉心里愣了一下,想这小姑子好厉害,到底是嫁人呢还是嫁房子呢?平时看她和左璠相处,好像很恩爱的样子。

谢丽这个时候呵呵笑了两声,心里有几分快慰,原以为是金龟婿,大伟这个连襟和左璠比起来相形见绌,如今看来也只是绣花枕头,外面光鲜罢了,真要拿钱出来买婚房不也没同意么。谢丽看了妹妹一眼,说道:“我就知道事情哪来这么万事如意,左家是有钱,可是你们现在知道了吧,再有钱也是人家的,这钱落不到我们头上,婷婷都拿不到几个子儿,就更别说我们这些人了。爸、妈,我跟你们说,你们也不要跟着瞎起劲了,现在也要看清楚看明白,都是女婿,不要人家有钱有势,就另眼相待,再有钱也是人家的。做人啊,最好是一碗水端平。”

这些天,全家为了招待左璠忙得是鸡飞狗跳,张大伟在谢家完全就是一透明人。谢丽心疼老公,一直在生闷气,如今总算找到由头泄愤了。

老太太生气了,瞪了谢丽一眼,对她说道:“说的什么话,我哪里两样对待了?”

谢丽笑了两下,没吭声。

谢婷婷看了她姐一眼,对她姐没好气说道:“你现在不要说风凉话,不是还没结婚吗?我一定会要他们买婚房的,否则我不嫁。”

谢婷婷的话说得斩钉截铁,十分坚决。

谢丽笑了笑,说道:“婷婷,我们是亲姐妹,姐也是为你好,没有婚房就是不能嫁,这话说得有志气。你和左璠去说,天下的婆媳处不好,最好不要住在一个屋檐下,像你这种大小姐脾气,真要嫁过去,和你婆婆住一起了,我敢打赌,你们肯定会婆媳大战,我当年为什么要嫁大伟啊,我就是图这点,他爸妈都在乡下,管不到我,知道不?”

谢丽心情好了一点。心情好了话就多了,瞅了婷婷一眼,以过来人的语气慢慢说道:“夫妻可以同患难,难得共享福,女人拼死累活地和男人一起挣钱买房,为了省钱什么都不买,大好青春就这样没了。等到房子有了,人也苍老了,可男人呢,正处于成熟稳重、人人羡慕的年龄段,一不留神就出轨了,女人值得么?所以,婷婷啊,你一定要记住,左家不肯给你买婚房,你就不能嫁。”

怀玉听着这话,瞅了一眼谢丽。谢丽现在倒是云遮雾绕地,摸不透了。

谢婷婷没吭声,在一家人的提醒下,心里也变得有些焦躁和紧张起来。

第二天晚上,左璠来接她出去玩。打开副驾驶的门,坐在车上,左璠刚发动引擎,谢婷婷心里记挂着这件事,就说出来了:“左璠,我们一定要买房子结婚。我嫁给你,你不给我准备婚房,我就跟你急……”

左璠愣了愣,看了婷婷一眼,一边把车子开动起来,一边对她说道:“我爸妈说了,要买房也买得起,我们家只有我一个儿子,以后杭州海南广州的房产都是我们的,他们只是舍不得我们住出去,所以才没有给我们买婚房。”

谢婷婷却侧过身子,直瞅着左璠,对他闷闷不乐地说道:“我不要跟你爸妈住,我第一次去你家,你妈好像就不喜欢我。我第一次上门,你妈就那态度,以后结了婚,那还得了。”

左璠把车放在方向盘上,笑着看了婷婷一眼,没有吭声。

其实他和谢婷婷的交往,他妈妈一开始就反对的,理由很简单,谢家太穷,配不上他家。为了成功订婚,他曾经进行过艰苦的战斗,努力说服父母,因为爱谢婷婷,他没有说出来,她一直蒙在鼓里。

左璠母亲许佳仪是一个厉害的角色。一个女人能做到一线大城市房管局的科长,能不厉害吗?谢婷婷丑媳妇第一次见公婆,许佳仪发现她虽然长得漂亮,可是说话没大脑,又得知她是一个售楼小姐,毕业于一个三流大学,自然不中意,想着自己儿子可以找一个比谢婷婷优秀许多的好女孩。

许佳仪是一个知识分子,年轻的时候长得算不上漂亮,只是秀气,年纪大了,人胖了一些,倒是富态起来,言谈举止都透着一种雍容华贵。她不喜欢太过艳丽的女子,她喜欢她自己这种,外表么,清秀就行了,最重要是有能力有内在,如果左璠找的是怀玉那种类型的,许佳仪可能就百分之百中意了。

许佳仪不喜欢恃色傲物的女子,无奈谢婷婷却撞她枪口上了,老人自然不中意。女人能漂亮几年,靠着漂亮能过一生吗?只有才华、能力,才是随着年龄的增长更加出色的,只要你肯上进肯学习,才华就会越来越多,能力就会越来越强,让你有安全感。以色事人岂能久哉?

所以,左璠第一次手牵着手把谢婷婷领到他家的时候,许佳仪看着面前穿着低胸黑色紧身T恤、蓝色低腰仔裤的谢婷婷就十分地不满,谢婷婷只要一低头胸前就露出一大片白,只要一弯腰,背后就露出一大片白,前面露胸后面露屁股,老人十分不中意,觉得这女孩太过肤浅轻浮。一个漂亮到惊艳的年轻女孩儿，又加上肤浅轻浮的特征，所有的长辈都不会放心娶这样一个儿媳妇的。

因为看一眼就不中意，所以谢婷婷第一次到左家，老人一辈子的涵养在那里，不可能说出太难听的话，但是客套之余还是怠慢了许多的，婷婷也不是傻子，自然感觉得出来。

不过左璠毕竟年轻，他实在太爱谢婷婷的美了。谢婷婷美到他带出去朋友就一片啧啧羡慕声，给他撑足了面子。她的美是多变的，有时候穿着休闲的服装，因为高大苗条，肤色白皙，也是长颈花瓶里高高擎着的水仙花；有时候穿着礼服出来，挽着他的胳膊，在他朋友面前，哪怕不说一句话，却像宝石一样，自身也会焕发出水波一样的华丽幽光。他自己是名校的高材生，学历是什么玩意儿，他一清二楚，所以对于女孩子的学历不太计较，也因此对于谢婷婷是一心一意的爱，爱到他母亲指出来的种种缺点他都不去计较了。

许佳仪说，女人太漂亮不是好事，慢藏诲盗，冶容诲淫。娶老婆娶一个大家闺秀清秀佳人就好了，艳丽只会惹麻烦，说不定以后给你戴绿帽。这个缺点，在左璠的眼里，恰恰是此时谢婷婷最大的优点。

一第二个毛病，没有头脑。许佳仪说，夫妻是患难与共的，谢婷婷没有主见没有思想，做什么事都对左璠充满了依赖，你是娶老婆还是带小孩？现在爱得死去活来，疼着她惯着她，结婚多年后呢？当你事业受到挫折，需要她帮助提点的时候，谢婷婷这样的指靠得上吗？可是这个毛病，在左璠眼里也是一个优点。他母亲一辈子太过强势，左璠读哪个重点中学，大学在哪里读，专业读什么，都是他老娘一手安排的，他实在太排斥他母亲那种类型的女人了，所以谢婷婷的千依百顺小鸟依人让他十分有男人的成就感。

第三个问题，许佳仪说，谢家是平头百姓，这种家庭出来的女孩儿不识大体，撑不了场面，带不出去。左璠说他老娘是等级观念，戴有色眼镜看人，在中国当官要为民做主，不为民做主不如回家卖红薯，公务员是人民公仆。许佳仪冷笑一声回应他。

第四个问题是谢婷婷太过肤浅，不够端庄，第一次见未来的准婆婆，连衣服都不会穿，穿着暴露性感。谢婷婷那天真的是很循规蹈矩了，那么热的天气，她还穿了一件长袖黑色 T 恤以及长的仔裤，如果是平时，她多半都是紧身工字背心，热裤或者超短裙呢。左璠外表正经，却是闷骚型男人，他就喜欢谢婷婷穿着十分勾人的样子。当时谢婷婷装束一新,问他怎么样,他妈会不会中意?左璠只是觉得好笑,并无觉得不妥。毕竟太年轻,审美观和老一辈的人简直就是云泥之别。

所以,尽管许佳仪十分反对,不喜欢这门婚事,无奈唯一的宝贝儿子陷了下去,非谢婷婷不娶,再加上左璠他父亲说:"高门嫁女,低门娶妇,这是中国的古话,老祖宗几千年的智慧肯定没错,随他们去吧。"许佳仪最后才同意的。

只是左璠没想到,好不容易说服他顽固强硬的爸妈,谢婷婷却不同意了。

左璠开着车,对谢婷婷说道:"今天晚上去哪里玩?"谢婷婷自从发现准婆婆想和他们住一起后,哪还有心情出去玩啊。她看着左璠,对他说道:"不去玩了,你听我说没有,我们结了婚要单独住,我要过二人世界,我不要和你爸妈住。"

左璠腾出一只手,放在她雪白修长的大腿上,广州一年十个月夏天,所以谢婷婷有机会长年穿着各色的热裤,年纪轻轻,此时不露更待何时,她不能辜负了她的纤纤玉腿。左璠的手沿着婷婷的大腿往上面移,对她笑道:"其实和老人住也有好处,至少回家不用自己做饭吃。"

谢婷婷就恼了,拿开他的手,闷声坐在一旁,小嘴嘟在那里,板着脸生闷气。

左璠看到她生气了,便把车停在街道一旁,凑过身子看了她一眼,对她笑道:"怎么了,生我气了?"他用手想把她低垂着的脸托起来细看,婷婷低头在那里,自有一番风情。左璠不禁想起徐志摩的诗:"最是那一低头的温柔,像一朵水莲花不胜凉风的娇羞"。他看着她白皙颀长的脖颈,整个人都有几分沉醉了。

"走开啦。"谢婷婷却推开了他,左璠只得重新坐回驾驶位上,摸不清谢婷婷为什么突然生那么大的气。谢婷婷对他说道:"我要回家。"

左璠愣了愣,看着她没吭声,谢婷婷见他不开车,便自己推开车门要下来。左璠看她要走,便一欠身,拉住她的手,对她说道:"好了,我回家和我爸妈去说,咱们买房子。"

谢婷婷才回嗔作喜,两个人偎在车里面,抱成一团,亲得一片火热,直到有人走过来,在他们车窗外面示意他们把车开走,左璠才恋恋不舍地直起身,一边开车,一边看着谢婷婷笑,谢婷婷也用小手捂着嘴,笑得花枝乱颤。

回到家后,左璠就和他的爸妈说出了这个结婚买婚房的事情。

当时他爸妈都在客厅,左家房子很大,复式,楼上楼下,将近一百八十多平方,而且不像谢家,全部住在一起,挤得一团糟。他们只有三个人,未免就显得特别大。

左璠拿了车钥匙在沙发上坐下,许佳仪看了儿子一眼,平时儿子回到家,一般直接进自己房间，很少有在客厅陪两个老人坐的时候，今天如此反常，肯定是有原因的。

她自己养大的儿子她还不了解？左璠还没张嘴，想说什么，许佳仪都是镜子一样明晰的。儿子于她而言，就是水晶琉璃做的，珍贵心疼，怕他磕着碰着，怕他受苦，但透明得什么也瞒不了她。

她对左璠说道："吃饭了没有？"左璠一时没反应过来，老人站起身，对他说道："我叫张妈现在给你热去。"张妈是他们家请的保姆，平时在他家打扫卫生并负责一日三餐。左璠才清醒过来，马上抬起头，看了他母亲一眼，笑道："妈，吃过了……妈、爸，我有话对你们说。"

许佳仪便知道儿子有话要说，左璠父亲左国忠也把手上正看着的报纸放了下来，从老花眼镜后面瞅了儿子一眼，摘下眼镜，看了看许佳仪。许佳仪重新坐下来，挨着老伴，对儿子说道："什么事？说吧。"

左璠一时间也不知如何说好，知道提出结婚买房，他爸妈肯定不会同意，可是婷婷今天鼓着嘴在他面前生闷气的样子在他面前晃动，他实在太爱她了，为了她整个世界给她他都愿意，男人在热恋阶段，痴心起来比女人还要感天动地。他鼓起勇气说道："爸、妈，我打算结婚。"

许佳仪说道："我们知道。"

左国忠说道："摆酒的事你就不要操心了，我会张罗一切的，在中国大饭店摆酒你看怎么样？"

左璠笑了笑，中国大饭店是五星酒店，对他的婚事，父母肯定还是上心的。左璠扶了扶眼镜，说道："爸、妈，我想婚后和婷婷搬出去住，可是在广州没有房子，我想买婚房。"

许佳仪一愣，看了看儿子，对他说道："家里房子还不够大吗？这样大的房子还不随便你们住？我和你爸就只有你一个儿子，不想你们搬出去。"

左璠只得继续笑着解释："妈，我们想过二人世界，做儿子的一辈子在你身边也长不大是不是，你就让我过过独立生活吧！"

许佳仪一眼看穿，端着茶几上的茶喝了一口，淡淡道："是谢婷婷的主意吧。"

左璠立马说道："不是，是我的主意。"却是欲盖弥彰。

许佳仪看了左国忠一眼，对他说道："我和你爸是不会同意的，这门婚事，一开始我就不中意，既然如此，我看你也就算了，好女孩多得是，妈会帮你挑一个好女孩的。"

天下做婆婆的,儿媳妇最好是自己挑的,如果没经过自己的眼,美得上了天好得入了画也要鸡蛋里挑骨头的。特别是强悍的婆婆。

左璠知道他爹娘劝不动了,便在心里叹口气,一个人起身回了房。

婚房的钱谁出

左璠刚回到自己房里，他的手机就响了起来，拿出来一看，发现是婷婷打来的，知道她是关心房子的事，只得接起电话，谢婷婷果然问道："婚房的事，和你爸妈说了没有？"

左璠只得支吾着把真实结果说了，末了，他说道："婷婷，其实……"才说几个字，那边已经挂了，听到的是"嘟——嘟——"的忙音，左璠愣了愣，自己拨号码打过去，谢婷婷没有接他电话，他持续不断地打着，谢婷婷最后关了机。

左璠把手机丢在一旁，仰身躺在床上，苦恼极了。

谢婷婷也很生气，无助的她把这个结果告诉了老人，于是谢家第二天晚饭时分再次召开家庭大会。

婚姻是以爱情的名义谈生意——这是怀玉从小姑子婚事上得到的结论。

婆婆说道："不行，一定要有婚房，如果他们左家不同意，这婚也不用结了，你姐说得没错，没有婚房，再有钱也是他们左家的，与我们沾不上干系。再说了，天下婆媳处不好，你又什么都不会，从小衣来伸手饭来张口，说话没遮没拦，脾气又暴躁，你以为是你嫂嫂，那么能干懂事？你和他们住一起，妈不放心。"

怀玉听得在一旁笑，谢平原本在一旁闷头吃饭，看到怀玉抿着嘴笑，他也好心情地笑了一下，见桌上有怀玉爱吃的红烧排骨，隔得比较远，怀玉夹不到，他便夹了一筷子给怀玉，看怀玉马上吃了，便索性把盘子端了过来。那排骨原先是张大伟放在谢丽那边的，谢丽看在眼里，便瞪了谢平一眼，谢平也挑挑眉，无所谓。

怀玉倒是有点不好意思。

谢丽出声道："婷婷，姐告诉你，一个女人没房，有时候真的感觉不到有家，还要经常做好与房东扯皮的准备。这种颠沛流离的日子感觉很累!”

谢婷婷无心吃饭,一双筷子挑着几粒米,也附和着说道:“我知道,没有房子我才不会嫁他。我一定坚持有了房再结婚。”

谢丽这时候继续说道:“婷婷,姐结婚的时候是没有房子的,现在什么样你也看到了。我想到时候你也不想落到我这地步,因为没有自己的婚房,和你婆婆吵架了住回娘家吧,到时候,家里可热闹啰,你肯定会再生一两个孩子,我们家就热闹了,不知怀玉受不受得了。”

说完还看了一眼怀玉。

怀玉只得勉强笑笑,埋下头继续吃饭。想着大姐真是乌鸦嘴,最好不要一语成谶。

张大伟担心最后又说到他头上,现在谢丽这么说,就是摆明了不给他面子,说明他们张家穷嘛,结婚的时候没钱买婚房。男人最怕女人看不起,特别是自家老婆,张大伟一颗心难受得如同烈火灼烧。刚好他晚上要上晚班,便站起来,托说吃饱要去上班了,早早逃离了是非之地。

一家人也不留他,没了张大伟,没了顾忌,于是说得更加直白现实。

怀玉婆婆说道:“婷婷,左璠那孩子不错,但是你也不差啊,论到外表人才,你还要比他强一大截。你现在还年轻,如果左家不肯给你们买婚房的话,你们就算了。妈就你们两个女儿,你姐当年就是没有婚房嫁得不好,现在才过成这样的,你不能再走你姐的老路,反正这一次,妈是一定要把牢关,没有房子,绝对不许你嫁!”

怀玉听得心惊,瞅了老太太一眼,心想好厉害的婆婆,平时看她和风细雨的,还以为性格不错,看来是没真对付她,或者说之前和她的吵闹只是毛毛雨。

谢婷婷说道:“妈,你放心,我和你想法一样的,没房子,我死都不嫁。没错,我是爱左璠,但是我不相信爱情,我只相信钱,钱比什么都大,钱比什么都重要,钱就是一切。”老人听到小女儿这么说,满意地点点头,心里甚感安慰。

谢平这时候说道:“那按你们这么说,这天下没房的男人都找不到老婆了?怀玉当时要是像你们想法一样,那我也娶不到她了。”

谢婷婷却笑了一下,瞅了她哥一眼,慢慢说道:“嫂子和我们情况不一样,嫂子家不在我们这,嫁到我们这样的人家不算差吧。”

怀玉听得心里不是滋味,不过小姑子说话素来不经大脑,直来直去,没什么心机,她也懒得计较。他们一定要认为她高攀了,北方嫁到南方来,小城市嫁到大城市来,因为说的也是事实,她也认了,自己幸福就好。

谢丽却瞅了怀玉一眼,慢腾腾说道:"怀玉命好啊,嫁过来什么都有,不像我,嫁给大伟,什么都没有。"

怀玉抬起头来,心里难免受气,想谢丽什么意思,这话说得跟刀片一样,阴森森的两边刮着人。嫁过来什么都有,也就是说她占了他们谢家很大的便宜,她当年是居心险恶,有目的有阴谋,图房子嫁过来的?可是问题是真的什么都有吗?这房子于今真的是她的吗?

两个姑子的话简直不敢多想,要是心思细的人,心里回想几圈,估计要激出眼泪来的,当面说这话,不是寒碜人吗?与当面搧你耳刮子又有何差别?

不过,怀玉也因为知道谢丽的为人,再想着现在一家都在关注婷婷的婚房,她就心眼粗点吧。

谢丽这次也来了个一百八十度大转弯,对谢婷婷说道:"婷婷,姐这次也和你想法一样,左家不是没钱,房产那么多,要左璠拿出钱给你们买套婚房易如反掌,他们不肯买就是他们没诚意。姐当年结婚没有房子,为了爱情不顾一切,结果现在自己吃苦,你姐夫是个没用的人,再说房子这种东西,是一辈子的事情,趁买得起的时候赶紧买,拿得到的时候赶紧拿,你结婚前不向左家要,你婚后想买栋房子搬出去那是不可能的,凭你赚钱的本事想靠自己买房不现实,所以这一次你一定不能松口!"

怀玉瞅了谢丽一眼,没有说话。

怀玉公公这时说道:"我看这事也没必要这么咄咄逼人,左家只有一个儿子,以后的产业和钱都是左璠和婷婷的,夫妻结婚后,财产都是一人一半,怀玉你是文化人,你懂得多,爸有没说错?"

怀玉立马点头,嘴里含着饭团对着她公公恭谨地点头时,她也不敢咀嚼。公公都把她当做百科全书了,是谢家知识的权威,什么都要问她,这种重视有时候怀玉蛮高兴的,有时候却感觉到压力,不过整体上还是很愉快的。

再说,对于左家买不买婚房的事,如果要她说出自己的意见,她和公公基本上一致。左家就一个儿子,以后的钱都是小两口的,实在没必要为了一间小婚房错失这么一段良缘。难道小姑子宁愿错过一辈子的爱人,也不愿冒吃一点亏的风险?左璠那小伙子年少有为,又聪明博学,而且十分上进,长得又不差,家世又好,谢婷婷能够找到他,真的是命好,可是如今看到这阵势,好像全家都在打算以分手为要挟,逼迫左家买婚房一样。

可是她公公话音刚落，谢丽就说道："爸，这你就错了，没错，夫妻婚后财产是夫妻一人一半，但是据最新的《婚姻法》，婚前的财产那是半点关系也没有，婷婷嫁过去，他们左家之前的产业，如果左家不肯给，那与她是一点关系也没有的。怀玉，我说得也没错吧？"

谢丽因为动过离婚的念头，对于《婚姻法》最近也有所了解。怀玉只能再次点点头。

谢平却偏偏要和全家人唱反调，他一边夹菜一边道："自己是菜市场，就不要怪别人来买菜。有房有车的男人，大部分都算精明吧，他有什么，你又有什么，人家也是一清二楚的……"

谢平一席话说得一家人心惊肉跳，老太太立马一筷子拍过来，对他骂道："乌鸦嘴，别说话！不说话没人当你是哑巴！"

谢平淡淡一笑，漫不经心地道："我是提个醒，嫁人不要鼠目寸光，你那么现实地嫁人，人家又不是傻子，就算你结成婚了，人家也只会现实地对你，左家那样的人家，现实起来我们斗得过吗？他们家，对我们家，讲白了，就是走着瞧。"

"好了，别说了。"老太太大声喝止儿子说下去。

谢平却看了婷婷一眼，对她说道："别说做哥的没有提醒你，我是男人，我知道男人怎么想，一个看重感情的女人换来的也是感情和尊重。如果把感情都建立在物质上，对得失斤斤计较，对方也只会把你当成一个商品来看待。婷婷，你听我的话，就不要糊涂，我的话，话糙理不糙。"

谢婷婷怔了，就像突然被烫了一下，一时间说不出话来。

谢平说完就站起来，上班去了，一家人天天钱啊房啊的让他听得不耐烦，他不看好妹妹这桩婚事。

张大伟走了，谢平也走了，一家子人继续讨论，怀玉不吭声，刚好双双拉着她要她教她画画，她便陪孩子去了。她和谢平的看法一样，房子只能是锦上添花的东西，不是婚姻的先决条件，可是现在整个家，除了她和谢平，好像其他人都魔障了，一个个现实得可怕。

谢丽笑了笑，夹了一筷子菜吃了，慢悠悠说道："婚姻就是搭伴过日子，年轻的时候情啊爱啊，过几年就没戏了。到时候小两口吵起架来，说得不好听，闹离婚也有可能是吧，到时真有个万一，左家把婷婷扫地出门，那可是一分钱都拿不到的。婷婷，姐也不是咒你，只是提醒你多个心眼，为你着想。”

谢婷婷听到全家都这么说，一颗心不由更加焦虑烦恼，时时刻刻，简直就是滚水煎熬。

吃完饭后，她回到自己房里，左思量右思量，谢平的话，谢丽的话，两个声音轮流在她心头响起，在她心头做拉锯战。最后她还是坚定了买婚房的心。她给左璠打了电话，在电话里用冰冷的声音对他说道：“左璠，你听好了，我们结婚我是一定要买婚房的，如果你爸妈不同意，那我们就到此结束吧！”

“婷婷……”

“左璠，女人活在这个世上不容易，我爱你，但是我要保障，我不想我以后为你生孩子时，连个住的地方也没有。女人要辛苦生产，男人要生孩子吗？”

左璠对她道：“婷婷，孩子是共同的，你生我养，不要不讲道理……”

左璠话还没说完，那边已经挂了电话。

“婷婷……”左璠苦恼不堪。

接下来的三天，左璠不停地给谢婷婷打电话，谢婷婷统统不接，两个人好像真的分了手。

左璠与谢婷婷正处于热恋时分，一日不见如隔三秋，到了第四天，一下班他就开着车去谢婷婷工作的房产公司拦她了。

谢婷婷穿着黑色的西装和一步裙，脖子间系着红色的蝴蝶领巾，走起路来，青春朝气，摇曳生姿，宛若阳光下笔直的小白杨树。当时刚好是下班时分，她拿着手袋匆匆走出来，就看到了左璠的车子。她当做没看见，低了头沿着街道小巷匆匆往前面走。

她不会再动摇了。自己的爱也好，左璠对她的爱也好。她现在还来得及，可以赌一把，如果她赢了，不但嫁到左家，而且还有了一栋写着自己名字的婚房。如果输了，她失去左璠，但是她还年轻漂亮，总还是有机会的。

异常漂亮的女人，如果活得普普通通，身边的人看着都会惋惜的，好像所有的人都认为美丽的女人就应该与众不同。谢婷婷和谢丽很小的时候，大人看到她们两姐妹，都会说：“这么漂亮，明星似的，长大了要迷死多少男人！”她们从小听多了这种恭维的话，久而久之，在这样的环境影响下，两姐妹也觉得自己应该活得更出色一点，更舒服一点。虽不至于像古时候那样倾城倾国，集万千宠爱于一身，那好歹嫁一个有钱人家，总还是要求不高的。

谢婷婷也不是傻子，自然有自己的小算盘。她不能对左家妥协，如果这次让步了，她嫁过去，没有自己的房子，一直低眉顺眼做一个好老婆好儿媳，然后要博得老公和老人的欢心，当然这样做要一辈子。准公婆现在还没退休，要等到他们老去死去，在继承遗产的时候不会刻意提出只留给儿子，她捱得到吗？她能保证左璠在未来几十年不变心，不外遇，不离婚？和老太太生活在同一个屋檐下她就能保证让老太太时时开心，处处满意？太难了，简直比登天还难。

而且风险太大，几乎没有成功的可能。这个成功的几率远比她失去左璠重新嫁个有钱人更低。她不想走她姐的老路，她不想年老色衰的时候被左家扫地出门，一无所有，那时候，青春、美貌都已不在，她哪还有挑的机会？

感情就像流水，随时变化，那是掌控不住的东西。她不想嫁到一个金玉满堂的家庭，到老却连金子的边也啃不到。他们家其他的东西她也不曾想过，她只是想要一栋写着她和左璠名字的房子，她有一半产权，以后再不济也有一个安身立命的地方。

左璠开着车缓缓跟在她后面。"婷婷?"他摇下车驾驶位的车窗，轻轻唤她的名字，谢婷婷仿佛没听见，面沉似水地朝前走着，秀丽的长发在她身后一摆一摆，下面是盈盈一握的纤腰，在左璠的眼里，就是一幅最美的画。

左璠慢慢开着车一直跟着她走出小巷，到外面长街上，谢婷婷停下来，转身看向左璠，左璠早就把车窗摇下来了，伸出一只胳膊，将脸枕在那里，苦恼地看着婷婷。谢婷婷也不知怎么的，看到左璠双眉紧皱，说不上是委屈还是心酸，居然未语泪先流，怔怔落下泪来。左璠也怔了，看到这样子，莫名地心疼。他想说话，婷婷却马上拭了眼泪，哽咽道："左璠，你们家有多少处房产多少车多少存款，我没有想过，我只是想要有个住的地方，我嫁给你，我要属于你我的共同房子，不可以吗？你不要跟着我了，我话已经说清了，不买房子我们就不结婚，再见！"她说完就极快地跑向路边，拦了一辆出租车回家去了。

左璠看着她绝尘而去的身影，只能回家和爸妈继续商量。

许佳仪和左国忠仍旧不同意，左璠也不吭声，只是那张脸一天比一天灰败，有天晚上，没有准时回来，许佳仪正在担心儿子，她的手机却响了，却是公安局的电话，原来左璠因为心情不好喝醉了酒，酒后驾车，差点出了车祸，要家里去领人。

许佳仪十万火急地去了公安局，领回了酒气熏天的儿子，左璠醉眼迷茫，拉着他老娘的手叫“婷婷”。老太太看到到了这种境况，也就长叹口气，退了一步，答应了给他们买婚房。

第二天，儿子酒醒过后，许佳仪走到儿子房间，对他说道：“你到客厅来，我和你爸有话对你讲。”

左璠知道多半有戏了，便脚步轻快地去了客厅。说起来其实也有些自责，他刚大学毕业工作不久，在法院工作工资不低，偶尔也有一些灰色收入，但是因为从小没有少过钱花，花起来大手大脚，因此从毕业工作到现在，左璠也没什么积蓄，面对广州城区一万三一平的房价，如果不啃老，他也是无能为力的。

他母亲许佳仪看了左璠一眼，对他说道：“我和你爸商量过了，你要是一定要和我们分开住，我们也没办法，婚房你想买就买吧。”

左璠喜出望外，激动地搓着手，连声说道：“谢谢爸妈。”

他恨不得立马掏出手机，告诉谢婷婷这个好消息，许佳仪看儿子如此激动兴奋，想着还没结婚，就被媳妇牵着鼻子走，对儿子婚后的生活不无担心，她对左璠说道：“璠儿，买房没问题，但结婚是两家人的事，这买房的钱谁来出？如果是两家出，各出多少？你和谢家去商量一下，回来把结果告诉我们。”

左璠连连说好，立马拉了门走出去。家里不方便给谢婷婷打电话，得到外面去说。许佳仪看着儿子一阵风出去，房门在他身后大开，外面稀薄的月光似的光线一方一方铺进来，房间倒像是被人敲掉了几颗牙齿的口腔，黑洞洞的往外敞开着。她叹口气，第一次有了不能当家做主的无能为力感。还没结婚，儿子打个电话都要跑到外面去！她对老伴说道：“国忠，我不看好左璠的婚事啊，怕他婚后不幸福。”

左国忠笑了笑，说道：“女大不中留，儿大也不中留啊，只要他乐意就好了，我看这孩子是真心喜欢人家姑娘。”

左璠在外面给谢婷婷打电话，谢婷婷也很激动，两个人急切地见了面，抱在一起又是亲又是搂的，谢婷婷回到谢家后，就宣布了这个振奋人心的好消息，然后谢家又开家庭大会。

大会的内容是买房的钱谁出，怎么出？一边吃晚饭一边商量。

其实这种讨论毫无意义，原因是谢家没钱。清贫是一个恶魔，总是不经意地潜伏在你四周，然后在关键时刻，突然跳出来，张牙舞爪，一家人先是激动，然后沉默，接着大眼瞪小眼。谢家属于温饱型家庭，两个老人靠一辈子的积蓄养大三个孩子，然后大女儿出嫁,谢平结婚,婷婷读大学,基本上现在没多少钱了。怀玉和谢平已经分开单过了,总不能小女儿买房的钱要结了婚的儿子出吧?再说就算现在肯出,以后婷婷的嫁妆又找谁要去?男方家出房,那他们出车吧?人家有车了他们不用买,但总不能一无所有地嫁女。老两口早算计过无数遍了,心里的算盘珠儿拨过来拨过去,只差没拨烂了,家里的每个人,屋里的每个角落,没有没想到的。他们哪里还有钱拿出来给小女儿买婚房?真有钱的话,也得先给谢丽买。

一家人刚起了一个讨论的头,立马傻眼了。

谢丽冷哼一声,说道:"他们左家那么有钱,竟然还有意思向我们谢家要钱,我们谢家哪来的钱?如果我们家和他们家那么有钱,婷婷还会看上左璠吗?左璠个头那么矮,长得也一般般……"张大伟年轻时倒是挺帅的,浓眉大眼一小伙,不过现在被生活磨得经常缩肩塌背,没点精气神。

谢丽说这话也是有私心的,她知道爸妈可能还有一些钱,但是她也想买房的呀,还想着结了左家这门亲戚,以后走走关系,买上个房子呢。如果爸妈的钱给了婷婷,她怎么办?

谢丽还一门心思指望着爹娘的那点钱,却没想到她爹娘早就穷得叮当响,一门心思指望着怀玉和谢平。一家子都像逐着腥味去的猫,各自打着小算盘,却有点晕头转向。

老人这个时候也说道:"女方出钱那是女方好,不出钱就是本分!之前说了他们不买婚房我们就不结婚,就是想要他们买婚房,如今左家居然说我们买房出多少钱,那和之前有什么两样,婷婷?"

怀玉听到这里,偷偷瞅了一眼婆婆。"女方不出钱是本分?"一个大大的问号浮在怀玉脑海。不过她实在不便插嘴,也不敢多话,埋了头继续吃饭。这是留话柄的时候,一句话说错了,以后都要算在你头上,所有的黑锅都要你背着的。怀玉不笨,自然明白。

谢婷婷也知道她家拿不出钱来,自己家什么情况,谢婷婷还是知道的,而且她还孝顺善良,根本想不到那么远,没嫁人前只想到自己亲爸亲妈,自然不会想到日后朝夕相处过大半生的公婆。现在的她,为了让爹娘少点负担,什么不愿做?她想着反正话都说到这份上了,再彻底一点又何妨?她不想给爸妈增添负担,说道:"爸,妈你们放心好了,我结婚哪能让你们掏钱买房子?男方家准备房子天经地义的。"

老人就笑眯眯地点点头，庆幸小女儿孺子可教，和自己一个鼻孔出气，慈爱地说道："对，就这样和左璠去说吧。"

于是谢婷婷又打了一个电话给左璠，告诉他婚房一定要买，但是他们谢家不会出钱，理由是他们家没钱，如果左家不能把房子买下来，这婚他们就不结了。

末了，谢婷婷还说道："左璠，如果你真爱我，我家不出钱又有什么关系？"左璠哭笑不得，对她说道："这与爱不爱没关系，现在都说男女平等，为什么说到结婚买房，就成男方必需的了？"左璠心想，婷婷，如果你爱我，我不买房你为什么不能嫁我，就像你姐当年那样。但是这话左璠没敢说，因为明显是他爱谢婷婷多，这个事实就像镜子一样明晰。吉卜赛有句谚语，谁先说出我爱你，谁就吃亏。比较公平的，是两个人同时说出。最幸福的人，是不用说，只要在烛光下倾听即可。爱也是讲政治的，谁占有主动权谁就赢了。左璠不知道这句谚语，但他却了解自己的内心。

沟通不成功，痴情的左璠只得又和他爸妈去说。

许佳仪气得够呛，在左璠面前又是摇头又是叹气，嘴里反复说道："我就说不能和这样的人攀亲家，这样的婚事我不同意！真的想生活在一起，男女双方两个人，加上家长、亲朋，一共多少人，真买不起房子？凭什么这房子要我们家全出?!"左国忠说道："谁叫你儿子看上人家闺女了，人家没钱能怎么办？"

许佳仪气愤道："哪有这种道理，放到哪都讲不通，婚姻是两家人的事情，哪有什么钱都我家出的？难道他们家没钱就是天大的理了?！贱到卖女儿，干脆去市场上挂根草明码标价好了，气死我了……"

左璠只觉耳朵生刺，听不下去，大叫一声："妈，你怎么这么说话?!"

左璠态度还不好，许佳仪就好像当头一棍，谢家无耻到这地步，这傻儿子还在维护那狐狸精？

许佳仪对左璠道："我不同意，除非我死了，你再娶她。"

左璠道："妈，我是非她不娶。"

左璠声音不大，对于许佳仪却影响很大，昔日听话孝顺的儿子如今就像变了一个人，不听她话了，不孝顺了。许佳仪不认识似的看着儿子，突然间心口一阵剧疼，然后半截身子发软无力，简直顷刻间瘫了似的。左国忠看到他夫人缓缓蹲下去，也受了惊吓，立马快步走过去，扶着许佳仪回房坐下，许佳仪靠在沙发上，抚着心口，两条腿许久都使不上劲。

可是她仍然对着客厅的左璠遥遥喊道:“你一辈子打光棍,我也不同意这门婚事!”

见他们母子闹到这份上,左国忠出来当和事佬,他笑了笑,对老伴说道:“其实这事情也好解决。”在法院工作了一辈子,对于这些程序左国忠烂熟于心,他悄声对老婆这么一说,许佳仪原本气愤的一张脸慢慢平和下来,脸上有了笑容。

左国忠说完对她笑道:“你傻了吧,这样不是正好,以后说到房子的产权,他们也说不出什么话来,是不是?他们要婚房就给他们买吧,就等于是我们给儿子新置了一处房产。”左国忠说到这里顿了顿,微微笑了笑,继而感慨说道:“这房价啊,我看是降不了,这广州的房价,我看还有得涨,上海北京那些一线城市现在都是好几万一平。买就买吧,古代的官宦人家有钱也是置地,中国人对于买地置业有狂热,跟着大流走,多置产业总是没错的。”

许佳仪笑着点点头,转怒为喜,对于老公心生欣赏和钦佩。

两口子再次把儿子叫到客厅告之结果。

许佳仪对儿子笑眯眯地说道:“璠儿,我和你爸商量好了,我们知道你是真心喜欢婷婷,既然这样,这婚房就爸妈买下来吧,他们谢家没钱,这买房的钱就爸妈出吧,算是送给你的结婚礼物。你明天就带着婷婷去看房吧,看中意了回来告诉我们,首付我和你爸出,装修的钱我们也给你们出,这房子按揭贷款要你们每月付,有时候真要是手头紧,爸妈也会帮你们,你看好不好?”

许佳仪问心无愧,自己的钱全给儿子她也心甘情愿,但是她恼怒莫名其妙的外人抱着觊觎的心伸手来拿,凭什么呢?辛苦积攒一生的家业,想从她手上拿,门儿都没有。

左璠看到父母答应下来,已经十分高兴了,哪敢挑三拣四,再说他还有什么好挑的?首付装修甚至月供爸妈都愿意资助,他连连点头说道:“爸、妈,好好,月供我自己出,应该的,应该的。”

许佳仪满意地点点头,对他说道:“儿子,有件事妈现在要和你说说,他们谢家没有出钱,那么这房子的产权与谢家就没关系了,房产证上只能写你和爸妈的名字,谢婷婷的名字不能写。”

左璠心里咯噔一下,眼前浮现出谢婷婷那张泪脸,记忆中带着月光般薄脆的美,他没吭声,抬头看着他爸妈。

许佳仪说道:“你们到时签了购房合同再去领结婚证办喜酒,婷婷要过二人世界,要买婚房，我们也做到了，钱都是我们家出的，房产证的事你不要和她去说，一般办证要半年才能下来，她不会知道的，这是我们家的财产。如果你还不同意的话，爸妈也没办法了。”

左璠也知道他爸妈一直在让步，不可能再做什么退步，而且在法院工作的他，也自然知道父母是为他好。男人对女人的感情，和女人对男人的感情不一样，男人只求哄得住掖得下就万事大吉了，很少有情感的纠缠内心的折磨。

许佳仪说道：“现在的社会不比从前，感情的事做不得准，今天好得如胶似漆明天一拍两散，你看得还少吗，爸妈这样做也是为你着想，相信这一点，你肯定明白。”

左璠果然点头道：“爸、妈，我知道的，我没意见。”

许佳仪和左国忠互相看了一眼，笑着点点头，这件事情就算完满解决了。

第二天，左璠就开车去了谢家，把这个好消息告诉了谢婷婷，当然有关房产证的事情自然识趣地没说。对于左璠来说，能够顺顺利利和婷婷结婚就行了，至于是否藏着掖着什么，只要婷婷不闹起来，他自然不会反对。谁吃饱了没事干，把钱财拱手往外送？他爱谢婷婷吗？当然爱，但是爱也要回应的，你捧上真心，人家现实得泼你一头冷水，不替自己着想一下，那不是傻子吗？就算是纸包火，只要能暂时包得住，那就包着。

谢婷婷开心极了，跑到她爸妈那边的房间，大声地宣布了这个激动人心的消息，她爸妈也跟着她高兴，对左璠又是端茶又是递水的。

当时已经晚上十二点了，一家人却兴奋得睡不着。

谢平和怀玉倒是有些吃惊，看到忙得乐颠颠的一家子人，个个兴奋得如同吃了兴奋剂，再看看他们两个，就好像突然有了分水岭，他们的平静客观，倒好像成了局外人，谢平瞅着他生活了二十多年的老房子，再看看爹娘、姐妹，只觉得恍然若梦，突然都变得不认识一般。他坐在角落，握紧了怀玉的手，家在一瞬间仿佛成了舞台，家人成了唱戏的伶人，他和怀玉被忽视，倒像是看客。那个时候，莫名地，觉得怀玉才是最可亲的。

一家人沉浸在激动人心的喜悦里，互相看着都是喜气洋洋的。左璠和谢婷婷商量明天就去广州各个楼盘看看，争取尽快找到自己中意的房子。

谢丽看到妹妹的婚事如此顺利，也跟着高兴。他们家和左家成亲家了，作为婷婷的亲姐，左家能不帮个忙？她买房子也有几分可能了。

谢丽因为这种好心境，和张大伟的感情也好起来。

很快谢婷婷和左璠就找到了中意的房子。因为许佳仪在房管局工作，广州市所有房地产开发商要想在广州混下去无不敬着她，所以听说她儿子要买婚房，立马争先恐后地挑最好的房子往他们手上送，拍板的时候，不但给了左璠谢婷婷最满意的房子，算房价的时候还给了一个内部价，房产开发商本来想低价到送给许佳仪的，许佳仪不敢接，眼瞅着要退休了，一辈子平平安安地不容易，不想临到末了，马失前蹄，犯了事，所以坚持着每平方米一万多的房子，只要求去了一个零头，但这样每平方米仍然便宜了两三千块钱。

谢家也还是很精明的，考虑到了没结婚前买的房子就是男方家的财产，所以在确定买下来之前，要谢婷婷无论如何要和左璠马上去领结婚证。

在整个买房过程中，谢家感觉就像打仗，不过现在大家还是很高兴，觉得自己慢慢胜利了。赤手空拳能获得胜利果实，是多么不容易，简直可喜可贺。

左璠在谢婷婷的再三要求下，只能回家再和父母去商量。最后，又是左国忠安慰劝说老婆，“你在房管局工作，我和儿子在法院工作，谢家无权无势，以后真要有个三长两短，他们还真以为房子能分他们一半？他们想领结婚证就领吧，不过事先和儿子说好了，签购房合同的时候不能让谢婷婷签字，这一点无论如何不能让步。”

许佳仪同意了自家男人的做法，向儿子表明了他们的态度，左璠和谢婷婷就欢天喜地去领了证。

之前婷婷说没房就分手，好像并不是很上心结婚，自从付了购房定金后，谢婷婷在签购房合同前，却十万火急地催着左璠去民政局领结婚证。

两个人办好结婚证，从民政局出来的时候，站在民政局高高的台阶上，左璠心里还是有些怀疑的，他看了看那个四四方方的红色小册子，在手上扬了扬，对身边的谢婷婷说道：“婷婷，你——爱我吗？”

谢婷婷却嗔了他一眼，对他说道：“到现在，还说这话，当然爱啦，很爱很爱。”

左璠就“嘿嘿”低笑了两声，婷婷软软的熟糯米似的话语还在他的耳边回响，可是他却有了奇异的想法，心理上已经发生了微妙的变化。以后无论如何都没法相信她说的话了，换了是从前，她肯如此表白，肯定是醉酒情怀一般，只会红着脸幸福傻乐的，可是现在……

也因为这个原因，接下来的事情，左璠做得心安理得。签购房合同的时候，左璠牢记父母的教导，没有让谢婷婷签字。签字那天，谢婷婷刚好身体不舒服，胃里直犯恶心，吐了好几次，左璠开车把她送到医院，谢婷婷人懒懒的不想动，左璠说：“你别去了，我一个人去吧。"谢婷婷没吭声，一个人打了无数电话问了十几遍他们所购楼盘的房产商，那销售经理售楼小姐都是狼狈为奸，沆瀣一气，左国忠和许佳仪都已经等在售楼处了，当着面哪有不巴结的道理。

所以谢婷婷电话打过来，他们就再三给她肯定确定的答复，那就是领了结婚证，房子夫妻一人一半，跑不了。他们七嘴八舌地给她洗脑："购房合同你不用签字，一个人签字就行了，到时候银行贷款夫妻一定要到场。""你们领结婚证没，领了？那你还担心什么，签不签字都有你的一半。""对，一个人签字好，两个人签字太麻烦，以后做什么事都要两个人一起跑。""对，你有一半，这是婚后财产，属于夫妻共同的，你们以后想卖，一定要你签字才行的。"甚至不惜黑白颠倒，混淆是非："房产证上会有你名字的，说了婚后财产夫妻一人一半。""对，有两个房产证，你老公一个，你一个。"

谢婷婷做过售楼小姐，别人的说法和她心里认可的一一印证，有的清晰有的模糊。由于上岗前的培训都没结束，就因为太漂亮成功钓到了金龟婿，和左璠恋爱后，上班经常三天打鱼两天晒网，一直没有成功售出一栋楼，但她还是懂一些的。不过也仅止于此了。

最后左璠一个人去了，和他亲爱的爹娘在购房合同上签了字，谢婷婷还很高兴，吃了定心丸一般。

因为一切实在是太顺利了。

谢家虽说有一套几百万的房子，但是其实一直没买过商品房，中间的程序猫腻谢家之前并不懂得，谢婷婷虽说做了几个月的售楼小姐，但是一直很不敬业，一开始就动机不纯抱着傍大款的心去的，傍到左璠后，更无心去售楼了，因此相关专业知识也是半桶水的档次。怀玉和谢平也没买过房子，而且谢婷婷之前也没有和家里人说起，怀玉作为外省媳妇，也不便插手管他们谢家嫁女儿买房的事情，所以也没有多问。谢丽和张大伟就更是不懂了，一家人只知道谢婷婷有了婚房，房子是她领了结婚证后买的，肯定有她一半，想想没嫁过去就有了一栋新房子等着谢婷婷，都在替她高兴。

左家打得精刮的小算盘就不知不觉地进行下去了。

左璠成功地和他父母在购房合同上签了字，然后两个人在等着银行贷款办下来的过程中，开始张罗结婚的事情了。谢婷婷对于婚房这件事一直很开心，逢人就说她公婆给她在广州市区买了一栋大房子，他们领了证再买的，生怕别人不知道她嫁了有钱人家，生怕别人不知道婚房她也有一半。她现在天天笑着，不知道眼泪为何物。

新房的银行贷款还没有办下来，谢婷婷就和左璠结婚了。因为谢婷婷怀孕了。

嫁妆那些事儿

为了赶在肚子显现之前出嫁,两家人开始匆匆忙忙地张罗婚事。谢婷婷的打算是,反正生孩子要老人照顾,婚房装修也要好几个月,而且刚装修的婚房要放半年才能住人。所以暂时的打算是,嫁过去,然后暂住在左家的老房子里,和公婆住一起,因为知道自己有了婚房,可以过二人世界,最多和老人住一年,谢婷婷也没什么好紧张介意的。

谢家呢,看到左家那么爽快地给婷婷买了婚房,至于什么时候结婚,婚后住在哪里,他们都不计较了,房子都有了,还担心什么?一家人乐呵呵的哪还有什么意见?

左家呢,在此之前,如果说做儿媳妇的在婚前让准婆婆这样看不下眼的,论排名,谢婷婷可以排到天下第一。不过,后来柳暗花明,母凭子贵,许佳仪看到儿媳妇未过门就怀上了孩了,那是他们左家的骨血,左璠可是他们左家的一根独苗,谢婷婷奉子成婚,许佳仪高兴之余,对这个漂亮的儿媳妇不免态度好了许多。婷婷接下来第二次第三次到左家去的时候,许佳仪就对她十分的友好亲切,拉着她的手,直说生了孩子妈给你带——自从得知自己怀孕后,谢婷婷已经改口冲许佳仪叫妈了。

谢婷婷虽然说脑子不够聪明,太过简单,但人不坏,看她对怀玉的态度就可见一斑,年轻人哪还有精神和时间跟老人去斗架,婆婆对她好,她自然也是笑呵呵的。"妈,妈"这样的称呼也是叫得甜蜜蜜,许佳仪看到她肚子的份上,自然也是十分高兴,一度还认为之前对她的不好印象可能是自己先入为主,谢婷婷这孩子其实也不坏。

此外,婷婷和左璠的感情也得到改善,她是真爱左璠的,虽然现实,但爱也是事实。如今没了房子这层顾虑,对于左璠的万千柔情,去了婚房这个负担,倒像是盆里泼出来的水,四处漫溢。她对左璠,反倒比婚前要更细心体贴浓情蜜意。左璠有时候睡着,婷婷就长时间默默看着他,看久了就微微笑一笑,然后欠起身偷偷亲一下,左璠有时是假寐,知道她在亲他,眼睛闭着,身子一动不动,一颗心却又被她孩子气的举动慢慢软化。先前的疑惑,再加上购房合同上瞒着她一家人签字的亏欠,他对婷婷也好起来。两个人倒是又恢复了从前如胶似漆的恩爱。

这样皆大欢喜的情况下,左璠与谢婷婷的婚事就紧锣密鼓地张罗开了。

谢家嫁女儿,因为嫁的是钟鼎人家,女儿没一点嫁妆实在也说不过去。所以老两口能搜刮的都搜刮出来。谢丽穷得饔飧不继,全国人民奔小康的时候,她还在温饱水平,什么都没有,于是只能打起了怀玉和谢平的主意,老人想着他们两口子结婚后吃住都在家里,平时的工资都存着的,想来存了不少钱。

所以在谢婷婷嫁妆这件事上,等到小两口都在家,老人就提了出来。怀玉和谢平其实一直也有这个心理准备,老人提出来,也没有太意外,老人说道:“谢平、怀玉,婷婷现在要出嫁了,嫁给左家,人家是高门大户,我们没点嫁妆也说不过去。你们是哥哥嫂子,婷婷结婚你们要准备一些。”

怀玉就抬头看看婆婆,笑了笑,没有接话。

老人却没看她,继续说道:“这房子按理说有她们两姐妹的份,爸和妈也给你们了,所以这嫁妆你们也应该出的。”

谢平便说道:“妈,出多少,你说吧。”

老人说道:“没个多总有个少……”怀玉听到这里,心里暗暗松了一口气,想着老人其实挺通情达理的,这几个月,自从大姑小姑都回来住之后,他们小两口的开销不知不觉多起来,往这个家里填钱简直就像填无底洞,小志的零食早餐钱,家里冰箱更快速的补货等等。

然而,婆婆接着说道:“你们出十万吧。”

怀玉就噎住了,那种感觉,就好像吃馒头突然吃到死面疙瘩,那种生生卡住上不气来的突兀。十万还叫少?老太太好大的口气。

这几个月,他们小两口存定期存得少,现在总共也就十二万的积蓄,怀玉没有吭声,心里却是不乐意的。凭什么小姑子出嫁要她和谢平出钱,这钱按理是公婆出的,说为了这房子吧,那他们出吧也可以理解,问题是叫他们出十万,几乎全部的积蓄了,更可笑的是,真出了十万,在老太太眼里还是少的。太划不来了。

最近左璠没事总往谢家跑,怀玉和谢平天天看着他开着车来来去去,他们看着也眼热啊，一心一意想早点买车，当有车一族。

当然，他们不是有钱人，没想过买宝马奔驰之类，那么买一辆十万左右的车开开也是好的，现代、广本、期柯达明锐，也好过她怀玉天天上班挤公车。

可是刚有了买车的主意，公婆居然要他们拿钱出来给谢婷婷做嫁妆。

回到房里，谢平对怀玉说道："玉，我爸妈真的没什么钱了，我妹嫁到左家，一分嫁妆也没说不过去，你看……"谢平对家人，也是外冷里热的人，平时不擅表达，可真到了关键时刻，他也不会撒手不管。

怀玉当时没吭声，他们小两口的钱都是怀玉管着的，定期存折上面写的是她的名字，密码也是她的生日。谢平因为爱她，工资年终奖福利，一到手就主动上缴给怀玉，如果怀玉亲他一下，夸他一下"老公，这么多"，谢平就乐颠颠的，比吃了蜜还高兴。

谢平一直都是"妻管严"。

谢平极少开口求她。怀玉沉默了三天，三天后却主动去银行取了钱，小姑子出嫁后，家里就少了一个人，房间空出来了，而且公婆也说这房子给她和谢平了，赠与合同白纸黑字红色手印儿按着锁在抽屉里呢，小姑子那份没要，她补她嫁妆也是应该的。此外，谢家到这份上，也已经是山穷水尽，公婆还真拿不出钱来，怀玉这么多年和公婆朝夕相处，对谢家经济比对自己的手掌还了解。怀玉不是不通情理一毛不拔的人，所以她去取钱了。

她取了七万块，这个数字她也是想了几天的，第一个原因，人活着总会有点事发生，不可能太平一辈子，生老病死总要经历，手头上完全没有一点钱，实在太没安全感了，所以她不能为了小姑的嫁妆掏空他们自己。第二个原因，她当年欠了谢平的恩情，虽说夫妻不能见外，她也想还给他，刚好也是这个数字。如果公婆嫌少了，哪怕吵翻天，她也不会多给，一毛也不会多给。

取钱回来，把钱交给谢平，谢平倒是又意外又惊喜，没想到怀玉这么爽快大方。怀玉对他笑道："吃晚饭的时候交给你爸妈吧。"他们家，是她掌钱的，谢平也是周瑜打黄盖，一个愿打一个愿挨。不过，在公婆面前，自家男人的面子还是要给他，所以这钱得由谢平交给老人。

谢平笑了笑，一边接过钱一边问为什么，怀玉说："为什么？老公呀，当年如果不是你对我好，我爸妈给的五万块你没要，我弟弟结婚我给了两万多你也没说什么，我今天这钱也不会拿出来的，我是报你当年的恩情。"

谢平就狠狠地在她的脸蛋上亲了一下。看到谢平这么高兴，怀玉也就觉得这钱拿出来值了，汽车毕竟是奢侈品，买了也就贬值了，如果花七万块钱，能让小姑子风风光光出嫁，以后不像大姐一样哭哭啼啼回娘家，那么这钱也算用在刀刃上了。怀玉据着自己的了解，想着小姑子婚后买了婚房，自然是一辈子从此平安幸福万事如意的，所以拿钱也拿得爽快。不但是她，对于谢婷婷从此后的生活，那是前程似锦，掉到了蜜罐里，一家人都是坚信不疑的。

怀玉通情达理肯拿钱出来，婆婆脸上笑了，心里却有些疙瘩，七万块和十万块，虽然说只差了那三万块，可一位数和两位数能比吗？说出去，那也是差着大一截呢。老人自然也知道谢平拿这个数出来，是怀玉在背后指使的，对于这个儿媳，就此也戒备起来。以前的怨气因为忙于婷婷的婚事一直潜伏在心里，又没散过，如今等于是在从前的累积上又加了一点点怨气了。

家里人多，就显得没有隐私。做爱都要憋着声，这是怀玉的经验，你坐房间换双鞋，谁经过，只要门是开着的，有意无意都要往里面探看一眼，好像人之常情。一抬头，门外面保管一人影就一阵烟似的溜过去了。与此同时，有时候你不去听壁角，无意间也能听到很多不想听的内容。

吃过晚饭，怀玉忙完家务，又洗了澡，在房间待了一会，就想着去婆婆那边看看双双。外面忽然起了风，“呜呜”地吹着，就像婴儿的哭泣，最近天气突然变凉了，广州向来是直接从夏天进入冬天，天气骤变，怀玉担心双双晚上盖不好被子，容易感冒，就过去看看。

她穿着拖鞋，走路脚步轻得就像猫，刚到婆婆房门口，就听到里面小姑子的声音。脆脆的，快刀切萝卜似的，语气里带着几分好笑还有几分鄙夷。

“妈，我结婚哥嫂就给七万啊，呵呵，你和爸当年把房子转给他们的时候，我刚读大学，一心玩去了，那时候幼稚不懂事，想着你们要给就给吧，一家人计较什么，现在我懂事了，这房子现在一万三一方，市价也两百多万了吧？三分之一，我也该得七十万啊。哈哈，七十万换七万，嫂子真会做生意，我蚀本蚀得跟傻子一样啊。”

怀玉好像五雷轰顶，愣在那里。她的心里突然莫名其妙生出一种危机感，这头顶的灯，突然摇晃起来，好像外面的长风吹进来了，这两边的墙壁也仿佛摇摇欲坠，全部向她倾过来。

老人笑了笑，慢慢说道：“是有点少，我今天还在生他们的气。”

怀玉心里长出无数根刺,什么叫吃力不讨好,这就是!她现在恨不能冲到婆婆房里,叫嚷着把那七万块拿回来,哪怕扔到火里,她烧成灰也要去抢回来,哪怕扔到水里,她溺死也要捞回来。她十分后悔,悔得肠子都青了。

老太太的声音再次响起:“婷婷,你现在嫁到有钱人家,那婚房你也有一半,就不要和你哥哥嫂子计较了。你嫁出去只要过得好,我和你爸也没指望着你养老,以后我们老了病了还要指望着你哥他们的,你姐的话,如果你有能力,你就照顾一下你姐,爸妈对不住她,她太可怜,这嫁妆你哥出了七万,爸妈还有点养老钱,给你凑个十万的整数,嫁到左家那样的人家去,不能太让你丢份儿,你看怎么样?”

谢婷婷便银铃般地笑了笑,大方说道:“行啦,妈,我开玩笑的,说说罢了,我不会当着嫂子面说的。谁有钱还会去计较,我多大方一个人,只要我手头有,家里人要,我就愿意给,天晚了,我回房了。”

怀玉才大梦初醒,立马闪身溜回自己房里。她把刚才听到的小姑子和婆婆的谈话再仔细一回想,未免心惊肉跳,小姑子并没有表面上看起来的温情脉脉,她可以对她爱的左璠现实,那么对哥嫂现实也显而易见,这种结果就像太阳不会从西边出来一样凿凿有据。

怀玉捏着两只手,心神不宁地在房间里走来走去,谢平上班去了,房间里空荡荡的,身边说句话的人都没有。她脑子里乱,一时间也不知说什么,沉默着出去了,到了婆婆房里,双双一个人早睡了,婆婆和小姑子都不在,怀玉给双双掖好被子,被角明明掖好了,可是她反反复复地重复着同一个动作。

直到婆婆走过来,看到她,满面春风地笑道:“玉啊,你也在啊,今天这事谢谢你了,我知道是你大方,谢平这孩子有时候不懂事。”老人心里的疙瘩归疙瘩,面子上的功夫还是会做的,敷衍得风雨不透,以后还指望着儿媳病榻侍候呢,“怀玉,婷婷出嫁后,家里就没从前那样挤了,我知道前些日子,一家老小让你受委屈了。”

怀玉定了定神,婆婆这样说话,她开口要钱的话到嘴边又说不出去了。她一个人回了房,一晚上未合眼,那种莫名其妙地恐慌感总是占据在她心头。

第二天,婷婷看到她,对她快活地笑道:“嫂子,我要出嫁啦,以后不能天天和嫂子在一起了,我的房间给双双吧,以后回来就是客了。”

怀玉心里的一番话越发说不出来,给出去的钱也是泼出去的水、推倒的墙,收不回扶不起,哪能要得回来?她只能什么也不说了。心里使劲安慰着,这是一件值得高兴的事，小姑子出嫁，嫁了好人家，不会成为第二个谢丽，说不定还能帮大姑姐一把，让她买到房子搬出去。现在钱收不回来，她和谢平是越发买不起房子，小姑出嫁，大姑买到房子搬出去，这才是最好的结局。

在小姑子的热情邀请下，怀玉也开始帮她张罗婚事了，天天在外面大采购，广百、新大新、天河城百货逛进逛出。一颗心又再次慢慢安稳快乐起来。

结婚那天天气特别好，万里无云，阳光普照。谢家小区的外面挂着大红灯笼，以及长长的红色横幅，“恭贺左璠先生谢婷婷小姐新婚大喜”，那两个名字一上一下，排得整整齐齐，也像手牵着手肩并着肩的爱侣。

婚宴在五星酒店，时间在晚上，谢家嫁女儿的酒宴在中午，也在外面的酒店。不过怀玉他们还是有许多事情要做，因为婆家有一些浙江等地的亲戚千里迢迢地过来，要在谢家坐一会，再坐车去酒店的，左家来接新娘子，肯定也要到谢家亲自来接的。怀玉和谢平都在家里，怀玉为了招待亲戚，忙得不可开交，来了人就要分喜糖分烟，谢平在一旁帮她的忙，有时怕她太累，嘱她几句：“不要太累着。”怀玉就回他一个笑容，仍旧手忙脚乱地忙着。

一家人，小孩子是最高兴的了，小志和双双在房子里进进出出，每人手里举着几个彩色气球，双双小尾巴一样跟在小志后面，在那里跑跑跳跳，大声叫嚷，起劲地疯玩。

公公婆婆陪着浙江老家的亲戚坐着，公婆的脸上都笑成了一朵盛开的菊花，婆婆的妹妹，怀玉也要叫小姨的，怀玉婆婆坐在那里，那个心里舒坦地呀，怀玉都能感觉到了，小姨说道：“婷婷嫁得好啊，你总算可以放心了，谢丽当年要是像婷婷那么聪明就好了，左家很有钱吧？听说左璠爸妈都是公务员，现在公务员多好啊。”

小姨的语气和眼神都是羡慕，上次因为大女儿婚姻不幸被妹妹气得够呛的婆婆，今天由于心情大好，一切不计较，一边乐呵呵听着她妹的奉承话，一边使劲地往她手里塞高级喜糖。怀玉嫁过来这么久，从来没有见到公婆这么开心过。

外面的阳光就像白金箭镞，一支一支从外面射进来，落在地上，金灿灿的，让人心情大畅。

下午四点多的时候，左璠就来接新娘子了，怀玉和谢平站在阳台上，看着楼上的婚车，打头的一辆是黑色奥迪 Q7，后面跟着的是一水的银色宝马，总共有十辆，全是名牌好车，不知道多大的排场。

谢婷婷那天也特别漂亮，她本来就是很美的女子，两个人在大家的祝福声中上了车,然后所有的亲戚都去酒店吃饭了。

怀玉忙了一天,到了晚上,洗了澡回自己房间里,整个人就好像散了架,累得说话的力气也没有。

谢平也很累,洗了澡穿条裤衩回来,看到怀玉躺在床上一句话也没说,知道她多半是累着了,便走到她面前,在床沿坐下,握着她的手,对她笑道:“累了吧?”

怀玉微笑着点点头,谢平上了床,对她说道:“我给你按摩一下吧。”怀玉笑着说好,翻身伏在床上,谢平给她在背上擀皮,怀玉舒服得骨软筋酥,小声又是叫又是哼的,谢平笑道:“舒服吧?”

怀玉点点头,亲朋好友都走了,小姑子今天又出了嫁,房间里突然安静起来,哪怕大姐和姐夫仍旧在她家的客厅里说话看电视,可是他们的说话声也透出一种寂静,这种安静实在是久违了。怀玉在心里幸福地叹口气,想着总算生活轻松了一点,小姑子嫁人了,家里少了一口人,好像清静了许多,过了好几个月吵吵闹闹人多眼杂的生活,怀玉现在做梦都想过清静的日子。

谢平给她擀了三通皮,怀玉全身都舒坦了,她扭过脸来笑道:“老公,你真能干。”这话是该夸的,谢平是高级厨师,而且按摩推拿也有模有样,自然算得上多才多艺。谢平瞅着她,怀玉一张脸,粉团似的,又白又软,谢平眼里溢出笑来,一点一点,他慢慢道:“玉啊,你才知道我很能——干吗?”他把“能干”两个字拆开来念,“干”字说得重重的,怀玉回过味来,在那里吃吃直笑,谢平坏坏笑道:“翻过来擀吧。”怀玉知道他又动坏心思了,对他笑道:“哪有正面擀皮的?”谢平也不和她解释,把她伏在床上的身体捞起来,正面放平了,坏笑着沿着她光滑白嫩的小肚皮往上擀去,一边温柔了说道:“我就可以……”

怀玉羞得脸庞发红,用枕头盖住了脸蛋,对他说道:“不累呀?”

谢平说:“本来累了,看到你了,又不累了。来,让你看看我有多能,干!嗯嗯。”

三天后,谢婷婷和左璠回门。公婆一大早就去买菜了,不过现在不在家,估计又出去采购了。怀玉下班回到家里,就看到婷婷和左璠坐在那里,左璠亲昵地握着她的手,两个人头挨着头在小声说着话……这么恩爱,怀玉笑出声来,谢婷婷看到嫂子,一张脸立马飞红了,松了左璠的手,涨红着脸叫了一声嫂子。左璠也跟着婷婷恭谨地叫了一声嫂子,怀玉微笑着点点头,想着婷婷嫁人真嫁对了,小两口好像很相爱。她含笑看着他们,两个人刚才相亲相爱的场景,倒是像极了她和谢平,其实人前握着手也没什么,可是婷婷在嫂子面前还是放不开。

怀玉说道:“你们坐吧,要不去客厅看电视,那边还有电脑,我去厨房看看,一会吃饭。”

谢婷婷却对怀玉说道:“嫂子,我来帮你吧。”怀玉愣了一下,想着这小姑子嫁了人好像变懂事了,便点了点头,谢婷婷一边跟怀玉进厨房,一边对左璠说道:“你去看电视吧。”左璠只能点点头,不过好像并不愿意,在谢家仍然放不开,婷婷走一半路了,他还在朝她挤眼睛。

厨房里只有怀玉和谢婷婷,怀玉笑道:“看你真幸福呀。”谢婷婷就红着脸笑,一张小脸都在发光,谢婷婷说道:“嫂子,你跟我妈处得好吧?”怀玉愣了愣,看着谢婷婷的样子,不由抿嘴笑了笑,说道:“你说呢?”谢婷婷便苦恼地摇摇头,说道:“我那个婆婆呀,哎呀,别提了,平时我和左璠睡个懒觉吧,都要到门口来叫我们,我和左璠在房间里响动闹得大一点,有时候好玩吧,我声音叫大一点,她就在外面大声敲门。唉,嫂子,我现在是明白你了,婆媳不好相处呀。”

怀玉听得直乐,笑道:“我和你妈相处得还好,至于你家,反正你有了婚房,等到生完孩子,新房也装修好了,到时搬出去住嘛,你才是让人羡慕。”

谢婷婷也幸福地点点头,说道:“嫂子,幸好左璠疼我,哎呀,你都不知他有多疼我……”

怀玉看了小姑子一眼,说道:“他疼你你也要疼他呀,去陪他吧,爸马上就要回来了,这里不用你帮忙,快去吧。”

谢婷婷原本就是和怀玉说说话,还真没心思猫在厨房做什么活,听到怀玉这么一说,如蒙大赦,从后面抱了抱怀玉,笑着说声嫂子真好,一阵风似的跑出去了。

怀玉把晚上要做的菜切的切洗的洗准备得差不多了,公婆就乐呵呵地进厨房来了。两个老人很高兴,脸上的笑止也止不住,怀玉笑道:“爸、妈,怎么那么高兴?”婆婆兴奋地拍拍手,瞅了瞅外面,又压低声音说道:“怀玉,你看,他们恩爱得哟……”

怀玉也是好奇,含着笑往外面瞅了一眼,小姑子和左璠一起坐在沙发上,谢婷婷斜着身子坐着,眼里都是笑,水泡似的,一个个往外面冒,左璠握着她的手,脸上带着宠溺的笑,神情十分专注。怀玉笑了一下,想着在娘家两个人也这么亲热。

婆婆站在怀玉后面,压低声音快乐说道:“怀玉看到没有,左璠在给婷婷剪指甲呢,你看多恩爱!”

怀玉看得清了,左璠的确在给谢婷婷剪指甲,一只手拿着小姑子的手,一只手拿着指甲钳,谢婷婷微微垂着大眼,幸福得浑然忘我。怀玉不好意思看太久了,怕让他们看到了难堪,所以把探出去的身子收回来,对公婆说道:“左璠对婷婷是真的好。”

公公没说话,脸上却是喜气洋洋的,婆婆笑道:“就是,怀玉也这么说,怀玉,爸妈心里高兴啊,两个女儿,总算有个嫁得好的,又有钱,对她又好,我们做父母的还图什么?只要儿女一辈子开开心心,不要我们操心就行了,唉,你姐当年要是像婷婷那么有眼光就好了。”

怀玉就只得安慰公婆,对老人说道:“妈,姐和姐夫现在也和好了,你不要难过了,准备吃饭吧。”

婆婆才笑笑,连连称是,张罗着摆晚饭的碗筷去了。

吃饭的时候,怀玉谢平坐一起,谢丽和张大伟坐一起,婷婷和左璠坐一起,公婆坐在上首,看到三个儿女都成家了,老人今天真是特别高兴。

两个人新婚燕尔,虽然说努力注意,可是有时候在别人眼里,仍然是有点腻歪的,左璠想吃一只虾,夹在半空,谢婷婷把筷子搭过去,对他轻声说道:“给我……”左璠轻笑道:“真是的,碗里又不是没有,你自己再夹嘛。”谢婷婷却一动不动,继续把筷子搭在上面,一边往她这边拉一边娇憨道:“就是要你的……”然后大眼睛水汪汪地睇着左璠,左璠也笑望着她,轻声说道:“我的就这么好吗?”婷婷觑着他说道:“就是你的好……”

两个人简直就是在饭桌上打情骂俏了,怀玉听着瞅着止不住笑,婆婆也看到了,笑眯眯地用劲拍了老头子的肩膀,示意他快看,谢平也看到了,含笑看一眼怀玉,给她也夹了一只虾子。

一家人都很高兴。

小妹新婚幸福伉俪情深,谢丽当然看在眼里,可是从眼里下去到了心里一翻腾,再浮上来就全是酸楚的味道。张大伟就坐在她的旁边,她用眼角的余光能瞅到他的袖口,他今天刚下班回来,仍然穿着厂子里的工作服,那是一件深蓝色的衣服,那蓝色已经泛旧了,表面上浮出一种白色,就像蒲公英上的白色绒毛,这衣服乍一看还以为长了霉。

人不能对比,对比的话,比天比地也比不过来,但是谢丽也不能不比,那个幸福的是自己的亲妹妹啊。两姐妹从小比到大,都是争强好胜的人。谢丽看到婷婷这么幸福,不禁想起之前她们两姐妹在饭桌上说的话,婷婷说要找个有钱的又帅的有车有房的对她又好的男人结婚,她讽刺她说世上没有这么如意的事,男人有钱就变坏,又想有钱又对你专一,怎么可能?

可是如今左璠对谢婷婷的好,好像证明她当年是错误的。她想着为什么同人不同命,血亲的两姐妹,妹妹嫁得那么好,房产好几处,车子好几辆,男人还是公务员,又是名牌大学生,除了个头矮一点,简直十全十美。而她呢,没有房子,为了避免房租只能住回娘家,男人一个月不到一千,厂子还快要倒闭了,高中文化,而且还不上进。抽烟喝酒,不学无术,年轻时长得帅,现在看了,只觉得是窝囊废。张大伟个头也有一米七八,可是走路摇摇晃晃,瞅着就像一根破竹竿,平时永远都是蔫蔫的;张大伟也有一双大眼睛,可是大而无神,经常看人眯着眼,无精打采;张大伟年轻时很幽默,可是这些年,他的浪漫幽默都被他老婆谢丽的指责怨恨给磨光了。

谢丽看着妹妹小两口,越看越伤心,食不知味。

谢婷婷心情高兴,瞅到她姐苦着脸,便笑了笑,出声道:"姐,你怎么了?有什么事不高兴吗?"

谢丽抬头看了妹妹一眼,说道:"没什么,想你嫁给左璠,嫁得好呗,再想起我自身……"谢丽说到这里,停了下来,却重重地叹口气。

谢婷婷却笑了笑,瞅了左璠一眼,对她姐说道:"姐,你不是想买房子吗?"

谢丽惊异地抬起头来,眼睛发着奇异的闪光,一会却又黯淡了,她摇了摇头,挑了挑饭碗里的菜,慢慢说道:"我当然想买房,可哪里来的钱?"

婷婷这时候笑了一下,说道:"姐,你只要能凑到两成首付,其他我们都帮你解决。左璠,上次你说有个楼盘……"

左璠有点讶异,不过爱妻即如此说了,他只能说道:"是。"又看了看谢丽和张大伟,笑着说道,"姐和姐夫准备两成首付,其他事情交给我好了。"

谢丽脸上都是惊喜,对左璠说道:"真的?"她还是不太敢相信,说这话的时候拿筷子的手都有点发抖,竭力想镇定下来,可是一身发热,脸发红,总之是失态了。房子啊,她婚后几十年梦寐以求的安居之地,那才是自己的家!

左璠心里有点为难,神情却仍然很闲适,他没想到谢婷婷会给他招这么一出事,不过既然一开始应承下来,只得一路说下去,心里却在犯嘀咕,上次也是在家吃饭时听母亲说了一下那个楼盘的事,没想到婷婷却向她姐提出来了。回家去说要老人帮忙,先斩后奏,不知她会不会高兴?

左璠一边给谢婷婷夹了一筷子菜，一边慢慢说道："姐，首付你凑到两成就好了，至于银行贷款，我可以叫我爸妈帮你想办法弄下来，另外找单位盖个章做个假收入证明就行了，想贷多少都没问题。"

谢丽喜得有点发昏了，一颗心在剧烈地跳动，"怦怦怦"一桌子人，她也能听得到。

怀玉和谢平却怔了一下，大姐真能买房子？就算银行贷款左家能帮忙弄下来，以后每个月的还贷呢？怀玉在心里摇摇头，想着如果惦念到她头上，她就是放着这老房子不要了，她也不会给大姐钱，因为她没钱了。

谢丽激动地听左璠说完，不好意思地笑了笑，讨好又讪讪地说道："可是广州现在的房价，我和你姐夫没什么钱，恐怕也买不起。"

左璠笑了笑，慢慢说道："姐，你们如果经济困难，那么暂时不要买大房子，买一个小的吧，四不求上进多平方米的，怎么样？据我了解，最近有一个楼盘有酒店式的公寓，四五十平方，一室一厅，姐，你要是想要，我就替你留意一下。"

谢丽连忙鸡啄米地猛点头，她这次是真的看到买房的可能了。对于左璠，不由得刮目相看，只差没自己给左璠夹菜了，使劲地劝婷婷给他夹菜，附带着对婷婷也热络了许多，好像她们两姐妹从来没有吵过架。

左璠和婷婷开车回左家后，谢丽就叫着张大伟进房了。他们两口子住在娘家总感觉自己是个客，所以从来不会做什么家务活的，收拾饭桌打扫卫生这些活一直是怀玉小两口做。

张大伟对谢丽说道："洗澡去吧，一会你弟他们要洗，没地方了。"谢丽没有动，心情激动，仿佛看到自己的房子在向她招手，大房子买不起，小房子还是敢买的，首付贷款都能壮着胆子去争取。张大伟走过去轻轻地推了一下她的肩膀，催促她去洗澡，谢丽笑着说："你先去，我想一会事。"张大伟只得自己拿了换洗的干净衣裤去洗澡了。

等到张大伟洗澡回来，小志已经做完作业睡觉去了，自从谢婷婷出嫁后，小志就搬到她从前的闺房去睡了，等于小志有了独立的一间房。谢丽也拿了衣服去洗澡，等到她洗澡进房，时间已经晚上十一点了，她去儿子的房间看看，小志睡得十分香甜，谢丽走过去，替儿子把书桌上的灯关了，小志毕竟是孩子，睡觉也不老实，整个人缩进被子里，四脚朝天，好似翻倒的小龟，这样也能睡着？谢丽脸上止不住笑，心里涌出对儿子的疼爱，把他从床中间抱起来，放到床上面一点，然后把被子给他严实盖好，露出他的小脸蛋，让他呼吸顺畅，做完这些，在他光滑的小脸蛋上亲了一下，才回到自己房间。

张大伟也没睡，看到谢丽好像心情非常愉快的样子，他便自动地把身子往里面挪了挪，让谢丽也坐上来了。

谢丽在那发呆微笑，一张脸红得跟发烧一样，灯光下倒是显得几分俏丽，害得张大伟有些蠢蠢欲动。

张大伟把被子抖开，拉着谢丽的手，对她说道："睡吧。"谢丽身子没有动，张大伟只得关了灯，在黑暗中往谢丽身上摸索着，他们好像有一个月没亲热了，这么久没亲热，张大伟实在是想得慌。

张大伟也不明白谢丽为什么一副喝醉酒傻笑的样子，他想不明白就不想了，埋头做事，可谢丽把他的手狠狠拍开，然后拧亮了床头灯，带着一种不可思议的神情看着他，明显没情绪。

张大伟腹部的热度一下子降温，仿佛霜打的茄子，可是看到老婆这样的神情，他只得打起精神说道："你又怎么了？"

谢丽想起上次他们夫妻大吵，最后除了伤感情，于事无补。她不想和他吵架了，所以她打算换种方式，她收了脸上的寒霜，笑了笑，温和地对他说道："大伟，我和你商量件事。"

张大伟愣了愣，没吭声。

谢丽笑了笑，努力让自己显得像一个温柔贤惠的妻子，对他说道："大伟，我们这样下去不是办法，我妹夫多有钱相信你也看到了，他爸妈又分别在法院、房管局，我们买房子以后肯定能帮上忙，今天的话你也听到了，但是有这个关系我们也要去赚钱是不是，我们得把那个首付赚出来，对不对？他说四五十平方的房子，大概一万五一平方，两成首付，那我们只要准备十多万。这十多万首付我们肯定能想办法凑到的。"

张大伟垂着头。

谢丽环顾了房子，对他说道："大伟，小志今天也十岁了，我们总不能一辈子租房子住，也不能一辈子住在娘家吧？儿子以后要考大学，要说媳妇，我们不为自己想，也要为儿子想是不是？大伟，你要振作起来，想办法赚钱啊。我们一定要尽快赚到房子首付！"

买房、儿子考大学、说媳妇、再买房，对于张大伟来说那是一条荆棘丛生的死胡同，于他而言，鲜血淋漓地挣扎到最后，除了碰壁还是碰壁，所以左璠向谢丽说买房的事时，他根本没当一回事。

张大伟在心里重重叹口气,又苦恼地抹了一把脸,他何尝不想赚钱?问题是,如今这世道,赚钱越来越难了。

谢丽也无所谓,多年夫妻,谁还在乎另一半的情绪,她继续喋喋不休兴致高昂地说道:“大伟,我当年不顾一切嫁给你,相信你还记得,我这辈子也就这样了,也不指望什么,但是你要为我们的孩子着想,他十岁了,别的孩子有的他也要有啊,你想想这些年你给他什么了?”

张大伟苦恼至极,对谢丽说道:“丽子,我一直在很努力地赚钱,你到底要我怎么做,你说吧,我保证听你话。”

谢丽心里亮了一下,趁热打铁地说道:“大伟,你把你厂子的那份工辞了吧,另外找一份工作,你现在一个月一千块不到,怎么养活一家人?在外面哪怕是打零工也比在厂子里强。”

张大伟却立马摇摇头,对她说道:“不行,坚决不行,我这是国营厂子,现在外面私企打工的人不知道多羡慕我们这些国家单位的,虽然钱少但是稳定,你还要我辞职?丽,我会想办法赚钱的,我做兼职好不好?但是你不能要我辞职,这样太冒险了,你当年辞职,辞对了吗?外面的钱就这么好挣?你没了工作,我再把这份工辞了,我们一家人喝西北风去?我这是铁饭碗,老了以后有退休工资拿的。”

谢丽还在试图劝醒张大伟,她笑着说道:“大伟,你不辞职,我们几时才能买得上房?”

她话还没说过,张大伟打断她的话,“还有,房子的事左璠这么说了你不要当真,就算首付我们凑得起,四五十万的贷款我们这种人怎么还?不要想了。”

张大伟说完这些,就侧过身,给了谢丽一个不再商量的背影。

贷款怎么还?她在一旁说得天花乱坠,嘴巴起泡,他居然从来没有动过买房的心思,原因就是凑不起首付还不起贷款?这男人别说责任,连面对压力的勇气都没有。

谢丽心里一阵悲凉。每次都是这样,一切都是轮回。这是一个怪圈,她再努力也绕不出去。她劝他辞掉鸡肋一样的工作,找份收入高的工作,可是最后他总是爱若珍宝地不肯丢了鸡肋,答应她找兼职,结果影子都没一个,生活还是会一如从前地过下去。

对于张大伟来说,人生能吃饱饭他就很快乐了。

一种绝望的情绪从谢丽心里升起,占据了她整个身心,谢丽不再说话,关了床头灯，重重躺下。

他们夫妻一直共盖着一床被子，如今谢丽因为生气，就一用力把整条被子扯过来了，压在身上，不让张大伟盖半点。张大伟也不跟她计较，自己去衣柜找了一个床单对付过去，没多久，就响起了起伏的鼾声。

谢丽却睡不着，她再次明白张大伟这个男人靠不住，她只能靠她自己，她绞尽脑汁，寻找着赚钱的办法。

左璠和谢婷婷开车回家，快到左家的时候，坐在副驾驶上的谢婷婷瞅了左璠一眼，开口说道："左璠，我姐买房的事，你回家和你妈说说？"

左璠说道："你姐有存款吗？"谢婷婷语塞了："好像没。"她结婚她姐一分钱都没出，几百块礼金都是她爸妈给的。左璠又问："你姐和你姐夫月收入多少？""一千左右吧。"

左璠笑了起来，更加确认了心中的想法。刚在谢家，谢丽提买房的时候，左璠的确是认真对待的，还悬着一颗心，想着应承下来，回头不好和母亲大人交代。结果问到后来，他倒是认识了一个真相，那就是，谢丽和张大伟买房无疑是蚂蚁撼大树。蚂蚁撼得动大树吗？不能，所以那是不可能的事。饭桌上的事听过就算了，他根本没当一回事。

左璠看了一眼谢婷婷，对她说道："你姐真能买得起房？"谢婷婷愣了一下，左璠的语气明显有点看不起她姐，她心里刺得慌，一会，她才说道："我知道我姐是真想买房……"左璠一边把车开进小区一边对她说道："想买和买得起是两码事，中国人都想买房，但是都买得起吗？"谢婷婷没好气说道："能买得起，也不用你妈帮忙了。"

左璠心里也不愉快起来，从恋爱到结婚，谢婷婷一直就是房房房，先是她自己要买婚房，然后婚后又惦记着给她姐买房子。可是看了看她，谢婷婷坐在那里，美得就像画中人，如今画中人走下来成了他的妻子。古代也有这么一个故事，画中美女名唤真真，为书生真情所感动，从画中下来与他成婚，为他生儿育女，谢婷婷却是为了房子……

左璠摇了摇头，叫自己不要去想，说道："婷婷，求而不得，是人生八大苦之一，我觉得你姐和你姐夫没有能力买房，你就不要去撩拨他们了。"谢婷婷就更没了声息。

在车库停好车，左璠看到她仍然闷声不响坐在车上，便好声好气对她说道："好啦，我答应你，你姐要是再向我提起，我就把这件事当正事对待，行不行？回家吧。"

谢婷婷才笑了起来，和左璠说笑着进了家门。

晚上睡觉的时候，谢婷婷妊娠反应厉害起来。婚前去医院检查，已经有两个月身孕了，据医生说，前三个月有些孕妇反应厉害是正常现象，不要担心。谢婷婷深更半夜睡不着，几次三番去卫生间呕吐，人频繁跑着，就像电影在拉快进。左璠都跟着闹醒了，一脸担心地看着她。后来谢婷婷实在跑累了，再加上反应迅速，立马就要吐了，一个翻身直接翻到床下去了，手撑着地板，瘦瘦的肩膀一耸一耸，已经无声地呕吐起来。

左璠看着她突然就缩到地上去了，简直吓坏了，手忙脚乱地起床，给她拿了垃圾筒和毛巾过来，让她吐在了垃圾筒里，然后扶着她上床，给她擦干净嘴，自己又把地板擦干净，刚清理好一切上床，谢婷婷又要吐了，胃里简直翻江倒海，几乎容不下任何东西。左璠知道她累，这次拦着不让她下床了，谢婷婷拼命捂着嘴，使劲摇头，眼神很急切，意思是马上就要吐了，左璠牵起条纹的睡衣下摆，对她道："吐这吧……"

谢婷婷看了老公一眼，那可是蚕丝的，结婚时买的，一件睡衣都花了五百多块钱，可她实在是忍不下去，真的吐在左璠睡衣上面了。事后她说："对不起……"左璠把睡衣脱了，赤着上身对她说道："说什么傻话，衣服重要，还是老婆重要?"他拿了垃圾篓过来，对婷婷说道，"不要起床了，想吐吐这吧。"婷婷轻声说："怕气味熏得你难受。"左璠抱她躺下，对她笑道："怎么会？闻习惯了就好。"

左璠瘦小白净，手无缚鸡之力。不过因为他对她的疼爱大方，婷婷倚在他赤裸的胸膛，虽然那壮硕的胸肌影儿都没有，可婷婷也感觉很幸福，这个男人值得爱和依赖。她小动物般窝在那里，四周一片黑，却像温暖的洞穴，十分温暖，她心想着，左璠人不错，是个好男人，以后一定要做个好老婆，好儿媳。

Chapter 4

争房·房产证上的名字

结婚是为了男女双方生活在一起,房子是生活在一起的小天地。男方为了和女方生活在一起,包括男方一家人的心血,才买一套房,男方买房子是更爱女方的表现,为什么要写上女方的名字?女方为什么不买一套房去结婚呢?女方提出这样的条件,不是心眼小就是心眼多,无理取闹。女方如果爱男方,想和男方生活一辈子,就不应该提这样的要求。

外地人本地人

谢丽到广州市的小吃一条街卖章鱼小丸子去了。她又开始信心十足,为生活去战斗了,她要借助左家买房,哪怕是小房子,那也是她的家。谢丽总是如此,首先把发家的希望寄托在老公身上,然后绝望后,就开始自己努力,想凭本事发家致富,表面上争强好胜,内心在奋斗的过程中却经常压抑,因为一个女人想要在大城市靠小打小闹赚钱买房简直就是天方夜谭。

所以她奋斗的过程也是她灰心失望的过程,也是她恶劣心情积少成多滚雪球的过程。

晚上下班回家吃饭,家里很安静,婆婆拎着一个饭盒正要出门,看到怀玉,便对她说道:“怀玉你回来正好,妈要给你姐去送饭,你在家看着双双吧。”

怀玉就说一声好,双双把家里的小板凳都归拾在一起,在那里排成一排,一个人玩过家家。怀玉走到双双面前,一边在女儿脸蛋上亲了一下,一边对婆婆说道:“姐怎么不回来吃饭?”

婆婆叹了一口气,心疼大女儿辛苦,一边把饭盒放在桌上重新再仔细检察一遍,一边对怀玉说道:“你姐卖章鱼小丸子去了,听说小吃街生意特别好。”

卖章鱼小丸子?怀玉愣了愣,婆婆又笑了起来,对怀玉说道:“你姐刚去做没几天,生意还真特别好,她都忙得没时间吃饭,晚上从五点开始,下班放学的人多起来了,一直要忙到晚上十点才收摊呢,白天也有生意,她这两天,听说每天都要赚一百多块钱哩。”

怀玉想着那也很不错,每天一百多块钱,一个月就是三四千,如果天天能这样,月月能这样,那么和她这种在电视台工作的工资差不多了。

怀玉脸上笑了笑，对婆婆说道："妈，那姐很不错。现在天气慢慢变冷了，等到天气暖和了，可能姐的生意还要好。"

老人就回儿媳妇一个微笑，对于她的话也是满心欢喜的。

怀玉也一身轻松，其实，她也是非常支持谢丽出去做事情的，哪怕赚不了多少钱，总比无所事事待在家里要好。因为谢丽待在家里，她和谢平多了人吃饭，多花点钱贴补家用也无所谓，最可怕的是谢丽在家心情郁闷，会无端地让空气压抑起来。

如果谢丽无所事事，成天拉长一张脸，整个家，就好像是连绵的阴天，上面乌云罩顶，一家人都不敢开心地笑，大声地说话，这才是最痛苦的。

所以听到大姐卖章鱼小丸子去了，怀玉也感到很高兴，真心地祝福大姐能够真的赚钱，而不是像以前摆地摊一样，昙花一现。

婆婆检查完毕，发现没有什么遗漏，便放了心，对怀玉说道："我走了，你姐可怜啊，找的男人不行，只能自己吃苦赚钱。怀玉啊，等着谢平回来你把饭热一下，你们先吃吧，不要让他做饭，他在外面工作了一天太累了。"婆婆说完就一阵风似地走了，怀玉倒是一个人站在房里失笑起来，想老人说话怪有意思的。

谢平回到家的时候，看到家里只有怀玉一个人，便诧异道："人都到哪去了？"怀玉一边热饭一边告诉他："你爸在外面下棋还没回来，你妈给你姐送饭去了。"谢平也没说什么，点点头，怀玉热饭的时候，他也在一旁帮忙，两口子正在那里吃饭，老人却回来了。

还没进门，就在那里"哎哟哎哟"直叫唤，一张核桃脸皱成一团，神情十分痛苦。怀玉和谢平吓了一跳，饭碗一放就跑了出去，老人倚在房屋外面，一脚高一脚低地站着，谢平上前扶住老人，对她说道："妈，你这是怎么了？"

在儿子的搀扶下，老人才一瘸一拐地进了房门，对谢平和怀玉说道："人真是多，丽都没时间吃饭，我回来时差点被挤倒了，脚都扭了。"

怀玉低下头给婆婆看了一眼，发现脚肿了，上面一片淤青，她便说道："妈，你要在家休息几天，这脚都肿了。"婆婆就犯愁道："哎呀，怎么办呢，你姐白天晚上的饭谁去送？"谢平就说道："妈，你也真是的，姐在小吃一条街，那不到处都是小吃啊，她饿了不愿吃别家的，也可以吃她自己的章鱼小丸子。"老太太瞪了儿子一眼："小吃和正餐能比吗？"谢平就笑道："小吃一条街也有各色炒饭吃。"老太太又说道："外面的炒饭能和我做的比？外面卖的有我做的干净有营养？"

老人因为看着大女儿这样辛苦挣扎,她作为母亲却不能在经济上帮衬点什么,所以无能为力的感慨下,只能尽量给女儿送点好吃的,在力所能及的范围内,比如吃饱穿暖的程度上多关心她,所以老太太这饭是一定要去送的。

怀玉看到婆婆这样的心思,就只得说道:"妈,这样吧,姐姐的饭我去送吧,中饭我从电视台的食堂给她带,晚上我先回来,从家里带饭给她送去,你把地址告诉我就行了。"

婆婆脸上才有了笑,好像又有点不太好意思麻烦怀玉,说道:"这怎么行呢?让谢平去送吧。"谢平犯难说道:"妈,我明天开始要上白班了,不在家吃晚饭。从上午十点半上班到晚上八点才能回来。"怀玉也知道谢平比她累多了,便说道:"妈,没事的,我工作比较轻松,我去吧。"这话说得正合老人的意思,本来也没想着要儿子送,怀玉这么一说,婆婆自然笑眯眯地说好。

第二天,怀玉就去给谢丽送中饭去了。

她平时就是在电视台的食堂吃的午饭,天下食堂都一个样,没有什么油水,不过比外面的快餐要干净,怀玉匆匆吃过饭,算着距离下午上班的时间,从食堂师傅那里买了一份快餐,反复叮嘱是带走的,然后付了钱,就匆匆出了电视台,坐上车,往小吃一条街去了。

怀玉按着婆婆说的地址找过去。大概由于这条街太出名了,所以很快让她找到了。不过白天的生意还真是一般,一条街道七拐八拐的,两边都是黑乎乎面目不清的大排档。在广州这样的一线大城市里,这小吃一条街,两边那些眉目不清的小门面,就像森林里一个个不起眼的鸟巢,摩天大厦就像参天古树,谁还会去注意这些小店面。有些店白天没有开张,摊位空在那里,整个一条狭窄的街道只有稀稀落落的几个摊位还在忙活着,谢丽就是其中的一个。

怀玉刚从车上下来,站在小吃一条街的街口,就看到谢丽了。谢丽实在太好认了,她也算是美人,皮肤白皙五官漂亮,站在小车做成的摊位后面,就是一个章鱼小丸子西施。不过再好看也没用,白天生意不好,她的摊位前面冷冷清清,没有一个顾客,她自己低着头那里忙活着,为了招揽生意,她把几个章鱼小丸子放在炭火上烤着,散发出的香味远远地飘散开来,谢丽希望这样能够吸引几个顾客过来。

怀玉拎着饭盒走了过去。

天气已经热了很久,慢慢到冬天了。广州因为地势偏南,一年只有两个季节,不是冬就是夏,不是夏就是冬,十个月夏天,两个月冬天。冷的时候也要穿棉袄的。那天广州又下了一场雨,小吃一条街的地面上泥泞不堪。怀玉穿着一件黑色的掐腰短西装,里面是白色雪纺衬衫,下面是牛仔裤和黑色长靴,长靴是百丽的,其他也是商场的牌子。头发烫成波浪长卷披在肩头,再加上牛奶一般的乳白色肌肤,素净讲究的打扮,优雅从容的举止,让她看上去就和周边的人区分开来。她刚走进小吃一条街,几个生意不怎么好的摊主就盯上她了,知道来了大主顾,立马向她吆喝起来。

怀玉已经吃过饭了,对于这些路边摊的小吃又已经过了感兴趣的年纪,她一手拎着红色的手袋,一手拎着饭盒,微笑着走到谢丽面前,开口道:"姐,我给你送饭来了。"

听到怀玉的声音,谢丽愣了一下,原本一直在专心致志地煎着章鱼小丸子的她抬起头来,看着怀玉,神情有几分吃惊。谢丽系着红底白花的围裙,手臂上带着蓝色的廉价假袖套,早上穿的时尚超短裙、黑色打底裤以及红色靴子、红色短大衣全部被这些围裙假袖套给淹没了,头发长了,扎成马尾拢在脑后,因为章鱼小丸子是章鱼块加上面粉等吃食煎成的,所以她的脸上熏了许多油烟,几缕发丝因为油烟和汗水的缘故粘结成缕,耷拉在她的脸上,在残酷的生活面前,再美的人为了生计,也会宝珠蒙尘。可是怀玉呢,站在她的面前,打扮优雅时尚,服装考究洁净,身上发出淡淡香水味来,仿佛一个不食人间烟火的仙子。

谢丽看到怀玉站在她的面前,这样鲜明的对比,让她的心情无端地伤感起来,对于怀玉的到来,她一点也不感到高兴,相反地,她感到没面子、伤心,因为对比太鲜明了。怀玉一个外地人,却在电视台做着白领的工作,每天坐坐办公室,穿的是名牌,用的是高级化妆品,住的是大房子。而她谢丽呢,却在脏乱不堪的小吃一条街没日没夜地摆着小摊,就算一天能赚一百块,又能怎么样?她这赚的都是辛苦钱。

谢丽开始恨怀玉,以前刚住回娘家时,她看到怀玉,会无端地抑郁,现在呢,她却开始恨起来了。以前那种抑郁,就像牙签刮在皮肤上,最多引起微微的疼痛,可现在呢,这种恨却像一根刺,直接刺入内心,而且拔不出来。

其实广州并不是一个排外的城市。很多本地人,只不过是父辈移民过来的,事实上往上数个一两代,还不用多,都是外地人,真正世代生长在广州的土著现在很少见,所谓本地人外地人,都是人心自己划的范围。谢丽从小生长在广州,所以她认为她是本地人,怀玉读大学才到广州来,所以她认为她是外地人。其实怀玉公婆,年轻的时候可能因为自己在广州定居成家了高兴,到了年纪大了,却十分想念老家,还想着落叶归根,狐死首丘,一有个小病小痛,就害怕死也回不去了,逢年过节就闹着嚷着要回浙江看看。

怀玉不知道谢丽心里所想,仍然笑着对她说道:“姐,吃饭吧,趁现在没有生意,我一会要回电视台去上班了。”怀玉这话不说还好,说了就起了反作用,听在谢丽耳朵里,就是一根刺,就是炫耀,一个外地人跑到广州来,在电视台上班,吹着空调,看看报纸喝喝茶水,而她呢,却在广州的街头当着小摊小贩,风吹日晒,随时担心着城管的突袭。

谢丽低下头,没好气地对怀玉说道:“你怎么来了? 我妈呢?”刻意说成我妈,让怀玉意识到她不是广州人,她其实是一个外地人。怀玉也不介意,笑了笑,看她不肯接饭盒,只得把饭盒放在她摊位上空余的地方,对她说道:“妈昨天给你送饭时脚扭了,走不动了,所以我给姐送来了,姐,趁热吃吧。”

谢丽才想起来,今天出门时,她老娘好像说了她今天不给她送饭,她没上心。一时之间也不好再说什么,心里生气也罢,不服也罢,嫉妒也罢,也只能烂在心里。她面无表情地点点头,表示她知道了,对怀玉说道:“我知道了,你回去上班吧,饭我一会就会吃的。”怀玉只得点点头,和谢丽说了再见,又回电视台上班去了。

她走的时候,自然又引起两边摊贩的注意。

谢丽看到仍然没有生意,再加上肚子饿了,只能倚在那里开始吃饭,其他摊主也有人送饭来了,几个人在一起做生意久了,平时多有照顾,便凑上前来,一边吃饭一边聊天。谢丽刚吃几口,隔壁的一个大姐就跑了过来,对她说道:“刚才给你送饭的是你妹吗? 长得真漂亮,真有气质,一看就不是一般人,她在哪里工作?”

谢丽阴着脸说道:“电视台编剧。”

“啊,那么说,我们看的电视剧都是她写的啰,我还没看到过编剧呢,真厉害,谢丽,你真幸福,有这么能干的妹妹,你还出来卖什么章鱼小丸子?”

谢丽气死了,把饭盒“啪”地一合,说道:“她不是我妹。”

“那她是?”

谢丽已经拿了饭盒走远了。

她突然非常恨怀玉,这种恨来得莫名其妙,可是却又刻骨铭心,这种恨在她的心里扎了根,发了芽,蓊蓊郁郁,长成了参天大树。如今想起怀玉,她就想到自身的悲惨遭遇,恨老天不公,为什么一个外地人都活到她本地人头上去了,她外地人当白领住大房子,而她本地人,小时候有房子住有家,现在却流离失所,结婚多年,连个属于自己的房子也没有,她到底做错了什么?

她也嫉妒谢婷婷。但是婷婷毕竟是亲妹妹,血浓于水,而且婷婷比她还要年轻漂亮,所以这种嫉妒也只是一瞬间的事情,但是怀玉不一样,她和她非亲非故,怀玉是外地人,只是她弟的老婆,所以这种恨来得十分强劲,且久久不去。

怀玉却不知道大姐从此恨上她了。当天晚上,从家里准备了盒饭,又兴冲冲地给她送去了。

她是五点下班的,到了小吃一条街,已经是六点钟了,虽然说小吃一条街白天很冷清,可是晚上却很热闹,狭窄逼仄的街道简直人挤人,人群摩肩接踵,简直就像粘在一起,每个摊位上,就是生意再差的摊位,也至少有五六个人。

怀玉拎着饭盒,在人群中挤着去给大姐送饭。谢丽今天的生意实在好极了,章鱼小丸子到哪里都很讨喜,特别小学生、中学生、年轻的情侣都喜欢吃这个小吃,谢丽又很聪明,在小摊位上打出的广告是"正宗的香港口味"。其实她根本没出过广州,没去过香港,更别说在香港吃一次章鱼小丸子了。但是她看到别人都写的台湾香港所以她也这么写上了,没想到误打误撞,倒真的让她生意十分火爆。

小吃一条街上,因为广州人实在太多,小吃又实在多,光这条街上卖章鱼小丸子的就有好几家,其他都是有档口的,就她推着一个小车就开张了,可她生意还最好,其他几个同行看到她的生意如此火爆,嫉恨的视线,哪怕隔得远远的,也利箭一般,狠狠地射过来了。

谢丽此时此刻随着生意兴隆心情也变好了,她一个人忙着收钱又忙着做章鱼小丸子,忙得只恨分身无术,她一边快活地忙着一边想着如果生意再好点,干脆叫大伟也过来帮忙,一个做,一个收钱,可能速度就快多了,说不定收入能翻一倍,一天收入两百块,一个月两口子月收入就是六千了,十个月就是六万,用一年的时间,再加上亲朋好友借点,房子首付不就出来了吗?这样,说不定还真能在广州买个属于自己的小房子。

这样一边计划着未来,一边忙活着,脸上也眉花眼笑起来。谢丽是小市民,她的思想也是小市民。她想着自己收入会上涨,积少成多,存到某一天,就能买得起房,却不知道现在的房价是飞涨的,有时甚至是跳涨,钱是一张纸,这些年或快或慢都在贬。人人都在跟房价、跟通货膨胀赛跑,中产阶级、富人阶级,会想到投资保值,可是谢丽想不到,她能有办法赚钱、存钱就不错了。

怀玉费了九牛二虎之力挤到了谢丽的摊位前。谢丽忙得头也不抬,收钱给章鱼小丸子都是低着头给的，眼睛死盯着铁架上正烤着的章鱼小丸子以及钱袋。偶尔抬起头的时候，外面的顾客都是光鲜亮丽无比洁净的，他们这种油烟熏天的小摊贩哪能和他们比。晚上温度又高了，再加上炭火近距离烤着，谢丽忙得浑身大汗，为了不让汗珠掉落在章鱼小丸子里面，她只得拼命用假袖子抹汗，这样就特别累，大早上精心化的妆容也很快就花了，头发上也全是汗水和油，里面穿的时尚考究的衣服也早在汗水中浸变形了，就算是章鱼小丸子西施，前面也横着个章鱼小丸子啊。

“姐，我把饭送来了，放在哪里？”怀玉在挤挤攘攘的人群中高擎着两只手，托着饭盒，努力想把饭送给谢丽。谢丽根本没听到怀玉说话，怀玉只得再次挤上前去，几对等着的年轻情侣因为谢丽一个人忙不过来，等得太久了，不耐烦了，男孩子说道：“你也太慢了吧，生意好就多请个人啊，不吃你的了，走，到别家去！”然后拢着女友的肩膀走开了。

他这么一说一做，几对原本等在谢丽摊前的情侣立马走开了，谢丽一下子错失了好几份生意，一碗章鱼小丸子三块五，十份就是三十五，谢丽看着突然冷清的摊位，先前沸腾得像一锅粥，如今却荒芜得像秋天的旷野，谢丽两相对比，心情突然坏起来。

怀玉就站在她的摊前面，脸上带着笑，洁白的脸在黑的夜色下，就像月光，不食烟火，高高在上，不真实，让人羡慕，让人嫉妒，让人发狂，她举止优雅，脸上带着有涵养的微笑。

她谢丽也想优雅，问题是你当小摊小贩，优雅得起来吗？

“姐，休息一会吧，先吃饭。”怀玉一开口，谢丽彻底怒了，心里压抑了一下午的怨气山洪一样爆发，她恼怒道：“谁叫你来的？！”

怀玉愣了愣，正要说什么，谢丽又劈头盖脸地说开了：“以后你不要来了，我不吃，你没看到我正忙着吗？刚才那么好的生意，一大堆客人，现在全没了。你知不知道赚钱多不容易，你以为都像你一样嫁个我们广州有房子的男人，在办公室看看报纸就能过好日子是不是？”

怀玉听得莫名其妙，想谢丽哪里来的那么大的火气。后来听明白了，想起中午给她送饭的情景，可能是让她觉得对比厉害，便也不再说话，把饭盒往她的摊位上一放，转身就想走，这时候谢丽摊位前又来了几个顾客，谢丽暴怒的心情才好受了一点，匆忙中对顾客微笑着，一边招呼一边手里忙活开来，她手一挥，不知是有心还是无意，饭盒从摊位上掉下来，掉在地上。“啪”的一声，饭菜洒了满地，怀玉听到响声回过身来，吃惊地看着谢丽。

谢丽笑着张罗顾客，看也没看她一眼。

怀玉也有点生气了，想着吃力不讨好，何必呢？她也懒得和谢丽计较，一个人回家去了，回到家里，也就自己回房洗了澡，想起今天的事情简直就是哭笑不得。

她不知道谢丽为什么对她一肚子怨气，按理说，她住在娘家，住在她这里，一家三口基本上吃她的用她的，应该是她理直气壮，对她一肚子怨怼之气才是，如今居然颠倒过来了。

想着这件事，怀玉的一颗心就像一面旗子，很快升到了桅杆上，悬在半空，上下不得，无法安定。

姑嫂之间的关系，淡不得，腻不得。就像那昂贵的真丝衬衫，再怎么小心翼翼，一不注意就起皱了，距离近了，摩擦在一起，那简直就是无法避免的事情。

怀玉的心情慢慢坏起来。

谢丽出去卖章鱼小丸子改头换面重新开始，与此同时，谢婷婷也决心改变公婆对她的看法。

谢婷婷计划着做一个好媳妇，讨得公婆欢心。为什么不这样做呢？她有了属于自己的婚房，和左璠一人一半(她认为的)，左璠对她一往情深，有物质有精神，有保障有爱了，为什么不好好珍惜现在的生活？

爱情是经不起考验的，谢婷婷不是傻子，甚至比一般的女孩子，比如她姐还要精明。她曾经在热恋的时候，用爱情去赌房子，让左璠在爱情和房子面前做选择，没有婚房她就不结婚，结果她胜利了，她称心如意地得到了婚房，嫁到了金龟婿。

但是现在，她结婚了，怀了孩子，之前她趁着年轻漂亮，盛气凌人，赤裸直露，左璠怀疑，公婆不满，她自己也知道。更何况，男人的感情是最做不得准的，《圣经》上说，爱如捕风，到手就不珍惜，如果再像婚前那样撒娇不懂事，想长久地抓住一个男人，那是不可能的事。左璠可能会离她越来越远，她会失去这婚姻，这婆家。而她，因为婚姻是单向轨道，无论如何是输不起的，所以她要好好经营，不管是夫妻关系还是婆媳关系。

晚上小两口在房里的时候，谢婷婷就对左璠说道："左璠，你妈妈喜欢吃什么？"左璠就笑道："今天怎么啦，问起我妈喜欢吃什么？"谢婷婷笑了笑，捧了捧脸，对左璠说道："想给你妈一个好印象嘛。"谢婷婷也还是聪明的，想着老人都爱听奉承话，想讨得老人欢心，无外就是两个字"奉承"。老人喜欢什么，给什么；老人喜欢玩什么，自己不会的，去学，自己不愿意的，去改。总之一切顺着老人来，相信这样长久下来，定有成效。

左璠打趣说道："哎哟，天下婆媳难处呀，未谙姑食性，先请小姑尝，你想讨婆婆欢心，可我没有妹妹啊。"

听到自己老婆要讨好自己母亲，左璠一颗心还是很高兴的。婷婷走到他面前，倚在他怀里，对他甜蜜蜜地说道："所以问你咯，说嘛，你妈喜欢什么？"左璠心里十分快慰，双手环抱着谢婷婷的腰，脸挨着她的发丝，认真想了想，笑道："我妈啊，她好像特别喜欢吃双皮奶。""好的，我记住了，双皮奶。"谢婷婷在心里点点头，用心记下了，想了想，又说道："喜欢吃哪一家的双皮奶，这个有讲究吗？"

左璠就又想了想，然后摇了摇头，说道："这个真不清楚了，我只是记得我从小到大，我妈只要一出门，就要买双皮奶吃，双皮奶一般的糖水店都有，你要表孝心，随便去哪家都一样啦，天下的双皮奶还不是一个味道。"左璠怕谢婷婷太辛苦，所以就笑了笑，用手指刮了刮她的鼻尖，对她说道："就知道孝敬婆婆，不知道疼老公吗？"谢婷婷便红了脸，横着眼波看了一下左璠，对他说道："当然疼啦。"顿了顿，又认真向左璠问道，"你要我怎么疼？"谢婷婷婚后温柔似水的样子和婚前倨傲的公主模样，简直判若两人。左璠的内心其实已经十分开怀了，他说道："晚上不要你疼，让我好好疼你就行，好不好？"谢婷婷就羞红了脸，轻声道："这个不行啊，宝宝在肚子里。"

第二天上班的时候，谢婷婷就把这件事记挂上了。向同事打听了哪里的双皮奶味道最好，然后趁领导不在，提早下班。走出公司，在外面叫了一辆出租车，十万火急地到同事说的地方去了，她去了两个地方，先是北京路，然后去了下九路，马不停蹄的。步行街有两家店，她拿不准哪家店的双皮奶更好，便在步行街上走来走去，到后来实在没了办法，只得向步行街上的大姐阿姨们问哪家店的双皮奶好吃一点，大家纷纷说是仁信，她才放心地买了三份，公婆老公各一份，她不喜欢吃，那东西太甜。买好了三份双皮奶，才心满意足地拎着回家去了。

路上也不是不感慨，想她一个孕妇，自己吃的顾不上，反倒要顾着婆婆。从小到大，自己亲娘都没见她这么上心孝顺过，妈妈要是知道了，可能会伤心。谢婷婷想了一会又笑了笑，想着三十年媳妇三十年婆婆，婆媳不好相处，谁叫她之前给老人留下的印象不好，但愿辛苦点，能将功补过吧。

一入侯门深似海，左家不是侯门，她却不想失去这样的婆家。因为比起自己家，实在好得太多。

这时候左璠把电话打到谢婷婷手机上，问她下班没有，要不要他来接她。自从得知她怀上孩子后，谢婷婷上班左璠都一直接送的。谢婷婷接到老公的电话，心中感到很温暖，接电话的时候，她已经快到家门口了，在电话里对左璠说道："不用啦，我已经快到家了。"左璠才笑了笑，说道："那好，我也马上回家。"

左璠由于家教甚严，从小到大一直是好学生，谢婷婷是他的初恋，读大学的时候，许佳仪像高中那样叮嘱他："大学时好好学习，不要过早谈恋爱。"他就果真听话。到了大四的时候，许佳仪想起自己年轻的时候，和左国忠也是大学时候认识的，便又对儿子说："有适合的女孩子就交往一个吧。"只可惜太迟了，木讷羞涩的左璠到了大四要毕业，哪还有机会？所以直到大学毕业，他也没谈过一次恋爱。他第一次见到谢婷婷时，就被她的艳丽光芒给迷住了。谢婷婷是他的初恋，所以左璠对于谢婷婷是一往情深，热恋的时候就一心一意想娶她做老婆，否则，以左家和谢家的情况，门不当户不对的，这门婚事不可能成功。

谢婷婷到家没多久，左璠也拿着车钥匙进家门了。谢婷婷看到他，便蝴蝶一样扑了过去："老公！"双手勾着左璠的脖子，在他的脸上甜蜜地亲了一下，一张俏脸上都是笑容，左璠回到家受到这样的礼遇，整个人就像泡在温泉里似的，别提有多舒服了，他笑道："今天什么事这么高兴？"谢婷婷便不说话，只是笑着拉着他的手走到茶几边上，然后指了指她放在茶几上的双皮奶，左璠看到，也愣了一下，想起昨天晚上她在房里突然问他的话，心里倒是意外又感动，对那三份双皮奶看了一眼又一眼，笑道："你还真去买了？"

谢婷婷说道："当然啦，我说到就要做到，想让你妈开心嘛。"左璠拿着她的手晃了晃，夸奖道："这就对了，讨好老人总没错的，不过……"左璠笑了笑，看了看婷婷，提点她道："对婆婆要说妈，不要说你妈，多见外。"谢婷婷就低着头笑，对左璠说道："本来是你妈嘛，天下婆婆和妈妈当然不一样，又不是我妈，你还不是一样，叫我爸妈，叫一声爸叫一声妈，喉咙里好似卡了刺，吭哧半天也叫不出来。"

左璠笑了笑，谢婷婷倒是说的实话，他是不习惯叫她的父母做爸妈，叫出来的时候，也是透着客气和生分，别的人叫"爸""妈"那是天底下最近的距离了，可左璠对丈人丈母娘叫出这两个称谓，却更远了一层。与此同时，谢家老人听着左璠叫他们，也是感觉距离更远了，他们和左璠之间隔着一层透明的厚厚的障壁，左璠有这种感觉，谢家老人何尝没这种感觉呢？一切都是因为门不当户不对闹的，两家地位的悬殊，就像身高，一个高个，一个矮个，导致的结果，就是一家要俯视，一家要仰视。

左璠抚了抚婷婷长长的马尾，对她肯定道："这次你啊，肯定能讨我妈的欢喜，我妈真的最喜欢喝仁信的双皮奶呢。""真的？"谢婷婷十分惊喜，押宝押中的感觉，眼里都是期待和雀跃。

小两口看了看时间，想着老人马上就要下班回家了，所以都坐在客厅的沙发上等着。

他们家的保姆张妈在厨房里准备着晚餐，嫁给有钱人家就是好，一日三餐都不用儿媳妇做，怀玉就没有这样的好命，谢婷婷以前一想到以后嫁了婆家，还要像嫂子那样一日三餐地操劳着，她就很痛苦。她是最讨厌油烟的人，以前在娘家做闺女的时候，别说进厨房做菜，她是连在厨房多待一刻都不愿意的人。

结婚那天，还有亲戚拿这件事说事，说当年被她料中了——谢婷婷不进厨房就是富贵命。所以嫁到左家后，作为儿媳妇，却不用做饭，对于谢婷婷来说，真是太幸福了。她知道她这样出身的女孩子，如果不是左璠爱她到死去活来，她真的不会这么顺风顺水地嫁过来，她也知道婆婆许佳仪一直看她不顺眼，对她不满意，她在婆婆眼中，可能毛病很多，简直擢发难数，罄竹难书，所以结了婚，她是铁了心要做个好媳妇，在左家站稳脚跟，博得公婆的一致欢心。

女人活在这世上就是比男人不容易。嫁了穷人家，身累心累；嫁了富人家，身不累了，一颗心却是加倍的累。幸好谢婷婷会自我安慰，这天下不只她一个这样，艳光四射的女明星嫁入豪门，因为处不好婆媳关系离婚收场的不少，大家都不容易。

许佳仪到了家，忙了一天，再加上年纪大了，整个人进了家门，不由又渴又累，手关节膝关节都十分酸痛，整个人只觉木偶一般，四肢走动起来都是僵僵的。

左璠和谢婷婷看到老人回来了，便不约而同地互相看了一眼，然后站了起来，左璠先笑起来，婷婷立马跑过去接过许佳仪从肩膀上取下来的手袋，左璠对老人说道："妈，下班了，累了吧，快到沙发上歇一歇。"

许佳仪倒是意外又高兴，左璠虽然听话，却一直很木讷，从小到大，没有向父母说过"爱"这个字眼，一次也没说过，许佳仪还为此给学校打过电话，和左璠的班主任就这个问题详聊过，学校也给学生布置了任务——回家给爸妈写爱的感谢信，可仍然无济于事。许佳仪只有这么一个儿子，男孩子不会表达感情，她一直这么安慰，她也一直有一个遗憾，如果是一双儿女多好，都说女儿是当妈的贴心小棉袄，儿子听话、优秀，可是从来不会在父母累的时候说一句知冷知热的话。

左璠今天的表现却有些反常，许佳仪真的有些吃惊和意外，左璠拉着老人的手往沙发边上带，他也是一开始就知道许佳仪对谢婷婷不满的，所以婷婷花了这么多心思要讨老人欢心，左璠当然是要全力玉成这件事情。

许佳仪一脸的笑，在儿子的牵领下坐到了沙发上，对他说道："今天什么事这么高兴？"左璠就笑着不说话，视线落到茶几上的双皮奶上，许佳仪还一脸慈爱地望着儿子，对他笑道："是不是又有什么事情要妈妈帮忙啊？"左璠却笑了笑，说道："妈，你渴不渴？"老人愣了一下，儿子知道关心她了，她笑得更舒心了，更加欢喜道："渴啊，刚下班，一下午都在开会，喉咙都快冒烟了，而且饿，张妈晚饭做好了没有？"

左璠说道："妈，你先吃这个吧。"左璠朝茶几上的双皮奶指了指，许佳仪顺着儿子指的方向一看，立马一阵惊喜，她最喜欢吃的双皮奶，她捧在手里，对左璠说道："你给我买的？璠儿真孝顺，璠儿变懂事了。"

谢婷婷这时候笑着走到左璠面前，左璠搂着婷婷的腰，对老人说道："妈，婷婷买的，她今天一下班就去买了，特意跑到仁信那边去买的。"许佳仪愣了一下，心中的欢喜有些打折扣，不过毕竟是欢喜的。儿媳妇心里有她，知道关心她，自然是好事情。她也不是恶婆婆，谁没事喜欢婆媳天天斗来斗去，一回家就乌眼鸡似的，何苦来。所以许佳仪看了看婷婷，对她说道："婷婷，你买的？谢谢，妈最喜欢吃双皮奶了，谢谢。"

谢婷婷就笑了笑，说道："妈喜欢吃，我以后天天给你买去。"老人就笑眯眯地点点头。谢婷婷在老公的帮助下初战告捷，不由十分受鼓舞。左国忠和左璠都不喜欢吃双皮奶，许佳仪一个人全吃了，谢婷婷看在眼里，乐在心里。一家人倒是其乐融融的。

此后，谢婷婷就坚持着每天带三份双皮奶回来，一直风雨无阻。

除此之外，谢婷婷还做了许多。其实人际关系说难也难，说容易也很容易。如果你用一颗真诚的心来相处，再恶劣的关系都会得到改善。

有一天晚上，谢婷婷在自己房里看电视，跑到客厅来喝水，经过公婆房间时，听到里面有细细的说话声，婆婆想周末去逛街，要公公陪着去，公公不愿意，老人念叨个不停，感叹活一辈子，儿子老公没个知冷知热的，寂寞了一辈子。婷婷在外面听了，就把这事记心上了。

第二天周末，一家人吃早餐时，婷婷就主动提出要和许佳仪一起去逛街，她想给未来宝宝买点东西,许佳仪听到了自然高兴,两婆媳打成一片,立马约好一起去逛了。

两个人逛完街,回去的路上,谢婷婷就自然地挽起了婆婆的胳膊,许佳仪脸上也是笑呵呵的。她们今天没有开车出来,因为天气好,想着到外面多走动,两个人坐公车回去。周末的人特别多,上车的时候,许佳仪在前面,婷婷在后面,她扶着婆婆的后背,让老人坐上去。两个人上了车之后,发现根本没有了座位,谢婷婷只能一手拉着吊环,一手护着许佳仪,视线却像探照灯一样,希冀着寻找到一个空位子。

一个年轻小伙子就坐在她们旁边,看到许佳仪站在那里,便马上站了起来,给老人让座:"阿姨,你坐这吧。"许佳仪谢了他,高兴地走过去,谢婷婷也对他说了声谢谢,扶着婆婆过去,许佳仪高兴地坐下了,还心想现在的年轻人素质不错。小伙子让了位子,就站在许佳仪原先的地方了,谢婷婷站在他旁边,他看了谢婷婷一眼,和婷婷一样手拉着吊环。可能因为谢婷婷和许佳仪上车的亲热情景让他误会了,又听到谢婷婷冲老人叫"妈",也让他有了勇气,他看许佳仪好像很随和亲切,自己刚才也让了位子,她应该对他印象不错,再加上谢婷婷实在太过漂亮,便鼓起勇气对许佳仪搭讪着说道:"阿姨,你女儿可真漂亮。"

谢婷婷听到这话立马红了脸,一张脸热得跟火烧一样。许佳仪愣了愣,看了小伙子一眼,她们古怪的神情让小伙子紧张起来,他跟着脸也红了,却仍然在那里笑着,许佳仪也笑出声来,对他解释道:"那是我儿媳妇。"小伙子脸上的笑僵了,谢婷婷绷紧了脸,拼命止住笑。小伙子大概是太难堪,等到车子停站,他就兔子似的蹿下去了,谢婷婷和许佳仪相互看着,许佳仪倒是先哈哈大笑起来,谢婷婷看到婆婆笑了,自己也红了脸跟着傻乐。

有了第一次就有第二次,往后,谢婷婷就经常陪婆婆逛街购物,或者去公园散步,每天哪怕在家休息,也要到外面去给婆婆买她最爱吃的双皮奶,谢婷婷的公婆也不是坏人,谢婷婷在努力,自然也就收到了相应的成效,而且几乎是立竿见影,导致谢婷婷十分有成就感,她忙着陪公婆,以至于连回娘家的时间也没有。

至于谢家老太太,时间久了,自然想念小女儿,谢婷婷长时间不回来,老人思念心切,只能打电话过去,谢婷婷就说太忙了,今天要陪婆婆去超市,明天要陪婆婆去附近旅游。

怀玉婆婆心里就酸酸的,想着这小女儿如今是麻雀儿飞上了高枝,只顾着一心讨好公婆,忘了亲生爹娘了。自己就一个劲地念叨。

谢平和怀玉听到了，就偷偷地抿着嘴笑。

时间久了，许佳仪还真感觉儿媳和儿子不一样。娶了儿媳还是有好处的，虽然说儿媳妇不能和亲生女儿比，但是女孩子心细，知道体贴疼人，关怀都是和风细雨的，润物细无声的类型，而且近朱者赤，因为婷婷懂事孝顺，附带着左璠也像变了一个人，不再那么木讷沉默了，他比起读书时候，变得快活、开朗，许佳仪自然知道这都是谢婷婷潜移默化的影响，对于婷婷，倒是慢慢有了好印象。老人想着再看不过眼，婚都已经结了，之前可能是她错了，任何人身上都有优点，如果你没发现，是因为你缺少一双善于发现的眼睛。

大姑要买房

谢平晚上回到家的时候，已经快九点了。从上午十点到现在，他站了一天的厨房，两条腿软得就像面条，可是洗完澡回到房里，却看到怀玉闷闷不乐地坐着发呆，便走过去，把她抱在怀里，对她说道："玉啊，怎么了？"

怀玉也没说什么，大姑莫名其妙对她发火，她想想也算了。如果告诉谢平，谢平那种性子，可能让他们姐弟不和，到时她倒成为煽风点火，挑拨离间的人了，估计发展到最后，公婆对她都有意见了。

怀玉想着难得小姑子出嫁，家里清静一些了，她还是睁只眼闭只眼过日子吧，懒得计较那么多了。所以谢平摸了摸她的头发，再次问她的时候，她便笑了笑，说道："没什么，上班有点累。"

谢平也就信以为真，没有再去想了。

怀玉却不知道，有时候你不去和别人计较，别人却要和你计较。她根本不知道谢丽开始对她生恨，而且这种恨一旦扎下根来，就旷日持久，十分骇人。谢丽对怀玉突然产生莫名其妙的恨，她自己也无法解释，可是心里面就像突然住进去一个小人，那小人操控着她，想到怀玉她就痛苦，看到怀玉她就生气，她没办法和她好好相处，没办法放过她。

晚上十点多，谢丽回来了，她老娘起来给她开的门。刚到家，老人对她说道："丽子呀，今天生意怎么样？"可怜天下父母心，为了儿女，不管自己懂不懂，都要操心。谢丽却一声不吭，把空着的饭盒往饭桌上一扔，"咣啷"一声响过后，就大声对老人说道："妈，给我热点饭去，饿死了。"

老人一愣，对她说道："我不是叫怀玉给你送饭去了吗？你怎么还饿？"

谢丽冷笑一声，瘫坐在一把椅子上，尖声道："妈，你以后不要叫她送饭了，她那是送饭吗？中午不知道什么菜，没一点油水，到下午两点就饿了，晚上送饭过来，我正忙着呢，她什么也不说，把饭盒往我摊位上一搁，人那么多，我不知道，一挤就掉地上了，等于是中饭晚饭都没吃，妈，你快去热饭，饿死我了。"

老人听到大女儿这么一说，一边急急往厨房走一边埋怨道："怀玉怎么回事，怎么能这样呢？你是她姐啊。"

吃饭的时候，谢丽是真饿了，简直狼吞虎咽，连吃了三碗饭。老人在一旁看着心酸啊，对她说道："看来真的饿坏了，怀玉这人到底怎么回事，她平时不这样的，昨天我脚扭坏了，她自己主动说给你送饭的。"

谢丽一边吃饭一边没好气地说道："妈，她只是在你面前做戏，你以为她真想给我送饭？她真要有心帮我，给我去送饭，怎么刚到那呢，就说要走，要回电视台上班？我忙得手忙脚乱，一个人忙不过来，她也是送到了转身就走，也没说停下来给我帮个忙。你以为她真把我当姐啊？妈，我有时候想着都难过，凭什么？我从小在广州长大，我是这里的人，为什么混到现在，到外面摆摊卖小吃，怀玉一个外地人，却在电视台上班，打扮得跟个仙女一样，给我来送饭就像打发叫花子。妈，你明天不要叫她去送饭了，我受不了这刺激。"

谢丽后半截话全是实心话，也因为是实心话，她红了眼睛，老人看着也跟着心酸心疼，老人看到女儿这么伤心难过，对怀玉不由又不满了几分。

第二天早上，怀玉一边出门一边对婆婆说道："妈，你腿还没好，我中午给姐去送饭。"婆婆阴沉着一张脸，说道："不用了。"怀玉愣了愣，看向老人，婆婆眼皮也没抬一下，对她说道，"怀玉，做人不是这样做的，你姐她可怜，你们是一家人，你要多帮她一点。她说不要你送饭了，她昨天中饭晚饭都没吃好。你说你这孩子，看起来也聪明伶俐，怎么这么一点事也办不好？"

婆婆的声音不大，可一字一句却像鞭子抽在她身上。

怀玉就一肚子委屈和气愤，想着肯定又是大姑子在她老娘面前添油加醋说了她不少坏话，挑拨她们婆媳关系，怀玉不吭声地上班去了。

走到路上，抬头望望天，摩天大厦把天空割成一条一条，到处都是鸽子笼，都市里的人就像笼中的走兽，她无端地觉得压抑。低头想一想，姑嫂关系变成这样，想破头也仍然是一个无解的题，许多事情，不是你想着退一步就海阔天空的，你退一步，别人咄咄逼人的进两步,你到哪里海阔天空去?

怀玉重重叹口气,她直觉大姑不走,她的婆媳关系总有一天会恶化,最后演变成婆媳大战,婆婆现在对她明显不如以往了。上次的地毯事件,那只是毛毛雨,以后可能就是暴风雨了。

谢丽对怀玉态度变好,是因为一件事,谢婷婷又带着左璠到娘家来了。

一家人吃饭的时候,谢丽记挂着上次买房的事,又向左璠提起来了,左璠只能应承着说一定帮忙。

吃过晚饭,谢丽站在她的房门口,对客厅的婷婷招手唤道:“婷婷,进来一下,姐有话对你说。”她想和婷婷说两句姐妹间的体己话,婷婷也知道她姐的心思,所以就和左璠说了两句,让他在外面等等,自己进了她姐的房间。

谢丽让她坐下,脸上都是谄媚讨好的笑,卖章鱼小丸子的收入鼓舞了谢丽的信心,这是她今天和妹妹说话的原因。

谢婷婷看到她姐这样笑着看她,反倒心里一阵难过,亲姐妹,何至于像布衣见到高官一样的笑,她说道:“姐,你有什么事就说吧。”谢丽拉着婷婷在椅子上坐下,对她说道:“婷婷,姐是真想买房子,一个女人一辈子没有房子,你不知道那是一种什么样的生活,姐当时傻啊,以为爱情至高无上,才被你姐夫骗了,不过也不说了,你姐夫除了没本事赚钱,其他也还好,现在我再怎么骂他,他也不打我了,以前他打我也都是我先动的手。”

谢丽说到这里,眼睛红了,她自己又笑了笑,说道:“不难过了,说高兴事,姐现在在小吃一条街卖章鱼小丸子,生意真是好,姐现在的收入,你猜,一天赚多少?”

谢婷婷只得说道:“多少?”自从嫁到左家后,对于小钱她真的没放眼里过,不过看到谢丽神采飞扬的样子,她只得强打起精神装作非常感兴趣的样子。

谢丽得意洋洋地说道:“一百五!”快乐地伸出十根手指,还嫌不够,另一手翻了翻,又是五根手指头,继续说道,“我已经接连一个月都是这种收入了,没有少只有多,现在是冬天,快过年了,天气不太好,等过了春节,生意只会更好,我只恨我自己没有早点发现这个赚钱的机会。”

谢婷婷笑了笑,心里止不住犯酸,她很庆幸自己当初是多么明智,一开始就知道要嫁有钱人家,没房子的坚决不嫁,否则如果像姐一样,多年后,她就是第二个谢丽,前车之鉴,后事之师,她姐是她的前车,她不能成为她的后辙,她姐的辛苦,她看的是一清二楚。到街头卖章鱼小丸子,一天赚个几十上百块也高兴得眉飞色舞。小摊小贩,在婷婷眼里,一直都是底层老百姓。

事实上,在中国,也是最可怜的老百姓。

谢婷婷其实一点都不替她高兴,相反是难过,可是她仍然笑了笑,违心地说道:“这么多啊,姐,你真有本事。”

说完这话还紧紧地握了握谢丽的手,谢丽却“哎呀”一声叫了起来,谢婷婷愣了愣,对她说道:“你怎么了?”谢丽才解释说道:“没事,你刚按破了我手上的水泡。”谢婷婷立马低下头,才发现她姐手上几大块红的,上面有两个大水泡,一串小水包,一个大的被她刚才握手时重重地捏破了,黄色的脓水流出来。

“怎么回事?”

她拿着她姐的手,谢丽笑道:“没大事,我卖章鱼小丸子,一个人又是做又是收钱,忙不过来,给烫的,烫了也高兴,忙说明你有钱赚。”

谢婷婷却瞅着她姐那两只皮开肉绽的手一阵心疼,那还是一双精致女人的手吗?指甲盖都是黑的黄的,手背手心上红的一片,青的一片,大小水泡杂草一样四处丛生,手指缝缠着创可贴,戴戒指一样,左右手各两个,那白色的创可贴都已经变黄变黑了,而且边角卷起,明显是泡在水里太久,很多天都贴着同一块的缘故。一般创可贴沾了水就没药效了,可她姐却仍然依依不舍地贴着,也是细处省钱的缘故,哪怕一分钱一毛钱也要省下来。

谢婷婷两只青葱似的玉手握着她姐那双劳动人民的手,心里十分的伤感,可谢丽并不以为意,到了这把年纪,漂亮于她而言,已经没多少用处了。有时候也会欣慰,比如走在路上,陌生男人惊艳的目光,但是之后却是绵长如线的伤感,想着再漂亮又有什么用,还不是嫁了一个无用的男人,一辈子没个房子,没个家。

漂亮于女人而言,嫁对了人就是珠宝,可以换成财富;嫁错了人就是珠宝赝品,换不来钱,自己都认为是假的了,别人却投来觊觎之光,只有坏处没有好处。

所以谢丽到了后来,也就不十分珍惜自己了,容颜老了就老了吧,她甚至想,如果不是年轻的时候因为漂亮挑花了眼,她也不会嫁给张大伟。

她笑了笑,用充满憧憬的语气说道:“婷婷,姐想买房子,现在卖章鱼小丸子的生意这么好,相信以后还贷款不成问题。至于首付,你不要担心,我和你姐夫是没积蓄,但是我公婆一直在外面打工,他们自己存了养老钱,我当年嫁给他们时,一直没要他们买房,现在我要买房,给他们的亲孙子买,我就不信他们不支援点,他们敢不支援,我就离婚！姐这房是买定了,现在首付有了,贷款也不用担心,婷婷,左璠饭桌上说的是真的吗？你可要帮姐啊,我和你姐夫没有正式的稳定工作,自己去买房没有关系银行办不下来贷款,所以一定要请左妈妈帮帮忙,婷婷,这件事算姐求你了……"

谢婷婷还能说什么,一口应承:"好,姐,没问题。"

左璠和谢婷婷两口子开车回去的时候,谢婷婷起初一直没说话,她只是时不时地抬头低头,心里就像两个小人在做拉锯战,说还是不说。

到最后还是决定说出来了,她笑了笑,对左璠说道:"老公?"她先温柔地叫了左璠一声,左璠很快应了,最喜欢婷婷这样娇滴滴叫他老公了,他心情愉快,回过头对她笑笑,婷婷趁热打铁,"你看,我姐当真了吧。上次我向你提起你还说她只是开玩笑说说的。"谢婷婷决心再次提出来,是因为她真的感觉她姐是真想买房了,所以她冒着风险提了出来。这当然是有风险的,她和公婆的关系刚刚好了一点,也许因为她要帮她姐姐买房,公婆会再次对她有意见。

但是谢丽是她亲姐,她们从小共一个被窝,同穿过无数件衣裳一起长大的亲姐妹,她不能眼睁睁地看着她受苦而不伸手拉一把,如果是别人,她是绝对不会损失自己的利益冒着风险去这样做的,但是谢丽不一样,她是她亲姐,她现在在火坑里,她被张大伟那没用的男人给绑架了,年少时用爱情骗了,现在用婚姻绑了,连坐牢的人都不如,坐牢都有个牢房！她不帮她,没人帮得了她,爸妈帮不了,哥和嫂子自顾不暇,只嫌姐姐在娘家碍事,只有她能帮得了她,所以谢婷婷才决定再次提了出来。

左璠没有吭声,谢婷婷便笑了笑,从副驾驶座上倚过来,双手软软地环住左璠的腰,将脸枕在他大腿上,长而浓密的秀发瀑布一般铺了左璠一身,她对左璠央求着说道:"看来我姐是真想买房,我就这么一个姐,左璠,帮帮忙好不好,回头和你妈说说去?"

左璠还能说什么？婷婷依在他怀里,柔顺得像一只小猫,他又想到他也已经答应谢丽了,这个忙看来不能不帮了。

两个人开车到了家,客厅里已经没了人,左璠爸妈房间的灯还亮着,婷婷估计着公婆还没睡,所以朝那边努了努嘴,对左璠轻声说道:"和你妈说说去。"左璠面色有点为难,婷婷在他身后轻轻推着他,恳求地说道:"去嘛,好老公,我只有这么一个姐姐。只麻烦这么一次。"

左璠无奈之下,只得去了。

他在外面出声:“爸、妈,你们睡了没有?”

两老人都没睡,一个在床头看书,一个在看报,听到儿子这么晚还在外面喊,知道肯定是有事,许佳仪是最心疼儿子的人,听到儿子的声音,便立马回一声:“没睡,来了。”披了外衣就匆匆出来了,拖鞋都没穿对,左脚穿到右脚,右脚穿到左脚去了,到门口才倚着门板把脚上穿错的鞋换回来。

谢婷婷听到婆婆的声音,觉得自己没必要和左璠一起面对这件事,再加上她突然恶心,知道又是妊娠反应,可能要吐,就捂着嘴示意了一下左璠,自己进房去了。刚怀孕不久,反应强烈,别的产妇都怀上孩子胖了,她反倒因为吃不下慢慢消瘦下去。

左璠和他母亲在客厅说事,左璠嘴唇动了几次,喉咙就像箍了几个铁圈,只觉得开口十分费力,许佳仪看到他这样为难的样子,倒是笑了,对他说道:“有什么事就说吧,你找我有事,我还看不出来?你是我生的,一眼就把你看穿!”

左璠摸着头不好意思地笑笑,清了清嗓子,开腔道:“妈,婷婷有个姐,你也见过一面的。”

许佳仪听到儿子提起谢家,就知道不是什么好事,脸上的笑容慢慢少了,就像秋天的蒲公英,在风中慢慢消散。谢家的事,就是那秋天的风。

左璠开了嘴,只能继续说下去,“妈,婷婷姐想买房子,你上次提到有个楼盘,有酒店式公寓……”

许佳仪心里冷笑,鄙夷看不起这些情绪就像突然涌动的河流,可是她脸上却波澜不惊,语气淡淡道:“她姐想买房子?”如果不是担心儿媳妇隔着房门在房间里偷听,她还不知说出什么话来。对于谢家,她是从来就没满意过。结婚的时候,他们左家车子房子装修房贷,他们出什么了?就出了家电。结婚的时候闹着要婚房,结果他们左家决定买了,商量着怎么出钱的时候,那边却说不出钱,理由是他们家没钱。如果婷婷妈妈现在在面前,许佳仪真想问一下亲家母,怎么现在大女儿买房就有钱了?那么穷的人家,别解释说大女儿买房全部是自己掏的钱。她心爱的儿子是公务员在广州要买房,也只能让他们做父母的掏钱。

左璠也知道他母亲对谢家一直不满,只得小心看了看老人的脸色,继续说道:“妈,婷婷姐没钱,有钱可能就不用麻烦我们了,她想买个小房子,酒店式公寓那种。你上次不是有个房产商给你打电话吗?说他那新开发了一批酒店式公寓,我看那房子小,应该用不了多少钱。”

许佳仪又笑了一下，心里气愤，脸上却仍然不动声色，慢慢说道：“酒店式公寓就便宜吗？比一般的商品房要高出30%的价，而且贷款年限也没有一般商品房长，如果没钱就不用想着买房。这事不用谈了，他们谢家的事，你不要跟着瞎起劲。天晚了，睡去吧。”

许佳仪说到这里，就要站起来，左璠立马说道：“妈，问题是我已经答应帮这个忙了，妈，算我求你好了，只是举手之劳嘛，反正越秀区的开发商都想着认识你，是不是？妈……妈……”

左璠说着好话，脸上都是央求讨好的神情，两只手拦着不让他母亲走，儿子这样亲昵撒娇的态度以前很少见，许佳仪一时间软化了，笑了笑，重新坐下来，对左璠低声说道：“当初这门婚事我拼命反对你不听，现在知道了吧，结婚讲究门当户对，门不当户不对，婚后有的是麻烦。现在看到没有，麻烦就来了。”

许佳仪摊了摊两只手。谢婷婷婚后表现不错，可是说不定之前对她的讨好都是为了今天在做铺垫，目的是要她帮着给她姐买房。许佳仪想到这里，就不痛快，感觉自己和老伴被利用了，被糊弄了，你真心实意把她当自家孩子，尝试着不计前嫌，去接受她，去喜欢她，去发现她的优点，结果倒好，她倒像一个戏子，在台上唱着跳着，把你耍得团团转。

许佳仪能不生气吗？

谢婷婷之前也想过她今天说出她姐买房的事，可能之前为了改善婆媳关系做的事情，效果会打折扣，但她还是没有料到，影响会这么恶劣。不但一切辛苦付诸东流，而且在婆婆的心里，罪过又加上了一笔，许佳仪对她的不满，比起她努力之前，简直就翻了倍。

左璠低头笑了笑，讨好说道：“妈，这次是我错了，我在外面好面子要虚荣，吹牛皮嘛，婷婷也只有这么一个姐姐，妈，帮帮忙，妈，你要是不肯帮我，我以后都不好意思看到她姐了，妈，她姐只想买个小房子，能住就行了。”

许佳仪看到儿子这样说话，只得笑了笑，说道：“她姐要买什么样的，手头有多少钱？”

左璠才敢把谢丽的真实情况和盘托出，末了说道：“他们两口子经济收入都不行，靠真实收入恐怕这贷款下不来，妈，你托熟人找个单位开个假收入证明吧。”

左璠从小到大看到他母亲在房产局工作，对于买房这些程序慢慢地也跟着很熟悉了。

许佳仪听完直皱眉，对左璠说道："你真是傻，这样的情况你也敢一口应承下来。越长大越糊涂了，这样的情况怎么能买房，就算我托关系给他们办假收入证明，过了银行那一关，以后几十年的房贷还不起，银行是要收回房子的。"

左璠就笑道："妈，之后的事我们就不管了，这件事我已经答应她姐了，妈，这个忙你一定要帮。"

"怎么能不管？到时银行收回房子，你能做到不管？你以为结婚就是娶一个女人，你是娶了一个家庭，你懂不懂?!"

左璠懵了，许佳仪叹息着对他说道："我当初为什么反对，你以为我是针对谢婷婷个人？你现在放出了话，答应了她姐，你和她的婚姻维系一天，她那买房子的事你就要负责一天，你敢丢下烂摊子，你老婆会放过你？她姐，她爸妈，有你受的！"

左璠只得细声细气地说道："妈，我错了，这次的忙你一定要帮。买房的时候我会和她姐说清的，以后付不起贷款我们不负责。"

许佳仪看到儿子这样为难，也就不忍心再责骂了。

左璠仍旧坐在那里，眼神就像小动物一样驯良，神态毕恭毕敬，对他母亲充满崇拜和期待。许佳仪最爱儿子这样的神态，也最看不得这种神态，看一眼都要无条件投降。

许佳仪也就没有再吭声，一边说："难，难。"一边直摇头，心里却已经思索开了，一会看着儿子，又说道："是婷婷要你答应的吧?"

左璠立马否认。

许佳仪对婷婷未免更加不满，不过这个时候，左璠房间里传来呕吐声还有自来水哗哗的声音，许佳仪知道儿媳妇又吐了，她说道："你快去看看吧，听说反应强烈是个男孩，问问婷婷想吃什么。"

老人一根独苗，她是盼孙心切，看在儿媳肚子的份上，先前的不满也就按捺下去了，皇帝还有草鞋亲，结了亲家，能帮忙却不帮忙也说不过去，老人在心里叹口气，无奈地算是默认了。

左璠便站起来，对他母亲说道："妈，那房子的事……"

老人挥了挥手，说道："我知道了，这事我会放心上的，上次那酒店式公寓不适合她姐，太贵了。一万八一平方，人穷还想着买那么贵的房子，真不知怎么想的。"

左璠看到老人答应下来,便喜得眉开眼笑,进房侍候婷婷去了。

第二天,谢婷婷傍晚回家,仍然给老人带了两份双皮奶,许佳仪看了许久,到最后也还是吃了。

第三天第四天也是如此。

有一天晚上,许佳仪一个人坐在客厅,左国忠出去应酬去了,小两口在房间里,因为他们卧室里有卫生间,所以两口子基本上吃了晚饭根本不用出房间,许佳仪一个人寂寞得慌,看书没意思,看电视也没味道。

一个人站在客厅里,坐也不是,站也不是,想找儿子说句话吧,儿子以前都是一下班吃完饭就闷声不吭回房间的人,许佳仪在心里长叹口气,最后回到自己房间去了。

不一会,客厅里却传来左璠和婷婷的说笑声,许佳仪愣了愣,在自己睡房实在又睡不下,所以也打算去客厅坐坐,和儿子说说话也是好的,手刚放在自己睡房的门把手上,却听到外面婷婷和左璠的说话声,关于她的,老人便留了心,没有马上出去。

左璠嗔怪道:"你也真是的,闹着要出来陪我妈说话,看到没有,我妈忙着呢,自己在房间里,我们回房吧,回房吧。"

老人愣了愣,没想到是婷婷劝左璠出来陪她说话的,一时间她心里倒是有几分温暖,她是很寂寞啊,可是这个木头一样的儿子,仿佛从来不知道天下做父母的也是希望被关心的。

婷婷这时候说话道:"别走了,妈要是一会出来呢,我们就陪她聊聊,爸今天又不在家,现在时间还早,我们就在客厅里看电视吧。"

左璠的声音响起:"和我妈怎么聊啊?我从小到大,一直很怕我妈的,我妈管得我太严,我一看到她就只害怕,哪想着陪她说话啊?读书的时候,有心事就写日记,从不和他们讲的。"

谢婷婷就笑道:"你啊,和我哥一个德性,我爸妈不知道多想和我哥说话,可是我哥呢,娶了老婆忘了娘,有了我嫂子后啊,就天天围着我嫂子转,我爸妈想跟他说句话,他就马上不耐烦的样子,立马晃进自己房里去,我那时候就想着啊,以后找老公,要是也像我哥那样,我一定要纠正过来,因为我在家的时候,我爸妈不能和我哥说话,只能一个劲地和我说,说娶了媳妇后,和儿子说句话就像下面的大臣和皇上说话似的,那么难,所以,左璠啊,你可不能像我哥那样,每天要多和爸爸妈妈说说话……"

许佳仪在自己房间听着,脸上倒是慢慢有了笑容,前几天因为谢丽要买房的事,对于谢婷婷的不满也慢慢消散了。

她是在房间里站了很久，等到小两口不再说起她了，估摸着时间，再笑着走出去的，那一晚上，儿子儿媳陪着她在客厅说话、看电视、吃点心，一直坐到左国忠回来，比起往日，许佳仪高兴了许多。

过了几天，又是晚上，左家一家人在吃饭，张妈在一旁侍候着，许佳仪突然说道："婷婷，你姐那房子我帮她找好了。"

谢婷婷十分惊喜，立马恭谨说道："谢谢妈，谢谢。"

许佳仪笑了一下，对她说道："不过不知你姐中不中意，在花都那边，是一个小区，六十平方到两百平方的都有，虽然离市区远了一点，但只要六千五一平方，而且那边也建地铁了，到越秀也方便，你回头给你姐打个电话，她要是中意了，你再和我说吧。"

婷婷就连连点头。

许佳仪看谢婷婷一眼，见她没吃什么饭，这一个月，随着她妊娠反应强烈，进食也很少，每餐小鸟一样，吃几粒米，那菜根本不动筷子，一点油腥也碰不得。

许佳仪沉吟一会，想着她现在反应这么厉害，再加上售楼小姐实在不是什么光鲜的工作，不如把那份工作辞了，回家安心待产吧。所以许佳仪对谢婷婷说道："婷婷，你那份售楼小姐的工作辞了吧，回头你要是想上班，妈托关系给你找一份坐办公室的文职工作，实在不想工作，就待在家里等生了孩子再说。"

谢婷婷心中一阵感动，售楼小姐的工作她其实基本上等于不干了，好几天没去了，她估计经理恨不得马上开了她，如果不是顾忌她婆婆是许佳仪，可能早就炒她鱿鱼了，如今她主动辞职他们肯定很开心。现在有了许佳仪这样的允诺，还等什么，谢婷婷第二天就去公司辞了职。

谢婷婷给谢丽打了电话，告诉她有一处合适的房子，把她婆婆说的情况说给谢丽听了，谢丽听了十分高兴，居然只要六千五一平方，那么就意味着花更少的钱买更大的房子了，她想着买一个总价六十万左右的，那么首付只要十二万。花都虽然离越秀远了点，但是坐出租也只要花九十块钱，再说有的女人外省都嫁了，她弟媳不就是最好的例子吗？她离开越秀到花都去安家又怎么了？虽然说小时候住在广州市中心，嫁人了反倒住到郊区去了，可好歹也还在广州，一线大都市，不算太丢脸。

所以听到婷婷带给她的好消息，谢丽不由得激动万分。这是千载难逢的机会，想着一定不能错过。她现在没钱，基本上搜罗干净，能拿出两万，那么还差十万，和张大伟大吵了一架,张大伟不同意,谢丽心里冷哼,没本事还想孝顺?! 老婆儿子连个住的地方都没有,他还想着孝顺爹娘? 做梦去吧。她也不管张大伟的想法,土匪一样杀到公婆打工的地方,然后泼妇怨妇各种戏路齐上演,逼着自己公婆拿出钱来,不资助就和张大伟离婚,最后,无奈之下,张大伟爸妈拿出养老钱五万——那是两老人所有的积蓄,还差五万,谢丽只能去找自己爸妈。

老人办了小女儿的婚事后,哪还有钱,谢婷婷的嫁妆都是谢平和怀玉出的,所以老两口只能再次打上了怀玉和谢平的主意。

老人也有理由,家里的大房子给了谢平,女儿没给,那么谢丽买房也好,谢婷婷结婚也好,谢平和怀玉拿出来都是理所当然的,要的也不多,五万块!

然而,这次怀玉不同意,谢平也不同意。

谢丽一张脸都是笑,对怀玉极尽奉承,说是借,可以打借条,怀玉仍然不肯,借给他们,无疑是扔水里还不带响,他们凑了首付,就得忙着每个月还银行五六十万的房贷,他们哪有钱还? 他们都不敢买房,谢丽和张大伟想买房就是痴人说梦。银行本金加利息,少说也要五六十万,真当银行是慈善家呢。

就算凑足了首付,以后还不起贷款,那房子还不是水中捞月,竹篮打水一场空?

再说了,她和谢平也只有五万块积蓄了,全借走了,以后要是双双或者谢平生个病,都没钱治病,怎么能借?!

谢平这次对老婆的话也是言听计从,他也不肯借。婷婷那是婚事,人生大事,房子,在他的眼里,不是生活必需品,买不起就租,租不起娘家不也让你住着吗? 他们又没说什么。所以不管老人怎么说,小两口就是不肯借。

这样,姑嫂关系恶化,婆媳矛盾变大,谢丽成天说风凉话,要不就摆一张臭脸,成天理直气壮得成一个讨债人一样,婆婆呢,没事就鸡蛋里挑骨头,找怀玉毛病,甚至这一天,连公公,也在吃饭时说道:“怀玉,这房子是你们的,按理说,父母的房子儿女都有份……”

怀玉心情很不好。这些天,自从她给谢丽送饭吃力不讨好之后,她的心情就坏起来,简直一路都是下坡路,如今就像沉到谷底,心里每天都在落蛛网,一层一层地铺下来,最后纠结成团,把整个人都缚住了。

到了晚上,怀玉早早就上床睡了,默默不语的,谢平下晚班回来,进房时,怀玉坐在床头一动不动,等到他洗完澡出来,她仍然保持着那个姿势。

谢平想着怀玉这两天怎么了，总是对着一个地方发呆，好像有心事的样子。他走过去，笑了笑，握着她的手，对她说道："怀玉，最近怎么了？"怀玉一头栽在谢平怀里，谢平抱着她上半身，怀玉把脸枕在谢平赤裸的大腿上，他刚洗过澡，皮肤还很湿润，带着一丝丝沐浴露的香气。怀玉在他赤裸的肌肤上亲了一下，嗡声道："心情不好。"

谢平愣了愣，把她扶起来，面对着她，对她说道："为什么心情不好？"怀玉却不肯说，她知道男人不想当双面胶夹心饼，再加上谢平平时最讨厌鸡毛蒜皮的事情，所以她不想说了。

她垂着头，闷声不吭。谢平也估摸到差不多了，知道肯定是他姐以及他妈为难怀玉了，想了想，对她道："玉啊，春节马上就要到了，这样吧，我们春节出去旅游吧，去散散心。"

"真的？"怀玉听说谢平要带她出去玩，心情才好了点，谢平笑着看她一眼，对她说道："去丽江怎么样，我以前老听你说想去丽江，一直没去，这春节长假我们就到那去吧。"

怀玉这几个月受着大姑小姑一家子鸡犬不宁的折磨，做梦都想逃到一个地方，和谢平过过二人世界，她最近沉默无语，也是因为被这种乱七八糟的生活要折磨得奄奄一息了，听说要去丽江，便立马动了兴头。

谢平看到她是欢喜地想去，便笑了笑，说道："那好，我明天就去订机票，听同事说，我们年终奖不少，有一万多，咱们不差钱，那就机票来回。"

怀玉就说好，他们因为结了婚后不用买房子又不用支付生活费，所以工资都存在那里，平时出去玩花钱都是大手大脚的，也没觉得来回机票有多么奢侈。

两个人就开始张罗开了。

起先打算带双双去，考虑到之前孩子一直是和老人睡的，想着出去玩之前事先培养一下，有一天晚上，怀玉到婆婆房中，试着把双双抱到他们房中去睡。原本睡得安安静静的孩子一离开枕头，就在怀玉怀中哭起来。

怀玉进老人房间，因为心情不好，所以也没说话，老人看到她默不作声地进来，然后一声不吭地抱着孩子，孩子哭闹了，不由十分不满，走到她面前，对她说道："双双睡得好好的，你这是做什么？"

怀玉就只能摇摆着身体哄着孩子，一边对婆婆解释道："妈，我想带双双过去睡。"

"她在这里睡得好好的，你抱过去做什么？"老人更不满了，一张脸狼外婆一样。怀玉瞅了老人一眼，更加不好说话，越解释越解释不清的样子，双双仍然在怀玉怀里哭着，老人心疼得不得了，向孩子伸出两只手，双双看到奶奶，也哭着伸出两只手，那一刻，怀玉只觉得连这个孩子也不是自己的，她想着无论如何，以后孩子一定要自己带了。

怀玉抱着孩子没有动，老人怒道："你这是做什么，双双要我抱你没看到吗？大晚上的跑来吓孩子，什么意思？"

怀玉只得让婆婆抱过双双，毕竟老人带得多，双双缩在老人怀里又不哭了，怀玉只得说道："妈，过春节我想带双双出去玩，她一直和您睡的，我想今天带到我那边去睡，先适应一下。"

老人听到她过春节要出去玩，大女儿买房她都不肯出一点点钱，出去玩就有钱？春节是一家团圆的时候，她却要出去玩，成什么体统？谢平和怀玉这样的打算，对已经岌岌可危的婆媳关系无异于雪上加霜。

老人更加气愤了，怒气虽然尽量压抑着，可是语气仍然是十分不满，她对怀玉说道："大过年的，外面到处都是人，天气又冷，出去玩什么？广州那些外地打工的都想着回老家过年呢，只有你想着往外跑，怀玉，你也不小了，要懂点事。"

怀玉还能说什么？只能低着头出了婆婆房间。老人的话像一条蛇，跟在后面游了过来，一口一口地追着咬她："没钱借给丽子买房子，却有钱出去玩，玩重要还是房子重要？"

怀玉顷刻间成了刺猬，背上满满的刺，那些刺全是婆婆扎到她身上的。

后来又尝试了几次，想把双双抱过来睡，无奈双双就是不肯，又考虑到孩子太小，谢平最后决定不带双双去了。怀玉受了婆婆的责骂，心里倒是没有刚开始听说要出去玩时高兴。倒是谢平一直忙着订票、采购出行装备，兴兴头头的。

长假前一天，谢平和怀玉就在吃饭的时候把他们春节要出去玩的事情向家里人说了，小志原本在看动画片的，听到丽江两个字，立马跑过来，说道："舅，我也要去！"谢丽抬起头来，看了看儿子。谢平说道："小孩子去做什么？你在家玩吧。"他知道怀玉不想带小志去，自己两岁多的女儿最后都没能带去，谁会带一个外甥去。

老人听到这里，食不知味，放下碗筷板着脸说道："大过年的出去做什么？"想着这怀玉真不是省油的灯，之前她劝过不听，到最后还是撺掇着谢平一块去了。

谢平说道："妈，我们今年都没出去玩，姐和姐夫不是在家过年吗？我想出去走走，工作了一年,人累得很,就这么几天假。"

老人还想说什么,小志却继续嚷道:"我要去嘛,我要去嘛,我们老师说丽江很好玩,我也要去!"谢平和怀玉没接话,小志看到大人没吭声,知道他是没戏了,索性嘴巴一张,红头涨脸地哭起来了。

听着儿子的哭声,谢丽心里犯酸,想着如果自己有闲钱,有那本事,不早就带儿子去了。看着儿子大哭不止,她也跟着难过,儿子长这么大,听他说他们同班同学北京、上海甚至马尔代夫、新马泰都去过了,就他哪里没去过,小志渴望着出去旅行,不知道渴望了多久。

谢丽心里不是滋味,知道她弟平时除了工作做什么事都是懒洋洋的,哪都不想动的主,现在兴兴头头地春节要出去玩,肯定是怀玉的主意,现在小志嚷着要去了,谢平不吭声,怀玉没表示,肯定也是因为怀玉不乐意带小志去。

谢丽想到这里,对怀玉未免又恨了几分,儿子哭得让人心烦恼火,她受不了,干脆起了身,冲到儿子面前,对着小志的屁股就是几巴掌,小志莫名其妙受了他母亲的打,更加鬼哭狼嚎,谢丽眼里也有了泪,在那里抹着泪说道:"不许哭,哭什么?谁叫你爸妈没本事,不能带你出去玩,真可怜,到十岁了,没坐过飞机,没去过北京。"

怀玉看到事情到了这份上,如果她再不开口,大姑与她的梁子可能越结越深了。她想着如果带上小志去丽江,能够化解大姑对她的敌意,也是好事一件,想到这里,怀玉便放下碗筷,走到小志面前,替他抹干净眼泪,哄着他道:"好了,小志,不要哭了,舅妈带你去,一会就到网上给你订机票去,我们明天就出发。"

小志含着泪眼看着怀玉,怀玉冲他笑了笑,小志的哭声才渐渐小了,舅妈说话从来是说话算话的,上次的地毯事件,怀玉也不是记仇的人,一个大人谁会心胸窄到去恨一个孩子,后来怀玉对小志也仍然很好,所以小志和怀玉的感情一直不错。

谢丽这时候又笑了起来,红着脸对怀玉说道:"怀玉,你们自己玩去,小孩子不懂事,由他哭去,哭了一会就不哭了。"

怀玉看到话已经说出口了,哪有收回的余地,笑着对谢丽说道:"姐,我们带小志去吧,他一个孩子,又吃不了多少,带去我们也热闹一些。"

"怀玉?"谢平这时候开腔了,看着她,怀玉冲他笑笑,知道谢平的意思,他担心她,怀玉却心意已改,一心想着带上小志可以改善她和大姑的关系,所以到了后来,反倒是她一心一意要带小志走了。谢丽委婉地客气了几句,最后乐颠颠地给小志寻衣服备行李去了，行李备好之后，送到怀玉房里，小志和怀玉在电脑面前，他看着舅妈给他订机票，孩子早就不哭了，脸上眉开眼笑的。

老人虽然仍然十分反感春节他们出去玩，可是最后小志也去了，大女儿好像也挺高兴这件事情的，老人便也不好再说什么。

谢丽送衣服和身份证过来，对小志说道："小志，在外面要乖，好好听舅妈的话，回来要写作文啊。"

小志哪还有心思理他娘啊，根本没听进去，谢丽在那里反复说好几遍，儿子油盐不进，一个劲地和怀玉有说有笑，谢丽一颗原本好受一点的心又郁闷起来，想着还是有钱好，有钱能使鬼推磨，连亲生儿子都这样，谁有钱跟谁亲。

到最后，还是怀玉看到了谢丽，让小志和他妈说了几句话，谢丽才交托好一切出怀玉房间了。

第二天，他们两个就带着小志从广州坐飞机直飞丽江。

小志很高兴，到了丽江，不管是古城还是新城，都是冲在前面，大呼小叫的，因为是春节，到处都是大红灯笼高高挂，很有节日气氛。他们住的是标准间，小志睡一张床，小两口睡一张床。吃饭的时候，也是叫三四个菜，小志和他们一起吃，两个人算来算去，就是小志的飞机票等于是事先没有料到的支出。小志在外面对怀玉和谢平比对他亲爸妈亲多了，"舅"、"舅妈"叫得亲热欢快，小孩子又是特别容易快活的年纪，动不动就哈哈大笑，欢蹦乱跳，小孩的快乐感染了怀玉和谢平，他们两个人在丽江玩了几天，整个人都缓过劲来，变得开心快乐了。

出外旅行，带了孩子肯定也有痛苦的时候，最痛苦的莫过于和孩子共处一室不能亲热了。之前小两口畅想到了丽江的酒店如何纠缠呢，小志一来，计划全泡汤了。怀玉还好，谢平有时候不安分，趁着小志洗澡的时候，就要亲怀玉，刚接个吻，小志就出来了，泥鳅一样冲到床上，乌溜溜的大眼珠好奇地瞅着他们："舅！你和舅妈站那么近做什么？"

好了，房子里面不行，趁小志在房间玩电脑游戏时，他们去浴室吧，刚一前一后进去，谢平刚把怀玉抱在水磨石的台子上，小志就在外面砸门："舅，我要拉屎！"

到了第五天的时候，他们基本上把附近的景点玩遍了，订了第二天回广州的机票，还余下一天的时间在丽江的古城新城逛。两个人带着小志，不认识他们的人，都以为小志是他们的儿子。谢平带他们两个去商场买吃的，在商场逛了逛，看见二楼有一个大的书店，谢平就来了兴致，对怀玉说道："走吧，看看那里有没有卖你的书。"

怀玉就不好意思起来，不肯去，说道："我又没什么名气，书商怎么可能把货铺到丽江这种旅游城市来。"谢平却笑了笑，说道："不一定，说不定能找到呢。"怀玉也很好奇，自己的书到底在外面卖到什么程度了，她虽然出了几本书，几次三番听到谢平说起"老婆，我今天在新华书店看到你的书在卖了"或者"老婆，我今天在地摊上看到有人卖你的盗版书"。可是怀玉自己从来没有在书店或者在地摊上看到有自己的书。有时候她在外面出差，经过一个陌生城市，或者在广州街头逛的时候，看到摆地摊卖书的，走近去，用眼睛扫一遍，想看到自己的书，通常都是令自己失望的。所以谢平要拉着她逛丽江的书店时，她是没有信心的。

谢平拉着她的手进去，小志正盯着那些变形金刚的玩具看，站在玩具货架那里不肯动，谢平对他说道："走不走？我和你舅妈走了，再不走，把你丢在丽江了。"小志慌了，立马跟了上来，一边跟在他们屁股后面，一边说道："舅，我们这是去哪里？"谢平就笑了笑，告诉他道："我们去书柜那边看看，看看有没有你舅妈的书。"小志就大声说道："不用去看了，不会有舅妈的书。"

怀玉那个郁闷哟，谢平没有理小志，拉了怀玉的手就进去了。小志哪有心思关心什么书啊，除了吃就是玩，顽皮得就像一只猴子，但是又怕丢了，所以只能跟在后面，一边走一边不耐烦地大声说道："找到没有？早就跟你说了，不要找了，不会有舅妈的书！"孩子无遮无拦，公共场所说话声音又大，怀玉在小志这样的大声叫嚷下，一张脸早红了。

谢平仍旧在那里一排排的书架上找着，怀玉小声对谢平说道："不要找了，没有的。"小志在一旁没心没肺地说道："就是，舅妈又不红！怎么可能卖她的书？"怀玉听到小志这么说，只恨不得找个地洞钻下去。谢平对着小志笑着就是一巴掌，小志的头"啪"的响了一下，他摸了摸脑袋，嬉皮笑脸地更大声喊道："你打我也不用，没有舅妈的书，她又不是名人！"

其他人都在看他们，怀玉涨红了脸，拉了谢平就要走，谢平却坚持着把整个书架都扫完了，结果真的没有卖怀玉的书，怀玉心里也失望，想着看来小志童言无忌，倒是被他言中了，她的确不够红啊。

她郁闷地走了出来，谢平却拉了她的手，对她说道："我们去丽江的新华书店看看。"怀玉说："算了，没有就没有啊，小志说得没错，我本来就不红。"谢平却拉了她的手,往新华书店那边走去,小志烦了,一边小尾巴一样跟在后面一边大声嚷嚷:“不要找啦,找不到的,说了她不红,找遍全中国都没用!”

不过幸好,进了新华书店,谢平很快就找到怀玉的书了,小志又在那里说风凉话:“舅妈,为什么别人一口气摆三本,你只摆一本?看来你还是不够红啊……”怀玉刚欣喜一下,一下子张口结舌,谢平对着小志头上笑着又是一巴掌,对他说道:“那是你舅妈的书好看,都卖光了。”后来另外几本书全找到了,小志才心服口服,看怀玉的目光里也有了几分崇拜。

谢平这才好像志得意满,拉了怀玉的手出来,对她说道:“怎么样,全找到了吧?”怀玉看着他笑道:“我进书店都晕了,你怎么好像书店是你家一样,一下子全找到了?”谢平就呵呵笑了一下,说道:“傻老婆啊,你每出一本书,我听说上市了就立马往书店里跑,不找到不罢休,平时去外面出差,或者跟了朋友在外面,看到书店都要过去找找的。找得多了就有经验了。”

怀玉感动得无以复加。

两个人在超市里买了许多吃食,小志一个人在前面走,谢平看到了,就对他说道:“小志,过来。”小志小兵一样跑过去,谢平从怀玉手上拿过购物袋,又把自己手上的购物袋拿下来,一起交给小志,对他命令道:“拎上。”

小志不肯,怀玉说:“算了吧,他还那么小。”谢平说道:“让他拎,拎一下怎么了?吃我们的住我们的,给我们做点事怎么了?”又对小志说道:“不拎就把你丢这里。”小志怕了,乖乖地拿过去,不过拎了一会,实在太重了,孩子只差没哭了,怀玉立马又从他手中拎了回来,谢平从她手中接过,对她说道:“我来拎吧,你啊,就是太惯着他。”

大年三十的晚上,谢平在她身边哈气,怀玉看他一眼,谢平的笑眼里有情欲,怀玉轻声说道:“不行啊。”她用眼睛示意小志睡在另一张床上,谢平悄悄道:“他睡着了,没关系。”怀玉还是不敢,怕万一小志醒了怎么办。她不肯,谢平在被窝里撩她的衣服,轻声说道:“原想带你出来,可以痛痛快快几天,结果你又带上他。”

怀玉还是很紧张,对他轻声说道:“去浴室吧。”谢平却不吭声,怀玉只得不说话,这时候小志翻了一个身,眼睛睁开了,怀玉只差没疯掉,她躺在那里,一动也不敢动,谢平在后面却已经动作开了。

房间里没有开灯,小志翻过身来,看了怀玉一眼,看到她也睁着眼睛,便对她说道:“舅妈,你也还没睡?”怀玉只得拼命抵抗着快感,尽量用平静的声音说道:“嗯,我马上睡了,你睡吧。”她庆幸盖了被子,庆幸没有开灯,十岁的小男孩懂得也不少吧,到时害他早熟,她罪过就大了。

小志却笑了笑,说道:“舅妈,我睡不着,我玩电脑好不好?”他们订的标准间有电脑,怀玉想着完了完了,谢平在她身后说道:“不行,快睡,不睡揍你!”一边说话一边在被窝下面不忘冲撞。

小志才安静地闭上眼睛睡了。

怀玉瞅了谢平一眼,谢平冲她坏笑了一下,怀玉也只能不再说话,在极端的寂静里配合着他蚀骨销魂。

两口子亲热甜蜜的时候,老太太在家却不好受。

谢丽为了向婆婆要更多钱买房,刮了公婆一遍还想再刮一遍,她就不信他们攒了一辈子只有五万块,于是过年回乡下婆家了,所以谢家事实上只有两个老人在家过年。没了儿女在家,整个房子就像一个大水塘,两个人就像待在水底,费力地挪动着手脚,冷清寂静,寒气里里外外地往外冒。

两个老人做年夜饭也无心思,随便做了几个菜放在饭桌上,相对坐着说不出一句话,双双在奶奶的怀抱里睡了,外面的鞭炮声不断,别人家的焰火也耀到他们窗户上来,可是热闹却进不来。

老太太叹口气,说道:“这怀玉真是越来越不懂事了,真不是一个好女人。你看,大过年的,不好好在家里待着,一家团圆,却跑到外面去受罪!”

老头子拿起筷子,对她说道:“吃饭吧,过几天就回来了,年轻人爱玩就让他们玩吧。”

老太太继续说道:“丽子都买不起房,他们倒好,还有钱出去玩,我真后悔,当年那房子就不该给他们的,这些年,他们赚的钱可能都这样花掉了,他们就想着不用买房所以随便花钱,当年给房子,丽子和婷婷什么也没说。谢平也不是坏孩子,不同意拿钱给丽子买房,还不是怀玉的主意?谢平什么都好,就是怕老婆,唉,娶了媳妇忘了娘。”

老头子埋头吃饭,任老太婆一个人唠叨。

大年初三,两个人就带着小志回广州了。

回到家,两个人合计了一下,这七天长假,居然花了一万多。其实他们已经很节约了,宾馆都是挑便宜的住,但是开支最大的就是飞机票,成人一张一千五,小志小孩八百,来回就是七千六,再加上吃饭住宿还有门票,整整超了一万。两个人算完账,怀玉笑道:“哎呀,以后还是不要出去玩了。”谢平却和她想法不一样,看了她一眼,对她说道:“你在丽江人都开心了许多,这一万块我看花得值。”

小志回到家里别提有多兴奋了,在外公外婆爸爸妈妈面前,提起这次出去玩就滔滔不绝,他眉飞色舞地说道:“我们坐飞机的,飞机票我还留着哩。”说着立马把他的机票拿出来展示,这是怀玉的失策之处,想着小志第一次坐飞机,就把机票留着给他做纪念了。小志第一次坐飞机,对于那种红红白白的票子感兴趣,不但自己的要了,就是怀玉和谢平的也全部收集了。

小志从房里把几张机票拿出来,老人一辈子也没坐过飞机,一心也想看看飞机票是什么模样,是不是和汽车票火车票一样,小志塞到老人手里,对老人说道:“外婆,你看,我要八百块一张呢,舅和舅妈的还贵一些,要一千五。”

老人一愣,哆嗦着拿过那几张飞机票,视线落到那几个阿拉伯数字上就没有再移开了,仿佛烙在上面了,她心里合计了一下:“一个人就一千五,两个人三千,来回就是六千,小志来回就是一千六,这次七天总共就是七千六,还只是坐飞机的钱。”

老人立马心痛如绞,在那里心疼地说道:“烧钱啊烧钱!他爸退休工资才一千八一个月,七千六,他爸差不多半年的工资,他们七天就玩完了,这不是烧钱是什么?他姐说要借钱买房,他们说没钱,玩起来就有钱,买房是正事啊。这女人这女人……”

谢丽和她老娘的想法一样,对老人说道:“妈,我一天累死累活,还要生意特别好的时候,我才能赚到一百块钱,一张飞机票我要干十六天的活啊,怀玉真有钱,谢平以前也很节约的,怎么结了婚以后成这样了?”

谢丽不是坏人,她想买房,一开始也是想着靠自己赚首付,到现在,也只是想向怀玉他们借钱,并没有对娘家的房子生出非分之想,但是她也是世俗的女人,对于怀玉带着她儿子出去玩,她自然也感激的,但是在这个时候,她也秉着本性落井下石,煽风点火了,心里的恨意又在作怪。

老人想起怀玉,也立马不满起来,对谢丽说道:“我看错她了,我一直以为她是个好儿媳,现在看来,是我看走眼了,看她平时在家里做事买东西都挺节约的,怎么出去就花钱如流水呢?”

谢丽笑了笑,说道:“妈,你看她是花钱在什么地方了,给你和爸买东西当然要节约了,这一次是她自己想出去玩,自然随心所欲地花钱了,我们家谢平我还不知道,从小班上组织春游都懒得动的人,他会千里迢迢坐飞机到丽江去玩,还不是那女人晚上吹枕头风吹的？唉，妈，谢平变了，自从和怀玉结婚之后，整个人都变了。”

老太太不吭声，拿着那几张飞机票就像握着烫人的铁片，对怀玉也开始不满、猜疑起来。

谢丽还在那里继续说道：“别人家娶了媳妇，儿子更加孝顺听话，你看看我家谢平，妈，不是我说你，当婆婆不能像你这样当的，谢平的眼里现在只有他媳妇，你说话也好，我说话也好，他都是漫不经心的，上次我和怀玉闹了几句，他为了护老婆，都朝我动手了，我是她亲姐啊，我那一刻都无法相信。”

小志想从他外婆手里抢过他的飞机票，老人牢牢拿在手里，对小志说道：“你给外婆收着，明天给你，听话。”小志不肯，老人就直接把票放口袋里去了。

她说道：“他们结婚后，一直到现在，到底有多少钱，我和你爸其实心里也没个数。这房子当时的装修都是我们出的钱，结婚后，我看你爸有退休金，虽然钱不多，可是两个老人能吃多少，一个月也差不多了，看他们还年轻，也没有向他们要钱，所以他们这些年赚的钱应该都存起来了。”

谢丽一拍手，对她老娘说道：“妈，你糊涂啊，这次你还没看清，你没发现怀玉花钱大手大脚，用钱跟烧一样，他们存什么钱?！上次的事你忘了，她弟弟生小孩，她一次性就寄过去两千，这还是我们明里看到的，平时暗里我们没看到的，还不知道寄过去多少呢。怀玉那女人啊，就是看着我们家有房子，谢平对她好，你和爸也对她好，所以赚了钱不是花掉就是贴娘家，妈，你不能这么做了，你去问问别人家，有哪家做儿子做儿媳，在公婆家吃饭，每个月不给生活费的？你太惯着他们了。”

老人这时候说道：“平时冰箱里没菜了，都是怀玉买回来的。”

谢丽说道：“买菜就够了？他们不也吃了吗？”

老人想着也是，对谢丽说道：“我明天找她去。”谢丽才不吭声了。小志告诉她，他给她买了一把丽江的牛角梳子作为礼物，塞到他妈手里，谢丽愣了一下，然后是感动，在小志脸上亲了一下，对他说道：“小志这么孝顺啊。”

小志笑了笑：“舅妈出钱买的，说要我给你和爸带份礼物。”谢丽愣了愣，脸上一时有些尴尬。

第二天晚上，怀玉春节年假后第一天上班，因为七天长假在外面放松心情了，整个人一下子变得神清气爽，所以回到广州继续上班后，她的心情不错。

回到家里，哼着歌走进厨房，看到婆婆在那里切萝卜，她挽着袖子走上前去，对老人说道："妈，你歇着，我来吧。"

老人看她一眼，心里有话要说，把手上的菜刀让给怀玉了，就站在一旁打量着怀玉，一会对怀玉说道："怀玉啊，你和谢平这次春节出去玩，总共花了多少钱?"

怀玉愣了愣，笑道："妈，没花多少钱。"

老人继续说道："到底是多少钱?"

怀玉只好胡乱应付："几千块吧。"

老人立马不满，从衣袋里掏出机票，铁证如山，老人对她板脸道："几千块啊? 坐飞机都七千多。不要糊弄我。"她把机票扔在灶台上，怀玉瞅在眼里，变了脸色。老人没事人一样转过身去，洗另外一样菜，一边做事一边对她碎碎念："俗话说得好，积家犹如针挑土，败家好比水退沙，你也不小了，要有个做媳妇的样子，不要一味的不懂事，撺掇着谢平和你胡来!"

婆婆一张脸皱皱的，蜡渣一样黄。

老太太对怀玉是越来越不满了。起先是发现她一次给娘家弟弟寄了两千块钱，想着这儿媳结婚这么多年还一心贴娘家；然后是给谢丽送饭害得大女儿回来狼吞虎咽三碗饭，觉得怀玉对他们谢家人不亲；接着就是这次春节去外面玩，花了一万多，觉得这儿媳烧钱啊，去几天就是一万多，以前老实节约的儿子也变了，想着怀玉不但烧钱而且会吹枕头风，带坏自己好好的儿子。

对儿媳的不满就像尘灰吊子，一层一层地老人心里积压下来，沾了灰的家具擦干净就能像从前一样洁净了，可是沾了灰的一颗心，却是再也回不到从前的。

婆婆的话不大不小，却像锋利的刀，全砍在怀玉身上。怀玉一刀差点切到自己的手，她松了菜刀，左手食指的表皮破了，一滴鲜红的血点子极快地冒了出来。刚才怀疑自己听错，险些把手指给切了。她抬头看了看小小的厨房，婆婆还在她身后板着脸呶呶不休，怀玉呆呆站在那里，只觉得这地方待不下去了，婆婆完全变了一个人，开始对她不满，开始和她针锋相对了。

五万块借条

第二天，婆婆没有对这件事再说什么。生活是一个积怨的过程，可是怨气也不是一天两天就能累积到爆发，不可收拾的。怀玉虽然心情不好，然而，这日子还是要一天一天地过下去。

谢丽卖章鱼小丸子的摊被人掀了。

怀玉知道这件事的时候，谢丽已经回了娘家，她母亲坐在旁边，谢丽上半身伏在一把椅背上，整张脸埋在双臂里，看着谢丽那样的姿势，怀玉就知道可能碰到什么事了。怀玉看了看外面的天色，现在还只是傍晚，西边的天空一片红，晚霞就像一张燃烧着的帷幔，平时这个时候，谢丽都在忙着摆摊的，正是生意最好的时候。

婆婆守在大女儿旁边，一个劲地唉声叹气，怀玉知道她们有事，她也不方便出声。自从上次，婆婆在厨房掏出飞机票说她不懂事烧钱后，怀玉对婆婆的感情也变了。再也不像从前那样，知冷知热，嘘寒问暖得像亲闺女。她现在对老人淡淡的，叫她她就应，不叫她，她就过自己的生活。婆婆又不是领导，不给她开工资，干吗要奉迎着？

老人有自己的亲闺女，而且是两个，所以对于怀玉态度的改变，除了更加不满，她也没觉得少了什么，她现在小女儿嫁得好，过得幸福，不要她操心，可是这个大女儿一直是她的心病。

父母总想一碗水端平，可是与此同时，却情不自禁地最疼最弱小的。

怀玉一个人在厨房里热饭菜。婆婆没有动，可是一会谢平回来，公公回来都要吃饭的。

她在厨房里忙活的时候，婆婆在劝说着大女儿，婆婆说道："丽子，掀了就不去了，那活太辛苦，一天忙到晚，运气好才能赚个一百块钱，平时也没那么多。"

接着是谢丽瓮声瓮气哭泣的声音:“他们是嫉妒我生意比他们好。什么世道,不让人活了。”

怀玉热菜的手顿了顿,想着原来大姑在小吃一条街的摊被掀了。

谢丽又在那里伤心绝望地说道:“妈,我怎么办啊,我本来想买房的,现在买不成了。我原想着自己赚首付,妈,怎么办?”

这时候,就听到外面响起谢平说话的声音:“妈,怀玉回来没有?”怀玉在厨房里听到自己老公一进家门就问起自己,脸上不自禁地浮起笑,心里升起一股暖意。老人说道:“在厨房。”谢平说道:“妈,你去帮帮怀玉吧,她是工作一天的人,一大家子的饭怎么让她一个人做?”

老人向他说了他姐的事,谢平便没有再吭声。怀玉听到脚步响,知道是谢平进来了,脸上带着静静的笑,没有抬头。谢平走到她面前,对她说道:“我来吧,你一边歇着去。”

怀玉知道谢平最讨厌回到家还进厨房做事。这种心情她也非常理解,就像她下了班,同事再给她打电话说工作上的事情,怀玉也很反感,所以她推着谢平出去,对他说道:“马上好了,等爸回来就开饭。你今天怎么这么早回来?”“轮到我休息。”谢平呵呵地笑,站在怀玉后面,双手环着她系着围裙的细腰。

这时候,怀玉公公,以及张大伟、小志都回来了。谢平便拿了碗筷进餐厅,准备吃饭。双双自从读幼儿园后,公公都是提早半个小时从街上的棋摊上下来,然后去幼儿园接小孙女。

两岁多的孩子正是话最多的时候,稚气可爱的话炒豆子似的蹦出来,总是逗得老人哈哈大笑,老人对双双爱若掌上明珠。

一家人都回来了,谢丽和她老娘的谈话自然结束了。

吃饭的时候,怀玉想起谢丽刚才在外面说的话,就看了一眼谢丽和张大伟。其实,在内心,怀玉是同情谢丽的。对于姐夫张大伟,怀玉也是反感的,这男人太没责任感,太没担当,试想一个男人,哪能自己三天打鱼两天晒网地上着班,让老婆这样辛苦从外面捞钱的?怀玉虽然只给大姑子往小吃一条街送过一次饭,可是谢丽的辛苦她是知道的。她在心里叹口气,想着这个世道,一个家,两夫妻一起在外打拼辛苦赚钱,可能都活得很有压力,更何况谢丽他们家呢?张大伟对这个家贡献实在太少。

清官难断家务事,姐夫这样子,怀玉作为弟妹实在不方便说什么,所以她也是一直沉默的。唯一庆幸的是，她找的男人谢平不错。怀玉有时也感慨，女人嫁人真是第二次投胎，嫁错了男人，一辈子就毁了，谢丽就是最好的例子。

晚上，谢丽和张大伟又在房里打起来了，原因是张大伟母亲生病，想拿回给他们的五万块，谢丽不同意，张大伟被谢丽打骂着赶出了门。

第二天晚上，公婆又在饭桌上说开了，还是给谢丽买房子的事，给怀玉和谢平下了死命令，无论如何得拿五万块出来。婆婆说："你们必须拿五万块钱出来给丽子买房，不拿出来的话，丽子一辈子住在这里，你们也没什么好说的，她是我的女儿，手心手背都是肉，十指连心一样疼。"

公婆的脸板得没有一丝表情，怀玉和谢平食难下咽，最后沉默着回了房。

公婆在饭桌上说的话，就像大海上面的冰山，说出来的只是水面上浮着的一角，没说出来的话你自己要去琢磨。

怀玉苦恼地在房间里走来走去，这钱到底要不要借，她的心里肯定是一千个一万个不愿意借的，可问题是他们不肯这事情就能这样平息下去吗？明显不可能。只可惜她没钱，如果有钱，五万块钱能打发走大姐，从此一家安宁，她也是愿意的，可是她也是平头百姓，她和谢平也没钱啊。

两夫妻在房间里面面相觑，十分苦恼。

第二天事情却有了转机，原因还得从怀玉的工作说起，她电视台的小导演主动来找她了，有好消息要告诉她。

小导演和怀玉年纪相仿，一米七五的个头，白净肤色，清炯炯的大眼睛，相当帅。不过导演帅没用，导演的帅气程度与成功程度成反比，具体例子可参考国内知名大导演。小导演是中影毕业的，说起现今影视圈的当红花旦、明星大腕，那过半数都是他的学姐学长或者学弟学妹，他们全红过天了，小导演却仍然是一个没有名气的人。

怀玉和这个小导演倒有点同病相怜。怀玉以前跟着他们栏目组的老制片去剧组学习的时候(编剧都要去片场观摩学习)，因为长相秀丽，再加上编剧名气太小，被剧组的成员误会成想红的女演员，还笑着说美女，想红的话，潜了没有？

小导演乐颠颠地从他们编导室跑过来，跑到怀玉面前笑着停下了，激动地叫一声："怀玉！"怀玉愣了一下，抬起头来，想着什么事呀，小导演笑着瞅了她一眼，对她兴奋说道："你年前写的剧本通过了，马上投拍！"

"真的？"怀玉都激动地站了起来，对他说道，"哪一部剧？历史剧还是情感剧？"小导演说道:"就是那部三十集先前有植物人的,制片方开了专家论证会,觉得很有市场潜力,所以决定开拍,我当导演,你做第一编剧!"

"张导,你说的是真的吗?"怀玉还是难以相信,张导笑了笑,对她道:"我刚从靖主任那里得到的通知,嘿嘿,不相信你去问。"

第一编剧啊,意味着怀玉有大笔的收入,不再是从前那种排名最后,替人捉刀,播放时还没她名字的了。

怀玉激动地给靖主任打了一个电话,靖主任是剧组的制片,平时投钱拉赞助都是他说了算,外行人可能认为一部电视剧导演最厉害,编剧很有才,事实上,真正有权威的是制片,因为钱在他手里。

怀玉从主任那里得到确认,主任人很随和,还笑着鼓励她:"怀玉,这是一个很重要的机会,我们年纪大了,给你们年轻人机会,张导和你年纪相仿,相信你们年轻人能做出一番成绩的。"

开了专家论证会,电视台能通过也是有原因的。刚好怀玉写的剧本是时下的热点,很有潜力。此外,编剧、导演都年轻,且还没名气,要的价不会太高,那么投资的大笔开支就只有演员这块了。电视台想着请一两个明星就行,其他都请没名气的演员。

靖主任对她说道:"你做第一编剧,我们打算捧红你,剧本费是十三万,你看怎么样?"

其实三十集电视连续剧十三万不算多,不过怀玉已经很高兴了,她从来没有一次性赚那么多钱。

打完电话,她一脸欣喜地看着张导,张导笑了笑,对她说道:"加油哦,怀玉,我看好你哟!"

怀玉喜得连连点头。

下班后,怀玉就如离弦之箭,火速回家了。谢平也刚到家,刚好在自己房里,怀玉笑着关上房门,叫他一声:"老公!"

然后抱着他把这个激动人心的好消息告诉他了。谢平也跟着激动起来,对于小两口来说,十三万绝对是大笔的钱,十三万一辆大众宝来啊,谢平感慨地说:"老婆,还是有文化好啊,十三万我要炒三四年的菜呢。我老婆写一个剧本就赚来了。真后悔当时没读书……"

怀玉怕谢平自卑,就安慰他道:"不要这么说,我就会写文章,就这么一个特长,你也有特长啊。”

谢平就说道:“什么特长?”

怀玉说道:“你是高级厨师。”

谢平就瞅着她,坏笑道:“除此之外,老婆,你没发现我身上还有其他东西特别长吗?”

怀玉哈哈大笑起来,一张脸羞得通红,谢平有心开她玩笑,可见他是一个豁达的男人,不会因为老婆本事大就心里不舒服,她大可放心了。

谢平走过来,抱着她,对她道:“庆贺一下吧。”

怀玉知道他的意思,对他道:“现在吗?晚上吧。”

谢平已经把她的裙子往上推了,将她抵在门板上,说道:“就现在,高兴嘛。”

因为这么一件事情,怀玉对给大姐买房的事改变了态度。她也不是坏人,甚至说是一个很善良的人,之前之所以不同意,是因为她和谢平所有的积蓄都只有五万块,现在有了十三万进账,自然就好办多了。

她知道,按理来说,公婆的房子,他们三姐弟都有份,谢婷婷他们出了嫁妆,那么谢丽要买房,他们支援首付也是合情合理的,如果大姐买了房子,能够搬出去住,她和谢平的生活从此清静,那这五万块又算得了什么?

所以怀玉改变了想法。

晚上和谢平商量了一下,说出了自己的打算,谢平没说话,却微微笑了笑,更紧地把她抱在怀里了。

第二天吃晚饭时,便把这个决定告诉了全家人,公婆和谢丽自然都很高兴,怀玉取出五万块钱给了大姐。因为是当着公婆的面,相信大家都清楚,她这五万是换大姐离开这个家的,换这套老房子的归属权的,所以也没有多说什么。

谢丽在这一瞬间,突然觉得以前太对不住怀玉,对怀玉生了愧疚之心,主动说:“这钱算姐借你的,我给你打借条吧。”

也不等众人发话,“刷刷”打了借条落了自己的签名,塞到她弟谢平手里。她毕竟是传统的女人,从小到大受的教育就是娘家的产业是弟弟的,女儿嫁出去,娘家给了多少嫁妆就是多少,以后娘家的一针一线都不能拿,所以怀玉能支持她首付,她就很感激了。其实,谢丽本质上是一个很重感情不世俗不现实的好女人。当时谢家老人提出要把房子给怀玉谢平,也是知会了谢丽的,谢丽当时刚从国企辞职出来,大伟的景况也比现在要好,谢丽自己开了一个服装店,在下九路生意火爆,那时候房价也不高,她想着爸妈要把房子给弟弟就给吧,她生意好,房价不高,靠自己也能买得起房子。只是人算不如天算,世事不尽如人意,才有了后来的故事。不过现在也好了,她总算又能买上房子了,看到到手的首付,谢丽也就大度起来,这五万块钱,她不白要,以后一定还。

凑够了首付,谢丽原本还想向谢婷婷借一点的,首付不嫌多,首付多一点,房贷少一些,利息自然也会少了,人会轻松许多,欠亲朋钱自然好过借银行钱,只可惜谢婷婷辞职后一直没有收入,因为她姐买房子的事和公婆关系又僵了僵,所以不敢再开口向老公以及公婆借钱,谢丽也知道她妹妹为难,借钱的事提了一次,见她妹妹没反应,之后也没再提起。

无论如何,首付是够了。有了首付,谢丽和张大伟接着就去看了房子,在左璠的带领下。对于谢家人,左璠虽然有点烦这些穷亲戚,可是看在谢婷婷面子上也没有办法,婷婷刚生产,生了一对双胞胎女儿,孩子健康漂亮,左家上下都是喜气洋洋的,所以谢丽现在要看房,左璠就亲自出马了。

谢婷婷生了一对双胞胎女儿,许佳仪高兴得合不拢嘴,因为爱之至深,所以给孙女取名字也极为慎重,一慎重反倒一时决定不下。

可孩子总得有个名,左璠在一旁笑道:“我看小名就叫 2009 和 2010 吧。”

许佳仪白了一眼儿子,对他说道:“怎么用年份做女儿小名?”

谢婷婷也很奇怪,嗔了老公一眼。

左璠笑道:“妈,这小名我想了很久啦,自从知道是双胞胎女儿后,我就在想了。我这么取小名是有道理的,第一,这两个年份刚好是我和婷婷相识相恋结婚的年份,我们 2009 年认识,2010 年结婚。此外,两个相邻的年份,看起来十分相像,又有一点点区别,而且紧密相连,不也像双胞胎吗?”

许佳仪就笑了起来,左国忠也笑了,对他们道:“儿子这小名取得不错,小名嘛,他们高兴就好。”

谢婷婷在一旁听着,内心感动,对左璠也投过去欣赏的眼神,真想学着小品里说一句:“哎呀,老公,你真是太有才了。”

所以两个双胞胎女儿的小名就叫 2009 和 2010。

谢丽是只要有属于自己的房子就行了,至于大小、朝向、小区绿化她都无所谓,便宜就行,所以很快就定下来了,交了两万块订金,等着三个月后,签购房合同。

如今确定要买房了，自然更不会在此时此刻从娘家搬走，谢丽对怀玉说道："怀玉，姐和姐夫现在买房了，那房子是现房，我们也没钱装修。我们签了合同就搬进去。所以现在在娘家还住住，不用多久。"

怀玉还能说什么？到了后来，她还真没指望大姑一家有一天会真搬走，所以听到谢丽这么一说，她也只是回了一个笑容。

但是后来三个月却发生了很多事，谢丽的买房大计还是泡汤了。

三个月没过完，谢婷婷哭着回来了，抱着几个月的双胞胎女儿。原因是她发现她的婚房房产证上没有她的名字！

房产证上的名字

谢婷婷回到娘家后没开口说半句话,一个人抱着孩子在那里默默垂泪。一家人都屏气息声地或坐或站地围着她,谁也不敢先开腔。

怀玉注视着小姑子,现在的小姑子和出嫁前的小姑子简直判若两人。谢婷婷也还是美的,可是生产后的女人,就像腌过的“雪里红”,脱了水的,不要想着能恢复回年轻未嫁时的光亮水嫩。

谢婷婷今天穿得很家常,说家常其实是客气,自从生产后,谢婷婷就好像变了一个人,不怎么爱收拾了。以前是清汤挂面的长发,婚后烫了一个卷发。卷发这东西就是这样的,你会打理,它可以让整个人看起来更时尚更精致,但是如果你不会打理,那简直就是灾难。谢婷婷的卷发没有打理,随便用一根头绳束在脑后,也许几天没有洗头了,头发一缕一缕粘在一起,远看过去,就像一张破草席子。

怀玉没有说话,公婆都在,轮不到她张嘴说话。她想着昨天听到的好消息,她的事业无论如何是处在上升期了,刚以为好日子就要来了,小姑嫁到好人家,大姑马上能买到房子搬出去,她的事业上升,可是没想到小姑却哭着回来了。怀玉有些不安,可是因为昨天实在太快乐,所以她还是内心安稳的,对于掉眼泪的小姑,还抱着同情之心。

“婷婷,你到底是怎么了?”老人看到心爱的小女儿哭得如此伤心,终于忍不住开口了。谢婷婷抬着眼睛看她母亲一眼,她的大眼睛红红的,面色过于苍白,看起来楚楚可怜,十分无助,大家一看到她如此神情,不由越发担心她了。谢婷婷只是怔怔地朝大家看了一眼,嘴唇动了一动,最终却什么也没说,依旧低着头哭去了。

其实,她真是傻,她早就应该起疑心了。她很后悔,当时为什么没有坚持陪着左璠一起去房产局签购房合同。她相信了他,她傻啊,他们左家却合伙来欺负她。她还奇怪呢，结婚这一年，左璠在她面前从来不提房子的事，她几次三番说想看一下购房合同，左璠就总是和她说不在他手里，在房产商那里还没办好相关手续，她后来又说什么时候办房产证，左璠又说房产证还没办下来。直到昨天，她无意翻到购房合同看到房产证，购房合同签字一栏，赫然写着她公婆以及老公的名字，独独没有她的名字，房产证她老公是产权人，公婆是共有人，三个证，他们都有份，独独没有她的。

她这才知道，这一年来，就只有她一个人蒙在鼓里，她一个人，被左家全家人戏弄了。

谢婷婷十分伤心，她只觉得自己好委屈，嫁给这个男人，为他生儿育女，他们家再有钱她也挨不到边，平时小心侍候老人，对他照顾体贴，受尽生产之苦，可他呢，却在这么大的事情上瞒着她。

谢婷婷想到这里，又一阵委屈，哭出声来。

老头子看到小女儿抱着两个孩子回来，神情憔悴，哭哭啼啼，就心情很不愉快了，从前的情景浮现在他心头，谢丽半夜三更哭着回娘家说张大伟打了她的情景又在老头子心上晃，他害怕小女儿和大女儿同样的命运。谢丽自从那次住回娘家来，一直在家里住下来了，他们谢家等于招了张大伟这个上门女婿，老头平时出门，都是十分快乐的，对人也和气，为人亲切，十分受人欢迎，可是只要别人一提到张大伟，他就好比被别人掐了命门，十分的不痛快，这些话，为了谢丽着想，心疼女儿，他一直没有说出来过。

谢丽一直是他一块心病，自从谢婷婷嫁给左家后，他快乐了不少，想着两个女儿，总算有一个嫁得好的，不让他操心的。可是如今连婷婷也抱着孩子哭着回来了，如今的情形和几年前谢丽的情形重叠在一起，锥子一样扎着他的心，老头子无法不担心啊。

看到小女儿仍旧在那里一个人压抑地哭着，老头子重重叹口气，拍了拍裤管，对她说道："婷婷，到底什么事？说出来吧。"

老太太这时候也附和说道："什么事？说出来就没事了，夫妻打架是常情，床头打架床尾合，你和左璠好好去说说，就没事了。"

谢婷婷这时候抬起头来，泪花闪现，她出声道："爸、妈，这次不是小事，是大事！"她说到这里，索性放声大哭起来，怀中原本睡着的孩子受了惊，开始哇哇大声，一时间大人哭小人哭好不热闹。

"宝宝是不是饿了？"怀玉婆婆叹口气，从婷婷手中接过孩子，老头子也抱了一下，虽然还只有几个月大，可已能看出是美人胚子，都像极了谢婷婷。

谢婷婷含着泪找出孩子奶瓶，又找出奶粉，在母亲的帮助下给她们冲了奶粉，老人替她喂着孩子，孩子才慢慢止住了哭声。

谢丽也一直在一旁看着，看到妹妹随手拎了一个大包回来，里面自己的衣服、小孩的奶粉尿片一应俱全，想来是要回家长住的，谢丽一颗心不由吊了起来，想着她的房子，她的房子不会有事吧？他们夫妻吵架，婷婷又说得那么严重，不会真有什么事吧？谢丽十分焦虑，张嘴道："你到底什么事说啊，一家人都在为你着想，你说出来我们也给你合计合计，你不说出来我们怎么知道？"

谢婷婷抬起头看了看她姐，眼泪再次刷地流了下来，对他们沙哑着声音说道："当时婚房那购房合同上，我没有签字。"

怀玉这时候为了安慰小姑子，出声道："婷婷，婚后的财产，没有签字，你也有一半的。"

老头这时候也说道："是啊，怀玉说得没错，你不要瞎想。"

婷婷却苦笑了一下，对怀玉说道："嫂子，说是这么说，可是购房合同上签了三个人的名字，有左璠的，有我公婆的，独独没有我的。"

怀玉听得吃了一惊，心想好厉害的左家，居然当年神不知鬼不觉地摆了这么一道，怪不得婷婷哭得如此伤心。

婆婆听到这里一张脸也黑了，简直黑如锅底，她怒道："岂有此理，左家太无理了，我们当年相信他们，没想到被他们这么害了！婷婷，不行，绝对不行，这房产证上一定要有你的名字。"

谢平这时候说道："妈，你不要这样说，事情还不嫌多吗？据我了解，就算他们左家在购房合同上签了三个人的名字，婷婷也有产权的，虽说没有一半，但也还是有的。"

谢婷婷说道："房产证上没有我的名字，哥，你知道以后会怎么样吗？我现在都查清楚了，我们家无权无势，我公婆一个法院一个房管局，我和左璠以后要有一个三长两短，闹到离婚的地步，房产证上没有我的名字，这房子要卖掉，根本不用知会我，他们只需找一个女人冒充我就行了，根本不用我签字他们就能把房子卖掉。"

谢婷婷声音尖锐起来，好像在她面前的不是她哥谢平，而是左璠，她之前也是和左璠这么吵架的，左璠说她无理取闹，她就自己收拾了行李，抱着两个小孩回娘家了。

谢平看到妹妹如此神情，便对她说道："你也不要难过，这事情也还可以补救，我看你和左璠平时相处得也不错，没见你们吵过，这房子你和左璠去商量一下，叫他在房产证上补一个名字就行了。”

怀玉看了一眼谢平，心里对老公有了欣赏之情，怀玉也附和谢平说道：“婷婷，你哥说得没错，这房产证上的名字是可以补的，你和左璠回头好好商量一下，就能把名字补上了，不要那么难过，这只是小事，很容易解决的。”

谢婷婷才抬起头来，神情没有先前那么气愤害怕了，她变得将信将疑，好半天才嗫嚅说道：“我气愤是当年他瞒了我，他居然瞒了我这么久，我替他生孩子带孩子……”

怀玉在心里摇了摇头，有些话不能当面对着小姑子说，可是她心里也是有想法的，婷婷怎么能认为生孩子就是替左家生呢，这孩子也是她的啊。抱着嫁汉穿衣吃饭把自己当生产机器的女人，就像水上的浮萍，自己立不起来的藤蔓，最后吃苦的是她们自己。

可是知道这话说出来要得罪人，怀玉便没有说了。

公公看到儿子儿媳都这么说了，想来错不了，便对婷婷说道：“好了，不要哭了，你嫂子说得没错，这事和左璠商量一下就行了，你们平时感情挺好的，左璠这孩子不错，稳定又肯上进，你现在也当妈了，不要动不动就冲回娘家，害我和你妈担心。”

谢婷婷被她爸这么一说，也有几分后悔，现在如果左璠一个电话打过来，可能她又立马回去了，只可惜手机很安静。

谢丽在买房这个节骨眼上，也非常害怕他们小两口吵架出事，所以也附和说道：“婷婷，姐也知道一些的，谢平和怀玉说得没错，这房产证上的名字是可以加的。你和左璠去商量一下，让他给你把名字加上，只要加上名字了，你刚才的顾虑完全是多余的，他们再怎么样，也不敢瞒着你卖掉房子。”

谢婷婷心里安稳了一些，看到孩子睡了，她便从她母亲手里抱过孩子。

一家人看到她收了眼泪，总算松了一口气。

老太太看了看外面的天色，已经很晚了，再说女儿赌气冲回娘家，按理说，一定要男方家来接才能回去的，哪能当天冲回娘家当天自己又回去？所以老人就说道：“今天你就住在家里吧。”怕小女婿明天不来接，又补充说道，“在家里住几天，平时你又不肯回来住。小志，和你爸妈睡一房去，婷婷，我现在给你收拾去，你带着孩子还是睡你从前的房间吧。”

老人拎着小女儿的行李给她收拾房间去了。

谢婷婷抱着两个孩子跟在她母亲后面，一个人抱着两个孩子，手臂都酸麻了，当时也不知怎么的,想着要离开,就一定要带着两个孩子走,她自从结婚后就一直没工作,一直围着两个宝贝转,对两个孩子的爱那简直就是比海还要深。

想着她结婚后,和左瑶感情一直不错,左瑶有时候开玩笑说她现实,为了证明她不曾想过他们家的钱财,只是要半间房子做个保障,所以对于婆家真是十分的尽心尽力,她照顾老公,侍奉公婆,逢年过节,公婆的礼物都要想到,对自己亲生的爸妈却从来没有这样孝顺过,每次过节,端午、中秋、春节,哪一次不是和公婆过的,这样婆家热闹了,娘家呢,她总是安慰自己,娘家地方小,大姐哥哥嫂子都在,想来不寂寞,可是自己也是想家的啊。

她母亲有时候说她嫁到好人家,远走高飞,鸟儿飞上高枝头,忘了娘家了,她当时也不在意,现在想来,对于爸妈还是很不孝的。

如今到了这份上,才知道,任何时候,哪怕嫁出去,能收容她的也只有娘家啊,天下对自己真心,永远不离不弃的也只有亲爱的爸妈。谁言寸草心,报得三春晖。

看到年迈的母亲还在弯着腰替她收拾着房间,婷婷的眼眶止不住又热起来,她站在老人背后,抱着孩子,对她说道:“妈,你说,左瑶会同意吗?”

其实对于左瑶会不会同意在房产证上补上她谢婷婷的名字,她现在也没有把握了,她现在已经结婚一年,生过孩子,再也不是婚前那个明媚光鲜的年轻女子,她现在和左瑶都只不过是一周才亲热一次,他对她好像没当初那么热情了。自从生了孩子后,他好像就对她不是特别感兴趣了,而她也是,每次亲热,都担心生过孩子,下面不再紧实,两个人的做爱次数倒是越来越少,间隔时间越来越长了。女人把性和感情是看成一体的,左瑶的冷淡,让婷婷很不安。所以谢婷婷对于左瑶会不会给她贴上名字,真的没有把握。

老太太这时候直起身来,对她说道:“他敢不添,不添你就跟他闹,孩子都生了,他又不是不懂事理的人。”

谢婷婷便没有吭声,心里却仍然七上八下。

这样小姑子就在娘家住下来了。起初怀玉也没在意,夫妻吵架嘛,两个人过一辈子,哪能没一点事?磕磕碰碰总会有的,而且婷婷不是谢丽。谢丽嫁的是张大伟,没钱租房子的那种男人,所以只能长住娘家,婷婷嫁的可是有钱人家,左家现在在广州老房婚房都随便她住了,家里有保姆,出门有车,她肯定不会长期住在娘家的,而且这事情也不算大,虽说左家做得是过了一点,但是但凡有点脑子的女人,都会审时度势,只要左璠肯让一下步，两个人回头又是恩爱夫妻，所以当天谢婷婷抱着两个双胞胎女儿哭着回来，怀玉也只当是小夫妻偶尔吵吵架，她回娘家住两天。小姑平时没时间回来住，现在住一两天也正常。

可是婷婷的两个孩子太爱闹了，深更半夜，也在那里哭嚎着，婆婆也跟着起来了，她和婷婷一人抱了一个，在房间里走来走去地哄着，怀玉不可能不被吵醒，睁着眼到天亮。

第二天，左璠没有来接婷婷，所以她继续住在娘家。

第三天，也是如此。

谢婷婷心里十分的焦虑，带着孩子住在娘家狭小的房间里，太小了，简直就是蜂巢，她从小到大住着不觉得，自从嫁到左家，住上复式房子后，回到娘家才发现房子小。

她对于自己家的房子充满了想念，可是左璠没来接她，她怎么能回去？她回去是要向他提要求的，他不主动来找她，她又如何提条件，难道她自己抱着孩子跑回去，然后低声下气说："请你在房产证上补上我的名字吧。"说得过去吗？左家会肯吗？

谢婷婷这一点还是懂的。

所以谢家的生活，因为谢婷婷带着两个孩子的到来又开始鸡飞狗跳了。

现在，怀玉一家三口，公婆两个，谢平一家三口，再加上婷婷带着两个孩子，一共是十一个人了，其中有四个孩子，三岁多的，十多岁的，几个月大的；男孩，女孩，双胞胎，吵闹，哭嚎，怀玉现在每天回去就像回到战场。

而且，江山易改，本性难移。谢丽一家长期住下来，从前那些不爱干净，不打扫卫生，爱占小便宜的毛病，随着时月推移，依然未改。

谢丽仍然爱占小便宜，怀玉买的东西都是照吃照拿，谢平每次出门的时候，谢丽总是准时开口："谢平，给我带份肠粉回来。""谢平，给小志买份早餐回来。"几块十几块的，也要占他们的便宜，谢平费时费力带回来，亲姐弟自然不用说谢了，钱自然也是没有的。

张大伟也仍然不注意卫生。有时候喝醉了酒，一晚上几次去卫生间撒尿，醉醺醺的，马桶圈都不揭，直接掀马桶盖就撒了，怀玉有时候进去，刚要上厕所，就看到马桶圈上面一点点的黄色水滴，全是尿！怀玉有时候只觉得张大伟那样的男人简直就不可理喻，大姑姐当年到底爱他什么？

两姐妹自然仍然不做家务了。谢丽是习惯了，谢婷婷以前没嫁时，什么事也不干的,现在想干也干不了,两个双胞胎女儿正是需要照顾的时候,她光两个孩子都忙不过来。

再说,她有时间,她也不会做家务,她要上网。

谢家,谢丽和张大伟都是七零后,对于上网不感兴趣,所以喜欢在怀玉客厅看电视,小志是喜欢上网的,不过谢丽自身人生灰暗,寄希望于儿子,对儿子的学业管教很严,不许他上网,所以怀玉房间的两台电脑,平时除了他们小两口倒没人动过。

但是自从小姑子回来就不一样了。

有一天晚上,吃完饭,怀玉在婆婆那边的厨房洗碗,小姑子隔着房间对她喊道:“嫂子,我想上一下网,我用一下你电脑好吧?”怀玉愣了一下,还能说什么?便立马用热情的语气回道:“去用吧,没有密码!”

因为自家的电脑,关机开机他们都没设密码。

谢婷婷就把孩子交给自己的爸妈带,然后自己去怀玉房间上网了。因为左璠今天没有来电话,谢婷婷一颗心不由得十分慌乱,她已经将近一年没工作了,现在就想着出去找份工作做,一个人脱离社会太久,就总是有恐慌感,这种恐慌感想要消除的话,唯一的办法就是再回到社会。

谢婷婷去他们房间上网了,怀玉一颗心却不安起来。担心着电脑里面谢平下的“爱情动作片”给谢婷婷看到了。他们小两口平时为了情调也会在网上下载一些“爱情动作片”看看,日本的、美国的都有,说起小泽玛丽亚,怀玉也是认识的。

这种事,小夫妻两口子关起房间看看学学也无所谓,丰富生活,增添情调,各自娱乐身心,这些事,怀玉大学没接触过,倒是谢平自学成才,听说她一直没看过名副其实的爱情动作片,便一口气到网上去学着下载了。谢平学习很快,唯一的障碍就是去国外的站点下美国片时,看不懂全英文网站,还好有怀玉帮忙,怀玉工作后,大学学过的英语六级工作中没用上,结果在这个时候大派用场,她告诉谢平,哪些是“野战”哪些是“室内”,两人齐心合力,一口气下了很多。

平时想起来偶尔看看,通常看到一半,就任电脑开着,他们自己实战了。

如今谢婷婷要用电脑,怀玉一颗心就忐忑不安起来,如果让小姑子谢婷婷看到了,会不会笑掉大牙?

怀玉想到这里,便出声叫了一声:“谢平。”谢平也在餐厅里打扫卫生,因为现在家里人实在太多了,怀玉一个人做家务真的太累,所以谢平现在帮她做家务也是常事,老人现在看得多了,还说儿子懂事孝顺了。

谢平应着怀玉的声音进厨房了,怀玉一边洗碗一边悄声说道:“婷婷去我们房间上网了,你那些红头文件藏起来没有?”谢平给那些爱情动作片取了一个名,叫做“红头文件”。他们平时要看了,就说把红头文件拿出来学习学习。

“没藏。”谢平笑着看着怀玉,看她紧张觉得蛮好玩的,怀玉立马说道:“哎呀,怎么办?让她看到多不好呀,谢平,你快去一下。”

谢平就笑了笑,说道:“算了吧,现在去也迟了,她要看也看到了。没什么。”

怀玉也只能笑笑,心里却仍然担心,想着一会把那些红头文件尽快转移到她的手提电脑上去,手提无论如何不会给别人用的。

怀玉做好事回她房间去的时候,谢婷婷还坐在那里上网,怀玉走过去,对她笑道:“在做什么?”谢婷婷便立马站起来,说道:“无聊,随便上网看看。”怀玉瞅了一眼,发现她在百度搜索里也是在搜“房产证上没有老婆名字”,知道她还在操心这件事情,便也不好多说什么。

谢婷婷说道:“嫂子,我想上网找工作,以后可能要经常用到你电脑了。”

怀玉就立马说道:“没关系没关系,你用吧。”

谢婷婷看时间也晚了,谢平这时也进了房,她一个人再待在他们夫妻睡房里不方便,便也识趣地出去了。

等谢婷婷走后,怀玉快速地看了一下那些红头文件,结果发现前五分钟有浏览的痕迹,而且他们电脑里几乎所有的盘、文件、照片,全部被谢婷婷打开过,这种感觉,就好像自己的家被人洗劫了。怀玉在电脑上存了很多东西,她写的剧本,她拍的艺术照、婚纱照、平时的生活照,还有谢平给她写的电子情书,全部被打开浏览过!

怀玉就不乐意了,想着这小姑子怎么这么不懂事呢?现在电脑就跟从前的日记本一样,也是个人隐私,让你上网不是让你随便乱翻啊。

谢平走过来,怀玉便把这事对他说了,谢平一时也不知说什么好。

怀玉想了想,说道:“谢平,这样吧,把你这台台式机送到婷婷房间去吧,给她把网线扯过去,她要上网找工作,她喜欢上网,天天进我们房间也不自在。”

谢平就说好,笑道:“我以后只能拿你手提玩游戏了。”

怀玉笑了笑,把重要的东西都从台式机上拷到她的手提里面,然后两个人把台式机抬到谢婷婷房间了,只说是给她上网找工作,谢婷婷本来在她哥哥嫂子睡房上网就不自在，白天他们上班关了房间，她想上网也进不去，所以看到他们把电脑送到她房间来了，她也还是很高兴的，对哥哥嫂子连声说谢。

左家的态度

谢婷婷抱着孩子跑回娘家，许佳仪起初也没说什么，想着可能是他们小夫妻吵架了。没了两个双胞胎宝贝成天哭闹，许家冷清寂寞了许多。虽然说是两个女孩儿，可是长得漂亮，再加上是双胞胎。双胞胎多么惹人喜爱啊，相像得就像一对棉桃、枝上的并蒂花，又是刚做爷爷奶奶，许佳仪和左国忠对这两个孙女还是十分惦念的。

左璠心情也不好，谢婷婷和他大吵，含着泪抱着孩子离去，这个景象总在他眼前晃动，结婚这一年来，当时购房合同上瞒着她一家人签字，就好像他开启了一辆失了火急驰而来的油罐车，出事是迟早的。

谢婷婷发现的这一天，就是爆发之日，左璠一直担着心的，如今她终于发现了，提出来和他大吵，他却又无所适从了。

所以，这几天，思绪混乱的左璠心情不好，成天低着头垂着一颗脑袋进出家门，也不爱说话，通常都是和父母打声招呼就进房，闷闷不乐的。

这样的日子过了几天，一天晚上，许佳仪看到儿子又低着头进房了，便放下碗筷，看了看儿子的背影，对身旁的左国忠说道："他们吵架了吗？"

左国忠摇了摇头，说道："不知道，婷婷回娘家几天了吧。"

许佳仪便叹口气，叫张妈把餐桌收拾了，两口子起身到了客厅，许佳仪走到儿子门口，对里面说道："璠儿，出来一下。"

左璠也知道他父母终究有话要说的，所以也就默默地出来了。

左璠坐在他父母对面，许佳仪看了儿子一眼，对他说道："你和婷婷吵架了？"

左璠低声应着是。

许佳仪继续问道："为了什么事吵架？"

左璠从小就是老实规矩的孩子，唯父母命是从，所以也没想着再瞒下去，他抬起头来，看了看两位老人，两只手互握在一起，出声道："爸，妈，婷婷看了购房合同，她知道了房产证上没有她的名字。"

许佳仪"哦"了一声，意料之中，又是情理之外。她慢慢喝了一口茶水，没有吭声。

左璠继续絮絮地说道："她很生气，说我当年瞒着她，我们左家全家人的名字都写了，独独没写她的，所以那天和我吵了一架，这几天大概一直住在娘家吧。"

许佳仪没有吭声，到嘴的话又没有说出来。和儿子说什么？又有什么好说的？她不是不识大体没见过世面的农村婆婆，在儿子面前说媳妇的坏话，只会把儿子推得更远，她不会这么做。

其实对于谢婷婷，许佳仪自始至终一直没满意过，以前有种纳鞋底的针法，叫做"错到底"，用它来形容谢婷婷也不错。

对于谢婷婷，许佳仪从第一眼就没中意过，有些人，一开始相处不来，到后面倒是能发现彼此的好，可是很不幸，这种美好的事没有发生在这对婆媳身上。

再接下来，结婚要买婚房，家里大房子她不肯住，一定要买独立的婚房，说要过二人世界，不买婚房就不结婚，许佳仪那时候就不中意了，这女孩，嫁人还是嫁房子呢？只可惜儿子软骨头不争气，爱她爱得贱贱的，又是醉酒又是出车祸，她心疼儿子，只能答应给他们买婚房，婚姻是两家人的事，买婚房她答应出钱，但你们谢家也要出一部分啊，回过来的话却是没钱，许佳仪真是气得够呛，没钱还要买婚房，最后还要闹到房产证上一定要有自己的名字，说得过去吗？

结婚的时候，他们左家准备车子房子出装修贷款，他们谢家出了什么？就出了家电！穷得嫁女儿都舍不得备一份丰厚的嫁妆，理由就是他们谢家没钱。这年头，没钱还有理了？人穷都是有原因的，不能成为你理直气壮巧取豪夺的理由。

婚后呢，左国忠说"高门嫁女，低门娶妇"，老祖宗几千年的智慧错不了，许佳仪一辈子欣赏敬慕自己的老伴，但这一次，她却几次三番说他大错特错了，左国忠笑而不语，许佳仪对他说："我这样说是有理由的，国忠，时代变了，老祖宗的古训我们现在拿来遵守就是笑话，古代为什么低门娶妇，那是因为小门小户出来的女孩子，知道恭谨孝顺，识得大体，懂得规矩，现在的女孩呢？现在反正家家饿不死，饿不死的情况下，生下来的儿子都是当成公子小姐养着的，没钱也养大一个千金小姐，她们知道恭谨孝顺、知书达理为何物吗？不会，她们只会伸着手向你要，还理直气壮。"

左国忠就笑着安慰她："好啦，娶都娶回来了，儿子也幸福，孩子也生了，你还计较什么？"

许佳仪也只能不再说什么。

可是婚后，她这个做婆婆的也一样受气啊。刚结婚，就主动提出来，要给她姐姐买房，要她帮忙。她们两姐妹果然是一个娘胎生来的，谢丽没钱没工作，还想着买房子，许佳仪那次险些气死过去。再后来呢，儿媳妇怀孕了，售楼小姐的工作不做了，她说托关系给她找个轻松的工作，谢婷婷却吃不得苦，因为怀孕的前三个月，天天上吐下泻，根本就坐不了办公室，到了四五个月，肚子吹气似的特别大，后来才知道是双胞胎，谢婷婷不肯再出去做事，就一直在家里待产。

这样，他们左家娶了这个儿媳妇后，等于是请了一尊菩萨供在家里，她做婆婆的还没退休，天天在外面上班，儿媳妇却闲在家里了。

看在孙子份上她也不说什么，可是结果生的又是孙女，还是双胞胎。他们都是公务员，这辈子眼看着左家无后，这香火是续存不下去了。

所以说，许佳仪对于谢婷婷是一个不满跟着一个不满，一个失望接着一个失望，其间因为婷婷的努力，许佳仪也有过偶尔的感动，可是那些感动，在她一出一出做出来的事情面前，简直就是沧海一粟，比羽毛还轻。

许佳仪对谢婷婷的不满滚雪球一样越滚越大，直到她生出女儿，她几乎崩溃了，她对这个儿媳的不满就像火山岩浆，不停地在内心涌动着，拼命想找个突破口喷发出来。如果不是一辈子的涵养在那里，她早将她扫地出门了。

现在倒好，她倒是自己闹起来了。房子首付一分也没出，贷款也全是左璠还的，婚后都没工作了，她好意思为这个大吵？凭什么？

许佳仪在心里给谢婷婷评价，这女人太过现实，太过无耻。她看着面前的儿子，有时候她真想掰开儿子的脑袋看看，看看他的脑袋瓜里到底想些什么，为什么这么中意一个如此现实又不懂事的女人。

可是看着儿子仍然闷闷不乐的样子，许佳仪知道自己不能发火，不能在儿子面前说儿媳的坏话，做婆婆的，哪能儿子和儿媳吵一下架，出点事，就挑拨离间？所以她想了想，出声道："璠儿，你老婆回娘家，肯定想着老公去接回来的，我看婷婷也回去几天了，你明天就去接她回家吧。"

左璠抬起头来，看了看母亲，许佳仪嘴唇动了动，到最后，还是什么话也没说。左璠便点点头,回自己房去了。

第二天晚上下班,他便开车去接谢婷婷母女了。

为了让她有个心理准备,下午要下班的时候,他主动给谢婷婷打了一个电话,谢婷婷看到那手机上跳动着的号码,心情也有几分怅惘,在娘家无所事事地待了几天,如今他终于肯打电话给她了,她想着恋爱的时候,他哪会隔这么久才给她打电话,通常她只要表示她生气了,他立马围着她哄个不停,谢婷婷感慨着这女人婚后和婚前不能比,男人把你娶到手就不珍惜了。她十分后悔当年签购房合同的时候没有跟着去,如果跟着去了,她肯定不会让公婆在上面签字,如果跟着去了,她肯定会在合同上落上自己的名字,这房子就是她和左璠的,没有公婆的份,可是一切只是假如,婚姻是开弓没有回头箭,她不可能回到从前。

所以从前犯下的错,只能现在来弥补,但愿来得及。

看到左璠给她打电话,虽然感叹,可这电话毕竟打来了,谢婷婷还是感到很安慰的,也就是说,无论如何,他主动给她打电话了,在左璠的心里,还是有她和孩子的。

谢婷婷沉吟两三分钟,终于接起了电话,也不说话,在电话这端静默着,左璠笑了笑,对她说道:“婷婷,我下班去你家,接你回家。”

谢婷婷也只是“嗯”了一声,等着左璠道歉。

左璠这一年来,又是结婚,又是做爸爸的,人也成熟不少。对于所有男人来说,再漂亮的女人娶了回来,都感觉有些异样,分量轻了似的,没有先前那样珍之重之了,男人和女人在一起久了,婚后的生活,天仙一样的老婆,看久了,和嫫母也没什么区别,好看也罢丑陋也罢,握着老婆的手,都是左手拉右手。

以前对谢婷婷,左璠是把她放在水晶瓶里,托在手心仰头看的,现在呢?结了婚,一个男人对自家老婆的爱,也只是一份打了折扣的爱。

左璠只是看了看时间,便对婷婷道:“那说好了,我晚上过来接你。”

也不待她回答,就挂了电话。听着电话里面“嘟——嘟——”的声音,谢婷婷倒是怔了怔,想着左璠真的变了,他再也不是从前那个把她当公主一样疼着爱着的左璠了,谢婷婷一颗心不由得慌慌的,她害怕接下来的这一场战争会打得相当艰苦,最后的结果只怕是担雪塞井,徒劳无功。

她当年多么明智啊,谢婷婷回想起婚前的生活,她结婚要房的决定,她现在也觉得是明智的,只是智者千虑必有一失,最后领了结婚证,签购房合同时却因为被胜利冲昏了头脑,再加上怀孕恶心没有去签字,才导致现在要再次为婚房而战。

可是现在也还来得及的。她刚刚和他结婚,一年左右,刚给他生下一对双胞胎女儿,两个女儿健康漂亮,活泼可爱,而她本人,也还年轻漂亮,虽然没了少女时代那样的活力四射,可是比起婚前,也多了妩媚和温柔,她比起婚前,应该更有信心才是。

谢婷婷在自己房间走来走去,她心里想着,现在不提出来在房产证上加上自己的名字,以后还有机会吗?以后年老色衰,人老珠黄的时候,你再向他提出在房产证上加上自己的名字,怎么可能?可能男人对你还不如现在。不是可能,是肯定的。

谢婷婷坚定了决心,那就是无论如何一定要在房产证上加上自己的名字。

算算左璠来接她的时间,她收拾了一下自己。她也想着刚开始要懂事,要和风细雨的,最好是和平解决,任何男人都不喜欢看到自己温柔漂亮的妻子变成泼妇,所以谢婷婷也想着和左璠好好商量一下,如果温声缓语的能让他在房产证上加上自己的名字,兵不血刃就能胜利,何乐而不为?

所以她去了厨房,这时候怀玉也回来了。谢丽不去卖章鱼小丸子了,这两天也待在家里无所事事,张大伟还没有下班,谢婷婷走到厨房,故意提高了音量说道:“爸,妈,左璠晚上过来吃饭,你们多做几个菜。”

她也是说给全家人听的。一家人果然都震了震,公婆先是没吭声,然后脸上就有了笑容,说道:“好,好,知道了。”

嫁出去的女儿长住在娘家,又是和夫家吵架回来的,住在娘家的每一天,父母的心都像油煎一样的,特别是小家碧玉嫁到富贵人家,总是低声下气,担着一颗心,怕这婚事有变故。

谢婷婷根本不知道她在家这几天,她年迈的父母内心有着多大的负担,现在听到她这么一说,左璠来接她了,立马身上一轻,浑身自在了。

谢丽也很高兴,左璠来接谢婷婷,说明他们小两口合好了,他们小两口合好,意味着她的买房行动可以继续进行下去,所以谢丽走上前来,对谢婷婷说道:“看来左璠对你不错啊,两人吵架,女的回娘家,男的肯来接,说明他心里有你,肯认错了。”

谢婷婷就低着头轻轻笑笑,等于接受了谢丽的肯定,谢丽笑着看了看她爸妈,向老人叮嘱道:“爸,妈,特别是你,妈,一会左璠来了,你不要说什么,我们还是热情招待,女婿半个儿么,他们小两口吵架,现在左璠来接说明没事了,我们就不要跟着瞎掺和了,你也不要多问什么,左璠来接,说明他认错了。”

怀玉和谢平其实也担心老人多嘴，特别是老太太，怀玉听到谢丽这么一说，倒是用异样的眼神看了一眼谢丽，想着这个大姑子今天倒玲珑了许多。

怀玉公公瞪了大女儿一眼，对她说道："我活了一辈子，这种做人的规矩还不懂？我对张大伟这么不中意，我有当着他的面说过半个不字吗？"

谢丽就有点讪讪地，解释地说道："爸，不是说你，我只是担心妈护女心切，说错话。"

老太太这时候扬起脸来，担心地看着婷婷，对她说道："婷婷，只是你房产证的事，妈不说，你自己能解决吗？"

谢婷婷心中一暖，知道她姐这么说话，其实是十分担心她自己买房的事出了幺娥子，也是抱着私心的，这一家人，各怀鬼胎，说到真心对她的只有她的亲生爸妈，爸爸呢，向来都是不主张她这么现实地处事的，所以就隔了一层。谢婷婷眼睛热热的，如今觉得还是亲娘对自己好，才是真的贴心贴肺，她现在自己做了母亲，有了两个双胞胎女儿，所以对于母爱的伟大，又更深地理解了一层。

她笑着看了一眼母亲，含笑叫了一声妈，低声道："妈，没事的，我想姐也说得没错，你们不要提罢，我和左璠回家后，我和他好好商量，他要是不同意，你们到时再说也不迟。"

老太太就点点头，一颗心却仍然不敢放下，如果左璠不肯在房产证上加上女儿的名字呢？那还不是和大女儿一样，没有房子。嫁到有钱人家又怎么样？一分钱也让你摸不到，她现在只觉得左家真是够无耻够阴险的，这样算计。

一家人刚互相叮嘱完，左璠就来了，大家也就互相看一眼，忙着热情招待左璠去了。左璠在谢家坐下来，大家都感觉怪怪的，左璠脸上的笑容也是僵僵的，其实谢家一家老小，脸上的笑容何尝不是有点僵僵的。

吃饭的时候，左璠自然无心吃饭，只想吃完饭快点走了了事，做女婿的都是这样，婚前到丈母娘家跑得可勤啦，那是要把人家女儿拐走，一旦真拐走了，去丈人家就成了义务，都是老婆催逼着去，自己从来不会主动说要去的，更何况这种小夫妻吵架，男的主动来接老婆的。左璠坐在那里，简直如芒在背，恨不能立马开车走人。

当然，张大伟这种长期住在丈人家，算是上门女婿的除外。

谢婷婷自然也是无心吃饭的，饭匆匆扒了几口，就进自己房间，把自己以及孩子衣物都收拾在一个行李袋里，然后提了出来，左璠看到她提出了行李，也就如释重负地放了碗筷，一家人就回去了。

开车回家的路上，左璠在前面开着车，谢婷婷一手抱着一个孩子，起初不吭声，车子快开到左家的时候，谢婷婷却出声了，声音很暗哑，好像前几天天天哭，把嗓子哭坏了，她哑着嗓子说道："左璠，你听好了，无论如何，我是要在房产证上加上我的名字的。"

左璠一颗心就好像被刺了一下，他没有说话。

谢婷婷见他没有说话，也只能不再说什么，她静默在那里，未来就像一个庞然大物，不知道什么在等着她。她表明了自己斩钉截铁的态度，左璠如果还爱她，他就该行动了。她也知道，话说多了，变成碎碎念，反倒没有好效果。所以她选择沉默。然而这一次的沉默却不像热恋时候要婚房的沉默，这次的沉默带着悲伤，带着绝望和慌乱不安，不像婚前，带着自信和笃定。她这次也是在赌，可是手里的胜算，算来算去，真的是很少。她可能会输，可是她再也输不起了。

左璠在车库里把车子停好，拉开车门，从婷婷怀里抱过大宝2009，婷婷自己抱着二宝2010，左璠又替她拿过行李，一家人就进房了。

许佳仪和左国忠在客厅看电视，知道今天儿媳和孙女要回来，所以两老人也没有早早进自己房间，看到他们走进来，许佳仪便站起来，从婷婷手里接过孩子，对她笑道："回来了？"

活了一辈子的老人，哪能和小辈计较？再说小夫妻吵架，床头打架床尾合。

谢婷婷只得笑着叫了一声："爸、妈。"她其实很不想叫，现在对于公婆，只觉得就像两只老狐狸，他们从一开始就是怀疑她的，设计她的，防着她的。谢婷婷嫁到这个家后，她从来没有感觉到自己被人尊重过。

谢婷婷心里也是有刺的。

许佳仪抱着孩子在沙发上坐下，左璠把行李拿进屋，许佳仪看了几眼孩子，看到谢婷婷还扎手扎脚站在那里，便对她说道："来，坐下来歇会吧。"

许佳仪这个时候和谢婷婷虽然立场相对，在战术上倒是不谋而合的。都想着打和平演变大战，和风细雨里解决这个房产证上要不要名字的问题。无论如何，许佳仪是绝对不会同意在房产证上加上谢婷婷的名字的，但是她也不想一家人为了这事闹起来，她希望谢婷婷在她的劝说下，能自己懂点事，绕过弯子来。谢婷婷也不笨，相信她很快就能明白。

所以许佳仪要谢婷婷在客厅坐下,两婆媳好好聊一聊。

谢婷婷自然也知道公婆肯定有话对她说,而且刚好,她对公婆也有一肚子话要说,婆婆叫她坐下来,明显是要和她长谈,便也努力笑笑,在沙发上坐下来。

孩子虽然小,可是挺重的,许佳仪毕竟上了岁数,平时抱久了就要放下来的,谢婷婷便走到婆婆面前,伸过两只手,对老人说道:“妈,我来抱吧。”

谢婷婷婚后倒是贤惠了许多,对于照顾孩子通过自学,也是上手很快,孩子养这么大,都是她一个人照料的,也很少生病,长得白白胖胖,人参娃娃似的,十分可爱,人人见了都要夸一番的。许佳仪和左国忠,平时周末或者长假没事的时候,最喜欢一人抱着一个孙女,到小区下面或者附近的广场公园去遛遛,因为人人见到他们这对双胞胎孙女都要上来多看几眼,夸几句的:漂亮,好看!而且他们也经常给孩子穿得一模一样,这样总是能吸引更多人的目光,也因此外面更多人夸了,两老人听到这些夸奖,总是乐得合不拢嘴,这是他们现在的生活中最幸福的时光了。

“不用了,你刚回来,坐下来歇着吧,孩子让妈抱,几天没见,奶奶可想你呢。”许佳仪看了看孙女,在她嫩嫩的小脸蛋上亲了一下,孩子黑亮的大眼睛就像黑宝石,定定地瞅着她,谢婷婷便空着两只手在一旁坐下。

许佳仪也不便把话拿出来明讲,只是旁敲侧击,希望婷婷自己明白,她一边哄着孙女一边对儿媳妇说道:“婷婷啊,爸妈年纪大了,这房子啊车子啊,以后都是你和左璠的,你和左璠呢,也有老的一天,这些身外之物以后就都是这大宝二宝的,是不是呢?钱财是身外之物,生不带来,死不带去。”

这是许佳仪的第一个意思,就是告诉谢婷婷,虽然房产证上没有她的名字,可是她是他们左家的儿媳,那么只要他们婚姻幸福,这以后的动产不动产都是她和左璠的,现在实在没必要为了惦记着房产证上这个名字撕破脸皮闹开。许佳仪也是在心里算计得好好的,稍微懂点事的儿媳就能明白她这个意思,她自认论到做婆婆她已经算是很宽容大度的,简直就是海一样的胸襟,既往不咎,好言相劝。

谢婷婷脸上笑笑,心里却冷哼一声,心想着真会说话,当人是傻子,以后都是我们的,是我们的还是左璠一个人的?你们左家的钱都是你们左家的,我谢婷婷一个边角儿都别想啃到,就像我千辛万苦生下孩子,到最后孩子也是你们左家的,跟你们左家姓。现在社会离婚率那么高,她要是不闻不问,忍气吞声,以后她年纪大了,不再吸引人了,左璠在外面寻花问柳,小三儿入侵的时候,亲爱的婆婆,你还敢说,这些动产不动产以后都还是我们的吗？

谢婷婷没吭声。

许佳仪继续进行教育："婷婷，我和你爸年轻的时候，也是一无所有，我们那个年代受过的苦你们这一代的人是不会理解的，后来才慢慢好起来的，我们左家的第一套房子第二套房子你猜都是写的谁的名字，都是你爸的名字！国忠，是不是？"

许佳仪说到这里，笑了起来，左国忠这时候放下报纸，笑了笑，说道："是啊，家里都是你管钱，你才不会在乎房产证上是谁的名字，夫妻之间计较那么多做什么？"

这也是左国忠对儿媳的劝说，真聪明的话，听话听音，肯定一下子就明白了。做人儿媳妇的，不要计较这些了，眼光放长远点，看以后，当个管家婆，家里钱都归你管着，这一套房子上的名字也只是恒河一沙粒，何必在乎？

可惜谢婷婷没有听明白，只想着公婆一个鼻孔出气，合伙想说服她，让她放弃在房产证上写上自己的名字。

许佳仪看到儿媳妇没吭声，以为自己的说服教育立竿见影了，她笑了笑，说道："婷婷啊，我和你爸已经结婚三十多年了，现在你们也成了家，我家前两套房子的户主都是你爸的，后来买房才开始写我的名字，其实现在不写我的我也觉得很无所谓。只要两个人能互相体谅，恩恩爱爱，白头到老就好。互相彼此牵挂，牵手一生才是最重要的。如果在结婚后那么注重这些虚荣的东西，物大于情，又说什么夫妻患难与共呢？女人是水，要懂得以柔克刚；女人是藤，要缠得有度，太紧了你不幸福，因为男人会压抑，想逃；太松了你也不幸福，因为男人是风筝，想飞出墙。收放有度，懂得珍惜，这样的婚姻才会幸福。"

谢婷婷在心里冷笑一声，说道："妈，那是从前了，现在时代不同了，既然是一起生活，写两个人的名字有什么关系？"

这句话不说则已，一说出来许佳仪只觉得轰雷炸顶，心里那个气哟，其他要说的话也懒得说了，全部堵死在心里。不说了，说得唇焦舌敝也是白搭！

儿媳妇不是儿子女儿，重话不能说她，不能打不能骂，所以她只得不再说话，把孙女往老伴手里一塞，自己匆匆回房了。

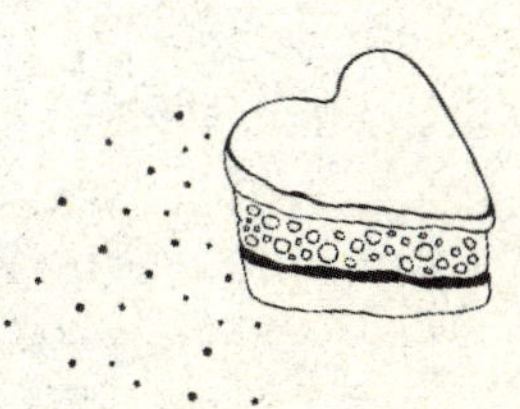

Chapter 5

婚变·婚姻是两家的事

两个人近在咫尺，他只要伸出手就能触到她裸露的双肩，可是他却觉得他和她隔得很远，就像隔着天涯。他娶了她，可是娶回来的只是一个身体、一个空壳，她的灵魂、她的心反倒离他越来越远，他越来越无法了解。

这就是婚姻吗？

房子最重要?

谢婷婷被左璠开车接回左家后,谢丽又看到了买房的希望,一心一意想着找工作赚钱去了。

这一天,谢丽在广州街头尝试着找一份好工作时,她和一个小学同学居然碰到了,两个人认出彼此,在人海里抱成一团。那同学开着一辆本田思域,背着 LV 的包包,穿着打扮也很时尚。两个人见了面,分外高兴,同学拉了她去喝下午茶,谢丽对她道:"现在在哪里高就啊?发财了啊?"

谢丽虽然赚不到什么钱,可是身上的衣服一般都是品牌,所以好衣服坏衣服一眼都能看出来的,小学同学就笑说:"还行了。"

谢丽看到人家混得不错,十分眼热,拉着同学的手,对她笑道:"做什么事发财的?告诉我,让我也沾沾光,同学一场,不要不管我啊。"

她小学同学就告诉她,在广州番禺开了几个发艺店,生意火爆,赚钱就像流水一样容易。谢丽听说开理发店这么赚钱,十分羡慕,对她同学说:"那我向你学理发好不好?"

她同学笑着说好,还给她留下了联系方式,两个人又说了一会话,才各自回去了。

谢丽看到同学,又新起了一个念头,章鱼小丸子的摊被掀了,自然不会再去卖了,而且卖章鱼小丸子也发不了大财,所以她决心去学理发了,想着她同学现在混得不错,这一行肯定是赚钱的,所以心情十分愉快。

她回到家的时候,刚好大伟也到家了,谢丽怔了怔。张大伟静静地坐在他们的房子里,面色灰败,好像有什么心事。谢丽心情不错,所以今天看到张大伟没有多留心,她笑着对他道:"今天回来得这么早?"

张大伟没吭声，谢丽一肚子的话就像煮沸的粥，恨不得马上告诉张大伟她新的赚钱计划。她房子首付有了，现在发愁的是银行贷款办下来，以后的月供怎么付。开发艺店这么赚钱，如果一切顺利的话，那么以后月供就不成问题了。她先去和小学同学学理发，等到学成手艺了，可以先到她的店里或者别的理发店打工，那时候打工也有工资，等到自己手艺足够好了，积累了一定本金，再开几个发艺店，那时候别说能够还得起月供，可能以后换大房子都有可能。

所以谢丽的心情那是相当愉快，现在是黄昏时候，外面的霞光透过窗玻璃落进来，整个房间沉浸在一片橘红色的霞光中，多么辉煌壮丽的景色啊。谢丽在那霞光中笑起来。

张大伟却一声不吭地埋头坐在那里，还重重叹了口气。

谢丽听到自家男人的叹气声，走过来，看了看张大伟，才想起小志昨天和她说要买一本练习册的，还给她写了条子，她答应他到书店给他买回来的。现在才想起来，儿子一会就要回来了，到时候手头没有，小志该多伤心。

所以谢丽对张大伟说道："大伟，走，一起出去吧，给儿子到书店买练习册去。"她极快地拿了手袋，又把儿子昨天晚上给她写的条放在手袋里，笑眯眯地等着张大伟。

张大伟仍然坐在那里，一声不吭。谢丽走过来，拉着他的手就往外拖，一边走一边对他说道："走了走了，出去一下。"

张大伟在她后面说道："你去吧，我不想去。"他心情不好，谢丽居然没点感觉，说什么夫妻在一起久了，心灵默契，那其实也都是骗人的。他感觉婚后这么多年，谢丽对他，就像一杯茶，越泡越淡，淡到忽视了，忽视成白开水了。

谢丽头也不回，继续拖着他往前走着，说道："儿子的事你从不操心，就我一个人管着，不行，你今天一定要陪我去。"

张大伟无奈，两夫妻只能双双出了家门。

走到外面，谢丽的心情不错，她一边脚步轻快地走着，一边瞅着张大伟，两夫妻在一起散着步，这种时候越来越少了，现在两个人并肩走在外面，谢丽倒是不自觉地回想起恋爱的时候，很久没这样过了。

她实在太高兴了，天边的霞光映在她身上，就好像给她披上了一条红色的纱巾，晚风吹过来，吹在她的裙摆里，裙摆鼓起来，就像一群白鸽子在里面拍着翅膀。汽车鼻子贴着路面轻悄地开过，那些黑色的小车，一辆辆就像一只只崭新的男式皮鞋，天气实在不错。她先自己笑了笑,然后说道:“大伟,等到可以签购房合同了,我们就一起去签字吧?写你和我的名字,我们是一起奋斗买的房子。”

张大伟听到谢丽又提起房子的事,一颗心不由又沉了沉。

谢丽又笑了笑,说道:“左璠接婷婷回去了,我们买房子的事肯定是板上钉钉的。我现在也找到了一个生财的好办法,相信以后的月供也不成问题的。大伟,你想不想知道我发现了什么赚钱的办法?”

没有人应她。

谢丽抬起头来,才发现张大伟一直低着头,下垂着嘴角,心事重重的样子,谢丽就对他说道:“你到底怎么了?”张大伟没吭声,谢丽拉了拉他的胳膊,对他说道:“到底怎么了?”

张大伟才瓮声道:“我今天给我爸妈打电话,我妈病又加重了,医生说非动手术不可。我可能要请假回去照顾她。”

谢丽愣了一下,心里立马想到钱的事,她心里冷笑了一声,不自觉地松开了张大伟的胳膊。很短的时候内,原本并肩走着的两个人就拉开了距离,她落在了张大伟后面。她在后面说道:“你想请假去照顾你妈,你去就是……”

言下之意,就是我不去。谢丽想着要她去照顾公婆,她可没时间精力,她要忙着赚钱,生存都成问题了,到处都没钱花,哪还有时间照顾公婆。

张大伟没吭声,依然一声不吭地往前走着。

谢丽看到他仍然这副要死不死的样了,就知道他不是因为要回去照顾他妈才为难痛苦成这样子的,问题根本不在这上面,谢丽自然又想到那五万块钱,她说道:“你妈那病总不能要我们出钱吧?”

张大伟就在前面头也不抬地说道:“他们哪还有钱?他们的钱都给我们了。”

谢丽就站在原地了,张大伟的话轻轻的,对于谢丽来说,却是极其刺耳,她说道:“想从我们这里拿钱,没有的事!想得倒美,不可能。”

张大伟肩膀震了震,一声不吭地继续往前走。谢丽却再也没有心情去书店给儿子买练习册了,眼看她那房子的首付保不住了。她的脚步越变越软,脚下越来越没力气。和张大伟的距离也越来越远,起先只有几步远,后面发展到几十步,她在后面慢慢走着,张大伟竹竿似的个子在她前头晃,有两个年轻女人,大概是从外省来的游客,打扮得挺时髦精致,看到张大伟,居然和他搭讪,请他拍一下照片,张大伟也热心帮忙了,帮完忙又一个劲地往前走。他根本没有回过头来看一下谢丽是不是还在他身边,还在他身后。

再后来,过马路的时候,张大伟一个人过去了。平时,因为谢丽喜欢挽着他的手过马路,所以他过马路时都会等着她,可是这一次,他到了马路边上,一个人踩着斑马线过去了。

谢丽便索性不走了,她站在原地,然后转身往另一条路上走,反正现在看到张大伟也是受气,又何必自己找委屈。她转到另一条路去,一个人去找书店给儿子买练习册。

天慢慢地变黑了,夜色浸染着她,好心情一扫而光,一颗心变得无比压抑起来。那夜色简直黑乎乎的,街道两道的花丛在夜色下看上去,倒像是墨水随便涂抹出来的,凌乱、随意、粗糙,白日精致鲜嫩的模样此刻一点也看不到了,她只模模糊糊地看得到黑乎乎的影子。

路灯也寥落起来,两朵花,一朵红的花,一朵绿的花,开得慢腾腾的,顷刻间也凋谢了,然后再慢腾腾地开放,也是气息奄奄。

谢丽走在长街上,她只觉得自己当年怎么那么傻,找了一个这么没出息的男人,他就是她人生沉重的负担,是她人生的悲剧,她所有的不幸都是他导致的。自己没本事,连老婆小孩都养不起,还想着做孝顺儿子?老娘生病了想着亲自请假去照顾,想着房子不买给老娘治病,张大伟,你真是会想,你有没想过你有资格吗?

谢丽在心里咬牙切齿。

残酷的生活让谢丽不知不觉变了,年少时,那个为了爱情不顾一切,视钱财如粪土,爱情至上的美丽清纯天真的女子早就不见了。她死在逝去的时空里,她死在世俗的生活里了。

取而代之的,是一个世俗冷血的妇人。她因为年近四十,却仍然寄居在娘家而急切地渴望着一套房子,哪怕只是一间小小的房,只要是属于她的,她也就心满意足了。为了得到这间房子,她可以不顾一切。

张大伟的老娘算什么?那只是她的婆婆。

谢丽对她婆婆说不上恨,但绝对说不上爱。因为她们在一起的时间非常少,但是谢丽也会想到婆婆,她想到婆婆的时候,通常都是她和张大伟吵架她失望受伤的时候,她看着那个高瘦的男人,看着他无可救药,她会怨恨那两个极少打交道的公婆。她恨他们,她的内心甚至有一种歇斯底里不可理喻的想法,那就是如果当年她的公婆不生下张大伟，那么，她年轻的时候就遇不到他，不会遇到自然不会爱上，不会爱上就不会结婚生子，就不会落到现在这样的地步，所以千错万错，她光责怪自己已经没有用了，她开始怨恨责怪她的公婆，为什么会生出张大伟这样的男人？不是生的错，也是养的错，什么样的家教可以养出这么不求上进，没有责任感的男人?!

所以谢丽对于公婆，没有感情，偶尔想到，就是带着怨怼。

清醒的时候，谢丽也知道自己变得可耻，非常的冷血，甚至是变态，可是她有什么办法？一个女人要温柔善良，雍容华贵，那也是要有房住，有衣穿，看得到未来和希望的时候，才会有这么美好的品质。

美德是精神层面的东西，物质是基础。房都没得住，饭都吃不饱，谁还在乎那些半空中的玩意?

她也想变成一个大方热情的人，她也想被人称道羡慕，她也想过好生活，问题是她能够吗？张大伟活到快四十，可是好像永远长不大。谢丽结婚这么多年，变得越来越不理解张大伟。她除了熟识他那个见到生厌的躯壳，她真的越来越不了解他的内心了。

谢丽看着他们薄如蝉翼的未来，每每想到儿子将来读大学的费用，儿子将来没房子娶媳妇，她的一颗心就有如无数虫子在咬。可是张大伟呢？他的思想好像没有，好像是虚无的，他每天有班上他就去上班，没班上他就去外面随便走走，去公园听戏，还活得很快乐。他一点都不愁，仿佛谢丽与他无关，小志的未来也与他无关。他是活一天算一天，做一天和尚撞一天钟的人。在电视新闻里看到汶川大地震，看到车祸、飞机失事，他就会感叹着对谢丽说："看，活着有什么意思？人啊，想那么多做什么，活在当下，每天过得快快活活才是真的。"

谢丽最看不惯他这一点。

婆婆是谁？那是老公的妈，老公都这么没出息，她还会顾及那个婆婆？她如果是妹妹谢婷婷，有个有钱婆婆，可以没结婚时就送给她一套大房子，虽然说现在房产证上没名字，但至少有那个大手笔，她肯定敬着孝顺着，比自己亲爹娘还周到，她婆家穷成那样，买房子才给五万，现在放在手上还没放热呢，居然又想着拿回去，真搞笑！

谢丽一个人进书店给儿子买到了练习册，便匆匆回去了。无论如何，这五万块钱她是不同意拿回去的。

谢丽到家的时候，张大伟还没回来。她随便吃了晚饭，家里人问起张大伟，她也应付着过去了。吃完饭就回房了，在儿子房里教促着儿子做完了作业，让他睡了，才自己回了房。

她洗了澡再进房的时候，张大伟就回来了。他低着头，一张脸又瘦又黑，痛苦得团成一团，好像一团发皱的硬纸，他坐在房间里面，仿佛有话要对谢丽说。

谢丽也不怕，坐在那，反正无论如何，那钱她是不会拿回去的，这是她买房子的首付，这是她这辈子唯一的希望。她知道，这一次如果再不买房的话，她这一辈子再没有任何可能买房了。有这么好的关系都买不上房，哪里还有机会买到房子？

谢丽双手抱胸坐在那里，房间没有开灯，两个人坐在黑暗里，只看得到张大伟劣质香烟的烟头在那里一明一灭。

“丽子，医生说我妈是胆囊息肉，医生说，有部分人胆囊息肉实质是癌，所以还是早点做掉好，否则胆囊癌的话……”张大伟声音里都是央求。

谢丽一声不吭，她想起她年迈的婆婆，一张脸都皱成核桃了，白发苍苍。谢丽都不知道买不到房子，这样没安全感居无定所地活一辈子，她能活到那个岁数吗？公婆活到老，都比她命好，没人知道她的命有多苦，比黄连还要苦。

见谢丽没有说话，张大伟只得继续说下去：“医生说，如果发展到胆囊癌的话，多数病人都会在发病数月内死亡。我妈打电话和我说，她很害怕，她想动手术。”

谢丽心里发笑，想着这么大年纪，还这么怕死，她现在都厌世。都是张大伟害的，都是你儿子害的，你知道吗，老太太？

张大伟看到谢丽仍然没吭声，便又有了一些勇气，想着她可能在考虑，他便继续说道：“医生说，手术费只要八千多块钱，但是后面的药物治疗就没数了。”

谢丽心里想着居然这么贵，如果是两三千也就算了。

她卖章鱼小丸子赚了将近一万块钱，如今手上将近有十一万块了。如果是两三千，给了也算了，但是这么多，要她拿出来，买房就没可能了，简直比割她的肉还要痛苦。

张大伟此时此刻如果知道谢丽的内心所想，他可能就不会再说下去了，可是他误会了，他以为沉默是一个好的暗示，却不知道沉默很多时候也是暴风雨的开始。

张大伟继续说道：“丽子，我妈今天在电话里和我说，她和我爸希望把借我们的五万块钱暂时拿回去，我张大伟这辈子没出息，对不起我爸妈，这钱原本就是他们的钱。丽子，算我求你了，这钱还给他们吧。”

张大伟此时此刻，自责愧疚让他恨不得引刀自咎，可是人都是怕死的，好死不如赖活着，他有时候也很憎恨这样的自己，可是到了后来，就慢慢地麻木了，把这种生活看成生活常态，而且有时候能从这种生活中找出自由自在，悠闲的快活来。只可惜他不是一人吃饱全家不饿的光棍汉，他有一个虚荣的老婆，有一个十多岁的儿子，没有能力却养孩子，很多男女都是糊里糊涂就做了父母，极少有在此之前，做好一切准备才开始孕育下一代的。

张大伟不是一个坏男人，但是他是一个没本事的男人。

谢丽仍旧没吭声，张大伟便起身往衣柜那里走去，谢丽平时把定期存折都放在衣柜的大衣里面，每隔几天，害怕被偷了，总是要时不时拿出来看看，看到了摸着了才放心，再把它们喜滋滋地放回去，看到那些存折，她仿佛看到她的房子。

那是她的婚房，她迟来的婚房。

"张大伟，你敢？"

张大伟的行动谢丽自然看在眼里，她冲了过去，身子挡在衣柜的柜门上，两只手张开，拦在张大伟面前。

张大伟怔了一怔，心里一阵绝望，原来他低三下四说了那么多，她都左耳朵进右耳朵出了，她全没听进去。

张大伟说道："这是我爸妈的钱，我妈这是生病要动手术。"

谢丽却挡在他面前，对他说道："你爸妈的钱，没错，但既然给了我们，他们怎么好意思拿回去，买房只给了五万块钱，我还没嫌少呢，居然想着拿回去！不行，给了他们，我这辈子就不要想着买到房子了。"

张大伟一只手已经伸到谢丽肩膀上了，想要扳开她，对她说道："我妈这是治病，她要不动手术，她可能活不长了。"

谢丽说道："她活到七老八十，命已经活得够长了，她还要活多久？"

这话说出来好像晴天霹雳，张大伟呆了，谢丽也瞠目结舌，知道自己说错了话。没错，她的心里就是这样想的，活到七老八十，得个大病还治什么？老而不死是为贼，儿子孙子都活成那样，她却还想着花几万块去治病。

张大伟一张脸发青，气得眼睛几乎生出烟来，眼前这个披头散发的女人他几乎不认识了。谢丽为了挽回过失，解释说道："张大伟，不买房子，再这样带着儿子过下去，我都要被拖死了，我还活不到你妈那么命长。"

这句话说了一遍，倒是向张大伟证明他刚才听到的不是幻听，谢丽的确说了这样的话。他看着她，想着这女人现在怎么变得这么现实冷血，他对她说道："你还真指望买房，租房子不能过活？我妈重要还是房子重要？"

其实在谢丽心里，当然是房子重要，婆婆的分量哪能和房子比？

但是她知道不能再这样说下去，无遮无拦地说下去，她和张大伟的夫妻情分就要尽了。

然而，把这首付的钱拿走，她买不起房子，她彻底绝望，她和张大伟的夫妻情分还是尽了。

谢丽没吭声，但是她把身体更严实地挡在张大伟和柜门之间。她的姿势表明了她的态度和立场，她要房子，为了买到房子，她什么都可以做，不顾一切。

张大伟的忍耐力已经到了极限，他放在谢丽肩膀上的手在用力，对她说道："你不要不讲道理，我妈不动手术就要死了，她只有我这么一个儿子，我没本事不能孝顺她，到老了还要啃她这点救命的钱，谢丽，算我求你……"

张大伟的眼睛红了，苦苦哀求。

谢丽两只脚却像焊在了地板上，整个身体也焊在了柜门上，哪怕张大伟已经扳得她的胳膊咯咯作响，她感觉到里面的骨头都要碎了，可她就是站在那里，纹丝不动。对于现在的她来说，钱就是她的命，没有钱就没有房子，没有房子就没有家，没有未来，没有一切，她不能让步，这是她最后一根稻草。

她眼睛死死地盯着张大伟，整个人伸手伸脚"大"字式地贴着柜门站着。在张大伟的眼里，她就好像钉死在那朱红色的柜门上了。谢丽穿着绿色的上衣，这样看上去，就像一个死去的人，一个标本，红配绿，凄艳地陈列在那衣柜上面，就像十字架上的耶稣，他为众生而死，谢丽为房子而死。

可是看她神情却又是一个活人，活络到让人心惊，她神情可怖，简直就是一个厉鬼。

谢丽力大无穷，张大伟一只手不够用，两只手都放在她肩上，企图把她的身体从柜门那里扳开，在剧烈的痛楚中，谢丽疯狂了，绝望的情绪铺天盖地而来，她不顾一切地低下头，照着张大伟的手臂咬下去，使劲地咬，嘴里含着唾沫和泪水，张大伟呼痛，手上流出血，他吓了一大跳，那血就像古时的更漏，一滴，两滴，一年，一万年，时间好像过去了一个世纪。

许久，谢丽才说道："张大伟，这钱你想拿走，除非是从我的尸体上踏过去。我这次不买房，我这辈子就完了，我们也完了。"

张大伟只觉得这个女人变得十分可怕。他再次上前，又向柜门那里冲去，谢丽凄厉地大喊一声，豹子一样扑过来，两个人扭打在一起。

衣柜、椅子、床，他们滚在一起，身体不时碰着家具电器，一片"砰砰"地响，谢丽一边哭嚎，一边咒骂，她变得力大无穷，张大伟一时之间也拿她没办法。

外面响起了小志的砸门声，还有害怕的哭喊声："爸、妈！你们吵什么，不要吵了！"孩子的声音好像屋檐下的冰凌，在风中颤巍巍的，仿佛随时担心自己掉下去摔得粉身碎骨。

听到小志的声音后，谢丽和张大伟同时怔了怔，谢丽对外面喊道："没事，没吵，小志，你快去睡吧。"然后下死劲地朝着张大伟的脸唾了一口。

张大伟听听外面儿子的声音，再看看面前的女人，他突然长叹一口气，退后开去，然后重重地低下了头，慢慢走了出去。

谢丽这才松懈下来，疲倦感铅一样地压过来，她摇摇晃晃地从地上站起来，坐到了床沿。

张大伟走出去的声音怀玉和谢平他们也听到了，外面的门被人从里面拉开，然后"砰"的一声，从外面狠狠摔上了，怀玉担心房门没有关严实，便对谢平说道："你去看一看。谁这个时候还出门，深更半夜的。"

谢平便点点头，披了衣服走出去，到门口把门锁死了，经过他姐房间时，看到谢丽坐在那里默默掉眼泪，他站在门口，往里面说道："张大伟又打你了？"谢平对这个姐夫向来是没好感的。

谢丽摇了摇头，抹了抹眼泪，说道："没事，没有的事。"

谢平知道她不肯说，便也不好多问，自己回房去了。

怀玉经过谢丽和张大伟这么一闹腾，也没了睡意，自从知道自己马上能做第一编剧后，她一直心情愉快，时常处于兴奋的状态中，所以小姑子赌气回娘家，大姑子夫妻吵架，也没有影响到她的心情。

怀玉拿了枕头靠在后面，坐在床头，对谢平说道："怎么了？"谢平一边上床一边对她说道："没什么事，我姐和张大伟又吵架了，他们总是三天两头的吵架打架，我都习惯了，不用去管了。"

怀玉也就笑了笑，没有说话。谢平想上床，怀玉却枕着他外面的枕头，睡在床外边。他们的床一边是倚着墙壁放的，平时谢平睡在外面，怀玉就睡在里面，一边抵着墙，一边有老公。她喜欢睡里面，因为这样无论如何，她都不会摔到地上去，老公的身体就像墙一样厚实，睡在里面让她安心。

晚上有时候半夜内急起来上厕所，她也是直接从床头溜到床尾，整个人就像从一个柜子里溜出来一般。谢平看到她睡在他的地方，枕着他的枕头，便对她笑道："不要霸占我的地方啊。"

怀玉就顽皮地笑着，静静地看着谢平，却仍然一动不动，谢平知她最近因为事业顺利，心情大好，总是有些孩子气的可爱举止，自己也跟着她高兴，见她不肯动，便索性两只手往她身下面一伸，抱她起来，对她说道："那我给你挪一挪。"

一边抱着她，一边自己上了床，才发现怀玉是出奇的轻，简直是抱在怀里没有任何负担。谢平是猛吃了一惊，把怀玉放在她那边的床上，对她说道："怎么轻成这样？"

怀玉笑着躺好，对谢平说道："瘦不好啊，现在流行瘦。"

谢平却侧过身来，认真看了她一眼，然后用手抚了抚她的脸。怀玉现在的脸真小，简直就是巴掌脸，他一只大手盖了她的脸就像新娘的盖头一样，绰绰有余到夸张的地步，谢平止不住担心起来，对怀玉笑道："你啊，要经常锻炼才行啊。"

怀玉就伸出两只手，握住谢平盖在她脸上的手，一边拿下来放在胸前一边笑着说道："脑袋聪明就行嘛。"

谢平对她笑道："头脑聪明的同时，也要四肢发达。"

怀玉嗔道："唔，像你这样，就四肢发达啦？你不也没锻炼吗？"

谢平就笑了笑，说道："你错了，我是五肢发达。"

怀玉没回过味来，对谢平说道："乱讲。"

谢平就笑道："不信你试试，看看我的第五肢发不发达？"

怀玉才笑起来，谢平说道："来来，说锻炼现在就锻炼，做做俯卧撑和仰卧起坐吧，你在上还是我在上？"

怀玉就羞得缩到被子里去了。

凭什么白送你

谢婷婷回到左家后，先实行林黛玉战术。成天默默无言，半夜的时候想到没有房子，她就伤心得落下泪来，一个人缩在被角呜呜地哭。左璠有几次被她哭醒，自然内心也好过不到哪里去。

谢婷婷不是演戏，她是真的伤心，所以她的眼泪，颗颗都是真的。前因后果仔细一回想，只感觉这婚姻从头到尾都是一个骗局，而她拿青春赌明天，最后青春没了，明天也没有了。

她自从生了孩子后，一直赋闲在家。左璠当时担心她在家里当家庭主妇——其实也不是家庭主妇，家里有保姆张妈，卫生、一日三餐都有人做，谢婷婷在家，就是带着两个孩子。左璠担心她无聊，谢婷婷也反复在枕头边上和他说过，日子太无聊了，所以在她生完孩子不久，左璠就给她在卧室配了电脑，让她打发一下时光。

自从看到购房合同以及办下来的房产证之后，谢婷婷每次用电脑，唯一的目的就是搜索“房产证上没有老婆名字”这些关键词，越搜越心慌，一颗心天天火烧油煎，十分痛苦。

很多信息和资料告诉她，如果婚后买的房子，房产证上没有女方的名字，对女方实在很不利。以后婚姻一旦有变故，男方想把房子转手卖掉，根本不用知会她。如果房产证上没有名字，以后要是离婚，她可能一分钱也分不到。

谢婷婷看到这些信息的时候，那些电脑屏幕上的字，一个个就像针眼，直刺入她眼睛里去，让她的眼睛险些流下血来。她太难受了，她太没有安全感了。

公婆说的话都是糊弄人的鬼话，不要计较那么多，以后吧，眼光放长远点，结婚前都这样防着她算计着她，现在都待她这样，还指望着以后？真当她是傻子？

所以，谢婷婷下定了决心，无论如何都要在房产证上加上自己的名字。现在的胜算自然是没有婚前大的，热恋的时候左璠爱她爱得死去活来，现在和他结了婚，生了两个孩子，珍珠变成死鱼眼，左璠不可能待她像从前那样好了。

可是现在开口，坚持提出来，总好过以后。人生对于女人来说，结了婚，就是一条下坡路，往后只会越来越不好，用股市的话来说，女人总会被婚姻套牢，余生全是熊市，不要想着有触底反弹的一天，有解套的一天。她得在她跌得不太厉害的时候提出来，希望着左璠看到往日的情分上，看在两个宝贝女儿的份上，给她在房产证上加上名字。

白天公婆都上班去了，左璠也上班去了，张妈一个人在厨房客厅忙活着，有时候出去买菜了，房间里很安静，安静得只听到谢婷婷两只手敲打键盘的声音，声音十分清脆，“嗒嗒嗒”一下一下直接敲进她的心里。

她每上一次网，每核实一下房子产权的具体法律条文，就像有一记重拳敲在她的心上，让她害怕，也让她加紧行动。

她也有着自己的小聪明，凭着女人的本能和直觉，知道女人扮弱小可以得到男人的同情。男人都不喜欢太过现实和强悍的女人，所以她不能盛气凌人，不能咄咄逼人，她想让左璠看到她伤心疼她帮助她。如果左璠这一边松口了，那么有左璠站在她这边，公婆那边自然也好说了，如果左璠点头了，同意在房产证上加上自己的名字，那么这件事情，至少成功了一半。

所以谢婷婷晚上经常哭。

她白天就像一个没事人，仍然每天专程出门给婆婆买她爱吃的双皮奶；左璠回来她也会接下他脱下的外套，极快地拿拖鞋给他换；公公到家，她会给他泡一杯茶，把他爱看的报纸放在他经常拿的地方。

可是到了晚上，半夜三更，她总是睡不着，未来黑漆漆的，就像这漫长的黑夜，没有任何光明和希望可言。她想着想着，总是慢慢地落下泪来，起先是无声地流眼泪，到最后开始嘤嘤哭泣，左璠有时候在她身边沉睡不醒，她一个人哭着，就像在舞台上唱独角戏，可是在心里实在太压抑了，哪怕左璠注意不到，她一个人哭着，也好过埋在心里，无人知道。所以有时候，她一个人躺在角落，可以哭很久。

不过大部分时候，左璠都被她闹醒了。他醒过来，在黑夜里听着谢婷婷的哭声，在她的哭声里，想起上一次的争吵，他自然知道她是为什么而哭。

可是他也不想说什么，如果主动提起来，就好像他同意在房产证上加上她的名字了，这房子当时签购房合同之前，爸妈都反复叮嘱过了，在购房合同上只能写他和老人的名字，也是因为防着谢婷婷。这房子不是他一个人说了算的，他就算答应了她也没有用。

还有一个缘故。左璠静静地看着身旁的谢婷婷。她依然艳丽不可方物，哪怕只是穿着白色的吊带棉睡裙，长发有些蓬乱，可是凌乱得恰到好处，就像营养充足的海藻，散乱在被面上，看起来十分的性感。

左璠内心知道，他仍然是爱谢婷婷的，她是他的初恋，有心理学家说过，人一辈子都无法忘记自己的初恋。

可是他们的爱是不对等的，他爱她远胜过她爱他。

婚后因为谢婷婷的改变，左璠以为她是爱他的，他们两个人过了一段幸福的时光，那阵子，他很开心很幸福，生活就像蜜糖，慢慢地品尝，黏稠得连空气里都是甜滋滋的味道。

可是好景不长，房产证办下来了，主房产证上写着他的名字，共有人的产证上写着他爸爸妈妈的名字，三个房产证，独独没有谢婷婷的，他又那么不小心，让她发现了，才导致家庭大战，从此结束了幸福甜蜜的生活。谢婷婷先是和他吵架，赌气冲回娘家，然后他接她回家，她天天以泪洗面。

看着她掉眼泪，他当然心疼。可是想到这眼泪的背后，他却不得不止步了。

这一年多来，她爱他吗？结婚前，他不能买房她就不肯结婚，也就是说，如果他左璠是一个穷小子，就像她哥谢平那样，毫无疑问，她谢婷婷根本就看不上他，不会嫁给他，这个真相就像白天一样真实，这样的真实让他寒心。

如果婷婷爱他，那么她要加上名字他就加吧。可是如果她不爱他，他再这么置父母的劝说反对于不顾，未免太傻。同一个地方跌倒两次，他不能原谅这样的自己。

她当时嫁给他，完全不是因为他这个人？她不会在意他的长相，他的人品，他的才华，她全不在乎，她只在乎结婚有没有房子，他们左家有没有权势地位，她嫁过来能不能过好的生活。

左璠在和谢婷婷领结婚证的时候，曾经也有过这样的怀疑，那就是谢婷婷根本不爱他，她爱的是他的钱。其实，钱也不是他的，是他爸妈的，可能在谢婷婷眼里，嫁给他，与嫁给他爸区别不大，虽然这话说来很不敬。

婚后谢婷婷突然懂事温柔起来，左璠又把这一阵怀疑打消了。可是看到房产证后，她坚持着要在房产证上加上她的名字，她从前现实的模样又在他的脑海里浮现出来，就像池塘里的水草，在他的心里扎下根来，时刻浮在他的脑海里，就像飘在水上，铺天盖地到处都是。

左播不得不再次怀疑谢婷婷对他的感情，她爱他吗？每天晚上，半夜被她的哭声惊醒，看着她泪流满面。两个人近在咫尺，他只要伸出手就能触到她裸露的双肩，可是他却觉得他和她隔得很远，就像隔着天涯。他娶了她，可是娶回来的只是一个身体、一个空壳，她的灵魂、她的心反倒离他越来越远，他越来越无法了解。

这就是婚姻吗？

左播有时候在心里苦笑起来。因为他爱她，所以当时他一心一意娶她回来做老婆，以为从此后她和他就是一家人，她是属于他的。可是现在他却明白，她从来就没有属于过他。谢婷婷的眼里只有房子只有钱。

所以谢婷婷哭得再伤心，左播宁愿静静在一旁坐着，陪着她，也不出声安慰一句。

两夫妻的关系越来越僵了，慢慢向冰点滑去。空气里浮动着冰冷的因子，好像随时随地，那卧室里的小块空间，就会纷纷扬扬地下起雪花来，因为太冷了。

最后，是谢婷婷先开的口。

又是一天晚上，谢婷婷一个人在那边哭，背对着左播躺着，眼泪就像泉水一样，她的伤心是真实的伤心。事实上她是爱左播的，可是她感觉不到左播爱她。假如他爱她，当时就不应该伙同他父母算计她，假如他爱她，就不会眼睁睁看着她每天晚上以泪洗面而无动于衷。

伤心和绝望的情绪占据了谢婷婷的整个心，未来就像一堵即将要倒的墙，黑压压地朝她压过来，让她喘不过气。她必须做些什么，改变那可怕的未来，那没有希望、没有安全感的未来。

左播没有行动，谢婷婷背对着他，有时候，她都怀疑他是不是不知不觉地起身出门去了，他已经不在她身边了，否则她一个人伤心地哭了那么久，他怎么没有一点声响？

谢婷婷侧了侧身子，眼角的余光却发现左播仍然坐在床头，手里拿着一本书在看着，好像她的伤心根本与她无关。左播这样的神情激怒了谢婷婷。她突然坐了起来，睁着泪眼瞅了一眼左播，然后不发一声地抢过他手里的书，扔到地毯上去了，也仍然不说话。

左播无奈地笑了一下，心想你哭得让我睡不着，我只能看书，不让我看书那就不看吧,我看电视好了。他拿过电视的遥控器,打开了电视,很久没看电视了,可是左璠知道反正睡不着,便也只能看下去,他的心里也如一团乱麻。

谢婷婷再次抢过他手中的遥控器,把电视关了。左璠呆了一呆,只得关了灯睡觉。

两个人躺在床上,谢婷婷继续哭泣,心中的伤心气愤有如慢慢吹大的气球,几乎把她本人挡住。她哭泣的声音越来越大,决心和他分开界线,到床的另一头去睡。左璠仍然没有反应,谢婷婷便把所有的被子抢过来,压在身上,整个身体绞麻花一样和被子绞在一起,仍然在那里哭着。

声音因为长时间的哭泣已经哑了,有时候哭不出来,就在那里一下一下费力地抽噎着。

左璠在黑暗中瞅着她,她孩子气的举动让他烦恼。在心里叹口气,他却在衣柜里取了另一床被子,自己睡过去了。谢婷婷哭了一个晚上,第二天早上醒来,眼睛肿得就像两颗桃子。左璠看在眼里,心里也动摇了一下。

他一天心情都不好,晚上要下班的时候,想着回家早了,又要对着谢婷婷那张泪脸,便走得很迟疑。他在办公桌上慢慢收拾着东西,一个同事哥们走过来,对他笑道:"左璠,吃饭去吧。我请客。"

左璠正不想回家,想着好啊,便笑着答应了,和那个同事一起去吃饭了。

他们两个人都有车,各自开车一前一后进了一家饭馆,同事点好菜,等菜上桌的过程中,对左璠笑道:"左璠,你最近怎么啦?脸都是黑的,碰到不开心的事了?"

左璠愣了愣,看了一眼同事,这个同事比他大几岁,三十出头了,至今还是单身,听说生活不太检点,但平时左璠和他挺处得来的。

心中苦闷无处诉说,便把家里的情形和同事说了,末了说道:"我现在也很烦恼,我老婆要求一定要在房产证加上她的名字,天天在我面前吵,我现在都不想回家了,有时候想着,干脆给她加上名字算了。"

同事却立马摆手,这时候服务小姐把酒水送上来了,他给左璠倒了啤酒,对他说道:"千万不要加上你老婆的名字,你听哥哥一句话,哥哥的前车之鉴。"

左璠愣了愣,苦笑一下说道:"其实加不加也无所谓,这婚房她有份的,可她偏要加上自己的名字,有时候觉得女人真是一种不可理喻的动物。"

男同事笑了笑,说道:"说说大哥我的事吧。你今天幸好碰到了我,否则以后的事还真难说。我的建议是千万不要一时心软,在房产证上加上她的名字。"

左璠没有吭声，男同事喝了一口酒，继续说道："兄弟，哥哥今天用血的教训来给你现身说法。我和我老婆，现在离了，当年结婚，买房我家出的首付钱，老婆家一分未出，要求写俩人的名字。我家不同意，我撕破脸站在老婆的角度去和家里闹，最后写了两个人的名字。但是后来结了婚，老婆感觉还房贷的压力太大了，让家里再给出钱，我家确实拿不出来钱了，老婆就说生活压力太大了，不想过了，我家不信任她等等，我都去安慰她，日子会慢慢过好的。最后在我出差的时候，她居然勾搭上一个大她三岁的有车有房的男人，她卷走了我们所有的银行存款，只给我留下二百三十块钱，说我不能够给她车子房子还有未来，钱算是我补偿她的青春损失费，房子写了俩人的名字，她不管了，也不要，可是就因为写了俩人名字，她一走了之，房子四十万，有她一半，她不要了，但是不属于我的，必须得赠与我，赠与我后，以后我要是卖房子得交20%的个人所得税，也就是说那二十万就白白损失了四万。"

左璠仍然只是闷头喝酒，可是同事的话却似在他的心上敲了一记警钟。他原本想在房产证上加上谢婷婷名字的打算又再次动摇起来。

是啊，他为什么要加上她的名字？这买房子的钱不是他的，是他父母辛苦了一辈子的血汗钱，他不能拿父母的钱来开玩笑。

同事说完，对左璠说道："看到了吧，越是物质的女人越要小心防范，她要加名字，这名字就不能加。她不和你提房子，结婚十多年，有了孩子有了感情，你到时加上她的名字也不迟。现在刚结婚，就记挂上了，你问问她加名字的目的是什么？这后面的动机是什么？"

左璠笑了笑，说道："其实我当年娶她是真心喜欢她，她天天和我提这些钱啊房子的，有时候挺没意思的。"

同事身子往后一仰，脸上浮起讽刺的笑，对左璠说道："女人就是这样，所以我现在不结婚了，真心对你的有几个？"

左璠便敬了同事一杯酒，想着这个同事估计被他前任老婆害惨了，视女人如洪水猛兽。左璠有了同事这个鲜血淋淋的教训，一颗心又坚硬起来，晚上不管谢婷婷再怎么以泪洗面，他也不作声不动摇了。

谢婷婷发现软攻没有效果，只能硬取了。

这一天晚上，她又开始哭，连续哭了几个小时，左璠居然睡着了。谢婷婷看到他睡着的模样，不由怒火中烧。她抹干了眼泪，伸手到左璠那边，扯掉他的被子，用手把他推醒。

“左璠?!”

左璠睁开眼睛,谢婷婷披散着头发坐在他面前,两个人都在床上,这曾经是爱海,可是现在,却像一张谈判桌,两个人的脸都板得又硬又冷。

谢婷婷对他说道:“你知道这些天我为什么哭吗?”

左璠不吭声。

谢婷婷说道:“左璠,你变了,你再也不是从前的你了。”

左璠心里苦笑,心想你也知道我变了,我对你还有一个“从前的我”,你呢?你对我,可是一如从前的现实。

谢婷婷委屈漫上来,就像水漫出水井。她一直在哭,可是哭到后来,左璠的冷漠无情让她害怕怀疑起来。她怀疑他根本不知道她在哭什么,所以她要自己说出来,她要表明立场和要求。

在谢婷婷的内心,她甚至还有一个想法,那就是左璠肯定是爱她的,他现在对她不理不睬,是因为他不知道她在哭什么。有本书叫做《男人来自火星,女人来自金星》,说的就是这么一回事,男人和女人根本无法互相理解。所以谢婷婷停止眼泪战术,她要当面锣对面鼓地向左璠表明自己的立场。

谢婷婷见左璠默不吭声,两个人好像掉在古井里,四周都是冰凉的井水,谢婷婷抹了一下眼泪,对他说道:“左璠,我要在房产证上加上我的名字。”

现在大概已经是深夜了,床头柜上的闹钟就像一个尽忠职守的士兵,在那里“嘀嗒嘀嗒”地走着,左璠瞅了一眼,已经凌晨两点了。

他摸了摸额头,想着这样揪心的日子到底要过到什么时候去?

谢婷婷见左璠仍然默不作声,便又欠过身来,对他说道:“你听到没有?”

左璠受不了,直接从床上下来了,他趿拉了拖鞋,走到另一边去。

谢婷婷便知道他知道了,他只是不想面对。她的心里开始下雪,寒气从里到外地冒出来,可她不甘心,她想挽回点什么,想让他想起昔日的情分,是他们左家合伙算计了她,她得让他明白,她现在的要求并不过分。

她说道:“左璠,当时你和你爸妈签购房合同的时候,你有没想过我?我和你领了结婚证,我就是你的老婆,可是你却瞒着我,和你爸妈去签了购房合同,你们是故意的对不对?一早就商量好了,你们下了一个套就等我去钻,就是不想让我得到这个房子。

你当时和我说，领了结婚证，购房合同上写不写名字都一样，夫妻都有一半，可问题是我现在有一半吗？”

左璠重重地叹口气，低了头。

谢婷婷也干脆从床上坐起来，赤着脚走在地板上，直接走到左璠面前，披散着头发，对他说道：“可笑我一直蒙在鼓里，沾沾自喜，以为你爱我，这是我们的婚房，你一半我一半，结果呢？老天我和开了一个多么大的玩笑，购房合同上写了公婆的名字，写了老公的名字，却独独没有我的名字。左璠，你摸着良心问问，你对得起我吗？你们家对得起我吗？这件事拿到外面去说，你叫人评评理，你们做得对不对？”

谢婷婷只差问到左璠脸上去，她披散着长发，大睁着眼睛，左璠在灯光下近距离地看着她，仍然美，可是美得可怖，此时此刻的谢婷婷，显得有些神经质了。

左璠不敢多看，退后一步，低下头来，烦恼道：“婷婷，不管你有没写名字，这产权也有你的份，这是婚后买的房子。”

“嘿嘿。”谢婷婷双手抱胸，当着左璠的面冷笑了两声。她赤脚站在地板上，冰凉的地板贴着她赤裸的脚板，寒从脚起，凉意就像一条蛇，哧溜溜地从脚底攀爬上来，她看着左璠，内心的寒意越来越多了：“是，我知道有产权，首付没有我的份，婚后共同还贷的二分之一是不是？你爸妈你都签了名字，就我没签，那么我就是你那三分之一的二分之一。呵呵，可笑我，还以为我有一半产权。”

左璠没有说话。当年那是纸包火的短招，如今一年多了，孩子也生了，房产证也办下来了，谢婷婷才发现，这已经在他意料之外了，可是他仍然觉得扎手，他不想面对。

他只得再次重复：“有没有名字都一样，你也不是法盲，我没骗你。”

谢婷婷却咬牙说道：“不行，我一定要在房产证上加上我的名字。”

左璠苦恼道：“婷婷，你懂点事好不好？房产证上加名字很麻烦的，我们这房子现在房贷没还清，你就不要钻牛角尖了。”

谢婷婷听到这里不怒反笑，他不提房贷还罢，一提就让她生气，她尖声道：“你也知道有房贷?！这房子如果你爹娘当年本事一次性付清，有没有我的份我也不放一声，结果付了一个首付，让我们还房贷，居然还写了他们两个人的名字，真不要脸，从来没见过这么不要脸的！”

左璠听不下去了，他打断谢婷婷的话：“不许说我爸妈……”

谢婷婷冷笑道：“不许我说，我就是要说，说过天也说不过一个理字，你们做得无耻,你拿到外面去说,也是这个理。左璠,不管怎么样,我一定要在房产证上加上我的名字,你不同意,你就是不爱我。"

又来了。左璠脸上苦笑,他用探究的眼光看着谢婷婷,好像在她的逻辑思维里,买了房子就是爱,房产证上写上她的名字就是爱她,反之就是不爱。那么他左璠还想问问她,她爱他吗?她又是如何爱他的?

左璠说道:"这与爱没关系。我不爱你我就不会娶你。你不要胡搅蛮缠。"

谢婷婷继续说道:"你不加上我的名字你就不爱我。女人本来就比男人弱势,男人可以在外面快活,寻花问柳,男人到了四十岁还很抢手。女人呢?女人有什么?等我人老珠黄的时候,你一脚把我踢了,让我净身出户,我还有什么?我没有安全感,所以左璠,你必须在房产证上加上我的名字。"

谢婷婷的脸绷了起来,就像琴弦绷紧的琴面:"你不加我的名字就是不爱我。"她说得斩钉截铁。"不加你名字就是不爱你?"左璠笑了起来,对她说道,"婷婷,你讲点道理好不好?在没有房子的时候你要是和我结婚,婚后有了房子当然写你的名字。你说爱你就在房产证上写你的名字。那你能不能爱我,就嫁给我这个没房子的穷光蛋?你当年做到了吗?我们家不买房,你当初可是说没房子就不结婚的。"

谢婷婷心寒,她齿冷道:"是,你们是买了房子,可是后来呢?你们不是全家名字都写上就没我的吗?一开始不都防着我?"

左璠也不退后,他说道:"如果不是你当初坚持买房,就没有以后的事情。婷婷,我一直在好奇,你对我,到底是什么感情,你是嫁人还是嫁房?如果是嫁人,有我住还怕没你住?你没出钱,非要加名字,你的动机是什么?你口口声声说爱,可是你问问你自己,你爱我吗?再说还有孩子呢,那房子最后还不是孩子的?"

谢婷婷气极,哽咽道:"左璠,你无理取闹,你欺负人。"她哭起来,对他说道:"别的女孩子结婚都有婚房我为什么没有?有的老公婚房只写老婆一个人的名字,为什么你不可以?你们左家的钱我从来没指望过,我只是要一份安全感,我不想年纪大了还担心流离失所。"

左璠觉得好笑,对她说道:"安全感,你要安全感,婷婷,你要在房产证上加上你的名字,这就是你的原因,对不对?你对婚姻没安全感,难道我就有安全感了?你害怕有一天我出轨伤害你,让你净身出户,难道我就不担心你有一天给我戴上了绿帽,傍上其他男人跑了?我在房产证上加上你的名字,到时候你伤害了我,还要分我一半房产?

这个社会是现实的,我一哥们就经历了这样的事情,他老婆和别的男人跑了,他还要分她一半的房产!婷婷,你讲点道理好不好?你害怕我有一天伤害你,我难道就不担心吗?你长得那么漂亮,我都不担心,你担心什么?”

“我不管,爱我就在房产证上加我的名字,这是爱的表现。”

“那么你爱我的表现在哪里?你用什么证明你爱我?”

谢婷婷脱口而出:“我嫁给了你,为你千辛万苦生了一对双胞胎。左璠,这事还不够证明吗?我都愿意为你生孩子,这还不能证明我对你的爱吗?”

左璠心平气和地说道:“男女证明爱的方式不同,男女共同生养孩子,女人生男人养,为什么非要说孩子是为我生的?孩子也是你的。”

谢婷婷含泪道:“并不是每个女人都愿意生孩子,也并不是每一个男人都愿意承担责任的。”

左璠说道:“男人爱你,并不一定要用车子房子来证明。”

谢婷婷轻声道:“但有一点是一样的,爱得深,愿意为你花钱,爱得真,愿意为你花时间。”

左璠气恼,对她说道:“婷婷,你要知道,没有几个女人可以不用付出任何东西就得到一切的,她付出的,对方知道也看得到。她没付出却想得到,别人也不是傻子。”

左璠的说话声很轻,可是话说出来,却像鞭子一样抽在谢婷婷身上。

谢婷婷气得说不出话来,只觉得左璠变了,他在狡辩,他在胡说八道,他在无理取闹,他说了那么多,无外就是一个原因,他不想在房产证上加上她的名字!

他是不爱她的,他已经不爱她了。意识到这一点,谢婷婷只觉得自己全身的血液瞬间冷了,她几乎变成了一个冰人,她看着左璠,她的眼神也有如冰雪,她一个字一个字地说道:“左璠,我还是那句话,我一定要在房产证上加上我的名字,你变了,你不肯加,那么好,我们就离婚。我什么也不要,你们左家也没给我什么,我要2009和2010。”

她说完这些话,眼泪又不争气地涌了起来,她用双手捧着脸,在原地吸了一下鼻子,然后立马收拾行李。她很快地收拾了包裹,去孩子房间抱起了两个孩子,左璠拦着她,“这么晚了,要去哪?孩子那么小,不怕冻着她们?你不要再闹了行不行?”

谢婷婷看了左璠一眼,对他说道:“左璠,你错了,不是我跟你闹,是你跟我闹,一开始就是你们在跟我闹。我只是维护我的正当权益。”

她说完这些,就匆匆抱着两个孩子,再次离开了左家。她还能去哪里?走在大街上,凌晨三点的长街,就像黄泉路,一辆车从拐角处快速开来,差点把她撞死,司机大声咒骂着开车走了,她站在路边,抱着孩子,眼泪纷纷落下来,仍然心有余悸。最后,她匆匆拦了一辆出租车,再次坐车回了娘家。

这是她第二次和左璠吵架冲回娘家了,同样也是因为房产证上加名字的事情。

谢婷婷深更半夜抱着孩子回娘家的时候,怀玉和谢平还没睡下。

怀玉躺在谢平旁边,就像一个烙饼一样,总是睡不着。谢平最后也被她闹醒了,知道她可能是太兴奋,索性拧开了床头灯,看到怀玉果然睁着眼睛躺在那,脸上带着微微的笑,傻傻的,跟喝醉了酒一样,谢平就乐了,坐起来,将上半身靠在竖起的枕头上面,对怀玉打趣道:"当了第一编剧这么兴奋?"

今天下午,怀玉收到了制片方给她的编剧聘用合同,她第一时间给谢平打了电话。下班回到家后,一直坐在电脑面前,小两口把编剧合同看了无数遍,直到晚上十一点,谢平才拉着怀玉睡下,可是拉黑了灯,怀玉却一直睡不着,在谢平身边总是窸窸窣窣地响。

听到谢平这么说,怀玉也有些不好意思,脸上红红的,就像抹了一层水胭脂,她看了看谢平,对他说道:"吵着你了?"谢平含笑看着自己的老婆,怀玉今天的眼睛亮晶晶的,就像某种流质。

谢平说道:"编剧合同都看了无数遍了,这事算是成了,对不对?"

怀玉笑道:"是啊,谢平,你不知道我等这一天我等了多久。做编剧一直是我的梦想,以前一直给人操刀做枪手,如今我终于成了第一编剧。"

谢平就笑了笑,说道:"我老婆肯定会成功的啦,以后肯定会上央视的《艺术人生》,到时候可要记得带上你老公我啊。你的军功章上,有你的一半,也有我的一半。"

谢平即兴唱起歌来,怀玉被他逗乐了,欠起身来,笑着要去捂谢平的嘴,对他说道:"这么晚了,还唱歌,爸妈要是听到了,有你好受的。"

两口子正说到这里,外面就响起了门铃声,两个人都愣了愣,想着深更半夜谁来了。

公婆已经起床了,客厅里响起密密的脚步声和说话声,谢平和怀玉面面相觑,然后外面响起几个月大孩子的哭声,怀玉和谢平就知道谢婷婷又回娘家了。

深更半夜回娘家,没有事会深更半夜回来吗?

一定要加名字

中国古代有种说法,“夤夜相奔”定是有聚积于心的大事。谢婷婷深更半夜冲回娘家,一家人自然无法安心。

大家都起来了,坐在公婆那边的房子里看着谢婷婷,一句话也没说。灯光也十分趁景,暗暗的,黄黄的,这样的结果就是黑影子显得特别重,有一方黑影刚好落在谢婷婷的脸上,她的脸色原本苍白憔悴,如今加上影子,就显得十分晦暗。

仍然是房子的问题,谢婷婷低低说出她和左璠吵架了,左璠不肯在房产证上加上她的名字。说出这话的时候,她觉得自己浑身的力气都用完了,她感觉乏力,就像一个迷路的人,用尽力气寻找出口,可是力气用光,出口在哪里,她却不知道,在她面前的,只有一个死胡同。

左璠都不同意给她在房产证上加名字,公婆能同意吗?接下来,她可能只能拿“离婚”来要挟了,可是“离婚”这个威胁抵得上婚前“不结婚”这个有力度吗?此时此刻,谢婷婷就像在赌场上即将输光还不死心的赌徒,她气息奄奄,却又不甘心,走或留在她心中反复摇摆,手上的筹码已经不多了。

怀玉听完小姑子的叙述,知道一场大战又要开始了。她不便发表看法,所以只能沉默。

一片沉默中公公说话了,他清了清嗓子,手放大腿上拍了拍,说道:“据我了解,一个家庭不管婚前婚后付的首付,也不管是共同还贷或是单独还贷,每日的月供必然影响的是两人共同的婚后生活质量,别说对其中一方没有影响的话,一起承担了生活,就应该一起享有财产。怀玉,是不是这个理?”

听到公公又拿她当百科全书,怀玉只能立马点点头。据她了解,新《婚姻法》的司法解释规定,婚前个人财产不因为婚姻的存续转化为共同财产。这实际上就取消了“婚姻存续八年,婚前个人财产(房产)作为共同财产”的规定。怀玉想,这大概也是谢婷婷坚持要在房产证上加上自己名字的原因。

公公得到怀玉的肯定,便坚定了自己的想法,继续说道:“夫妻共同偿还贷款的情况下,就应该加上婷婷的名字,房产证上没名字,婷婷等于一无所有。怀玉,我说的对吗?”

怀玉很为难,不过她还是决定说出实话:“爸,婷婷和左璠是婚后买的房子,也就是说不管有没名字,婷婷都有份的,不会一无所有。”

谢婷婷听到这里,抬起头来,看了怀玉一眼,怀玉身子突然一冷,不自觉地感觉小姑子的眼神像刀子。她十分为难,只盼着公公不要再让她说话。

谢婷婷说道:“嫂子,你不懂,当时签购房合同,左璠、我公婆的名字全写上了,独独没有我的,我现在只能得到左璠三分之一的二分之一。而且如果房产证上没我的名字,他们想转移房产根本不用知会我,我不能同意。”

这时候怀玉婆婆也说话了,满脸阴霾,用力说道:“对,一定要写上,要是遇到没人性的男人,每天都会在耳边强调房子、孩子是他的,一生气就让你滚,谁受得了,而且说得出也做得出,身边这样的事看得还少?左家太过分,无论如何,哪怕离婚,也要在房产证上加上这名字,不加就离婚!”

怀玉低头,想着婷婷和婆婆的性格还真像,或者说大姑小姑和她们老妈的性格真像,都是想精明却不够精明的主。哪有当妈的这样说话的?宁拆十座庙不毁一桩婚啊。怀玉在心里暗暗摇头,只感觉这事情可能会越变越大,最后无法收拾。

谢婷婷得到她母亲的支持,抹了一下眼泪,也坚决说道:“妈,我也是这么想的,我已经和左璠这么说了,他如果不在房产证上加我的名字,就是不爱我,一个不爱我的男人,一个处处算计我防范我的婆家,我再待下去还有什么意思,不如离掉算了。”

谢婷婷心灰意冷的话让一家人听得心惊肉跳。谢平原本一直沉默的,到这份上,眼睁睁看着妹妹往一条错误的路上走,他不能不出声。他说道:“婷婷,不要把房子看得那么重,人才是最关键的。如果人好,即使现在没有房子,将来也总会有的。如果人不行,即使现在给你一套房子,将来也会败没的。”

谢婷婷不吭声,表示对谢平的话不理睬,谢平也不再劝说了,一家人又沉默下来。在寂静里,谢平突然情不自禁地想起当时婷婷结婚闹着要婚房的情景,他曾经说过:

“左家那样的人家，现实起来我们斗得过他吗？他们对我们就三个字——走着瞧。”

如今居然全部应验了，说实话，谢平也很反感左家一家三口在购房合同上签字，但是现在谢婷婷坚持在房产证上加名字，否则就离婚，这样破釜沉舟孤注一掷的做法他觉得太危险了，话说出来就收不回去，简直就是自绝生路，不留后路的做法是一种很幼稚的行为。

老太太还在护着女儿：“你先在娘家待着，左璠找你你就和他去说，当然要写上女方的。既然都是大家共同财产，签谁的名字都一样，那就签女方的啊。”

谢婷婷说不出话来。

天实在太晚了，怀玉看了看时间，已经凌晨五点了，谢平注意到了，拉了她的手，对她说道：“去睡吧，回床上眯一会，过几个小时又要上班了。”

听到谢平这么说，一家人也发现他们是在凌晨讨论这个房产证加名字的事情，老太太也挥了挥手，对大家说道：“先去睡吧，去睡吧。”

一家人才各自安息。

谢婷婷再次在娘家住了下来，谢平再次把他用的台式电脑搬到了谢婷婷从前的闺房里，小志再次和他的爸妈共住一间房。

谢婷婷又再次带着孩子在娘家无所事事。白天在娘家哄孩子的时候，她小时候的一个闺蜜罗静听她回娘家了，便抱着孩子来看她。

两个人各自带着孩子坐在一起聊天，先是交流了一会养育孩子的经验，然后又说起各自的婚后生活。罗静看到谢婷婷眉头不展心事重重的样子，便问了起来。谢婷婷还没说什么，她母亲嘴快，反倒是竹筒倒豆子的全说了。

罗静笑了笑，说道：“婷婷，这你一定要在房产证上加上你的名字，我表姐亲身经历过房子问题。结婚后，她与前夫一起买了套房子，名字是我表姐前夫一人的名字，虽然首付和按揭都是他付的，但是他每个月就那么点工资，付了按揭后，家里老老小小吃喝拉撒都成问题了，我表姐的收入就用来支付家里的一切开支，但他们离婚时，她前夫不给她分毫，更别说房子，理由是首付是他付的，按揭也是他付的。我表姐现在四十多岁还在外面找工作，很可怜。房产证上没名字，以后有意外，就意味着你净身出户，一无所有。婷婷，你千万要记住，一定要在房产证上写上你的名字。”

闺蜜的举例论证，更加坚定了谢婷婷一定要在房产证上加上自己名字的心。

老太太也十分同意罗静的看法，在一旁说道：“往坏的方向想，往好的方向做！就是说无论做什么事都要有个最坏的打算，所以要考虑到以后万一离婚的事，现在就要在房产证上加上名字。”

谢婷婷慢慢不再说话。过完年，广州就很快热起来了，外面的阳光透过窗帘缝落进来，空气里浮动着金色的灰尘。窗是开着的，热热的风从外面吹进来，扑在人的脸上身上，可是谢婷婷却觉得冷，身上一阵阵冒着寒气。

罗静和她说话，她也有一声没一声地应着。脑海里反复想的就是房子房子。要在房产证上加名字，她能不能做到，她怎样才能做到。她曾经以为她多么聪明啊，简直比她姐聪明多了，她还曾经为此洋洋得意，她嫁到了有钱人家，没过门就有一栋大婚房，产权有她的一半，是领了结婚证再买的房，她曾经都差点佩服起自己来。

可是现在，到头来，她才发现这是一个骗局，她被他们左家耍得团团转，居然一直不知情，婚后自己怀了孩子，还一心想着讨好公婆，被人卖了还在帮人数钱。

委屈、愤怒、不甘，这些情绪在谢婷婷的心里汇成一条条河流，然后交汇在一块，变成一条水势湍急的大河，不知什么时候就洪水泛滥了。

罗静看到谢婷婷不说话了，知道她是心情不好，便也不再说话，找个借口起身告辞。出门的时候，心里不由有些小愉快，想着当初婷婷结婚那天，她对她是多么羡慕。两个人从小一块长大，就因为她长得漂亮所以可以嫁到有钱人家，没过门就有独立的大婚房，过衣食无忧的生活，而她，因为长相普通，只能找一个附近普通的男人嫁了，结婚时没有婚房，只能和老公一起租房子，一起奋斗买房子。婚后有一阵子，还因为想起谢婷婷，心酸了多次呢。

可是现在，她却释然了。原来幸福多是假象，浪漫的背后多是狗血的真相。人啊，知足常乐最好。

罗静心情很好地回去了。

谢婷婷等闺蜜走后，却十分后悔，对她母亲责怪道：“妈，这事你刚才为什么要说出来？”她母亲其实心里也在后悔，埋怨自己刚才嘴快了，大家都是邻居，说出来多丢脸，可是说出去的话也是泼出去的水，没办法，不想被女儿责怪，嘴硬道：“罗静没关系，我从小看着长大的。再说了，我说的是事实。你放心，左家肯定会同意在房产证上加上你的名字的，这是小事情。”

老太太还十分乐观。

谢婷婷却没有她母亲那么乐观，她在心里叹口气，刚好孩子醒了，怀里抱着 2010，姐姐 2009 在房里大概是睡醒了,在床上哭呢,谢婷婷匆匆地进房了。

想起孩子的两个小名,谢婷婷又想起左璠,他当时说:"这是我们相识结婚的两个年份,所以用来给孩子做小名,纪念我们的爱情和婚姻。"

爱情?谢婷婷想到这里,不由苦笑起来,这世上有真的爱情吗?爱情不过是夜空中的烟火,灿烂只有一时,黑暗才是永久,是为了诱惑人陷入苦难的点缀。

小姑子久住在娘家,家里大小四个孩子,一个家成天就像是舞台演出,或者说等于电脑上二十四小时用最大音量在播放电视剧,吵闹的程度没法形容。

怀玉现在唯一的清净时分大概在晚上十点以后,那时候谢平也上完班回来了。怀玉才能和谢平享有这难得的寂静。

谢平洗完澡进房间的时候,怀玉还坐在那里没有睡,谢平对她说道:"怎么还没睡?"怀玉笑了笑,把身子往床里面让了让,对谢平说道:"现在家里人多,太吵了。"谢平就笑了笑,说道:"婷婷带孩子回来了,没办法的事。"

怀玉凝了眉毛,她凭着女人的直觉,对于婷婷这次的事件莫名的有些隐忧,在谢家全家人的面前,作为儿媳妇,她不能说出来,可是在谢平面前,她可以说的,她皱着眉头说道:"谢平,婷婷的事……"

谢平只穿了一条三角裤衩,正用毛巾擦着头发,谢平瘦,两条腿笔直颀长,身上没有一处赘肉,有着天生的一副好身板,怀玉随便看过去,上三路,下三路,看哪里都是赏心悦目的,爱意在她的心里滋生。看着谢平,心情也没来由地好起来。

谢平一边擦头发一边对她说道:"婷婷的事你就不用想了,一家子人都在操心,人多掺和了事情就复杂了。"

怀玉笑了笑,想着谢平说的也有道理,她心里的焦虑没有和谢平讲。她害怕谢婷婷因为这次房产证上加名字的事不肯让步,最后导致离婚收场也住回娘家,这样大姐也不可能买房子了,而她怀玉的钱也给出去了,不要到时候,她几次三番地往外拿血汗钱,到最后,这老房子还不是她的,到时候,钱也没了,房子也没了,三个女人当中,她反倒成为最可怜的。

这种隐忧就像冰山横亘在怀玉心中,她也是不知什么时候开始有这种担心的。她不敢说出来,担心谢平说她小人之心,可是她又感觉那不是胡思乱想。

谢平看到怀玉依然皱着眉头的样子,便笑了笑,把毛巾扔在一旁,对她说道:"不要想了,不想睡是吧?"

怀玉哪里睡得着啊，一家子现在都因为谢婷婷房产证上的名字长吁短叹，她生活在这个家庭里，哪能不受影响？她说道："是啊，睡不着。"

谢平便把放在书桌上的手提电脑拿起来，一边向床上走过来一边对怀玉说道："我们在床上看电影吧，我现在也睡不着。"

怀玉就说好，一边看着老公一边往床里面靠。自从谢婷婷回来后，因为婷婷喜欢上网，又不方便在他们的睡房里上网，所以谢平再次把他的台式电脑搬到谢婷婷房子里去了。

自从谢平的台式机搬给了谢婷婷之后，谢平就一直用怀玉的手提上网。只可惜手提玩不了多长网游就要过热死机，所以到后来，谢平网游也不玩了。好在他对网游也不是十分上瘾，两口子经常捧着手提电脑在床上看电影。

他们也是节俭之人，除了恋爱的时候，在怀玉的大学校园的电影院看过两三块一张票的电影，之后，不管是国内还是国外的大片，两个人都是在网络上看盗版的，在这一点上，两个人的观点相当一致，那就是花六七十块钱买一张票到电影院去干坐着不值得。

谢平不能玩网游了，倒是没说什么话。他本来对游戏也不怎么上瘾，再说婷婷是自己的亲妹妹，毕竟血浓于水。

两个人刚在床上坐好了，怀玉仍然像往常一样，等着谢平刚打开电脑，她就像一只小猫一样钻进谢平的胳膊底下。谢平瞅她一眼，眼里都是笑意，怀玉也笑着，一边扭了扭身子，挑了个舒服的姿势躺下了，一边说道："看什么电影？"

谢平对她说道："你要看什么样的？我随便。"

这一点，谢平这些年都是如此，吃饭要吃什么菜，旅游要到哪里去玩，电影要看什么类型的，一般都是先问了怀玉，而他呢，怀玉喜欢的他就不吱声，一切以怀玉为中心，顺着老婆来。

怀玉想了想，说道："我想看爱情片。"

谢平就说："好，我搜搜有什么最新上映的爱情片。"

谢平在网上搜着"经典爱情片"的时候，怀玉放在床头柜上的手机响了起来，是谁这么晚来电话？怀玉愣了愣，谢平替她把手机拿过来，怀玉看了一眼，竟然发现是张导打过来的，她对谢平说道："居然是张导打过来的。"

一边说一边接起电话，那边声音很激动，一开口就对怀玉说道："怀玉，没睡觉吧？

我刚看了一部电视片，我觉得对我们即将开拍的剧目很有借鉴性，所以给你打个电话，你在家也要看一看。”

张导是他们电视剧即将开拍的导演，怀玉是第一编剧，所以这个电话来得在意料之外，但也在情理之中，人家导演有灵感了，怀玉自然要说好。怀玉笑道：“好啊，我正准备看电影呢，你说名字，我在网上搜搜看。”

张导就笑了笑，用激动的声音说道：“是一部韩剧，叫做《玉琳的成长日记》。怀玉啊，我们这个剧要拍轻喜剧，是栏目剧、情景剧，《玉琳的成长日记》有很多值得我们学习的地方，你好好看看，这部片子很火，听说已经拍到第四季了。我们的片子火了，也第一第二第三第四季的拍下来。”

怀玉就说好，张导又在电话里对她笑道：“怀玉，上头说要把我们这个做成一个品牌，所以你要加油哦。”

怀玉受到张导感染，也变得快乐激动起来，脸上红红的，傻傻地笑着，说道：“我知道，张导。”

两个人都是有梦想的人，需要合作才能同时同步地实现梦想，所以在一起很有共同语言。

谢平一直在一旁听着，听到是因为剧本的事，也替怀玉高兴，他这个人，只要怀玉高兴了，他也觉得快乐了。

张导滔滔不绝，最后才想起时间不早了，便对怀玉说道：“那你看吧，不聊了，我也是一时发现，心情激动给你打了电话，呵呵，那我们明天单位见。”

怀玉就说好，笑着挂了电话。

怀玉把手机交给谢平，他们两夫妻在这方面很好，不像别的夫妻，各自的手机电话都是藏着掖着，美其名曰“尊重各自的隐私权”。怀玉和谢平不会这样，怀玉不管什么电话都是当着谢平的面接的，谢平就更甚，他不喜欢发短信，有时候别人给他发短信了，他都懒得回，直接把手机扔到怀玉手上，对她说道：“老婆给我回条短信，你打字比我快。”

谢平笑着把怀玉的手机放回床头柜，对她说道：“谁给你打的电话？深更半夜的。”

怀玉心情大好，听着谢平的话好像有些醋意，便有心要逗他，拢了拢头发，对他说道：“张导打过来的。”

谢平就问道：“张导长什么样？”

怀玉一脸都是笑,故意用夸张花痴的语气说道:“很帅,眼睛大大的,皮肤白白的,人也很好,很有才华。”

她滔滔不绝地夸着张导,谢平就打断她的话,对她说道:“导演帅有什么用,我可没听过这什么张导,是张纪中吗?大胡子!导演有什么好?导演的私生活很乱的。”

怀玉就知道谢平吃醋了,不由哈哈大笑。谢平也知道自己到后来可能真的吃醋了,也是止不住笑,对怀玉说道:“以后那导演找你,你要告诉我,我陪你去。”

怀玉就更加乐了,对他说道:“你真是的,吃哪门子飞醋,这导演身边的美女不知道多少,要误会,也是导演和女明星之间,你老婆我只是一个编剧。”

谢平说道:“那不一样,你可是编剧里最漂亮的。”

怀玉就笑,摇了摇头,对谢平说道:“张导要我看一个韩剧,对我们即将开拍的剧本有帮助。”

谢平听到是韩剧,立马皱了眉头,说道:“看棒子?”

怀玉就有点犯愁,脸上笑着,对他说道:“是韩剧,你在网上搜搜看。”她不知道谢平会不会同意。如果是以前,两个人各自一台电脑,各自上网做什么互不干涉,现在一台电脑给了婷婷,两夫妻要共用一台电脑,怀玉就不知道谢平会不会同意了。

怀玉说道:“要不我们先看电影,看完了我再看那部韩剧吧。”

谢平却笑了笑,对她说道:“叫什么名字?我和你一起看啦,老婆事业重要。”

怀玉心中温暖,报了名字,谢平就搜出来看了,这部韩剧还很长,从第一季到第四季,讲的是韩国高中生的情感故事。谢平不但对人物反感,对故事情节也没兴趣,怀玉看这部片,是从编剧的角度去看的,倒是看得津津有味,看到精彩处,还要为编剧组织情节的手法喝一声彩。谢平也参与讨论,不过他通常说的是“啧啧,那老鼠眼,真难看”,不过虽然骂骂咧咧,也陪着她一直看着。

到了晚上十二点,怀玉看了看时间,对谢平说道:“你睡吧,我再看一会。”谢平却对她说道:“睡吧,你明天还要上班,我明天晚上再陪你看,直到把这片子看完。”

怀玉知道谢平看这种片子就是受折磨,她对他道:“我知道你不想看。”

谢平就把电脑放回原处,重新上了床,关了床头灯,把怀玉抱在怀里,对她说道:“我知道做编剧是你的梦想,陪着看一下怎么了?”

那个时刻,怀玉很幸福,窝在老公温暖宽大的怀抱里,她的眼睛弯成了月牙儿。

自从谢婷婷回来后,谢丽一颗心就像突然上了高空索道,再也下不来了。她整晚整晚的睡不着，她害怕妹妹负气之下，和左璠离了婚，那意味着什么？意味着她谢丽买房子的计划就泡汤了。

她辛辛苦苦赚钱，眼看就能凑足首付了，也许是今生唯一一次的买房子机会，她怎么能错过。

昨天晚上，半夜三更看到妹妹抱着两个双胞胎女儿回来，谢丽一颗心就像滚水熬煎，如果不是担心马上出口劝阻，会成为司马昭之心，显得她现实自私冷血，要不是谢婷婷刚回娘家，谢丽早就力劝她回去了。

为了不让谢婷婷对她心生嫌隙，谢丽忍了两天。她对婷婷，以及对她的两个双胞胎女儿关怀备至。

到了第三天，谢丽看到婷婷仍然呆呆地坐在房里，整个人好像灵魂出窍，谢丽就不得不开口了。

走到谢婷婷面前，她起初笑了笑，尽量让自己看起来和气，是为她着想，以一个做姐姐的口吻。与此同时，她也在心理上使劲安慰自己，她的确是在为妹妹着想，她毕竟比婷婷虚长了好几岁，在社会生活上有经验，她是过来人，她是真心实意为妹妹着想，不想让婷婷走歪路，因为只有这样想，她才能让自己有勇气让自己理直气壮。

谢婷婷大眼呆呆地看着一个方向，左璠仍然没有来接她，一个电话也没有，谢婷婷一颗心更加害怕了。她不想离婚，可是感觉自己无路可走，只能朝离婚那条路上走了。她害怕离婚，但是她更害怕四五十岁一无所有被扫地出门。

谢丽坐在婷婷面前，仔细地瞅了妹妹一眼，谢婷婷现在有了很深的黑眼圈，整个人神情十分憔悴，谢丽又笑了笑，搭讪着问道："孩子呢？"

谢婷婷低着头，没有看她姐，但是从眼前走近的一双脚知道是谢丽，她轻声道："妈和爸带着出去转了。"

谢丽点点头，表示自己知道了，停了停，决定开口劝说。她说道："婷婷，你打算怎么办？这样下去也不是办法。"

谢婷婷没吭声。自从她回娘家后，除了爸妈站在她这边，姐和姐夫，以及哥和嫂子一句话也没说，她现在是最需要人支持的时候，可是却感觉他们并没有伸出有力的臂膀，扶她一把，拉她一把，她觉得无助。

谢丽见妹妹仍然低着一个头，只得清了清嗓子，继续说道："婷婷，姐比你大了将近十岁，姐是过来人，你听姐一句劝，其实房产证上有没名字都无所谓，这房子是不动产，又没自己长脚，跑不到哪里去，你只要和左璠感情好，有他住的还怕没你住的地方？”

谢婷婷说道：“就是因为爱情是流动的，房子是不动的，所以我要在房产证上加自己的名字。感情靠不住，只有房子才靠得住。我得给自己争个养老院，争个避风港！”

谢丽摇了摇头，继续说道：“婷婷，姐说句实话啊，这房子，我们真的不好意思在上面添上我们的名字。你想啊，这房子首付是他们家出的，这房贷也是左璠出的吧，你结婚没多久就辞职了，就算你没辞职，你那一点薪水也付不起房贷。”

谢婷婷祥林嫂般轻轻说道：“他们当时骗了我，他们瞒着我全家人签了字，独独少了我。”

谢丽笑了笑，劝道：“婷婷，其实对于姐来说，只要一辈子有房子住，我才不管这房产证上是不是写着我的名字。你姐夫要是这城里有一套房子，我保证就心满意足了，我才懒得去计较这名字的事情。婷婷，感情才是重要的，天天把物质挂在嘴边，很容易伤感情的，谈钱伤感情啊！左家这样的人家多好，你不要意气用事，那么不懂事，这往后的日子还长着呢。你现在和他们家处好关系，以后那些钱房子还不都是你和左璠的？眼光放长远点，不要和左璠赌气了，给他打个电话，叫他过来接你吧，在娘家待着也不开心是吧？”

谢婷婷猛地抬起头来，她刚开始还糊里糊涂的，以为谢丽是真心为她着想，所以她姐说一句她应一句，如今才明白过来，她这样拼了命地劝她回去，站在左家那边，无外就是担心她和左家闹翻，她不能买到她自己的房子，她担心的是这个。这还是她亲姐吗？她走投无路需要帮助的时候，她却打着姐妹深情的幌子，打着自己的小算盘。想她当年，为了替她买房，不惜得罪公婆，把好不容易经营起来的良好婆媳关系全毁了，可她呢？她心里有她吗？

谢婷婷只觉得心凉透底，整个人手脚冰冷，她睁大着眼睛看着谢丽，气愤得说不出话来。谢丽也有点害怕，心里没来由地慌了，嘴上却欲盖弥彰地说道：“姐这是为你着想，一个女人嫁人就等于第二次投胎，嫁到一个好人家比买彩票中五百万还难，所以姐这样劝你。”

谢丽反复说着这些话。

谢婷婷突然笑了，她瞅着谢丽，对她尖声说道：“我知道你在想什么，你害怕我和左璠离婚，害你买不成房子是吧？你倒是有长进，变现实了，可你也只有这么点出息，就知道窝里横，一辈子对张大伟那样的男人现实不起来，倒是对你亲妹妹下得了手！姐，你给我听好了,你趁早收了你的如意算盘,他不在房产证上加上我的名字,我就非离婚不可!"

谢婷婷说完这些话,就猛地站了起来,气愤地回房了。谢丽呆在那里,张口结舌,一会又自言自语道:"真是吃力不讨好,我这是为你好,你倒说我有私心,我这么多年没房子都过来了,我还会急在这一时?我用得着讨好左家吗?我讨好了左家,我买房子不用给钱吗?我还是要给钱,婷婷,我告诉你……"

谢丽对着婷婷的房间遥遥地喊:"你现在是钻了牛角尖,你现在还不醒悟,以后会后悔的。"

谢婷婷房门紧闭。谢丽呆了。她感觉到就在刚才那一刻,妹妹谢婷婷变得陌生起来,她的心突然间变了,对她就像一间没有门也没有窗的房子,她再也无法了解谢婷婷的内心了。

谢丽也跟着无奈和烦恼起来,她的房子,难道这次又买不成了?

她走到谢婷婷房门口,隔着房门对她大声说道:"婷婷,我是真为你好,我大半辈子都过来了,我还在乎这个要我自己花钱买的房子?女人不容易,我看左家是不容易让步的,你拿离婚威胁人家,别到时候真的离了婚。这离了婚的女人就是二手货,根本找不到更好的男人,你还带着两个拖油瓶,这辈子就是黑了天。我是替你着急,你现在年轻,不懂事,你以为现在的你还是没结婚之前吗?不要傻了。"

谢丽说的话就像一把刀刮在谢婷婷的骨头上,"咔咔"地响,由里到外的疼,谢婷婷最忌讳什么,谢丽就说什么。如果说在此之前,谢婷婷把离婚当成一条路的话,谢丽这番话等于是把她唯一的路都堵死了,谢丽说离婚是绝路是火坑是永不超生,谢婷婷只差没气疯,她隔着房门和谢丽大吵:"你就是为自己想,想利用我买房子。你们没一个好人,都是想利用我,想骗我,骗子,骗子!"

谢婷婷又想起左璠伙同他父母骗她在购房合同上签字的事情,不由悲从中来,她一边大声骂她姐,一边号啕大哭。

这个时候,怀玉也下班了,还没进家门,就听到两姐妹在吵架,从手袋里掏出的房间钥匙,原本要插进锁眼的,如今又在手上停了停,才开门进去。

谢丽看到怀玉止了声音,谢婷婷关着房门看不到,还在哭着大骂她姐:"你就是想利用我买房子,你做梦,我不在房产证上加名字你休想,这婚我离定了,你做梦去吧。"

谢丽有点难堪,整个人在原地转了转,然后僵僵地冲怀玉笑了笑,灰溜溜地回了房,谢婷婷的哭骂声仍然传进怀玉的耳朵里:"都想利用我,无耻,骗子,离婚就离婚,再苦再难我也要离婚,受不了这恶气!"

怀玉听清了原委,在脑海里一思索,整个人就呆了。此时此刻,她真想冲到谢丽面前,跟她要回那借出去的五万块钱。她十多万的编剧费没拿到,她和谢平现在没有半点积蓄,如果钱都没了,两姐妹却又都住回娘家,她怀玉怎么办?

谢丽的房门也紧闭,怀玉怔怔看着,冲动归冲动,真要去那么做,她也做不出来。谢婷婷的哭骂声慢慢小了下去,怀玉在原地站了一会,才低着头缓缓进了自己房间。

在下班的路上,因为最近事业顺利,她心情本来很不错的。可是进家门之后,听到了事情原委,她一下子好像突然失去了力气,两条腿就像棉花做的,软绵绵的。她有气无力地打开保险柜,拿到谢丽曾经感动之下签下的借条,谢丽歪七扭八的字还在上面。怀玉原本想着翻出来她会有一些安全感的,这最后仅存的五万块钱不会打了水漂,可是此时此刻,她看着那张借条,却得不到半点安全感。

她原先把这五万块钱借出去,也不是指望有一天谢丽真的能把这五万块钱还回来。她是希望她能买到房子,搬出娘家,谢婷婷嫁得金龟婿,大姑小姑都能和和美美过自己的日子。可是此时此刻看来,这只是她一个人单方面的愿望。

这套老房子,不管她怎么忍让,怎么付出,到最后也还不是她的,随时都会被人占去抢去。如今,婷婷闹着要和左璠离婚,她离婚了,也住回娘家,谢丽势必买不起房子。天啊,这是多么混乱的局面啊,希望不要成真。

怀玉想着这些,只觉得天旋地转。

她回到家的时候,外面的天色还是亮的。她坐在自己房子里一动不动,直到夜幕完全降临,她没有开灯,眼前一片黑暗,好像紫色的厚毛毯把整个人都包住了,看不清,闷热、窒息、难受。许许多多情绪就像无数条蛇,在她的内心纠结成一团。

直到谢平回来。他现在开始吃完晚饭再去上班。谢平对她说道:"怀玉,吃饭去吧。"

怀玉坐在那里一动不动,低垂着头。

谢平知道她又有心事了,走到她面前,把她抱起来,说道:"怎么啦?吃饭去吧。"

怀玉在老公怀里,瓮声道:"谢平,这房子是我们的吗?"

谢平笑道:"是啊,当然是。"

怀玉说道:"那我们明天拿着赠与合同去过户吧。"

她想起那个赠与合同,她现在没有安全感。

谢平说道:“好啊,不过听说过户要收很多钱的,我们现在手头上没钱。再说,真要过户,还要和爸妈商量一下吧。”

怀玉的一颗心就像溺水的人,刚浮出水面透口气,又沉了下去,她知道公婆势必不会同意他们过户的,刚结婚的时候,公婆一边把赠与合同给他们一边说道:“等我们死后你们就过户吧,现在不要过户。”

而且据她了解,过户的话,等于是赠与生效,要花掉许多税钱,太划不来了。其实花钱也无所谓,就是这个计划根本阻力重重,无法实施。

谢平见怀玉仍然闷声不响,便对她笑道:“大编剧,你马上就要有十三万的进账了,一辆宝来啊,到时我们就去买车了。”

怀玉心里亮了亮,想着到时候剧本费下来了,她就有钱了,到时候不管是过户还是存钱买自己的房子都有希望了。她的心里稍微感到安慰了一点。

她笑了笑,对谢平说道:“买什么车子?存钱买房吧。”

谢平推着她出门,对她说道:“咱们不是有房吗?”

怀玉不说话,却在心里苦笑了一下,想这房子会是她的吗?她现在也不像当年那么傻了,真的指望这房子。现在她明白,这房子靠不住,还是早做打算,凭自己本事买房要紧。

怀玉结婚这么久,这一刻,是真真正正地动了自己存钱买房的打算,虽然迟了点,可是好在事业上升,醒悟得不太晚。

孤军奋战

这次,谢婷婷在娘家待了十天。左璠慢慢担心起来。在他的内心,哪怕闹到这份上,对于谢婷婷,他也仍然还有爱的。

经过了十天的冷战,他想着大概谢婷婷太没有安全感,她既然要求在房产证上加一个名字,那么就加吧。其实他也无所谓,她要加就加吧。

左璠是富人家出来的孩子,比起穷人家的孩子,因为从小锦衣玉食,不知道清贫为何物,所以反倒容易大方。

夫妻赌气分居的这十天,左璠形影相吊,白天一个人出去上班,耳边听不到谢婷婷又甜又软的声音,晚上回到家,也再也看不到谢婷婷小鸟一样快活地扑到面前来迎接他。他一颗心空落落的,想念老婆,想念两个孩子。

所以经过了十天一个人的生活,左璠决定在房产证上加上谢婷婷的名字。他再也不想过这种赌气分居的生活了,如果在房产证上加上老婆的名字,能够结束这种冷战的生活,那就加上吧。

晚上左璠开车回到家,在餐厅吃过饭,就没有急着回自己房间。他坐在客厅,在那里默不作声地看电视,等着爸妈吃完饭和他们商量在房产证上加上婷婷名字的事情。

左璠从小就是听话的孩子,太过循规蹈矩,到现在结了婚,也仍然像一个没长大的人,做什么事首先考虑的就是父母同不同意。如果爸妈不同意,他也就没有勇气进行下去。

从小到大,他心里也有过许多自己的想法,可是到了后来,只要他说出来,父母不同意的,最后多半夭折了,只有在坚持娶谢婷婷这件事上,爱情给了他疯魔一般的力量,才让他坚持到底获得了成功。

可是爱情的力量只是昙花一现，据说，有科学家研究发现，热恋的持续期是三个月，左璠和谢婷婷结婚都快一年了，早就过了热恋时期，所以他现在做不到从前那样，为了满足谢婷婷，可以不顾一切。

他现在考虑到的，就是如果父母同意，那么就在房产证上加上婷婷的名字。如果爸妈不同意，这事还真不好办。

客厅里很安静，电视里放着肥皂剧，左璠如同所有的年轻人，不喜欢看电视。他的心思没在电视上面，可是他的眼睛没处放，所以仍旧盯着屏幕。餐厅里传来爸妈说话的声音，没了婷婷的说笑声孩子的哭闹声，他们家太过安静，安静到爸妈吃饭时碗筷碰到一起的“叮当”声，他也听得一清二楚。

他希望爸妈能够同意在房产证上加上谢婷婷的名字，这样生活就能回到从前的样子。他喜欢热闹的生活，因为他是独生子，从小自己和自己玩，所以婚后的生活他过得最幸福。

许佳仪和左国忠吃过饭，两个老人一边说笑一边从餐厅走出来，原本想转身进自己房间的，左璠瞅着这个空隙，站了起来，手里拿着遥控器，张嘴道：“爸，妈……”

许佳仪和左国忠停下了脚步，互相看了看，知道儿子有话要说。这些天，家里不见了谢婷婷的踪影，许佳仪和左国忠也没有问，因为不用问也知道，肯定又是回娘家去了。

这次回去的时间有些久。不过两个老人对于谢婷婷也有意见，觉得她一如从前，太现实，太贪心，所以虽然第二次回娘家时间这么长，老人也没有当着儿子的面提出要他把她接回来。

许佳仪知道儿子有话要说，儿子的神情就像一张晴雨表，他什么也没说，可她看一眼就知道他接下来要说什么了，自己十月怀胎生下来的孩子，难道她还不了解吗？

她对左国忠小声说道：“璠儿有话要对我们说，过去吧，坐一会，这种事，早晚都是要表态的，让他知道也好，早知道早死心。”

左国忠和他老伴想到一块，便也笑了笑，老两口在儿子对面坐下来。

左璠看了看自己爸妈，两只手为难地拱在一块，他费力地说道：“爸、妈，婷婷还是想在房产证上加上她的名字，当时结婚的时候，瞒着她签字我们是做得有些不厚道，所以，妈，我想，是不是在房产证上加上她的名字算了？”

左璠的语气是和风细雨的，细声细气的，全是商量的语气。他母亲是女强人，他的人生全是她说了算，他多年积习，结了婚，也仍然是孝顺的好儿子，不敢忤逆老人。

许佳仪其实一早就料到会出现今天这种事情，左璠对谢婷婷仍然有感情，她是从一早就知道的，当年要不是爱得死去活来，又是醉酒又是出车祸的，她才不会答应这门亲事。

许佳仪看了看老伴，又看了看儿子，内心对儿子就涌起心疼，同时也生气，想他怎么这么不开窍，现在他们还活着，可以护着他，以后死了，以他这样大方善良的性子，指不住他们留给他的钱全被女人骗走了。许佳仪对儿子充满了担心。这样现实的女人，她现在没死，自然要拼命护着儿子，妥善安置一切。

她说道："璠儿，爸妈也不是不讲理的人，谁出钱写谁的名字，妈在房管局工作了一辈子，这是约定俗成的条文，你们的婚房首付是爸妈出的，贷款是你还的，所以写了我们三个人的名字，写爸妈的名字，是因为考虑到以后，爸妈过世后，这房子就自动转到你的名下，不要继承，可以省掉一大笔税。这是合情合理的事情，放到哪里，大家都会同意我们这么做。谢家出了什么？谢婷婷又出了什么？如果她爱你，为什么还会担心署不署名的问题。我不同意在房产证上加上婷婷的名字！"

许佳仪语气很坚决，简直不容商量。

"妈……"左璠的脸上都是央求，低了低头，又抬头继续说道，"上次吵架，她半夜回家，说要是不在房产证上加上她的名字，她就要和我离婚……"

左璠的眼里充满了担心，他不想失去谢婷婷。

许佳仪没听到这句话还好，一听到简直气不打一处来，她冷笑了两声，对儿子说道："她这么说？她若真要这么坚持，这样也没什么好在一起的。强烈要求加名字的女人，有点心术不正，如果感情好，打算一辈子在一起的话，加不加名字根本无所谓。"

左璠只觉得痛苦，他在谈话前就料到爸妈会是这种态度，可是一旦真的面对，他还是觉得很无力。

他低声道："妈，我不想和婷婷离婚。"

许佳仪说道："璠儿，你摸着良心问问，谢婷婷这个女人，自始至终她爱过你吗？她当时嫁你还是嫁房子？她现在在乎你还是在乎房子？你不要那么傻，为了一个不爱你的女人把钱都丢了，一个女人不爱你，你拱手送上房子也没用。我和爸妈当年结婚的时候，你爸一无所有，我计较了吗？"

左国忠听到这里笑了笑，对儿子说道："女方不出钱却要在房产证上写上她的名字，没道理。儿子啊，你想想，换成她付钱，写你的名，你看她愿意吗？她一分钱没出凭什么写她的名字？让你有房子住就算不错的了。你们的婚房是你们婚后才买的，属于共同财产，那写谁的也无所谓，真离婚了，也会分她的，何必计较一个名字？”

许佳仪附和老公说道：“自己的就是自己的，不要巧取豪夺别人的。现在不是都讲男女平等吗？为何买房时她不出点银子呢？当时不给钱现在为什么要写名字？”

左国忠也说道：“现在的女人太不准性了，就为这个吵离婚，那如果真的给她在房产证上加名字，是不是要分走四分之一？我和你妈看法一样，我们讲道理，谁出钱写谁的，不管是法律还是人情上，理都是这样的。”

许佳仪看儿子垂着一个头，继续点醒儿子：“结婚是为了男女双方生活在一起，房子是生活在一起的小天地。男方为了和女方生活在一起，包括男方一家人的心血，才买一套房，男方买房子是更爱女方的表现，为什么要写上女方的名字？女方为什么不买一套房去结婚呢？女方提出这样的条件，不是心眼小就是心眼多，无理取闹。女方如果爱男方，想和男方生活一辈子，就不应该提这样的要求。”

左璠说道：“妈，我不想过这种生活。老是吵架也不是办法，不就是一个名字吗？”

许佳仪鼻子里冷哼一声，对他说道：“你不要贱骨头，她赌气冲回娘家你就让她冲回娘家吧。她爱住多久就住多久，她要拿离婚说事那就离好了。你们本来就不合适，这个女人从一开始我就不看好她，本质不好，太过现实，太过自私，太过贪婪，你娶了这样的一个女人，我不放心，我给她机会，她要是再这样闹下去，就不要怪我们。总之，无论如何，我和你爸都不会同意让她在房产证上加名字，以她的本质，现在给她在房产证上加名字，房产给她四分之一，保不定以后她傍上其他男人，和你闹离婚，卷走你的财产。这些钱都是我和你爸省吃俭用一辈子，辛辛苦苦存下来的，不能让人骗走。”

许佳仪说到后来愤怒起来，对左璠说道：“你听好了，她居然这么说话了，那不许你去接他！你要是敢去接她，我就不认你这个儿子！”

左璠是最听父母话的人，许佳仪说什么都奉若圣旨，母亲大人下命了，哪还敢去接啊？

这样，谢婷婷就在娘家长住下来了，住了一个十天又一个十天，最后自己住不下去了，想着自己不争取，这事情可能会无限期地拖下去，她没离婚，为什么不能回左家？所以她自己抱着孩子又回左家了。

回到家后，公婆都在，谢婷婷不想一开始就吵架，所以也还是勉强笑着叫了爸妈。

至于老人，只要不在房产证上添名字，那么其他自然不计较，她冲回娘家就回呗，现在回来了他们也欢迎，所以听到谢婷婷开口了，老人也笑呵呵地应了，还走过去，帮她照应孩子。

谢婷婷准备着自己开口，但是回家的第一天，显然不是一个好时机，所以她也没再说什么，从表面上看，他们一家好像又和好了。

晚上左璠回到家，看到婷婷和孩子回来了，倒是既意外又高兴，在他们自己房间，他对婷婷也特别好，简直仆人一样鞍前马后地侍候，因为心里有亏欠，想着要去弥补她。

"婷婷，要不要去洗澡？我给你拿睡衣。婷婷，想吃什么水果？我给你削去。"左璠一张笑脸近距离地呈现在她面前。

谢婷婷看着左璠对她细致入微的照顾，好像一切回到从前，至少表面上没有任何变化。她是多么希望这一切是真的，在这个时候，她甚至想着她当初为什么要看到那三个房产证，为什么要看到购房合同。

谢丽的话在耳朵边回响："女人离了婚就是二手货，你再也找不到更好的男人。"她在心里对自己说，就这样过下去吧，当一切都不知道，糊里糊涂地过下去吧。只要不去触碰房子这个问题，也许一切都可以回到从前。

可是这种假象的幸福生活她可以一直这样过下去，而看不出它是一个骗局吗？她已经看出来了呀，这温情脉脉的表象下面潜伏着巨大的不尊重，以及危险。她没有安全感，这个家，因为她洞悉了这件事情，尽管表面上仍然温暖怡人，可是她生活其间，却如处在冰窖，她由里到外地感觉到冷。

因为她知道了，她看到了真相，她做不到视而不见，所以她要抗争，她要计较，如果她这样不抗争的话，她会寝食难安。这种生活，就像一个小丑每天都在走高空钢索，自己卖力地工作着，可是却极其危险，而且身边的人都是看客，他们冷眼看她，不尊重她，欺骗她，笑话她。

这样的生活，她不要过下去，她哪怕离婚也不要过下去。

只有在房产证上加上她的名字，她才会不再是小丑，她才能原谅他们之前的欺骗，她才能感觉到自己被尊重，她才能有安全感，她才能把这婚姻维持下去。

谢婷婷内心激烈翻腾，她看着左璠，她想着此时此刻，她内心的想法，左璠明白吗？身边的人、家人、朋友，又有谁能真正了解此时此刻她内心的感受？

她是爱左璠的呀，可是她的爱却换来了什么？仅仅只是换来欺骗和利用吗？她都嫁给他了，到最后，为了维系这份婚姻，她就只能不要自尊地苟且生活下去吗？不，她才不要。

谢婷婷呆呆地出神，左璠削好了苹果递到她面前，她也没有伸手接一下。

谢婷婷回左家了，谢丽总算松了一口气，心里一块石头落了地。她给左璠打了一个电话，即使看不见，脸上也是带着笑，语气都是讨好，问起他们家买房的事情。

这几天，左璠为了哄谢婷婷开心，所以就答应了谢丽，在电话里对她说道："姐，房子没问题，你首付要是够了，我就带你去看楼盘。"

谢丽十分欣喜，妹妹现在动荡的婚事让她有了危机感，她害怕夜长梦多，到手的鸽子又飞了，不如现在就去把房子这事定下来。

所以她和左璠说道："左璠，首付我够了，你看什么时候得空，带姐一起去看一下楼盘吧。"

左璠看了身旁的谢婷婷一眼，就说好啊，在电话里和谢丽约定了时间地点。

谢丽高兴地挂了电话，张大伟不在家，她就给张大伟打了一个电话，叫他一起去看房子。不多久，张大伟就回来了，不过脸色灰白，并没有一点高兴的神采。

谢丽已经收拾打扮好，拿着手袋准备出门了，看到张大伟回来，便走过去挽着他的胳膊一边往外走一边对他说道："走吧，走吧，左璠在等我们呢，要迟到了。"

张大伟脚步却没有动，他看了谢丽一眼，迟疑说道："要不你去吧，我不去了。"谢丽有些小郁闷，夫妻一起去看房这是一件多么值得高兴的事情啊，至于她婆婆的病她早就抛到九霄云外去了。她笑着说道："走吧，家是我们俩的，我们买房子从看房开始都要两个人一起去，以后房产证上也写我们两个人的名字。"

谢婷婷现在事情闹这么大，对谢丽没影响也是假的。当时她就想着买了房，无论如何，这房产证上一定要写她的名字，而且要写第一个。

张大伟十分地不想去，谢丽却死活拉扯着他去了。

左璠带着他们小夫妻去花都那个楼盘转了一圈，就回来了。第二次第三次去看房都是谢丽两夫妻自己去的，因为看一遍不放心，还要反复看第二遍第三遍，买房可是一辈子的事，不是买菜也不是买衣服，挑好了就不能后悔，所以一定要慎重。

第四次去的时候，张大伟突然接到一个电话，自己提前匆匆走了。谢丽对房子是越看越满意，房地产开发商的一个销售经理陪着她，谢丽看到他对她恭恭敬敬的样子，心里也有几分得意,便对他说道:"许佳仪你认得吗?"

销售经理是一个三十出头的男人,听到这名字立马笑了笑,说道:"许科长呀,在越秀那边呀,我们老板认得。"谢丽看到他的神情又恭谨了几分,不由想着是不是借许佳仪的名字杀杀价。她以为买房也是买衣服,价格可以随便砍的。事实上也不能说她错了,她指了指自己,对那个销售经理说道:"我是谁你知道吗?"销售经理微微笑了笑,以为谢丽有大来头,所以更加恭谨了,谢丽说道:"许佳仪是我妹的妈,你说我是谁?"

销售经理立马肃然起敬,谢丽说道:"这房子每平方能不能便宜点?"

销售经理知道这事他做不了主,他说道:"这个我给我们头打个电话吧。"

他走到一边给公司老总打电话,他老总听到这话也愣了,立马给花都区那边的一个科长打电话,然后科长听说许佳仪的大女儿亲自来买房,想了想立马又给许佳仪打电话过去了,要那个房产公司老总亲自和许佳仪说。

虽然见不到面,可是隔着电话,老总也是一脸谄媚地笑,对许佳仪说道:"许科长您好,您女儿到我这来买房,这是我的荣幸,许科长您怎么不早和我说?"

当时许佳仪在办公室,接到这电话立马就糊涂了,她说道:"李总,你说清楚,我许佳仪就一个儿子,我哪来的女儿?"

李老板一听不对劲,八成遇到诈骗的了,就把谢丽的话说了。

许佳仪一听那个气哟,想谢丽居然敢狐假虎威,传出去她还不被她害死了?她沉声怒道:"没那回事,房子原价是什么样你给她什么样,我自己儿子买房我都老实出钱,你不要乱来,你不要逼着我犯错。她与我半点干系也没有!"

隔着老远,开发商也感觉到许科长火气很大,便识趣地挂断了电话。

许佳仪打完电话,生了一下午的气,回到家里,看到谢婷婷回来,更是气不打一处来。不过她混了一辈子,也是有涵养的女人,懒得和小辈计较,只是对这么个儿媳妇,越来越看不顺眼。

开发商给谢丽每平方便宜了几百块,谢丽也知道估计是许佳仪打过电话,所以想着不能太过分,看定房子后,开发商说现在可以签购房合同付首付,谢丽就高高兴兴回去拿首付的钱了。

张大伟不在家,她环顾了一下房子四周,只觉得今天这房子静悄悄的,有点古怪。谢丽打开衣柜去拿存折。

谢丽拿出一个存折,继续往衣柜里面掏着。想着还有一个五万的存折,公婆给的,她掏了几遍，没掏到，到最后干脆把所有衣服拿出来，大小口袋都翻了一遍，还是没找到。

存折去哪了?!

她开始慌乱起来，在房间里四处看了看，张大伟没在家，房子显得特别空大，一颗心不由更加害怕，她哆嗦着手指拨通了张大伟的电话，颤抖着声音对他问道："大伟，家里少了五万块钱!"

张大伟在那边低低说道："是我拿了，钱已经花了，我现在在医院，我妈在动手术。"

谢丽听到这里，只觉眼前发黑，她身体摇晃，拼尽了最后一丝力气对电话里尖叫道："张大伟，我们离婚!"

谢丽没有去签购房合同，因为首付不够。

开发商把电话打给了许佳仪，又打给了左璠，左璠回到家，把情况给谢婷婷说了，对于她姐买房子的事情，谢婷婷因为先前冷了心，便也无动于衷。

左家在僵僵的气氛里又过了几天。直到谢婷婷酝酿好了，开始行动，又导致家庭大战。

这一天，一家人吃饭的时候，在餐桌上，谢婷婷努力一笑，向公婆提了出来，她说道："爸妈，我要在房产证上加上我的名字。"

许佳仪一直遵守"食不语"的古训，最讨厌别人在吃饭的时候说事。左璠小时候在餐桌上嘴巴多了，她都要训的。谢婷婷却在娘家养成了边吃饭边说事的习惯，更何况现在心事重重，哪有工夫顾及这些。

许佳仪听到谢婷婷这么说，刚才吃下去的饭菜，一下子变成了石头，全部哽在她的胃里让她无比难受。

老人慢慢地把嘴里的饭粒嚼干净，谢婷婷紧张地等在那里，只觉得一分钟有一世纪那么长。

许佳仪说道："婷婷，要是首付你们一起拿，贷款一起付，我想不用你提，我们也会写上你的名字的，对不对？你们的婚房，首付是我和你爸出的，贷款是左璠还的，你婚后就辞了职，一方全资的时候就不能写两个人的名字。我们相信你是一个懂事的孩子。"

谢婷婷筷子拿在手里却停在半空，哪有心情吃饭？她说道："妈，你这样说就不公平了，我在家带孩子照顾你们我不算付出？我因为结婚生产失业，这不是我的损失吗？”

许佳仪说：“养身体准备迎接结婚生子这是异常艰巨的付出？说这话你自己不觉得脸红吗？如果真心爱对方，就应该想自己应该多为对方做什么，怎样做才不会让自己的爱人为难。而不是成天纠结在一些本来在爱的面前不需要在意的问题上，又不是让你挨冻受饿，只是不写你的名字而已，有必要为难爱人吗？婚后两人一起奋斗而来的，不写名字都有你一半。”

谢婷婷怔了怔，婆婆说话的声音不大，她却好似挨了无数个耳光。婆婆的话什么意思？怪她没有付出，没有共同奋斗，所以这房子理所当然不能加上她的名字？

这时候，左国忠也说道：“房子是什么，那是一家人的生活保障，也身系着多人的付出，这些人，是父母，甚至是兄弟姐妹。很多地方，两辈人合力才能拥有一套很好的住房。试问，一个女孩子，怎么忍心要这种凝聚无数心血的爱的证明？”

公婆一起对付她，谢婷婷只觉得坚持不下去了。可是她仍然说道：“爸，妈，当时结婚前，我和左璠一起看房子，大日头下跑了十多个小区，看了十多个楼盘，家是两个人共同的，你们不在房产证上加上我的名字，我感觉不到这个家也有我的一份。”

许佳仪听到这里，笑了笑，觉得这儿媳妇不但现实而且幼稚，她说道：“你就只跑了十多个楼盘就想拥有你需要奋斗二十年甚至三十年的房产，你觉得对你的丈夫公平吗？对我们公平吗？”

谢婷婷说道：“那你们对我公平吗？我都嫁到你们家来了，现在社会离婚率那么高，不在房产证上写上我的名字，以后离婚了，我要净身出户，我嫁到你们家，又有什么保障？我不想以后我老了，却和我的孩子无家可归。”

许佳仪又笑了笑，依然好声好气地对婷婷说道：“婷婷，听我一句话，一个女人，不要在刚结婚的时候就已经想着离婚的路，就想着离婚后怎么拿房子，怎么分钱。当你有退路的时候，你会经常想着退路的，最终离婚的可能性最高。为什么现在离婚率那么高？因为女人已经不依赖男人，甚至不需要男人了。因为她们不相信感情，掉在钱眼里。”

婆婆的声音不大，语速也不快不慢，好像平时和她聊家常。婆婆一脸的笑，神情温和，好像只是一点芝麻大的小事，可是谢婷婷却知道她有多么厉害，她说的话，每一字每一句都像皮鞭抽在她身上。

谢婷婷只觉得自己在不断碰壁，伤痕累累，她的眼泪在眼眶里打转，浑身无力，可是仍然垂死挣扎，她哽咽说道："我只是要加上我的名字，我没说要分一半，四分之一我也无所谓，我只是要一个名字，我只是要一份安全感，为什么这样的要求你们也要拒绝我？"

许佳仪微微笑了笑，说道："你不提要求，我们怎么会拒绝呢？"

谢婷婷再也坐不下去。她猛地站起来，眼泪也夺眶而出，绝望铺天盖地而来。她看了看身旁坐着的左璠，她的最后一线希望，可是，左璠无力地垂着头，双手为难地拱在一起放在餐桌上，谢婷婷看着左璠瘦长白皙的手指，最后一丝希望也破灭了。没用的男人！

她早该料到的，假如他不这样对父母唯唯诺诺，她也不会落到今天单枪匹马和公婆对抗的份上。

公婆的话语不大，和气细气的，可是在这场没有硝烟的战争中，在这样看似平静的氛围里，谢婷婷暗流涌动，到最后节节败退，公婆完胜。

愤怒伤心绝望，天花板黑压压地向她倾过来，房间在瞬间变小，她只觉得自己脖颈间被人勒上了绳索，她几乎要窒息了。这地方，她是再也待不下去了，一分钟也待不下去了，谢婷婷再次离开了左家。和公婆这一次战争，她彻底输了。

是，她年纪轻轻，怎么斗得过两只老狐狸？

谢婷婷无路可去，她也没想着今后的路怎么走，她只是在这一刻，感觉她再也待不下去了。她极快转身，泪水泉涌而出，她匆匆抹了一把泪，进了自己房间。

左璠看到谢婷婷含着泪离开餐厅，在房间里走来走去地收拾行李，他也跟着站了起来，为难地叫了一声："婷婷……"

"不许过去！"是许佳仪暴怒的声音，左璠吃惊地回过头，刚好迎上他母亲愤怒的一张脸。眼角的眼尾纹密集地聚在一起，左璠明白过来，他母亲一直好似讲道理一般，和声缓语，就像教导一个不听话的孩子，就像小时候，她对他一样，事实上早就怒火中烧，她只是好涵养地没有表现出来罢了。

许佳仪的情绪仿佛压抑了很久。愤怒让她显得苍老憔悴，左璠看着自己的母亲，无能为力感潮水一样地涌来，许佳仪沙声道："她太贪心，不该要的也要伸手抢，这是没道理的事，你不要再护着她。"

左璠知道母亲说话的分量，只好无奈地低下头，不出声了。

"你坐下来，继续吃饭。"许佳仪慢慢吩咐儿子，夹了一筷子菜在碗里，看到儿子坐下了,心里满意,她说道,"她爱回娘家让她回好了,上次自己回去你不接不也自己回来了吗?我还以为她总算想通懂事了。这么大的人,一味胡搅蛮缠不识事理是她自己的问题,都是两个孩的妈了,又不是小孩子。我们做大人的也只能点到为止。"

谢婷婷在房间里听到了,一颗心更如扎了刺,她抹了抹眼泪,只觉得这个家她是一分钟也待不下去了,她拎着行李,在孩子的哭喊声中出门了。

亲家，还是冤家？

谢丽不见了。

怀玉是晚上下班回到家时知道这个消息的。她刚到家，婆婆一脸焦急，看到她就立马走过来对她说道："怀玉，你姐不见了。"

怀玉吃了一惊，对婆婆说道："妈，你说什么？"老人十分焦急，神情都是担心，两只手握在一起，怀玉看到婆婆这样子，不由也凝了神，拉了老人在一边坐下，对她说道："妈，你慢慢和我说，不用急，到底出了什么事？"

老人看了怀玉一眼，已经红了眼睛，怀玉看到老人眼看就要哭了，想着事情可能非常严重，她安慰老人道："妈，姐那么大的人，可能是去朋友家了，你不要担心。"

她想着真是可怜天下父母心，大姑都快四十的人了，婆婆居然还如此不放心，出去住一两天也没什么。老人却摇了摇头，含着眼泪对怀玉说道："怀玉，不是的，你姐和你姐夫吵架了，你姐夫那不要脸的，把你姐买房子首付的钱拿走了一半，你姐是生气了，才不见了。她之前和我说了，一直在哭，然后就不见人影了。妈怕她想不开……"

怀玉才知道这件事情，看着婆婆可怜的样子，她只得努力笑了笑，对老人说道："妈，姐很能干的，你不用担心她，我和谢平也努力去找她，这事你不用担心，姐一定会没事的。"

老人看到儿媳妇这么说了，一颗焦虑的心总算好受了一点。

怀玉看到婆婆六神无主的样子，只得回房把手袋放了，换了家居衣服，系上围裙，到厨房里准备晚饭，老太太明显没心思做饭，怀玉在那里洗菜择菜的时候，老人就在她身后转着，一边转一边说着话："怀玉，你姐已经两天没回家了，妈担心她啊。不知她在哪里，到底过得怎么样？"

怀玉听在耳朵里，那一刻，也不知怎么的，想着自己的爸妈，她想着她在外面，妈妈是不是也这样担心。她笑了笑，对老人说道："妈，你不要担心了，姐肯定是去朋友那了。"

婆婆叹口气，对怀玉说道："怀玉啊，你不知道，你姐那个人，太好强，一辈子就想要一套房子，这次她想买房是当了真，左家都答应帮忙了，张大伟那不要脸的，居然偷她的钱，没本事赚钱，居然还敢偷她的钱。她当年真是瞎了眼，都怪我，当年要是不同意，也不会有今天的事情。"

老人呶呶不休，语气里都是自责和愧疚。

正在这时候，外面却听到带着哭腔的一声"妈"。老人和怀玉都怔了一怔，外面的人大概看到没人应声，便又沙着声音叫了一声："妈。"老人慌了，好像大白天撞到鬼，看了一眼怀玉，对她说道："是婷婷回来了。"

怀玉也确定是小姑子的声音了，老人在围裙上擦了擦手，一边急急往外走，一边叹口气，低声说道："怎么又回娘家了，还带着哭腔。天啊，怎么我们家就这么多事！"

怀玉心里也不安，听着小姑子喑哑的声音，她知道肯定没好事情。她叹了口气。

因为担心小姑子，婆婆走出厨房没多久，怀玉把晚饭要吃的菜洗干净切好，也走了出去，刚到外面，就看到谢婷婷红着眼睛在那里默默流泪，老太太一脸的气愤。

怀玉就知道肯定又是房产证的事情，她在心里叹口气，看着小姑子，心里想，这是何苦呢？只要两个人感情好，为什么要这样计较？左家一个儿子，以后不都是你们的？

小姑子为什么要钻牛角尖，好好的日子不过，自己找罪受？胡同思维是错误的，为了沉没成本不顾一切，真是不值得。

怀玉扎着手站在房间的角落，她在想她是回房好，还是在这里陪着婷婷和婆婆。谢婷婷看到她，眼泪就流了下来。怀玉只得笑了笑，走过去，陪她坐下。

谢婷婷又把左家老头老太太合伙来对付她的事说了一遍。怀玉在一旁静静听完，想左家老人也的确够厉害，没什么心眼的婷婷如何是他们的对手？

婆婆在一旁气愤说道："他们左家太欺负人了，怎么能这样欺负人？气死我了，你不要回去，他们不肯在房产证上加名字，你们就离婚。"

怀玉心里一惊，看了一眼婆婆，想天下有这样当妈的吗？居然自己怂恿女儿离婚！女人结婚再离婚，二婚怎么能和一婚比？再说，谢婷婷虽说是大学生，可是毕业后，根本就没正经工作过，结婚后，因为嫁得好又一直做家庭主妇。

她如果离了婚，势必要自力更生，如果孩子都归左家可能还好一点，可是如果分了一个呢？就她现在的工作能力，她如何养活她自己和孩子？

离婚是气话呀，何必活活把自己的路堵死？

“怀玉，你说左家是不是过分？不肯在房产证上加名字，我们就离婚，这样的人家，再待下去也没意思，从来没见过这么冷血这么不要脸的。”

老太太紧紧握着谢婷婷的手，在那里气愤地说着话。谢婷婷在左家受够了委屈，如今回到娘家，听着母亲的话，她已经心乱如麻，根本无法像怀玉那样理智清晰地静下来分析她母亲这样说这样做是不是太冲动，是不是错了。她只是凭感情感觉妈妈是站在她这边的，妈妈真好。她感觉没那么累了，感觉受再多的伤，也还有个家，可以让她躲起来舔伤口。

婆婆话音刚落，就直直地看着怀玉，怀玉哽在那里，一时不知说什么话。同意婆婆的说法吧，以后小姑子真离了婚，做女儿的哪有怪自己亲娘的，这笔账迟早都要算到她头上；不同意婆婆的话吧，很明显，就是站在她们的对立面，她和左家无亲无故，如果站在婆婆和小姑子的对立面，现在又要爆发家庭战争了。

怀玉十分为难，正在这时候，门外人影一闪，公公带着双双回来了，人还没看到，就听到双双欢快的笑声。怀玉总算松了一口气，站起来抱过双双，问她今天在幼儿园听不听话，老师有没有奖小红花。

谢婷婷看到自己的爸爸，眼泪立马又下来了。老头子脸上的笑容，在回到家看到小女儿后，就像冰箱里的鱼，立马暗了颜色，而且很快就僵硬了。

老太太看怀玉不回答她的问题，一心抱女儿去了，心里也是不满，想儿媳妇就是外人，永远不要想着她和你一条心。

吃晚饭的时候，一家人又开始讨论谢婷婷的事情，谢家的态度，就是无论如何，哪怕以离婚为代价，一定要在房产证上加上名字。这个态度和左家的态度是截然相反的。谢平上班没回来，谢丽和张大伟都不在了，小志在饭桌上问一桌人“外婆、外公，我爸、我妈呢？”也没有人回答他，小志那孩子也因此变得闷闷的。

现在家里那么多事情，大人哪有工夫去顾及小孩子的情绪？

公婆都在那里劝说着谢婷婷，怀玉一个人在那里吃着饭，心里实在不是滋味，她匆匆把饭吃完，然后把女儿哄睡下，公婆刚好饭也吃完了，她便手脚麻利地洗完了碗筷打扫了房间，进自己房去了。

小姑子的事情,她不方便说话,不管说什么话,以后出什么事都要落到她头上,所以她要避这个嫌疑,婆婆却好像对她不满,埋怨她太冷血似的。

怀玉在心里摇头笑笑,想着没办法,这是无可奈何的事情。

大姑离家出走了,小姑子和婆家吵架,抱着两个宝贝回娘家了,家里四个小孩,不知道多热闹,两个姑子都在和各自的老公吵架,怀玉心里苦笑,想着这世上还有比她的婆家更乱的人家吗?

怀玉一个人闷闷的,莫名其妙的恐慌和担心再次攫住了她的心。现在的局势越来越坏,简直往她最坏的猜想滑下去。谢婷婷的夫妻关系一直没好,反倒愈演愈烈,大姑子买房首付的钱被姐夫私自拿走了,现在还在赌气,看来谢丽买房子这事已成了梦幻泡影,没有什么可能了。

这样的情形下,以后会怎么样?没有房子,势必会长住在娘家不走,这房子还是她怀玉的吗?

怀玉从椅子上站起来,抬头看着天花板,又绕着房子走了一圈,用手这里摸摸,那里碰碰,她想借着真实的触感,告诉自己,这房子是自己的。可是绕了一圈,仍然没有主人翁的感觉。

外面孩子哭、大人吵,热浪一般传过来,灼烧着怀玉的耳朵,她再次感觉,这个家,只有自己是局外人。

她摇头苦笑,对自己说道:"不要再奢望了,从今天开始,自己存钱买房,搬出去就好了。一定要自己存钱买房了,你再指望这套老房了,以后肯定会死无葬身之地。"

怀玉想到这里,便打开电脑,在网上搜索了一下广州现在的房价。市中心稍微好一点的房子都是一平方米一万多,一套小房子,也要六十万。三成首付,十八万块钱,她的编剧费就算全拿到了也还差一点,编剧费真拿到也没有十三万整,扣税就要扣一万多,最多十二万吧,首付就不够,可能还要存一年,还有,贷款能还清吗?她虽说在电视台工作,可一直是合同工啊,现在想进入体制内部,基本上是不可能的事情。贷款她和谢平承受得了吗?

怀玉只觉得背上突然压了巨石,她都有些不堪重负了。

谢平十一点多才回来,他刚进家门,就被母亲和妹妹拉住了,怀玉隔着房门听到他的声音知道他回来了。"我的意见,问我的意见啊,那就是不要计较,房产证没名字怎么了?少你住吗?真想天长地久,就不要那么物质,不要那么计较,你真的在房产证上加了名字，感情不好，他们想要转移这房照样能转移，这房子你没付出，到时候票据一来，法院也不会判给你，就算这房子最后左家给你了，人都来了，你守着栋房子有意思吗？"

怀玉走到房门口，隔着房门听着老公的说话，不由微微笑起来。在这一点上，她和谢平的想法是一样的。谢婷婷和左璠，明明是金玉良缘，佳偶天成，小姑子为什么这么死脑筋？为什么一定要加上自己的名字？

她婆婆说道："往坏处打算，往好处做。我们要考虑到以后感情不好离婚的时候，现在就要在房产证上加上名字。你姐当时结婚没买房，结婚十多年，孩子都十多岁了，还住在娘家。这次做梦都想买房，结果张大伟那不要脸的畜生，居然把首付偷走了，你姐现在都不知在哪，你就不要再说风凉话了。这一次，我们不能让步，一定要在房产证上写上你妹的名字。"

老太太说话十分果断。

谢平说道："妈，你不要瞎起劲，离婚就这么好？"

老人瓮声道："我不是说要离婚，我只是表明我们家的态度，结婚前他们不也没同意买婚房吗？我们不提出来，态度不强硬，他们最后会买婚房吗？"

谢平冷笑道："是啊，婚房最后是买了，可是你女儿的吗？所以说人家不肯给，你反复嚷着要也没用，识点时务比较好。再说了此一时彼一时，这结婚了和结婚前能比吗？"

谢婷婷开始哭泣。

老人生气了，对谢平说道："好了，不要说了，要你拿主意，尽说没用的话。"

"那我进房了。"

谢平摇着头进了自己的房间。

他打开房门看到怀玉就站在门后不由有点意外，笑了笑，走过去抱着她，怀玉也笑了笑，倚在老公的怀里。谢平说道："家里现在人多，让你受委屈了。"

怀玉答非所问地说道："谢平，我们买房子好不好？"

谢平笑了笑，说道："好啊，最近有家大饭店给我打电话，让我过去，说每个月给八千，我也打算过去呢。"

"真的？"

"是啊，混了这么多年，我从掌勺的升做大师傅啦。"

这倒是意外之喜，怀玉含笑看着谢平，心里迅速换算，一个月八千，一年就将近十万。她的工资加上老公的工资，那么贷四五十万的房贷应该不成问题。

谢平摸了摸她的脸，说道："当然是真的，老婆都是大编剧了，我也不能太没出息嘛。"

怀玉就嘿嘿地笑，捉着自家男人的手在那里说不出话来，回到家里来的压抑现在总算烟消云散了。她对谢平说道："老公，等我剧本的钱到卡上了，我们就去看房子。"

谢平也知道，这一年多来，他大姐搬回娘家，小妹出嫁，怀玉一直过得很压抑和委屈，他也知道怀玉做梦都想拥有自己的房子，他笑道："好啊，我们一起去看房子。"

怀玉便把脑袋靠在老公的肩膀上，在那里幸福地笑着。

第二天，他们全家就开始寻找谢丽的下落，一天无果。

第三天，第四天，第五天，也没有消息。

一家人越来越焦心，到了第六天，小志哭闹起来，家里人在孩子的哭声中更加不安。

最后倒是谢丽自己打电话回家了，她在番禺那边学理发，她想以后到越秀这边开个美发店。家里人听到她的声音总算放了心。

老太太还是担心女儿，第二天晚上，就嚷着要去看看谢丽，她手上拿着老年卡，说要去坐车要按着谢丽在电话里说的地址找过去。怀玉那时刚下班，听到婆婆这么说，知道老人担心大姐，又想想广州那么大，又是晚上，治安不好，婆婆年纪大了，一个人坐那么久的车她能放心吗？

她便出声道："妈，明天是周末，明天上午我陪你过去吧，现在大晚上就不要去了。"

老头子也这样劝老伴。

老太太想着儿媳妇陪自己过去，总好过一个人去。她现在对广州越来越不熟悉了，这城市天天扩建，一天一个模样，她在广州生活了一辈子，可是稍远一点的地方也是不熟的，看到儿媳妇愿意陪着自己去，也就安心了。

第二天早上，怀玉平时习惯要睡懒觉的，这天起了一个大早，婆婆比她起得还要早，怀玉出来的时候，婆婆已经穿得整整齐齐等着她了。

怀玉便和老人一起坐上了去番禺的车，番禺相比越秀就是郊外了。两个人一路颠簸，又沿着一条小路走了许久，问了许多人，才总算到了。

路边有个发艺店，那种理发店，就是为大部分外来打工的人服务的，三五块就可以剪一个头，怀玉和婆婆走进去，谢丽正站在一边专心致志地学手艺，怀玉叫了一声姐，谢丽吃了一惊，心里有些感动，但也有一些难堪。

对她们说道："我不是打电话回去了吗？你们来做什么？"

嘴上说着话，眼睛仍然盯着她小学同学的动作，这家店就是她小学同学开的。她上次在大街上遇到她，以为小学同学开美发店发了大财，后来发现张大伟拿走了房子首付后，买房成了不现实的梦，她还欠着怀玉五万，至于向妹妹谢婷婷借钱，婷婷现在自身难保，而且对她冷了心肠，她开口也是白开口。她伤心绝望之下，就想到了这个同学，跑到番禺来投奔她了。

这些天，她也想明白了。一切还是因为自己没本事的缘故。假如她有本事赚大钱，她也就不会在乎这五万块钱，假如她有本事赚大钱，她早就买得起房子了，她也不会这么冷血现实，婆婆等着拿钱去救命，她却拼命阻挠，如果不是把张大伟逼急了，他也不会偷家里的钱。

一切都是因为她没本事赚钱。

所以她就跑到番禺来拜师学艺了。

老人看到大女儿，一颗七上八下的心总算放下了，对她说道："你也要回去说一声啊，小志不知道多担心你。"

谢丽眼睛红了，不过她没说话。自己儿子住在自己娘家，她知道亲生的爸妈不会亏待他。

老人继续问她："你和大伟到底是怎么了？他为什么要拿走那五万块钱？"

谢丽就说道："他老娘病了，等着那钱去动手术，他起先和我要过，我因为要买房子，没肯给他，所以他逼急了就私自拿了。"

谢丽脸上木无表情，语气也是淡淡的，好像婆婆等钱救命，于她而言，也是一件轻描淡写的事情。

怀玉在一旁听着，心里猛吃了一惊。她想着贫穷居然把一个人折磨成了这个样子，谢丽现在怎么这么无情冷血？她梦想有一套房子已经到了几近变态的地步了。

她看向四周，这只是一间小小的店面，不到二十平方，周边都是那种路边摊、大排档，周围远一点不是工厂就是水田，这是广州的郊外。怀玉想，大姑姐就算真的想学手艺，也不应该到这种乡下地方来学习啊，这种地方能学什么好手艺出来？

学着剪三五块一个的头，到了越秀，照样没市场。难道在番禺这种地方开个发艺店吗？

不过怀玉也没说什么。

老太太使劲劝谢丽回去，谢丽却无论如何不肯，双脚好像钉在那家小店里了，她反复说道："我要学手艺，等我以后到越秀开个美发店，给人染个发都能收三五百，那时候我就能买得起房子了。"

怀玉在心里不停摇头。

最后老太太也没办法，只得和怀玉再次坐车回去了，两个人坐在车上的时候，老人想起大女儿，又想起小女儿，似是对怀玉说，又似是自说自话，她说道："怀玉，你说婷婷能不在房产证上加名字吗？她不加名字，她就和丽子一个样，一个女人一辈子没有一套属于自己的房子多可怜啊。"

怀玉听得心惊，她和婆婆的看法不一样，可是她知道，如果她说出实话，婆婆可能就以为她担心家里的老房子被两姐妹抢占了，所以她选择沉默。

过了几天，张大伟回来了，怀玉公婆关了门不让他进来，张大伟在外面说话："丽子，我妈等着那钱去救命啊，她是我亲妈啊！我张大伟没本事，一辈子没有好好孝顺他们，可是不能为了自己有房子住，就让我妈活活病死，那样我还是人吗？丽子，你原谅我，我回来了，我妈现在也出院了，我以后会好好赚钱的，我们一起赚钱买房子，我张大伟做牛做马去卖血也要把钱赚回来。那五万块钱本来就是我爸妈的，我只是把属于他们的钱还给他们了，丽子，那钱我们不能要啊。"

怀玉在房内听着，倒是第一次觉得，张大伟其实也挺可怜。

可是公婆一声不吭，埋头吃饭就是不开门。

过了一个星期，周末的时候，谢丽大概想着儿子放假在家，所以回来了。她给小志买了书本和衣服，小志看到自己妈妈并没有突然消失，整个人也高兴了一些。可是怀玉在一旁看着，也知道这孩子因为家庭的缘故，比起许多同龄人，便总显得有些阴郁，就像阳光背后的阴影、太阳核心的黑子，这些阴郁让人担心，仿佛性格里潜伏着让人不安的因子。

谢丽对于谢婷婷房产证上加名字的事也没有多说什么。她现在也不再热力地劝谢婷婷不要坚持了。她反正没有了房子首付的钱，所以婷婷的事，她也不多嘴了。

谢婷婷对她姐也有些心灰意冷，谢丽现在不说话了，在谢婷婷心中，就越发地证明了当时她那么滔滔不绝地劝说她回去，就是冲着她自己买房去的，所以谢丽不出声说话，她也不搭腔。

一家人在看似平静的表面上度着时光，张大伟这个时候却来了，仍然在外面按门铃、说话。一家人没有开门，后来小志大概想去给他父亲开门，谢丽坐在那里，怒喝一声："不许去！"

谢丽平时对儿子很严厉，想着棍棒底下出孝子，所以小志对他母亲的话是言听计从。

张大伟隔着门听到谢丽的声音，又再次苦苦央求。谢丽却简短说了一句话："张大伟，你听好了，你不拿回那五万块钱，我们就离婚！这次我谢丽说话不算话，就让我出门被车撞死！"

她发的誓是那么毒，带着恶狠狠的坚决，屋里屋外全都呆住了，一家人呆呆地看着谢丽。谢丽没事人一样，依旧拿着小志的作业在检查。外面安静了一会，然后响起了"沙沙"的脚步声，是张大伟的，渐行渐远。

过完周末，怀玉接着上班，谢平顺利跳到一家大饭店，两个人收入有所增加，对于怀玉和谢平来说是一件值得高兴的事情，不过两个人只能关了房门，偷偷地乐。而且出于一种本能的防卫，怀玉对谢平说："你换工作加工资的事不要让家里人知道。"

谢平刚开始因为激动和高兴，原本想说的，后来也是顾虑到如果说出来了，爸妈为了一碗水端平，资助大姐买房，可能又要像剥松树皮似的把他剥个精光。他知道怀玉拼了命地想买房搬出去，两个人现在积蓄已经因为姐姐买房妹妹出嫁花光了，所以他不得不多个心眼。

谢平涨了几千块工资。怀玉在这一点上倒是很激动，虽然大姑小姑都事事不顺利，家里有如一团乱麻，可她的心情在大体上还能维持不错的状态。

他们过着自己的日子，对于谢婷婷的情况因为劝不进去，所以只能期望着她自己能想通，让谢平和怀玉没有想到的是，谢家老太太却自己出面，以一种闹剧的形式，为谢婷婷和左璠的婚姻画上了一个句号。

谢婷婷在家住了半个月后，神色一天一天灰败下去，老人愁啊。她一天天地盼着左璠来接，但是一次又一次失望。

这一天，老人又在那里开着门往外看时，谢婷婷说话了："妈，左璠不会来的，上次我回家他都没来接我，这次我和他爸妈吵架，他又是那么对他妈唯唯诺诺的人，他这次更不可能来接我了。"

她心里冷笑，爱情是什么，爱情就是阳光下的奶糖，不知不觉就变化了形状，再也回不到从前的样子，左璠以前多爱她呀。

老人回过头来，对谢婷婷说道："他不来接，那怎么办？这房产证上的名字？"

谢婷婷苦笑了一下，用一种有气无力的声音说道："妈，恐怕我和左璠只能离婚了。"

老人听到这里，快步走过来，拿起小女儿的手，对她说道："走。妈带你到左家去，我们去论论理，如果他们实在不讲理，这婚姻我们也没必要继续了，离就离，当年是他们家求着我们家结的婚，现在离就离，离了他不怕找不到更好的。"

谢婷婷现在已经处于六神无主的地步，谁要是肯站在她这边，对她可是一根救命稻草，只可惜家里明事理的，比如怀玉，她不方便开口，一直沉默；比如谢平，他说的对于谢婷婷来说，就是扎进耳朵的一根刺，她本能地排斥；比如谢丽，这个时候，谢丽也是对的，可是谢婷婷却先入为主，认为她劝他们和好，是因为她自己想买房，现在谢丽又不肯多嘴了，她自己买不起房，和张大伟也闹到要离婚的地步了，自顾不暇，哪有工夫管自己妹妹；怀玉公公呢，向来是甩手掌柜，而且一直是支持在房产证上加上小女儿名字的，所以当老人捉着谢婷婷的手，把她拼命拉起来说要带她去左家的时候，谢婷婷几乎没多想，就站了起来。

她已经没路可走了。眼前的路，不管是独木桥，还是高空索道，不管是死胡同，还是刀山火海，只要能让她达到目的，有一线希望的，她都不顾一切地走下去。

这样，她和她亲爱的母亲，就一人抱一个孩子，杀到左家去了。

亲家大战爆发。

事情也许发展到后来，总会升级的。先是夫妻小吵，然后是婆媳大战，最后两夫妻的问题变成两家的问题。

谢婷婷自然还有着家里的钥匙，她拿钥匙开了房门，带着自己的妈妈进去了，两个人坐在客厅的沙发上，一人抱着一个孩子，等着婷婷公婆回来。

怀玉婆婆，没有读过几年书，年轻的时候，也是一个很厉害的女人，就是很泼、性格很强的人，而且做事好冲动，现在虽然年纪大了，从外表上看整个人和气了，可是在儿女这些事上，她因为担心焦虑未免乱了阵脚，所以才想到要亲自出面，和亲家讨个说法。

许佳仪开门回到家的时候，刚进房门，就看到沙发上坐着一个老人，一时间怔在那里，以为走错了房门，确定是自己家后，看了几遍，才看出是谢婷婷的亲妈。

对于这个亲家，她总共也没见过几面，如今招呼也不打一声，居然跑到她家里来了。谢婷婷坐在旁边，脸上没有什么表情，老太太也一脸的怒气，许佳仪看在眼里，不由心头火起，想着果然是龙生龙，凤生凤，老鼠生的儿子会打洞，什么素质，有脸闹到她家里来了。

许佳仪心里有火，脸上却带着笑，走过去，一边招呼张妈泡茶，一边对谢婷婷妈妈说道："亲家，你来了？"

谢婷婷母亲鼻子里哼了一声，勉强笑了笑。许佳仪也就坐在她面前，心里想着无外乎房产证上加名字的事情。她对谢婷婷更加看不起，想着真是不懂事，左璠当时怎么鬼迷心窍，看上这么一个绣花枕头，外表好看大脑空空，只知一味地伸手要，要不到就一味胡来的女人。

张妈泡了茶拿了水果点心过来，许佳仪招呼着亲家吃，又吩咐张妈到外面去多买几个菜，晚上亲家在这里吃饭。谢婷婷母亲打断她的话："不用了，我把话说清了就走。"

许佳仪却仍旧叫张妈出去了——家丑不可外扬。

许佳仪喝了一口茶，笑了笑，说道："亲家，有什么话就说吧，这里都不是外人，我们也不是不讲理的人家。"

谢老太太鼻子里哼一声，对许佳仪说道："我来这里也没别的事情，就是房产证上要加上我女儿婷婷的名字。这婚房也是你们当时答应好的，说好了是给小两口买的婚房，你们一家人都在购房合同上签了字，就瞒着我女儿一个，这事是你们做得不对。"

许佳仪笑了笑，想着果然是，还真有脸上门来要了。

她说道："亲家，我们当年没诚意，就不会让他们领了结婚证再买房，这房子不管房产证上有没婷婷的名字，她都有份。"

谢老太太看了许佳仪一眼，许佳仪保养得好，看上去就像五十出头，而她呢，因为一辈子家庭主妇，不怎么会保养，所以看上去就像老太婆，三个人坐在一起，简直就像三代人，而且许佳仪衣服考究，举止优雅，说话不疾不徐的，谢老太太再想想自己家常的衣服，脑袋上麻雀尾巴一样的头发，不由有些没信心。

不过为了小女儿的幸福，她哪有工夫顾得了自己。大女儿一辈子因为没有房子过成这样，难道她做娘的眼睁睁看着小女儿走大女儿的老路，到了三四十岁，因为夫妻感情不和,一无所有地住回娘家?

她不能,她做不到,所以她要拼尽一切为小女儿争取,所以她今天来了。

不过她也不是不讲理的人,先礼后兵,亲家客客气气,她也客客气气,她今天是来讲理的。

谢老太太先在心里自己思忖了,才出声道:“亲家,我女儿嫁到你们家,一心一意地做你家的媳妇,以前娘家都回得少,两个人结了婚就是一家人,给他们买的婚房不加上婷婷的名字实在是说不过去。”

许佳仪笑道:“亲家,你可能不知道,这个在房产证加名字很麻烦,首先要到银行去变换抵押贷款,然后要去公证处协议公证,接着要到房产局申请加名字,而且加名字要交很多税,花钱不讨好,实在没必要。你说得对,结了婚就是一家人,又何必在乎房产证上有没名字?”

谢老太太心中不满,想着果然就是不想在房产证上加上我女儿的名字,她垂着眼睛说道:“事情都是人办的,真要有心,还会嫌麻烦?”

言下之意是你们左家没诚意。

许佳仪手里捧着茶杯,心里扎进刺,脸上却微微笑着,没有说话。

谢老太太继续说道:“总之,一定要在房产证上加上我女儿的名字。亲家,我今天就把话撂这了,我没事也不会到你家来了。我女儿嫁到你们家,给你们家洗衣做饭,生儿育女,她现在为了生孩子工作都没了,如果有一天,他们小两口感情有变故,那她怎么办?”

谢老太太一辈子的市井女人,到了后面,因为没钱没势,说理又说不过人家,便凭着性子发狠劲。

许佳仪心里冷笑,想着两母女还真是一丘之貉。把婚姻当长期饭票了,为什么这世上有女人总是认为嫁人了就衣食无忧呢?

许佳仪是女强人类型的,工作了一辈子,最讨厌谢婷婷和谢老太太这种思维的女人,自己把自己定位为男人的寄生虫。

谢老太太却不知许佳仪内心所想,她不知道亲家的不满越来越多了,她继续说道:“我也不是无理取闹,我说要在房产证上加上我女儿的名字,是有道理的。第一,我女儿在意,她想要写,不管什么理由,你们左家要是在乎她就应该写上;第二,难道房子比我女儿还重要吗?你们想清楚,我女儿比房子重要多了;第三,你们不写,就是有所防范，有所保留，拿我女儿当外人，俗话说得好，谈钱伤感情，想要不伤感情，就在房产证上加上我女儿的名字。”

许佳仪一边听着一边心里只想哈哈大笑，想着果然有其母必有其女，所以别人说娶老婆要看丈母娘，这话还真没说错。

她微微笑了笑，说道：“亲家，你既然和我讲道理，我也和你讲道理，我也讲三点。我们不能在房产证上加上婷婷的名字。第一点，当时买房，你们家没出一分钱，所以为什么要加上她的名字？第二点，现在离婚率那么高，你们没安全感，难道我们就有安全感，难道离婚了我们就要分四分之一给你们？第三点，这只是第一套房子，他们的婚房是我们做父母出的钱，现在广州的房价，相信亲家也清楚，是我和我老伴一辈子的积蓄。如果以后他们小两口有能力，自己买得起房子了，那么他们爱写谁的名字写谁去，哪怕我儿子写婷婷一个人的名字，我们做老人的也不会多说半句话。”

许佳仪话说得委婉，态度却十分强硬。

谢老太太听着心里冷哼，不就是不想加吗？她板着脸说道：“亲家你错了，这房子的钱可不全是你们出的，只有全款付清、精装修的房子，在要加女方名字时，男方才有资格说不，我没记错的话，这房子贷款了吧？”

许佳仪听到这里，气血上涌，险些坐不住了，她说道：“这贷款可都是我儿子还的，婷婷结婚后很快就没工作了，我最近还想着给她找一份闲职做做。”

谢老太太看到亲家脸色突变，觉得自己占了上风，继续说道：“当然，左璠人不错，我也很喜欢这孩子，但是人总得想着万一，往坏的方面想，往好的方面做。夫妻一辈子，磕磕碰碰，吵架是难免的，现在不在房产证上写上我女儿的名字，以后他们夫妻吵架了，动不动就说这房子是我的，一生气就叫人滚，谁受得了？亲家，你说是不是？”

许佳仪心里冷笑，她慢慢说道：“婚姻也是要讲原则的，你不能用假想来当事实，谁出的钱写谁的名字，就是这么一个原则，谁的钱也不是大风刮来的。”

谢老太太气坏了，脸变得脸青，呼地站起来，对许佳仪提高音量说道：“我说了这么多，到最后，你还是不肯加上我女儿的名字？！”

许佳仪继续坐在那里笑道：“现在的房价那么高，不是人人买得起的，买房可不是买白菜，随便一买就一大堆！”

这话充满了看不起和讽刺。

这话听到婷婷母亲耳朵里，无异于浇了一勺子滚烫的热油，她气得哆嗦起来：“我女儿嫁到你们家,难道得到她该得的一部分也不应该吗?"

许佳仪笑道:"这不是她该得的,如果你没出一分钱,婆家愿意写上你的名字,是你前世修来的福气。如果你没出一分钱,还要婆家在婚房上写上你的名字,只是为了怕以后离婚,自己吃亏,这种想法本身就是没道理的。"

许佳仪再次高高在上了,谢婷婷在一旁听着,只恨自己嘴巴也不利索,看到她母亲受辱也只能干着急。

谢老太太大声怒道:"当时如果不是你们承诺买婚房,有我女儿一半,你以为我女儿会嫁到你们家吗?现在娶进门就以为好欺负,想翻脸不认人是不是?"

许佳仪气到极处,她活一辈子还没人敢这样大声和她说过话,她怒极反笑,说道:"亲家,我们都讲道理,你试想想,如果我们家不是几百万的房子,而是几百万的借条,你们愿意分一半吗?现在一线城市一套房子都是两百万以上,你刚结婚就想分走四分之一。你想想,婷婷,你一年工作才多少钱?你至少要工作二三十年才能赚这么多钱吧,世上有这么容易做的生意吗?天下没有白吃的宴席。"

许佳仪的话语淡淡却像利剑,而且她使得行云流水,漂亮至极,有见识没见识,有文化没文化,在这个时候就一见高低了。谢婷婷和她母亲被驳得无话可说,气到极点,拉着女儿的手,对她说道:"走,这样的人家嫁来做什么,自私、冷血,离婚!"

谢婷婷知道她一时血气的母亲斗不过狐狸一般精明的婆婆,被她母亲拉着站起来,张皇四顾,十分无助。谢家老太太说不过理,开始破口大骂:"不要脸!无耻!骗子!"穷尽各种市井字眼。

她扬言道:"我们马上离婚,这样不要脸的人家再待下去也没意思。这家具电器,当年我们家出的,马上叫人拉走,婷婷,收拾东西去,不怕找不到更好的!"

两母女冲进婷婷和左璠的新房,开始往外搬家电。许佳仪过去拦着,谢老太太力气极大,狠狠推了她一把,许佳仪踉跄后退,一屁股坐到了地上,脑袋磕在附近的红木家具上,立马红了紫了出血了。她用手摸了一把,扶着墙站着,看着自己的家被人入侵,两个泼妇一样的女人拿着东西就往外搬,好像战场。

许佳仪气疯了,手脚冰凉地跟在后面,对她们说道:"不要在我家里撒野,滚出去,滚!"

谢婷婷听到这句,有如五雷轰顶,这就是没有房子的下场,平时再好一旦吵起来,她就会叫你"滚"。

谁的房子？你没有在房产证上有名字，你永远没底气说出“我的房子”这四个字。谢婷婷呆在那里，怔怔看着一个方向，她的眼睛直直地朝前面望着，仿佛看到多年后，她人老珠黄，变成黄脸婆后，左璠如她婆婆一样，指着她，板着一张脸，叫她滚，滚出他家——因为这不是她的房子。

眼泪突然涌了出来，婚姻一切的意义在此刻都变成零，谢婷婷拉了她母亲的手，对老人沙声说道：“妈，我们走。”谢老太太还在骂骂咧咧：“不要走，她叫谁滚？看到没有，这就是房产证上没有名字的下场，这样的人家，自私、无耻、变态，就是白眼狼，你对他们再好，也不会焐暖他们，离婚吧，离吧，和这样的人家过日子太可怜！”

老太太冲上去要和许佳仪撕扯起来，谢婷婷拉着她母亲的手塞了一个孩子给老人，自己再抱了一个离开了。

许佳仪拿出手机，一手捂着受了伤的脑门，一手给儿子打电话：“璠儿，马上回来。”

回到家里，怀玉婆婆越想越气，不到一个小时，就打电话找了一个搬家公司，一车子开到左家，要把他们结婚时买的所有家具电器全拉回来。

搬家公司的员工在那里兢兢业业地往外搬东西，谢婷婷和她老娘站在左家客厅里，左璠听到响动，从他母亲的房间快步走出来，他刚给他母亲上了药，许佳仪在这个时间里简要地把事情经过说了。

左璠没有想到丈母娘会亲自上门来闹。他走出去，两夫妻见了面，仿佛陌生人。谢婷婷原本自卫式地双手抱着胸站在那，如今看到左璠她慢慢地放下了两只手，怔怔看着他，百感交集。

左璠看到有人从自己房间往外搬东西，不由得十分气愤，低吼道：“住手！”搬家公司的员工怔了怔，知道这一家子人闹事了，便停了手上的工作，缩手缩脚地站在那里。

谢婷婷和谢老太太这时候都怔了，谢婷婷抱着最后一线希望。这是她最后一张牌了——离婚。

她希望她亲爱的老公能挽留她，她是爱他的，她并不想离婚。

左璠看着她，眼里闪现着难以置信，他对她说道：“婷婷，我们……你真不想过下去了吗？”

谢婷婷看着他，说出自己的想法：“不在房产证上加上我的名字，我们就离婚。”她内心已经十分软弱了，可是为了掩饰，她下巴绷得紧紧的，表现得十分倔强。

左璠听到她说这话，一颗心突然十分寒冷，好像整个人都冻住了，他脑海里电光石火地想起结婚前,她神态冷漠倨傲地站在他面前,对他说:"不买婚房我们就分手!"

过去和现在重叠起来,如出一辙。左璠嘿嘿笑起来,他看着谢婷婷,对她说道:"你到底是嫁房子还是嫁我?"

谢婷婷怔了怔,对他说道:"你呢?到底是在乎房子还是在乎我?你真要爱我,你当时会和你爸妈一起瞒骗我吗?"

想起当时,看到房产证的那一刹那的情景简直就是烙在了她的脑海里。

左璠说道:"婷婷,这所有的事都是你起头的。当时和你在一起,你知道我爸妈有多反对吗?可我还是不顾一切地娶了你,这还不能证明我对你的爱?我记得一个人说过,一个男人向女人求婚,就是对这个女人最高的赞美,最深的爱,可你呢?到现在还在质疑我对你的感情。你问问你自己,你对我可有几分真心?你当时嫁给我,是在乎我,还是在乎我们家?如果你在乎我,你现在会带着你妈跑到我们家来闹吗?"

谢婷婷红了眼睛,她是爱左璠的,可是现在,她说什么他可能都不信了,再说她爱又有什么用?她说出爱他就会在房产证上加上她的名字吗?一个人用刀伤了你,你却捧上自己的真心,人家就会收回刀吗?不会,你只会因为自动送上去,被那锋刃刺得伤痕累累。

谢婷婷冷了心,说道:"不用说了,你不在房产证上加上我的名字,这婚我们就离定了。"

许佳仪一直听着他们两夫妻的对话,听到这里,再也坐不下去,这一年多来,从见到谢婷婷第一面开始,所有的不满累积在一起,恨如累卵,如今等于是火山爆发了,她快步走了出来,对左璠说道:"离就离,他们爱搬让他们搬去,我们就是不加她的名字,这么贪心现实的女人,你娶来做什么?到现在还不清醒?!"

谢老太太听到这里,简直疯了,大手一挥,对搬家公司的员工怒道:"你们还愣着干什么,快动手!"

搬家公司的员工如奉圣旨,立马又蚂蚁一样忙了起来。左璠反复拦阻劝说,谢婷婷最后推开他,自己也动手开始搬东西,左璠傻了一般,等到他们新房的家电快搬完时,他突然彻底心死,谢婷婷往外搬东西的样子,她的每一个动作就像一把刀,把他的爱都凌迟了。

他最后吼道:"滚吧,都滚吧,滚出我们家,快点滚出去!"

谢婷婷原本转过身就要出门的,听到左璠这句话,就好像背后挨了一刀,整个人一刀命中，即将死去的感觉。她定了定神，眼泪就“刷”地涌了出来。她料想着十年后，两人吵架时左璠会说出这种话，如今却提前了，她苍凉地无声笑了笑，身子一动不动，背对着左璠说道：“什么时候去把离婚手续办了，你尽快。”话说完，就和她母亲出了左家。

许佳仪看着儿子空空如也的房子，冷笑道：“真不要脸，还以为自己多厉害，这婚是离定了。璠儿，你不要难过，这婚事一开始就是一个错误，一个世俗现实贪心的女人，这样的女人陪你过一辈子，妈死都闭不了眼，趁早离，离了再找一个好的。”

左璠低垂着头站在那里，一声不吭，许佳仪也不知道儿子到底有没听到。

Chapter 6

分房·父母房子该给谁?

没有了那个爱你的人,守着一栋冰冷的水泥房子又有什么意思?

大姑小姑都离婚

屋漏偏遭连夜雨,说的就是谢家这样的情形。

谢丽和张大伟在他们小区外面打起来了。

这些天,张大伟除了上班,一有时间就徘徊在谢家楼下,他希望谢丽能原谅他,可进不去谢家的门,所以只能在附近转悠,他想看看儿子,和谢丽说说话。

上一次,隔着谢家的铁门,谢丽曾经给他撂下话:"拿不回那五万块钱,我们就离婚!"张大伟苦恼极了,他到哪里去拿回那五万块钱?他母亲光手术费就花了一万多,然后住院费药费又花了一万多,余下的两三万,他自然不好向老人要?老人攒了一辈子的养老保命钱,如今刚动完手术,他怎么有脸向老人要,所以谢丽的要求,对于张大伟来说,就像在烈日下想保证雪花不会融化一样的不现实。

张大伟唯一的办法,就是像一条癞皮狗一样,死皮赖脸地缠着谢丽,希望有一天能感动她,两夫妻重新和好。

他不明白为什么一定要买房,这房子对于他们两夫妻来说,就像到天上去摘星星。张大伟从乡下到了广东市区,他觉得这一生就这样了。很多东西已经注定了,再努力也只是徒劳的挣扎。

他没有读过几年书,可是活了大半辈子,他也有他的人生哲学,虽然不能用文字表述出来,可他是有的。他觉得,他的生活就像一条死胡同,只要你去挣扎就会到处碰壁,所以不如原地待着,这样才会少受些伤害。他的人生就像困在了荆棘从里,永远也出不来,挣扎只会让自己被刺扎得伤痕累累,只有不动,才能得以苟且。

而且人嘛,要学会知足常乐,从现有的生活中得到乐趣。他们虽然买不起房子,可是他们有免费的房子住是不是?儿子也长得帅气,又听话,他和谢丽都还年轻,又身体健康，平平安安地一直活着，这不是值得庆幸的吗？每次，张大伟走在街上，看到那些要饭的，那些残疾人，或者在电视新闻里听到哪里出车祸了死了多少人，哪里人得绝症了，年纪轻轻就死了，他是多么知足和庆幸啊，他觉得一个人平平安安活着就是幸福。

如果谢丽不烦他，他可以过得很快乐。下班了，在路边摊上看一本小说，就可以消磨两三个小时，或者去公园走走，和那些唱曲的老人吊吊嗓子，不也很幸福吗？家乐福那种超市他也可以随意逛，买多买少自己决定，或者自己烧个菜，发现比外面的饭店还好吃，不也是一件值得高兴的事情吗？

为什么谢丽就一定要买房啊？现在很多写字楼工作的白领都买不起房子，何况他和谢丽？

他只想对谢丽说："丽子，我买不起房买不起车，但是我会好好爱你，不用买房了，菜市场那些绿色的蔬菜水果，你想吃我们可以随便买。"

这样的生活，不也挺好吗？她为什么执意要买房，叫嚷着一定要去承受自己根本无法承受的东西？

生活改变了张大伟，也改变了谢丽。两个人在生活的打磨中，慢慢都变了。谢丽年少时浪漫纯真，可是在生活中，她变得越来越世俗，小气自私，爱占小便宜，成天像一只流浪的鸟，她找不到自己的家，她没有安全感。一个女人没有房子，哪里有家？一个女人没有家，整个人就像水上的一块浮萍，是不安定的、动荡的、没有根的。

她和张大伟已经错开成了平行轨道，再也无法交集，特别是这次买房事件，之前付了订金，已经到了要签购房合同要付首付的份上了，他却偷走了首付的钱，谢丽对张大伟是彻底心死了。

她在番禺学手艺时，有一天来了一个顾客，三十多岁，脸黑黑的，长相普通，眉目不清的一张脸，开着一辆黑色的普桑。她给他剪头发时两个人聊了起来，他说他姓杨，没有成家，在越秀有一栋老房子，一直在番禺做生意，年轻的时候被女人伤了心，现在着急成家，可是找不到合适的。说完这些，他又笑着夸谢丽年轻漂亮，谢丽刚学手艺，等于是拿这位杨老板当实验品，给他推板寸的时候，把他头皮推出了一道小口子，现了红。谢丽立马说对不起，杨老板笑着大方地说没关系。

反正不知道怎么开始的，两个人就开始交往了。谢丽耳朵里嗡嗡响着的，就是他说的话："我在越秀有了一栋房子。"这句话就是定心丸，谢丽自从听到这句话后，原本对这个顾客漫不经心的，后来再看他时，只觉得他长得也还顺眼，并不难看。

两个人在番禺那边的饭店、公园约会了几次。谢丽原本早就对张大伟心灰意冷，这些年一直嚷着离婚，到这个时候，因为这次买房事件彻底成了泡影，如今生命里出现了这么一个有房的杨先生，等于是在她的离婚大事上加了一道催化剂，她更是铁了心离婚。杨先生对她不错，又没有结婚，她想着她离了婚，和他结了婚，自己就不用买房了。她不是妹妹谢婷婷，如果一辈子有房子住，那么，房产证上的名字她也不会太计较，能写上她的自然是最好的，不能写，也没关系。无论如何，男人有房子，总好过她前半生流离失所，不是租房就是住回娘家受气。

所以谢丽和杨先生交往了下去。

后来，她说周末要回越秀的娘家看看，这位杨老板就开着普桑送她回家。

到谢家小区的时候，谢丽对他说道："今天还要回番禺吗？"杨老板笑道："要不你带我回你家，我和你住？"他是老男人了，社会上历练得一嘴的油嘴滑舌，谢丽就在那里笑，姓杨的受了鼓舞，就把手搭在谢丽赤裸的大腿上。

张大伟看到一辆黑色的车子停在谢家附近，便走近了几步，终于看清车子里面坐着的是谢丽。他们夫妻这么多年，自然化成灰也认得，又看到她和一个陌生的男人有说有笑，而且态度亲昵，不由得又走近了几步，终于看得清了，那男人的手居然放在他老婆的大腿上！

张大伟气疯了，左右瞅了两眼，看到地上有一块断砖，便拿了起来，对着车窗玻璃就砸了过去。

里面两个人吓坏了，姓杨的惊慌失措，谢丽看到是张大伟，便对他说道："你现在马上走，到番禺我再跟你解释。"

她推开车门下车，向前去拦着张大伟，张大伟红了眼睛，推开她，要和姓杨的去拼命，杨老板搞不清状况，立马发动引擎，兔子一样逃了。

谢丽被张大伟这么一闹，好心情化为乌有，张大伟气没法出，回头找谢丽算账。他没钱，但并不代表他不生气，他扯过谢丽的长发，对她怒道："臭婊子，给我戴绿帽。"

谢丽被他扯得发根生疼，她尖叫道："我们离婚，马上离！"

张大伟知道她可能早就背叛他了，所以拳头雨点一般落在谢丽身上，谢丽疼得大声叫喊，惊动了小区的保安，到后来，张大伟才被人带走了。

谢丽鼻青眼肿地回了家，过了几天，就很快速地和张大伟办了离婚手续。张大伟亲眼看见她和别的男人勾搭，气愤之下自然心灰意冷，也就同意离婚了。他们结婚十多年，一直是穷光蛋，几乎到了吃了上顿愁下顿的地步，哪有什么财产？谢丽坚持儿子要归自己，她又被张大伟打得一身的伤，法院向来偏袒母亲一些，再加上张大伟也是半失业，所以同意了，张家也没说什么，反正小志流着他们张家的血，她自己带就自己带。

这样谢丽就和张大伟顺利离婚了。

谢丽离婚的事没有很快地和家里人说，她自己拿了离婚证，又很快地去番禺学理发手艺去了，一家人都不知道。

怀玉下班回到家，感觉房子比以前突然显得小了许多。她心中奇怪，又看到谢婷婷红着眼睛坐在那里，婆婆这边的小房间多放了一套华丽的红木家具，怀玉只觉得这家具很眼熟，后来才猛地想了起来，这是谢婷婷结婚时他们一起给置办的嫁妆，她还拿了七万块钱的。

怀玉吃惊地看了一眼小姑子，谢婷婷没有说话，整个人好像入定，灵魂出窍一般，她想着她和左璠离婚离定了，整个人如同走到十字路口，不知道如何是好了。

怀玉把手袋放回自己房间，经过小姑子的房间里，因为房门没有关，她一眼就看到了里面挤挤挨挨堆满的家电，几乎没有容身之地了。怀玉便知道，小姑子从左家把她当年的嫁妆都拉回来了。

看到这事已经越来越坏了。

怀玉心里七上八下，想着真是越担心什么越来什么。

她挽起袖子去厨房帮婆婆准备晚饭，还没进去，就听到公婆的对话，婆婆尖声地说："不要脸，再怎么说破嘴皮也不同意在房产证上加婷婷的名字，我就把嫁妆全拉回来了，离婚吧，这样的人家过下去也是受罪！"

公公烦恼的声音："你也太冲动了，事情现在闹成这样，怎么收拾？"

"我这不是为婷婷好吗？"

"你这是为她好吗？你现在把嫁妆都拉回来了，你叫她怎么回头？你为什么一定要把事情闹到无法收拾的地步？"是公公愤怒的声音。

"你怪我？两个女儿出嫁的事你操心了吗？就知道事后诸葛亮，放马后炮，你怪我，这婚离了就离了，反正他们也不肯在房产证上加上婷婷的名字！"

怀玉就在厨房外面站住了脚步，想着她亲爱的婆婆居然护女心切，带着婷婷去左家闹了，一家子怎么都糊涂成这样，脑袋都灌了糨糊，赶着自动地把事情升级？原本是小夫妻的争吵，说不定两口子斗几句嘴合计合计，就没事情了，可她们偏偏升级到两家人的事情。

怀玉在心里摇了摇头,说不出话来。

最后她还是硬着头皮去厨房帮忙了,公婆见她进来了,也不再吭声。怀玉装作往常的样子,忙着手头的事情,一颗心却像春天的柳絮,乱纷纷的。她肯定会跟着受牵连,城门失火,殃及池鱼,到最后,肯定会有什么落到她头上。

怀玉确切地知道,她只是不知道具体是什么时候,但是她知道,这几乎是肯定的,一定会的。

未来的危机就像可怕的兽,潜伏在不为人知的角落,等着趁她不注意,突然蹿出来把她吃掉。

怀玉想着,无论如何,她得早做准备,她得小心翼翼,假如像小姑子那样没心机的话,可能最后会很惨。

晚上谢平回到家,看到妹妹的嫁妆拉了回来,心里也不好受,原本还觉得住得宽敞的房子如今堆积了过多的家电,一下子拥挤如火柴盒,简直没有立锥之地。

谢平洗了澡回了房,他工作到现在,油烟熏得无心吃饭,现在家里乱得一塌糊涂,回到家,小孩哭大人闹的,几乎没有片刻安宁的机会。

只有回到自己的房里,看到安静的怀玉,他一颗心才像熨斗熨过似的,慢慢舒展开来。

怀玉事实上心事重重,身处暴风中心,不受影响是不可能的,可是看到谢平,她仍然冲他笑了笑。

谢平也跟着她上了床,记起张导推荐的《玉琳成长日记》第四季还没看,就对怀玉说道:"今天晚上要不要看那个棒子剧?"

怀玉怔了怔,没想到谢平居然还惦记着她的事,心里温暖,不由笑了笑,点了点头,两夫妻便抱着手提电脑躺在床上看起电视剧。两个人心事复杂,视线停在电脑屏幕上,谁都没有看进去。

第二天,怀玉像往常一样,去电视台上班。

她大学毕业进这个单位是合同工,而且可能永远也没机会转正。他们影视部除了她这个编剧之外,还有另外一个老编剧。老编剧是年轻的时候大学分到这里来的,是体制内的。怀玉和她不一样,怀玉的工资很低,是影视部的领导看着给的。

总之,她这份工作和外面在私企打工的也没什么差别。

刚进这个单位的时候，她还兢兢业业，想着多做点事，借着这个好的平台实现自己的梦想，结果时间久了，才发现整个电视台几千号人，真正做事的就他们部门几个人，慢慢地，她也跟着他们步调慢起来，还时常安慰自己，慢工出细活。

自从上次给她看了编剧合同后，就再也没有了音信。怀玉起初没在意，想着毕竟一个电视剧也是几千万的投资，制片方要反复考虑也可以理解，时间长点就长点吧。

可时间也太长了，《玉琳的成长日记》她一天看几集，从第一季已经看到第四季了，那边依然鱼沉雁渺没有音信。再加上这阵子，谢丽和张大伟吵架打架，扬言离婚，谢婷婷和左家闹翻，把嫁妆拉回了娘家，铁了心要离婚，怀玉一颗心就有如一面小旗，呼呼地就伸到半空了。

她无法安心。她甚至充满了危机感。十三万的剧本钱是她现在最大的财富，她简直等着这笔钱去给她未来的希望和安定感的，她非常害怕又出什么幺蛾子。

所以在办公室坐了一个多小时，如坐针毡，她坐不下去了。最后决定去编导室找找张导，问问他们这事最后的结果。

人往往怕什么就来什么。

怀玉鼓起勇气去了他们编导室，张导在那里，也在等结果。怀玉把原委和他说了，两个人便由怀玉给靖主任打了电话，电话很快通了，靖主任对她笑道："怀玉你好，我正要给你打电话，和你说说剧本的事。"

怀玉一颗心没来由地就提了起来，手心都出了汗。她尽量微笑着说好，认真在这端听着，主任对她笑道："怀玉啊，这剧我们本打算马上开拍的，但是最近几个月，发现同类型的题材太多了，简直三四天就出来一个类似的片。我们心里也慌啊，不管我们怎么说，投资方后来不怎么同意拍了，要我们再找专家开一个论证会，投资方也想让我们去搞搞预售，如果预售成功，这本子我们还得拍。"

怀玉到后来慢慢听不清了，手机好像突然间坏了，耳朵里听不进任何声音，最后不知过去了多久，靖主任在那边说道："怀玉，你还在认真听吗？"

到最后，她都不知道自己怎么走出来的，头重脚轻，回到自己办公室里，人也像游魂一样。

不能拍了，意味着这十三万没了。

怀玉简直不敢想，她和谢平的积蓄已经全部给了大姑小姑了，如今老房子又不是他们两个人的，原想着剧本钱下来了，他们可以再借点到广东郊外买套房子自己另外过,不管老房子了。

可是现在,一切都落空了。

这钱,没到手,没打到自己账号上,就不是自己的呀。她当时怎么这么傻,明明知道拍电视剧是一件风险很大的事情,如果不是电视剧杀青、后期加工都结束,在电视台播放了,你永远不能说这部片子拍成了。

很多电视剧拍出来都没有机会见天日,在广电局那关就过不了,她怎么这么傻啊,当时张导喜滋滋地来告诉她可以拍了,让她当第一编剧给十三万,她就开始把这十三万当成自己囊中的钱了,所以大姑姐跟她借钱买房子时,她大大方方拿出了五万块钱。

晚上下班的时候,怀玉也不知自己怎么到家的。她没有吃晚饭,托说不舒服,一早就进自己房间了。老太太看到怀玉居然下了班就进了自己房,而且进去就不出来了,对这个儿媳不由更加不满,想着现在家里乱成一锅粥,她还躲在房里,也不出来帮帮忙,让她一个老太婆忙里忙外。

谢婷婷现在根本无心去照顾自己的两个孩子,双胞胎一直是怀玉公婆在带着,这样两个老人被孩子绑着了,就没精力出来做晚饭了。所以久等怀玉不出来,老太太就生了气,抱起2009,走到怀玉门口,隔着房门向里面喊道:“怀玉,出来做饭吧,我和你爸要带孩子。”

怀玉怔了怔,想着这算什么事啊。可是她还能说什么?没有闹开之前,她只能当一个懂事的小媳妇。这场家庭大战,如果到最后真要爆发的话,她也不希望是因为自己一点小错引起的。她不能给人留话柄。

所以,怀玉虽然心情十分不好,也仍然打起精神,脸上带着笑,出来做晚饭了。

她一直笑着,尽管心如刀割。做编剧一直是她的梦想,对她来说,工作将近五年,一直没有出一部好作品,第一次当第一编剧居然因为同类型题材的影视剧太多夭折了,这样的打击几乎是灭顶的。

吃晚饭的时候,谢平没回来,只有四个孩子、谢婷婷、公婆、怀玉。怀玉喂了双双,自己有时间吃饭的时候,饭菜早冷了,可她没计较,因为根本没有味觉了,什么吃下去都如同木屑,食之无味。

把家里所有的事都忙完了,做了晚饭,洗了碗筷,打扫房间,然后哄双双睡下,自己才洗了澡回房间。

她闷闷不语,早早就上床睡了。

谢平回到家的时候，先去看了孩子，然后回自己房，见怀玉老早就躺下了，脸上没什么表情，看到他的时候，也很沉静。如果是平时，肯定早就笑了，叫他老公了。谢平猜到她一定是出了事情，心里着急，快步走过去，对她说道："玉啊，怎么了？"

怀玉不说话，眼睛开始慢慢变红，想着她一直盼望着这个机会，没想到到最后还是一场空。是啊，人哪有那么容易成功。这世上，任何一个行业，都是撑死有名气的，饿死没名气的。

谢平看着她仍然神情奄奄的，不说话，却眼圈儿发红，不由更加急了，俯下身，用自己的脸贴了贴怀玉的额头，着急道："到底怎么啦，没生病啊？"

怀玉看着老公担心的样子，眼里居然闪现泪花，多日来的委屈疲倦全部涌上来，伴随着的，还有希望落空的绝望和失落情绪。

谢平看到她哭了，更加手足无措，坐在床沿，把怀玉抱了起来，对她认真说道："到底怎么了？"

怀玉倒在他怀里，好半天，才低低说道："那剧拍不成了，那钱没了……"

她因为伤心，声音很轻，有如蚊蚋。

谢平听得清了，先前看到她那样子，他也猜到了，心里也一阵难过。和怀玉这么多年，她没什么爱好，所有的心血都倾注在写剧本上面去了，她总是说："老公啊，以后等我红了我一定好好报答你。"她曾经因为被电视观众骂伤心得偷偷哭鼻子，她也曾经因为观众的夸奖乐得几天合不拢嘴。

可是谢平却故作轻松，把怀玉抱在怀里，笑了笑，说道："多大的事啊，我们还年轻，总还有机会的，是不是？你看这世上成名的导演、编剧哪个不是四五十出头的，你三十未到就想当第一编剧，哪能那么顺利，是不是？"

怀玉听着谢平的话，想着也是啊，一颗心总算好受了点。

谢平说道："你会红的，听老公的话，我保证你今年会红的！"

怀玉说道："都泡汤了，还说会红，你不要当神棍了，一点也不灵。"

谢平笑道："我有感觉，你今年一定会红。"

怀玉就笑，两个人正说到这里，怀玉手机响了起来，怀玉拿出来一看，是靖主任打来的，她也不知道什么事，怔了一怔，看了谢平一眼，谢平说道："快接吧，说不定又决定开拍了。"

怀玉接起了电话，谢平没说中，不过也有好消息。靖主任安慰了她一番，又对她说道:“怀玉,那个投资方还是看好你和张导,想继续让你们当编剧和导演,不过这次想拍畅销小说,可能过几天我们要出一趟差,去见见那位作者,等我们把影视版权买下来就可以拍了。”

这自然是一个好消息,因为也是一个机会。怀玉笑了起来,谢平也在一旁微笑地看着她,想怀玉有时候真是孩子气,脸上笑着的时候还挂着泪珠儿,一点挫折都受不了。人生哪能那么容易成功,他做厨师十多年,到现在也不是顶级大厨啊,你说他做菜水平不行吧,也不是那么回事,中国人那么多,抢他饭碗的多,难道想做知名编剧的人少吗?

怀玉接完电话,脸上已经因为激动和快乐变得红扑扑的,谢平替她泪珠儿抹掉,对她笑道:“说了吧,你老公可是半仙,说了你今年会红就一定会红。”

怀玉十分高兴,欠着身抱着谢平狠狠地亲了一口,她说道:“谢平,我现在害怕啊,总想拼命多赚点钱。我要是事业上成功了,这房子也不用成天提心吊胆。我就是害怕我们一辈子要依靠着这栋房子,如果有能力,我们在外面再买一套,这房子就给你姐和你妹了,所以我现在做梦都想自己事业好,能多赚点钱。”

谢平也知道这是她最近总是不快乐的原因,他抱了抱她,对她说道:“会好起来的,我们两个人一起努力,总能买得起房的。”

怀玉就微微笑着,倚在老公的怀里,两个人坐在床沿,静静地相拥。

怀玉等了几天,靖主任那边又没了消息,怀玉一颗心又不安起来。想着影视部领导说的话,因为拍电视剧有太多个人无法决定的因素,所以说说你就听听,不要信了。

时间过去了一个月。

左璠开始想念他的两个双胞胎女儿,每天回到家里,看到被谢婷婷搬得空空如也的新房,他站在房子中间,只感觉自己的一颗心也被谢婷婷掏空了。

他有时候不明白,为什么谢婷婷会这么现实,对他这么无情,他有时候真想掰开谢婷婷的脑袋瓜看看,看看是不是她的脑袋里拥挤着几栋房子,除此此外,别无一物。

谢婷婷是他的初恋,这世上,不管男人女人,对自己的初恋往往是最纯真最没世俗心的。大部分人,在第一次爱上的时候,都满是勇气温柔,可以掏出一切的。所以哪怕事情闹到这份上,左璠仍然不想和谢婷婷离婚,哪怕他的母亲已经下了命令,一定要和谢婷婷离婚,哪怕他的父母已经张罗着给他安排相亲,介绍新的女人了,他仍然放不下婷婷,他给了她最真的心,可是她却弃如敝屣,让左璠寒心。

只可惜这些谢婷婷都不知道。如果她选择相信左璠，那么她和他会是世上最幸福的夫妻，这桩门不当户不对的婚姻会是世上最美满的婚姻，可是她由于娘家的清贫，以及她亲姐的不幸婚姻，让她从很小的时候就没有安全感。她是一个安全感缺失的女人。如果谢婷婷有通天的本事，可以钻到左璠的心里去看看，她也不会坚持要在房产证上加上她的名字了，可这些只是如果。

因为没有安全感，所以拼命地要，如果得不到，那就放弃，另外再去寻找，这就是谢婷婷的逻辑。

一个月后，左璠瞒着父母在办公室给谢婷婷打电话，谢婷婷没有接。左璠知道她还在生他的气，便打算下了班去谢家看看。

下了班，他开着他银色的荣威过去了，在车里给谢婷婷打了一个电话，谢婷婷看到电话响，又掐断了，左璠不停地打着，谢婷婷起初不肯接，因为不知道他找她是为了什么，她当然希望是他想通了，愿意给她在房产证上加上名字，这当然是最好的结局，她可以找个台阶下，和左璠夫妻双双把家还。但是有这么好吗？她迟疑不决，不知道要不要接左璠的电话。

因为对于真实的结果，她根本没勇气面对。手机不停地响着，她眼睛死盯着，突然意识到，一个月了，左璠现在打过来，可能是通知她去办离婚手续的！

如果她不接，岂不是显得她舍不得离婚？

她已经输得一无所有，到最后，不要连自尊和骨气都输了。所以她又很快地接了电话。"喂？"听到谢婷婷又软又糯的话语声，左璠鼻子一酸，心头热了热，他笑了笑，说道："婷婷，还在生我气吗？"

谢婷婷心里先是一松，他好像不是来说离婚的，接着又是一紧，他也不像来告诉她同意房产证上加名字的事情。她说道："什么事，你快点说。我一会要出去。"左璠心里一沉，看了看外面已经发黑的天色，想着她这么晚还要到哪里去，他说道："婷婷，我想看看两个孩子。"

谢婷婷心里失落，原来，他给她打电话，不过是想见两个孩子，他并没有打算在房产证上加上她的名字，她到了这份上，他对她仍然不肯让步。谢婷婷一阵寒心，然后就是怒火，对电话里说道："你现在想看孩子了，这孩子是你的吗？这孩子是我的！"

左璠愣了愣，对她说道："婷婷，你不要不讲道理。"

谢婷婷因为失落气恼之极，对他说道："左璠，你还拖什么？什么时候去办离婚手续,你给个话,我什么也不要,我只要两个孩子。"

左璠有点火了,对她说道:"我是 2009 和 2010 的爸爸。我做爸爸的一个月没看到孩子,你都不让我见?"

谢婷婷听到两个孩子的乳名,眼前浮现出左璠当时决定给孩子这两个名字的情景,她的泪涌了起来,她对他说道:"左璠,我做妻子的想要在房产证上加上个名字你为什么不肯?你为什么逼我到这种地步?"

"我逼你了吗?是你咄咄逼人,你真要爱我爱孩子,你为什么要在乎这个名字?"

谢婷婷不想和他吵了,对他说道:"好了,不说了,再吵又是轮回,离婚吧,马上离婚,你不要耽误我再嫁人。我去嫁一个大方男人,真正爱我的男人,在公婆欺负我的时候站在我这边的男人,愿意在房产证上加上我名字的男人!"

左璠听到这话,气血上涌,也跟着齿冷起来。从恋爱开始,谢婷婷就仗着自己过人的美貌,总以为天下有钱的男人任她挑,左璠只是其中最不起眼的一个,她这样的论调就好像她嫁给左璠是下嫁。她嫁人就是要找有钱的。

因为她这个论调,左璠一直怀疑她当初到底是嫁他还是嫁他家。

现在听到谢婷婷这么说,等于她亲口承认她当年嫁他实则是嫁他们家。左璠也就心灰意冷了,暴怒之下突然就挂了电话。

他在车里小坐了一会,抬头看到谢家亮着灯,沉默了一会,又在黑暗里把车调了个头,无声无息地离去了。

后来左璠又因为想念婷婷和孩子去了谢家几次,每次接通电话,谢婷婷总是一句话:"现在要去离婚了吗?"

左璠最后还是连谢家的门都进不去,他享受了他的连襟张大伟最后在谢家的待遇。

接着,又一个月过去,左国忠和许佳仪想两个孙女了,两个小宝贝从生下来开始,就是在左家长大的,家里保姆、爷爷奶奶轮流爱护,喝的都是进口奶粉,玩具到处都是。许佳仪和左国忠两个月没见到两个双胞胎孙女,不由十分想念。他们担心她们在谢家是不是过得好,谢家那样蜂巢一样的房子,又那么多人,全挤在一块,宝宝能过得好吗?晚上哭醒了有人照顾吗?谢家买得起进口奶粉吗?

这一天,许佳仪和左国忠相思成灾,终于沉不住气了,对左璠说道:"去谢家把两个孩子接回来,我们左家的孙女,为什么不住在自己家里?"

左璠为难地抬起头，想着他的爸妈肯定不知道他事实上已经去过几次谢家了，每次都是吃闭门羹。这两个孩子，简直成了谢婷婷要在房产证上加名字的最后筹码。

许佳仪看到儿子没说话，便重复了一句，“听到了没有?”

左璠才应了一声是。

第二天却空手回来了，许佳仪盼了一天，想了一天，满心欢喜地想着晚上就可以看到两个孙女了，结果却落了空，她问道：“怎么回事?”

左璠只得说了实情：“不让见。”

许佳仪一听这话，怒火腾地就上来了：“凭什么？以为凭这样就可以得逞？做梦去，离婚，马上离，看法院到底把孩子判给谁！璠儿，你马上给我离，你敢不听话……”

许佳仪气到极点，眼前一阵阵发黑，双腿发软，整个身子往地上倒去，左璠看到了，眼疾手快地跑过去扶好，把许佳仪扶到沙发上，许佳仪对他说道：“到我房间把降血压的药拿来。”

许佳仪因为胖，有高血压，而且很危险，这些年一直靠降血压的药养着的。

左璠帮助母亲服了药，许佳仪好受了点，挥了挥手，对儿子说道：“快被他们一家气死了，不要再纠缠下去了，马上办离婚手续。你再拖着就是想把妈活活逼死……”

左璠这次是心灰意冷了，他从小听惯了他母亲的话，再加上两家都在气头上，这婚离得很顺利。

因为当时买婚房，首付都是左家出的，谢家没出一分钱，左家当时的票据全留着，再加上他们结婚一年不到，左璠还银行贷款的票据也都在，也就是说那婚房谢婷婷基本上没付出。

所以最后法院判的时候，谢婷婷只拿到了八万块钱，作为这一年房产增值的三分之一的二分之一，法院把孩子判给了左家，但是谢家不肯给，左家叫左璠来接孩子，许佳仪和左国忠也开车来了一趟，都没有接成功。

许佳仪最后气愤地说道：“那就先让她养着，她一个女人带着两个拖油瓶，以后就知道难办了，到时候我们不来接，都要塞到我们手里来，我们回去!”

这样谢婷婷和左璠就火速地离了婚，速度快得就像他们当年结婚一样。他们称得上是典型的“闪婚闪离”。

离婚那一天，从法院回来，好长一段时间，谢婷婷仍然像在梦中，她不相信她的婚姻真的结束了。直到怀中的2009醒了，小手抓疼了她，她才大梦初醒。

想着她居然真的离了婚。她结婚时拿十万块钱做了嫁妆,如今得到八万块钱再加上一堆二手家电,两个双胞胎孩子。二手家电拿到旧货市场上去卖,哪怕还九成新,可是二手就是二手,当时几千块买下来的电器,再转手卖掉,能卖到几百块钱就不错了。

也就是说,当年原以为嫁到了钟鼎人家、高门大户,到头来,才发现她被人算计了一道,付出了真心,付出了爱,付出了青春,到最后她还折了本。

谢婷婷欲哭无泪,她的眼泪都流干了。

小姑子离婚,对怀玉的影响也很大。小姑子抱着孩子拖着嫁妆住回了娘家,比起当初谢丽半夜哭回娘家更让人害怕,因为当年谢丽还没有离婚,好歹只有一个孩子。谢婷婷却已经办了离婚证,经过法院判决,这是板上钉钉的事情了。

谢婷婷以后该怎么办?

一家人为了怕她伤心,都没有吱声,可是人人心里都跟大火灼烧一样,十分难受。一个女人,虽然还年轻漂亮,可是离了婚,带着两个几个月大的孩子,没有工作,想再婚嫁个好男人,这是多么不现实的事情,不现实得就像想把水里的月亮捞起来。

她当年十万买的家电,到旧货市场,能卖回几千就不错,这女人其实和家电一样,都会折旧的。二手货,不管是物还是人,都是一样的,社会对于女人本来就是不公平的,特别是没有自己的事业没有能力想靠嫁人吃饭的女人,一个女人过了二十五岁,就是一条下坡路,更何况离过婚的女人?

唯一值得庆幸的是,谢婷婷现在还没精神去发现这个真相,她还陷在与左璠的婚姻里,一时之间无法接受她已经离婚的事实。

怀玉也跟着心事复杂,她想着把借给大姐的五万块钱拿回来,上次靖主任说下部戏还请她做编剧,下部戏是什么时候呢?嘴上说的话钱没有到手是做不得准的,上次的事就是鲜血淋淋的教训,所以怀玉也不去指望了。

五万块钱拿回来他们也凑不够房子首付,可是五万块也有用,她想着以后这老房子过了户,房产证上写上她和谢平的名字,她也不怕了,她知道赠与房产要过户,要交一些税,要花钱的,所以着急着要把五万块拿回来。

怀玉也不是坏人,可是她穷,人人都在为自己着想的时候,她再不为自己打算一下,她就是傻子。

再说,她拿过来也是理由充分的。这钱当时答应借是资助大姑姐买房的,现在小姑子离了婚,谢家和左家就是大仇家,那么谢丽买房的事就更加不可能了。本来怀玉很早就想拿回那借给谢丽的五万块钱了，张大伟拿走了首付的一半，谢丽当时就买不起房了，可是碍于谢丽太伤心，她一直没勇气提起。

如今事情也过去了那么久，小姑子也离婚住回娘家了，她的危机感等于是又加重了，她现在再不拿回来，以后可能更加拿不到了。

五万块不算多，可毕竟是钱啊，她和谢平辛苦存下来的钱，人穷凭什么要瞎大方？

所以听到婆婆接到谢丽从番禺打过来的电话，说到明天周末要回越秀看儿子，怀玉就惦记上了。晚上回到自己房子里，心里思量了一番，便和谢平说了，谢平愣了愣，没吭声。

怀玉说道："谢平，当时那钱说是借给大姐买房子的，现在婷婷和左璠离了婚，这房子是肯定买不成了，那我们这钱收回来也说得过去吧。"

谢平其实也不是反对怀玉讨债，他是直觉谢丽不会还给他们，凭他姐弟多年，以他对他姐的了解，怀玉说了也是白说，自讨没趣。

怀玉看着他，紧张说道："谢平，现在家里事那么多，婷婷和孩子一回来，这家里简直挤得慌，我害怕。这钱我想拿回来，我们也有要用钱的地方啊，如果我十三万剧本钱赚到手了我也不多说了，现在不是黄了吗。我们这房子……"

怀玉停了停，还是不敢把内心想把这老房子马上过户的打算说出来，她现在自己心里也只是刚刚起个念头，谢平会不会同意她也不清楚，所以不敢说。她想了想，才接着说道："虽说现在买房子不现实，可是钱也总是一点一点存起来的，我们以后还是要买房子的是不是？"

谢平瞅着怀玉紧张的神情，看她一副正儿八经和他商量的样子，她那么重视他，好像他不同意她就不敢说了，这一点让谢平感觉很舒服，他笑了笑，说道："你想说就去说吧。"

怀玉才安了心，冲谢平笑了笑，又在心里开始酝酿明天对大姑谢丽如何讨债了。

这钱一定要拿，哪怕像火中取栗一样有难度，她也要拿回来。

第二天，谢丽就准时回来了，依然是那个杨老板送回来的。因为担心小志看到了难过，所以无论如何不能让杨老板到谢家来，至于那杨老板，他好像也只是嘴上开开玩笑，内心并无意去谢家坐坐，所以也只是送谢丽到小区门口。谢丽回娘家看儿子，杨老板在越秀转转，等到谢丽想回番禺了，他再接她回去。

谢丽现在有了阔绰的男朋友，再加上现在也算学成出师，能单独地给顾客理发了，所以手头上也慢慢有了钱。到家的时候,她大包小包,给小志买了变形金刚的玩具、滑板,还有书包、课外书,等等,小志看到妈妈,还有这么多礼物,自然十分高兴。

谢丽一边陪儿子说话,一边陪她老娘说话,从她母亲嘴里得知妹妹离婚了,她心里沉了一沉,没想到居然会这样,两姐妹这么可怜,居然在同一时间先后离了婚,她看向谢婷婷,谢婷婷抱着一个孩子,沉着一张苍白的脸,大眼睛呆滞地睁在那里,谢丽气她愚蠢,对她怒道:"这么好的男人也要离掉,傻啊,以后有你受的……"

谢婷婷此时此刻最讨厌别人说这种话,扬起头来,正待反唇相讥,却看到她姐眼睛红红的,不由住了嘴,心里一时间有些惶惑,想她姐哭什么?

因为她买不到房子?应该不会,在此之前,她就买不起了,因为张大伟偷走了一半首付,那她姐哭什么?

谢婷婷说道:"姐,你哭什么?"

她不知道,谢丽哭,是因为她也离了婚,她想到自己,又想到妹妹,再想到年迈的父母,自然红了眼睛。

妹妹这么问的时候,谢丽却擤了擤鼻子,说道:"没什么。"

一家人吃过中饭,周末,除了谢平还在工作,其他人都在家。怀玉吃饭的时候没有提起,心里打鼓一样,一遍一遍反复念着向大姐讨钱的说辞。

直到吃完中饭,一家人坐在那里聊天,怀玉婆婆对大女儿说道:"你和张大伟还在怄气?"

谢丽没吭声,只是推着一旁在玩变形金刚的小志,对他说道:"去。做作业去,不要老玩。"

小志小声说道:"作业做完了。"

"那今天给你买的练习题,去做几页,快去。"

谢丽扬起巴掌,小志只得依依不舍回房了。

怀玉看到小志走了,想着不当着孩子的面最好,这是一个好时机,她鼓起勇气,先笑了笑,对谢丽说道:"姐,我和谢平最近手头紧,当时借你买房子的钱,你现在能不能还给我们?"

说完还感觉自己一颗心在怦怦狂跳,那些字眼简直石头一样,一颗一颗从她胸膛里费力地吐出来,谁说欠债的痛苦,讨债的才是真要命。

谢丽怔了怔,心中不悦,不过也不便翻脸,她笑了笑,说道:"怀玉,我知道你的意思，这钱是你们当时借给我买房的，现在婷婷离了婚，我这房看来也买不成了，对不对？”

怀玉没吭声，想你心里明白最好。

谢丽却话锋一转，低声说道：“爸、妈、婷婷，我和张大伟已经离婚了。”

这一句话说出来，一石激起千层浪，全家人都傻了眼，先是死一样的寂静，然后“天啊……”一声，老太太哭了起来，她号啕大哭，一边用手拍打着大腿一边哭道：“我两个女儿怎么这么命苦啊，我们家上辈子遭了什么孽啊，老天爷啊……”

怀玉倒吸了一口冷气，怔在那里。

谢丽却无事人一样，对她老娘说道：“妈，你哭什么，我早就想离婚了，我只是没想到婷婷也离婚了。我离了是好事，轻松了，解脱了。”老太太仍然在哭着，谢丽也不管她了，转头面朝着怀玉，对她笑了笑，说道，“怀玉，大姐现在学理发也学得差不多了，我想过一阵拿钱在越秀租个门面开间美发店，现在开美发店很赚钱，只要我一赚钱，我就把钱立马还你。我现在离了婚，以后买房供小志上大学都靠我一个人，你和谢平的钱就再借姐一些日子，让我做做本金，怀玉，好不好？”

怀玉还能说什么，除了点头，她还能说什么？

她婆婆一声递一声地哭着，大姑小姑忙着去劝，两个亲生女儿在面前，怀玉上前根本插不进脚，她僵僵地坐了一会，刚好老人房里传来双双的哭声，大概是睡觉的时候被老人的哭声闹醒了，怀玉松了一口气，弹簧一样地起了身，健步如飞地进了老人房间哄孩子去了。

而怀玉的一颗心，却再也回不到从前了，心里起了风，而且是大风暴来临之前的飓风，简直飞沙走石。

她就像得知大灾难即将来临之前的人，一种要命的恐慌攫住了她，她非常害怕，未来就像漫漫的黑夜，简直没有任何光明和希望可言。

她害怕极了。大姑小姑都离了婚，那意味着什么？不但之前她给出去借出去的钱全部打了水漂，而且这房子也可能不再属于她，岌岌可危了。

她以前真傻啊，事实上，她就是被这套老房子给绑架了，这房子不是她的，自始至终都不是她的，公婆用一纸赠与合同绑架了她，而她居然糊里糊涂的，沾沾自喜的，哪怕后来出了许多事，仍然舍不得割肉离场。

她甚至为了换到这套大房子，傻傻地把两个人所有的积蓄都拿了出去，以为这样就能换回这套房子的归属权,现在才明白那是不可能的事情。

她感慨小姑子胡同思维,对沉没成本依依不舍,她叶怀玉何尝不是!

双双在她的怀抱里挥舞着小手,粘着汗水的小手撕扯着怀玉胸前的衣服,就像撕扯着她的心。怀玉一颗心乱极了,害怕极了。

等到双双再次睡下,怀玉便出了老人的房间,一家人还在那里说的说哭的哭,人仰马翻,怀玉没有心绪坐在旁边,她趁她们不注意,蹑手蹑脚回了自己房间。

关上自己房门,她便开始行动起来,翻箱倒柜,在那一瞬间,生怕那一纸赠予合同生了翅膀飞了。

她很快找到了合同,手里拿着那薄薄的两页纸,从上到下,反反复复看,而且合同几乎放在她的眼皮底下,距离挨得那么近,她好像要把它吃了。

这合同是真的。千真万确的,公婆当年把这房子以赠与的方式给了她和谢平,用来做他们小两口的婚房。

怀玉心里稍微安了安,她工作这么多年,对于很多常识还是懂的,最近几年房子很热,办公室的人平时谈论最多的也是房子,买房卖房期房二手房,还有网上的新闻,几乎每天都有关于房产的最新报道,所以怀玉也知道,如果要使赠与生效,最好的办法就是去公证,就是去过户。

以前一直拖着,总以为事情不会发展到这一步,一家人,毕竟是亲人,当年白纸黑字签了合同的,总不至于翻脸不认账,而且公婆又不乐意在他们生前就过户,这世上任何一个老人都不乐意,所以怀玉也没有真的想过去过户。

可是现在不行了,非马上过户不可,她现在和谢平没了钱,他们几年内或者说一辈子都买不起房(如果房子仍然这样疯狂地涨的话)。她只有这套老房子可以安身了,这是公婆赠与他们的,她必须尽快过户。

听说过户要交税,多少钱?

怀玉心焦起来,她打开电脑,马上上网,在网上搜索“广州赠与房子过户”。很快,她就搜索了结果,起初她不相信,反复搜了许多条。

最后无数条信息证明了一个铁打的事实,她傻眼了。

在广州,如果要把父母赠与的房子过户,要交总价1%到3%的契税,0.05%的印花税,此外还有工本费。

怀玉傻眼了,她在脑海里飞快地合计了一下,3%的契税,如果这房子总价是两百万，那么她就要交六万的契税，如果是1.5%，也是三万，但愿是1.5%。

赠与要过户居然要交这么重的税。

她衣服里好像有了一行一行的蚂蚁，在衣服里面，没有贴着肉，可就是浑身难受，她站起来，在房间里走来走去，最后想起一个律师朋友，给那朋友打了电话，朋友确认了她网上查到的信息属实，最后对她说道："赠与过户要交很重的契税，我建议你以买卖的方式过户比较好，这样可以避很多税。而且赠与过户，如果你以后想卖房的话，你要交很重的个人所得税，非常划不来。"

"如果一定要通过赠与过户，具体要交多少钱？"

律师朋友笑了笑，对她说道："办理赠与首先要公证，然后凭公证材料去办理过户手续，将产权变更到你名下，中间要交纳评估费，一百万元内为0.5%，按评估价交2%的公证费、3%的契税、0.05%的印花税及产权登记费用。不过赠与后无论何时再转让都要交纳20%的个人所得税，所以不宜赠与。不如用买卖，压低价格。"

怀玉一颗心直往下沉，挂了电话，脸上还在苦笑，她心想，赠与过户她只能偷偷进行，公婆要是知道了岂不炸了锅？走买卖这条路，不经过公婆允许可能吗？

怀玉苦笑着在床沿缓缓坐了下来，手上拿着的合同如今看来好似一张废纸，分量是那么轻，可又是那么重。她想着哪来的钱，她现在手上一万块都没有，赠与过户，恐怕要花掉将近十万块钱，当时以为十三万剧本钱会到手，还想着到郊外付个首付买套小房子，如今看来，才刚好够这老房子公证过户。

怀玉瞅着那合同，小小的字体仿佛一瞬间变成了一号黑体大字，刺着她的神经。最后她还是下了决心，那就是，无论如何，哪怕去借钱，也要尽快地把这房子过户到她和谢平的名下。

是，不告知公婆大姑小姑，很不地道，但是她也知道，如果告知了，公婆大姑小姑肯定会反对，这个结果就像秃子头顶的虱子，非常明显。

她不能不为谢平着想，为双双着想，为这个家着想，公婆当年把房子赠与他们了，他们现在过户，就算事后老人发觉，也说得过去吧。

怀玉已经决定这么干了，她打算和谢平商量一下，然后分头去找朋友和同事借钱，尽快过户成功，免得夜长梦多。

谁叫他们买不起房子，广州现在的房价，他们怎么买得起？

这时候，双双又哭了。怀玉跑过去，她决定自己带双双，自从小姑的两个双胞胎孩子也过来后,公婆就对双双很冷淡了,孩子总是得不到照顾。怀玉把这打算和老人说了,老人也乐得轻松。怀玉晚上便把孩子抱过来睡了,去幼儿园接孩子也是她自己去,双双前几天肯定不适应,不过时间久了也就习惯了,怀玉甚至后悔之前没有自己带,错过了孩子许多成长的瞬间。

谁动了我的房子

谢平晚上回到家。双双在她自己的小床上睡熟了。

怀玉对他微微笑着,眼神清亮。谢平看到她今天好像心情不错,便也跟着高兴,大步流星地走到她面前。怀玉担心他累了一天,便从坐着的椅子上站了起来,让谢平坐下。

谢平笑了笑,自己在椅子上坐了,却拉了怀玉的手,示意她在他的大腿上坐下来,房间里还有其他可坐的地方,椅子、床沿。

怀玉心里温暖,心想着这么多年,孩子都快三岁了,可他居然还像恋爱时那样对她,都老夫老妻了,他却宠溺她如初时,让她坐在他的大腿上。

以前刚结婚的时候,他们两个人坐在一把椅子上上网或者看电影,谢平总是一手抱着她的腰,她坐在老公的"肉凳子"上挪来挪去,谢平有时起了兴,就上下其手。

可今天有事情。怀玉笑了笑,说道:"我坐椅子吧,你工作了一天。"

谢平却不说话,一手揽过她的腰,抱她在自己腿上坐好,他也不说话,把头伏在怀玉的背上,闻着她肌肤上沐浴露的清香。

怀玉已经洗过澡了,穿着吊带的睡裙,全身的皮肤白得就像象牙,在橘红色的灯光下,绸缎一般光滑诱人,谢平将脸贴在上面,幸福盈满心间。

怀玉先是沉默着坐在那里,然后把事情在心里转了一圈,决定还是说出来,她握着谢平的手,出声道:"谢平,你姐也离婚了,你知道吗?"

谢平怔了怔,就像被小虫子咬了一口,他抬起头来,脸上吃惊极了,怀玉扭过头来,看他一眼,对他说道:"你姐今天回来看小志,和我们说的,她一早就和张大伟离了婚,只是一直没有告诉我们。"

谢平就失了神,然后两条浓眉皱了起来,想起他姐他妹,他一颗心就烦恼了。

怀玉看到他这样子,便从他腿上站了起来,倚在桌子边上,站在那里对他说道:"今天我看姐回来了,便向她提起那五万块钱的事,她就说她和张大伟离婚了。我钱也没要到。"

怀玉语气低低的,心绪也跟着有如乱麻。她想起白天的情形,只觉得可笑极了。原想着要回那属于他们的五万块钱,结果钱没要回来,却牵出了一个更可怕的真相。

谢平苦笑一下,说道:"我早跟你说过,要不回来的,你偏要开这个口,闹得两边不高兴。"

怀玉心里就好像刺了一下,她抬起头来,看了看谢平。谢平却仍然捉着她的手,一双大手充满了温柔,怀玉也知道他并不是护着他姐,便又有了勇气,想着该说的还是要说。

她笑了笑,低声道:"你姐说五万块暂时不能还我们了,因为她和张大伟离了婚,以后买房子供小志读大学,要靠她一个人,她在番禺学理发,很快就要出师了,她想在越秀租个门面,开一家理发店,我们的钱她想留着作本金。"

自从大姑搬回娘家之后,时间久了,怀玉在家里说话也习惯压低声音说话了。隔墙有耳,在大家庭生活,因为人太多了,所以小声说话,是一种安全的方式。

谢平站了起来,坐回到床上去了。他也不知怎么的,听着怀玉转述的话,他就没来由地觉得累,只觉得一个家如今变得越来越不像家,事情也越来越复杂。电视剧算什么,电视剧都没有他们家来得狗血。

谢平半坐在床上,一只脚搁在床上,另一只脚还踩着拖鞋,落在地板上。怀玉知道他可能心情不好,便走过去,坐在床沿,一只手搭在他赤裸的腿上,谢平腿上的毛多,平时怀玉放在上面,总是要笑话他的:"一身长满了刺!"

可是今天没心情。

怀玉继续说道:"谢平,有件事和你商量,我想和你一起,把这老房子过户到我们名下。"

她说完就低头等在那里,但是谢平没有说话。怀玉便继续说道:"这房子,我们结婚时,爸妈就赠与给我们了,现在过户也说得过去。"

谢平仍然没吭声。

怀玉等他的答复,久等不到,便抬起头看了他一眼。

谢平叹口气，坐了起来，和怀玉距离拉近了，他握着怀玉的一只手，对她说道："怀玉，我了解我爸妈我姐我妹，你的打算我也知道，可是他们不会同意过户的。"

怀玉笑了笑，说道："我知道，所以我们两个人偷偷去过户，怎么过户我都查好了，也找了我律师朋友，我知道怎么做。"

偷偷地？谢平眉头再次皱了起来，他摇了摇头，说道："怀玉，瞒得了一时瞒不了一世，总有一天，他们会发现我们私下过了户，那时候肯定会大闹起来，我担心你。"

怀玉知道谢平说的是真话，迟早会知道的，她说道："我不管，一纸赠与合同，如果不公证不过户，这房子就不是我们的，我现在过户，就是要得到法律上的保障。"

谢平对她说道："怀玉，我们真的过了户又怎么样，我姐和我妹住在家里，难道过了户我们能把她们扫地出门？她们现在两个人都离了婚，拖儿带女的，我们是亲姐弟，我做不到，我不同意过户。"

怀玉心里怔了一怔，可是她对谢平还是理解的，她解释道："谢平，我不是这意思，我过户不是要让她们走，谢平，我过户，只是不想今后的有一天，被她们赶走啊。"

怀玉轻轻地说到这里，眼里莫名地有了泪，熟悉的恐慌感再次攫住了她的心。

谢平怔了怔，他看向怀玉，脑海里电光石火间想起这一年多来的事情，自从姐姐回来后，一系列的鸡飞狗跳的事情。

谢平一颗心突然软化了，那一刻，他们夫妻挨得很近，简直融为一体，怀玉太可怜了，她是那么善良，那么没有安全感。他只恨自己没本事，如果能赚大钱买得起房子，他就到外面去买房子了，只是他没那本事。所以怀玉才会这么打算。

他握紧了妻子的手，对她说道："我误会你了，既然这样，我们明天就去过户吧。"

怀玉才笑了笑，把眼里涌出的泪花擦干净了，对谢平说道："要过户的话，我们首先要借钱，大概要十万左右。"

"这么贵？"谢平很吃惊，睁大了眼睛，脸上都是难以置信，怀玉苦笑道："是啊，不过总好过自己凑钱买房子，我们去公证过户，总比买房子现实，也许用不了十万。不过五六万肯定要的，赠与过户要交很重的税……"

她坐在那里，把房产赠与过户的程序向谢平说了。末了她说道："谢平，我们向朋友同事借钱去吧，尽快三天把钱借到手。"

谢平就点点头，想了想，觉得花十万块钱把房子过到他们名下，值得吗？爸妈会生气，姐和婷婷也会闹腾，怀玉说怕她们将她扫地出门，谢平想着怀玉是太没安全感了。

他最后对怀玉说道:“玉,真的值得这么做吗?你是我的老婆,这房子你也有份,只要你能同意和她们住在一起,这房子我们能一直住下去的。”

怀玉却苦笑了一下,坚定地摇摇头,对谢平说道:“老公,就这么办吧,我真的很担心,花几万块钱买个安心买个保障也值得的。”

谢平便不再说什么。

从第二天开始,两口子开始分头借钱。

怀玉还真没地方借钱,她娘家,每年多多少少她还要贴一点,所以娘家不再打算,同事呢,办公室同事之间最忌讳借钱,几百块钱还是小事,几万块钱,一般谁愿意借?

怀玉只能通过手机和网络向她小时的闺蜜和大学的死党借钱。

这一天晚上,她吃过晚饭做完家务,就回自己房间了,小志在卫生间洗澡,怀玉惦记着借钱的事,就开了手提电脑,打开了聊天工具,进了大学群,找她大学一个特别要好的朋友。她这个要好的朋友这些年因为老公做官高升发大财了,所以怀玉决定向她开口。

刚好她也在线,怀玉便向她借钱,同学说:“没问题。”因为当时感情真的特别好,大学毕业五年了,怀玉和她这个朋友一个广州一个北京,一南一北,一直没见过面,所以她开口借钱她这个同学就答应了。没问原因,也没问借多少。

怀玉很感动,虽然人家没问,她还是主动地对她解释道:“我向你借六万块钱,原因是我公婆赠与我的房子我想现在办理公证过户。”

她同学在社会上历练了几年,也懂得很多,便好奇地问道:“赠与过户听说要交很重的税,你等公婆百年后,就自动到你名下了,现在不用急啊。”

怀玉只好把大姑小姑先后离婚都住回娘家的事情说了,当然家丑不可外扬,她只是简要地说了一下自己的担心,并没有在背后说谢丽和谢婷婷的坏话。

这时候小志洗完澡出来了,怀玉想着一会谢平也要回来了,便和同学说了一声,手提电脑没关就去洗澡了。她和这个朋友平时难得聊一会,大家都习惯不联系了,但是没联系并不代表不想念,想着一会洗完澡再和她多聊一会,吐吐心中的苦闷,所以聊天软件开着,她拿了衣服去洗澡了。

也是合该生事,或者说这种事情,被发现也是迟早的事情。

怀玉洗澡的时候,浴室的灯突然黑了,她愣了一下,光着身子在黑暗中伸手反复按了几下开关,仍然黑漆漆的,热水器保温的绿灯黑了,她意识到停了电。

幸好热水是一早烧好的,所以只能瞎子一样摸着洗澡。

谢婷婷原本在自己房里上网的,两个孩子现在归爸妈带,她倒是省了不少的心,自己在那里用谢平给她的台式电脑上网看电影,她正看一个情色喜剧,里面与性有关的情节逗得她哈哈大笑,她最近心情不好,所以看电影都是看喜剧。

正看到精彩处,突然就停电了,一个人看着黑了的电脑屏幕发呆。坐了一会,没有来电。对于从小在城市里生活的人,习惯了天天有电的生活,突然断了电便觉得一切不适应,简直一刻也受不了。

谢婷婷不知道什么时候来电,她实在太无聊了,只要空下来,和左璠结婚离婚的事就涌上她心头,就像无数条虫子在咬,实在太痛苦,所以她决定去怀玉的房间找嫂子聊聊天。

经过卫生间时,听到里面有水声,走到怀玉房门口,怀玉因为今天心里有事,想着洗澡速战速决,所以房门没关,虚掩着的,谢婷婷一边叫嫂子一边推开房门,屋子里没人,她想着嫂子应该在洗澡。

怀玉房里也是黑压压的,只有手提电脑的蓝光还在亮着。她的电脑质量很好,停电了有自动电板,也可以继续上三四个小时的网。她的手提还开着,谢婷婷看到嫂子不在,又因为停电太无聊,就走进去,想用怀玉的手提继续看刚才那个没看完的喜剧电影。

一坐到电脑面前,发现她嫂子的聊天软件没关,一个对话框弹了出来:“你大姑小姑想要你们的房子?”谢婷婷呆了一下,那些字眼好像一把把小利箭,几乎把她的眼睛扎出血来,她像发现了一个惊天大秘密,屏气息声地把聊天记录全打开了,看到怀玉和她大学好友的对话,眼里几乎冒出烟来。

怀玉洗完澡出来,一边用毛巾擦着头一边趿拉着拖鞋快速走进来,房间的灯在瞬间也亮了起来,谢婷婷听到脚步声抬起头来,大眼死死地盯着怀玉。

手提电脑就在谢婷婷的大腿上面,怀玉在门口呆住了,脑子一时短路,一片茫然。谢婷婷冷冷一笑,对她说道:“没想到你是这样的人啊,我哥知道吗?他同意吗?这房子是我爸妈的,你居然招呼也不打,想偷偷过户,是不是过了户,就想把我和我姐赶出去?”

“婷婷,我不是这意思……”

怀玉想解释,谢婷婷已经抱着她的手提电脑站了起来,对她说道:“我告诉你,你这是做梦!我现在就给我爸和我妈看看,让他们知道你有多可恶!"

谢婷婷拿着电脑往外面走,这手提是怀玉的,她却把它当成罪证拿出去了。怀玉一时间也没有想到要回来,事情来得太突然,她傻了。

谢婷婷前脚刚走,怀玉才一个激灵醒了过来,她跟了过去。刚到公婆那边的门口,就听到谢婷婷暴风骤雨地控诉,有声有色地念着怀玉和同学的对话。

怀玉整个人就像钉在地上,她不敢进去了。

她缓缓地转身回到自己房间,双腿就像灌了铅,整个人无比沉重,双双被大人的吵架声吓着了,嚷着要妈妈抱。怀玉把孩子抱在怀里,给谢平打了一个电话,谢平大概太忙了,没接电话。也许他没听见,她只能哆嗦着手给他发了一条短信:"你们家知道我们要公证过户的事了。"

晚上谢平回来,根本没进自己的房间,长时间地待在他爸妈房里,怀玉隔着房门听着,好像那边吵起来了,公婆的声音一声比一声高,依稀听到:"你们想过户?我们不同意,你们现在去过户,我们马上收回赠与!"

怀玉苦笑起来,家庭大战居然这么快就展开了,以这样可笑的开场方式。未来是什么样,她不知道。她只觉自己现在置身于大海上,而暴风雨马上就要来了。

谢平很晚才进房间,一进来就对怀玉说道:"过户过不成了,我爸妈不同意。"怀玉早就料到这个结果,她想着她这次真是偷鸡不成反蚀一把米,不但没有达成心愿,反倒给公婆一个恶媳妇的印象,以后可以要当一个小偷一样时刻防着她了。

未来的生活怎么过啊?简直可怕极了。

又想着一结婚就赠与她的房子,如今自己也跟一个小偷一样,这本身不也是一件很可怜的事情吗?

怀玉不去想了,她和谢平也没说什么话,谢平好像也在外面被他爸妈妹妹骂得狗血淋头,心情也不好,也不想说话。两口子静默地各自睡下。

怀玉睡不着,她在黑暗中,大睁着眼睛,未来也像这黑夜,没有任何希望。

她唯一的一条路于今也葬送了,那么,如果想逃避这种混乱可怕的家庭生活,她只有自己努力赚钱买房了。

她不想这样过一辈子,一百多平方米的老房子,公婆、离异的大姑子和十多岁的外甥、离异的小姑子和两个双胞胎女儿,想着这样的生活她叶怀玉要过一辈子,她只差没疯掉,她肯定会疯掉的,在未来某个时刻。

小姑子以前还对她挺好的，未来谁知道呢？大姑谢丽的为人，她是早就领教过了，想着要和她同一个屋檐下住一辈子，简直比杀了她还痛苦。

这样的家庭生活是酷刑，是慢慢凌迟而死，她不想，也不能过这种生活一辈子。

怎么办？

怀玉痛苦地在床上翻身，买房吗？她哪里来的钱，事业不见起色，十多万积蓄，当年因为一个海市蜃楼的赠与合同，她舍不得割肉离场，全部打了水漂。

公婆大姑小姑说她人品不好，没有良心，精于算计，她想着这桩事上，到底是谁算计了谁，她已经输得一无所有了，到头来，她反倒变成了一个冷血的坏女人。

怀玉只觉得自己脚下没有路了，古代阮籍途穷而哭，怀玉现在也想号啕大哭一场。

第二天，怀玉出门上班，在房门那里看到公婆和小姑子，她打了一声招呼，他们没有理她。

晚上回到家，她如从前一样准备晚饭打扫家务，公婆小姑子也仍然板着一张脸，不过庆幸的是，对于她私自想把老房子公证过户的事，他们也没有再当着她的面对她进行口诛笔伐。

日子就这样一天一天过下去。带着压抑和绝望的心，怀玉越来越瘦，脸色越来越苍白，头发也大把大把地往下掉了。她不知道这样的生活何时是一个尽头。她想像从前一样，天天笑容满面，要是如今的家事，就像蛇一样覆满她的身体，噬咬着她每一处神经，她如何开心得起来？

谢丽从番禺师成归来，又住回了娘家，从妹妹那里得到了怀玉从前的小动作，对她也是见面不打招呼了。怀玉在寂静里，经常听到谢丽站在她背后，鼻子里发出冷哼声。

时间过去了一个月。

到了月底，又到了去银行交水电的时候，拿到水电单，怀玉傻眼了，五百块！她几乎不相信自己的眼睛，以前，他们一家三口，公婆两个人，不管怎么用电用水，最多两百块，如今一个月竟然用掉了五百块！

她一肚子气，原本应该当天去银行交水电费的，也没心情去了。一个人闷闷地回了家，把那水电单子放在书桌上，眼睛别过去不看，可是无意间看到了，便又是无尽头的火气。

晚上谢平回到家里，怀玉没说话，谢平笑道："怎么了？"怀玉站起来，拿起那张水电单，给谢平看了。

谢平也吃惊道:“这么多?”

怀玉说道:“我起初也不理解,后来去查了,没错,现在也想明白了,为什么这么多。以前我们只有五个人,我们一家加你爸妈,现在呢?我们一家是多少人?总共有四家人,爸妈、我们、你姐、你妹,家里一共有四个小孩,人多是一个原因,他们也不会节约啊,我看你妹妹那电脑一天二十四小时不关机。你姐洗澡一洗就是一个多小时,洗衣服那水龙头不关的,哗哗地往下面淌水,水电这样一想就合算了。”

谢平没有吭声,一颗心却像皱了的衣裳。

怀玉委屈道:“你爸妈、你姐你妹到现在还在为上次我想私自过户的事生我气,对我爱理不理,行啊,也不想我们为什么要急着过户,这样的日子我能过一辈子吗?这样的水电煤气,以后每个月这么多,都让我们两个人付,谁吃得消?不行!”

怀玉站了起来,对谢平认真说道:“谢平,我们一定要存钱自己买房子,既然他们不同意过户给我们,那么只能自己买房了,我也想通了,这水电煤气,既然你姐和你妹都住在娘家,我也不叫她们走,那么请她们分担这水电煤气吧,爸妈的我们出,分成三份,你姐一份,你妹一份,每个一百多,行吧?”

谢平把那张水电单子放回衣服口袋,没有吭声。

怀玉也只是心里委屈向谢平抱怨了几句,没想到第二天晚上,谢平回来吃晚饭,在吃饭的时候就提了出来。

他最近又开始上晚班了,五点吃晚饭,五点半去饭店上班,到晚上十一点回来。

谢平拿出水电单子,对一家人说道:“今天我去把钱交了,这次就算了,这水电也太多了,也不能老要我们付,我看以后分成三份吧,爸妈的我们付了,姐、婷婷,其他的你们各付一份。”

谢丽和谢婷婷抬起头来,先是互相看一眼,然后齐齐看向怀玉,视线刀子一样,现在不管做什么事,她们都认定是怀玉在背后唆使的,两姐妹因为一起离了婚,惺惺相惜,自然也情比金坚,一致对外。

谢丽淡淡说道:“亲姐弟几百块还计较?”

意思是谢平不会计较,计较的是怀玉。怀玉只当没听见。

谢丽说道:“谢平,你姐我现在还在外面找门面,现在本金都少了,哪有钱交水电费?”

谢婷婷看了谢平一眼,楚楚可怜地说道:“哥,我最近在找工作,现在工作不好找,我平时想吃几个水果都只能让爸去买，等我找到工作我再付行吗？”

老人听不下去了，两个女儿这么可怜，这儿媳妇还这么现实和计较，他们出来说话了，“谢平，这钱计较什么？你现在有工作，你姐和你妹现在没收入，你做兄弟的出一下怎么了？才几百块钱。”

谢平说道：“不是的，爸、妈，姐和婷婷以后都要住在家里，也不能一辈子都要我们出啊，我们出的钱不少了，工资又只那么一点。”

谢丽就讥讽道：“有钱给房子公证过户去交几万的税，如今几百块拿不出来啊？”

怀玉肩膀震了震，只觉得一个耳刮子狠狠打在了她的脸上。她起身回了房间。

一个人回到房里，靠着房门，回想着刚才听到的大姑姐的话，眼泪又怔怔落下来了。

谢平担心怀玉，也起身回了房间。

他们走后，一家人也无所谓，更加议论得肆无忌惮。

谢丽说道：“爸、妈，以前是你们心地太好，惯出来的毛病，我看啊，你们就错了，爸一点工资全部贴给他们了，还讨不了一个好，如今要她多出几百块水电，就像杀了她一样。哪能这样，我看，从下个月开始，你们就要她每个月出生活费！”

老太太也犯愁，看了老头子一眼，自从谢婷婷离了婚住回来后，他们家的生活的确是一天不如一天了，老伴的一点退休工资简直用不到月尾，她最近也因为这件事在发愁，几个月大的孩子是最需要花钱的时候，奶粉，还不是最好的进口奶粉，还有尿不湿，两个一模一样大小的孩子，她们对奶粉和尿布湿的消耗量，简直就像蚕宝宝吃桑叶一样，刚出去买一包尿不湿，往往一天工夫，第二天谢婷婷又嚷了：“妈，宝宝没尿不湿了，快去买。”

有一次，老太太去超市给外孙女买奶粉，她去了奶粉专柜，本想照着婷婷说的买进口奶粉的，拿起来一看，小小一铁桶，居然要三百块，老太太几乎晕过去，如果不是扶住那货架的话。

她买了一袋一百多块的回去了，到了家，谢婷婷发现不是原先的牌子，还责怪老人，小孩子因为吃惯了先前的奶粉，叫嚷着不肯吃别的牌子的。

现在多养了两个几个月大的孩子，买菜的钱都没有了。

谢丽这么一说，正合老人的意思，她也是这么打算的，这也是没办法的事，现在已经到了谢平和怀玉给生活费的时候了，理由嘛，还用说？他们这么多人，只有谢平和怀玉有正式工作,只有他们来钱,不找他们要,向谁要去?

所以第二天,一家人又在吃饭的时候,老人看了一下谢平和怀玉,就提了出来:"谢平,怀玉,我和你爸商量好了,以前家里人少,你们不出生活费也就算了。现在不一样了,你姐和你妹都住在家里,你爸那点退休工资根本不够,隔壁家的小张,他们每个月都交八百块给家里的,对面的李泽也是这样的。"

老太太举了无数小区邻居的例子,以此证明自己要钱的合理性。

怀玉和谢平傻眼了。回过神来,就是不满。特别是怀玉,简直气不打一处来。她知道大姑小姑住回来后,这生活不可能像以前两个人的二人世界,可是她也没想到会惨烈到如今的地步,她们现在步步紧逼,骗走了他们的大钱,如今连小钱也要算计了。简直太贪心,敲骨吸髓。

说句不厚道的,谢婷婷离婚还得了十万块,她自己孩子她舍不得拿出来,却要来她和谢平的钱?难道他们的钱就是大风刮来的?

谢平说道:"妈,八百块太多了,平时冰箱里没货了都是怀玉补的,我们现在工资也不高……"

怀玉没说话,她当然知道公婆为什么突然每个月开始要生活费,还八百块,因为给外孙女买奶粉买尿片钱不够啊。

怀玉说道:"爸,妈,小志来我们这里住之后,他的早餐钱作业本钱,都是我和谢平给的,我们也没说什么。"

她的意思是他们已经付出很多了,一直伸着手要的人应该适可而止。

婆婆说道:"总之,这生活费你们一定要给。这是应该的。"

怀玉就不再说话,谢平也不吭声了。

两个人回到房里,怀玉才说出话来:"突然要钱,还不是因为没钱给外孙买奶粉了?你妹也是,左家当时要这两个孩子,她偏要自己带着。自己带着自己出钱啊,她的十万块离婚的钱呢?"

外面老人也在责怪谢婷婷。

老太太说道:"当时就是你的错,人家要孩子你偏不肯给,现在带着两个拖油瓶,又离了婚。现在外面物价什么样,几桶奶粉都快超过你爸的退休工资了,你还两个,一个月光奶粉都要吓死人,我都替你犯愁,孩子你送回左家吧。"

谢丽也说道:"当时劝你不要冲动你偏不听,现在婚都离了,你还指望什么?以为左璠会看在孩子分上和你复合吗？这么大了还不懂事，这离了婚哪还有回头路，你以为是谈恋爱时赌气？我和妈看法一样，把孩子还给左家。”

谢婷婷怒了，伤心委屈，她的心被她姐一语道破，她站起来，怒道："就是不给。我自己饿死我也要养着她们。"

话说完就冲回了自己房间。她也不想动那十万块，那是和左璠最后的联系，一旦动用，一切就真的灰飞烟灭了，尽管事实上早就结束，可她在心理上却不肯承认，另外一个原因，这十万块是她的保命钱，是她最后的安全感所在。

谢丽摇了摇头，冲她背影喊道："你以后不嫁人？你带着两个女儿，我看有哪个男人愿意要你，瞎眼歪脖的都不敢要！"

"砰！"谢婷婷把门关得震天响。

谢丽笑，笑她妹听不进去，她最近心情不错，和杨老板感情越来越好，他都帮她一起找门面呢，所以她不和妹妹去计较。对于怀玉和谢平的争执，她还想着，不就是几百块水电吗，等我生意好了，给你们就是！真小气！

"怀玉，不要生气了。"谢平在房间哄着怀玉。

怀玉的眼泪又要泉水似地掉下来，她对谢平说道："不能这样过下去了，这样过下去，永无超脱之日。谢平，我们为你姐为你妹为你爸妈活了，这房子还不是我们的。"她的眼泪涌了出来。

谢平知道她说的是对的，可是他能怎么办？爹娘，姐妹，都是至亲。他又没能力到外面去买房。

这时候，怀玉手机却响了。她怔了怔，抹了一把泪，拿起来一看，却发现是靖主任打来的，知道是工作上的事情，立马接起来了。

那端传来主任笑呵呵的声音，对她说道："怀玉，明天和我还有张导一起去深圳看一下那位作者，我们和她聊一会，还是你做第一编剧！明天八点就出发，你晚上收拾收拾。"

怀玉笑起来，立马说："谢谢。"又激动地问道，"我要带什么吗？"

主任在那边愣了愣，笑道："不用不用，带点生活用品就行了，这次去就是想把作者的小说签下来。那是一个畅销书作者，听说那本小说卖得很好，投资方很看好影视剧。"怀玉就笑着说好，一颗心总算不那么难受了，她接完电话，对谢平说道："我明天要出差。"说完就开始收拾行李，谢平看到她笑了，也总算安了心，一边帮她收拾，一边对她说道:“什么事出差?”

怀玉笑着说了,事业好了,眼前就豁然开朗,人啊,都是没钱闹的,如果手头的钱像中国的人口那么多,她还会计较这老房子的产权,这几百块的水电费,这几百块的生活费?

她在心里说道:“不要怕,自己努力赚钱去,买房子,搬出去!远离这是非之地!”

谢平听到怀玉说完,也跟着高兴,又问同去的还有谁,男的女的,长得有他帅吗?怀玉知道他不放心,因为紧张她,便哈哈笑着,故意逗他玩。

外遇面前

第二天，怀玉就出差出去了。广州市离深圳很近，路上和主任以及张导说说笑笑的，很快就到了。

为了顺利签下那本畅销小说的影视版权，在等待作者见面的时间里，怀玉还去了深圳的书店，买了那本畅销小说，细细地把小说从头看到尾。主任和张导在一旁看了，还在笑她："怀玉这么认真啊。"

怀玉就笑了笑，说道："应该的。"

不到一会，那位女作者就到了，很年轻，长得也不错，不过可能因为太过年轻又写了畅销书所以有些倨傲。

他们剧组总共来了三个人，对方只来了她一个人，两边人约在一个咖啡馆，人到齐了，就聊了起来。

起初气氛还不错，女作者也愿意把小说的影视版权卖给他们，怀玉他们自然很高兴，但是到了后面，却起了争执。

女作者看了一眼怀玉，对靖主任说道："主任，我没其他条件，你们版权转让费出得低我也算了，但是做编剧是我的梦想，我要做编剧。"

怀玉就怔了怔，一颗心莫名地加速跳动起来，手心都微微出了汗。

靖主任微微笑了笑，对她说道："你小说写得不错，可是你没做过编剧啊，没有经验。"

女作者笑了笑，说道："我之前看过很多编剧的书，刘备请诸葛亮出山，诸葛亮不也没工作经验吗？"

主任笑了笑，对她说道："不是的，主要是你太年轻了，你小说里写女主角生了孩子当了妈妈，你结婚没有？”

女作家摇了摇头，说道没有。

靖主任就说道：“这就是了，怀玉编剧已经是两岁小孩的妈妈了，我们可以让你当编剧，但你不能当第一编剧，这次合作成功，可以长期合作呀。”

女作家就看一下怀玉，笑了笑，木着脸说道：“我没听说过她，靖主任，如果你让宁财神高满堂那样的当我这本小说的第一编剧，我抱着学艺的心，我可以不当第一编剧，但是她……我都没听过，她有什么成功的作品吗？”

怀玉呆了，顷刻之间，就好像别人拿刀在捅她，她眼前阵阵发黑，只恨不得找个地洞立马钻下去，她待不下去了，说句“对不起”起身站了起来。

那位女作家的话还在身后响起：“我只是说了实话，但愿没有伤到她脆弱的自尊心……”

怀玉快步走了出去，到了咖啡馆外面，眼泪才珠子一样落下来。

她真的不怪那位女作者，谁叫她年轻又有才气。她说的是实话，她的确没有特别出名的作品。这次投资方本也是小成本投入，所以导演编剧都请的不是大牌，据说演员请一个当红明星就算了。

她没有再进去，一直待在咖啡馆的外面，直到靖主任给她再打了电话，三个人碰了面，靖主任也没有安慰她，只是对她说道：“今天没有谈成功，要在深圳住一晚，明天继续谈。”

三个人去宾馆开了房间。领导没有责骂怀玉，可是这种沉默反倒比责骂更加让人压抑。怀玉心情很坏，晚上饭也吃不下，一个人走到外面去了。她走在深圳的街头，天刚刚变黑，远近亮起的霓虹灯，稀稀落落，就像鬼火。

整个黄昏的深圳街头，到处都发着黄，就像一张老照片。

怀玉在这样的街景里走着，一颗心更加难受，她想着那位女作家说得没错，她不怪人家，谁叫她比她年纪大了那么多，又还没她有名气，人家奚落她是理所当然的。

她又想着，人家小姑娘都成畅销书作家了，而她还只是一个毫无名气的小编剧。是她太懒还是资质不行？未来的路在何方？她当时凭着兴趣选择编剧作为她的事业，错了吗？也许她没有天赋，根本不适合这一行。

怀玉东想西想，想了很多。在这样的情境下，一颗心跌落谷底，简直针扎一样，她心中苦闷无人诉说，最后拿出手机给谢平打了一个电话。

“老婆……”手机里传来谢平温暖的声音，怀玉听到他的声音，再抬眼看看完全黑下来的夜色，眼泪不争气地就掉下来了，谢平在那端听到她吸鼻子的声音，知道她在哭，立马对她说道，“怎么了？出什么事了？”

谢平不问还好，一问，怀玉简直受不了，立马哭出声来。她从来都是这样，工作不开心和谢平说说就好了，年终奖拿了一个优，也是第一个告诉谢平，让他跟着她一起高兴。

她抽抽噎噎地把事情经过说了，末了她说道：“那作家奚落我，明天我都不敢再去面对她，老公，怎么办？我想回广州，也许我不适合当编剧。”

谢平反复安慰她，可怀玉就是听不进去，最后她看了看时间，对他说道：“不聊了，我回宾馆了。”

想着手机里安慰也起不了作用，索性不打电话了，至少还省点电话费。

一个人回到宾馆，想着事业不见起色，今天好像证明自己在这一行并无过人天赋，恐怕这一生也就这样了。在事业这一块绝望了，再想想家里的事情，绝望感简直铺天盖地而来。

怀玉心情沮丧到极点。

她没有洗澡，一个人躺在床上，在那里叹息流眼泪，后来居然睡觉了，身子绞着被子，睡得很难受，半梦半醒的。

直到手机铃声响了起来，把她闹醒了，她睁开眼一看，发现是谢平打来的，心中感动，想他终是不放心她，她接起电话，谢平的声音传过来：“你在深圳哪个宾馆？”怀玉吃惊地说了宾馆名字。谢平说道：“具体哪条路？还有房间号码多少？”

怀玉又说了，对他说道：“谢平，你不要过来，没事的。”

那边已经挂了电话，怀玉着急起来，想着多大点事，他还真打算跑过来，她打电话过去想叫他不要跑到深圳来，从广州到深圳也要几个小时呢。可是谢平的电话却一直没人接。

怀玉站在房间里，反复拨着谢平的号码，这时候门铃响了，她一边拨号码一边去开门，想着是宾馆的服务员。

打开门却傻眼了，谢平站在那里，高大的身躯堵着门，对她微微笑着，怀玉无比感动，含着泪扑到了老公的怀里。

谢平抱着她进了房间，一边关上房门一边对她说道：“多大点事啊，那女作家年轻人不懂事你也信她的话,你当编剧有没实力,投资方清楚还是她清楚?人家说了你就伤心了,你也太容易伤心了。”

怀玉因为谢平的到来感动得无以复加,已经不难过了,她在谢平怀里笑道:“那你还过来?”

谢平说道:“不是听你在哭嘛,不放心啊,幸好不是在北京出差,那么远,我想过来也过来不了。”

怀玉内心感动,想着多好的男人啊,爱她到极点,连她的事业都要顾及到,要支持她安慰她,在她需要他的时候,他总是以最快速度出现在她面前。

因为谢平的鼓舞,第二天,怀玉有勇气去面对了,那位女作家大概也觉得自己昨天太恃才傲物了,怀玉和她进行了详谈,讲到了编剧方面的技巧,因为谈话中展示了她很多过硬的编剧技巧,最后也让那小姑娘折服了。

事情最后进行得很顺利。

一行人回广州的时候,谢平就和他们一起回去,靖主任和张导看到谢平,奇怪地说道:“怀玉,你老公怎么来了?”怀玉就笑着把昨天的事情说了,张导笑道:“多好的经纪人啊,怀玉你以后红了,让你老公当经纪人吧。”

怀玉和谢平就相视而笑。

怀玉回到家,自然又是一摊子烂事,工作上的事,仍然是继续等,不到最后也不敢相信真的会成功。

谢婷婷自从离婚后,迅速地变成了第二个谢丽。她开始变得小气自私爱占小便宜。她节俭每一分钱,卫生巾自己从来不买,到怀玉房间里找她的,节俭到上怀玉那边的卫生间,小便都不冲水,怀玉有时候看着谢婷婷,她都无法相信,此时此刻的小姑子,和婚前的她,是不是同一个人。

然而,她有谢平的爱,所以再烦心,她也认了。谢平对她的爱,是她在这个家里,最大的爱和温暖。

生活在怀玉的隐忍中一天一天过下去了。

谢丽却出事了。

这一天,她像往常一样,和开着普桑的番禺杨老板在外面吃饭,正一边吃饭一边说笑,杨老板在桌子底下握着她的手。

他们现在是情人关系,谢丽等于是第二春了,她总想着杨老板迟早会向她求婚的。

她对此笃定不疑，他对她那么好，她想在越秀找个铺面，他放下番禺的厂子不闻不问，跟着她跑到越秀来，这些天，一直陪她辛苦着，这样的付出，不是爱是什么？

只是杨老板一直没有向她求婚，谢丽认为是他太过内向和木讷的缘故，时间久了他自然会开口，她不知道是另有隐情。

两个人正在那里吃饭，上了一个干锅鸡，下面用小火煨着，蓝色的火苗就像人的舌头，有滋有味地舔着锅底，锅里面的干锅鸡在那里“嗞嗞”响着，香味就像一条条小蛇，钻进她的鼻孔里，谢丽心情很不错。

找个有本事的男人是多么明智啊，她现在想来，只觉得她年轻的时候太傻了，才会嫁给张大伟那样的男人，和他结婚那么多年，平时根本没有钱去下馆子。到现在，几乎天天和杨老板在外面的酒店吃饭，她的生活上了一个档次，好像上帝给她另外开了一个窗，她才发现世界是这么大，原来有钱人是这样生活的。他们永远都不用为花钱痛苦，给钱的动作非常潇洒，可以随心所欲地用钱。

杨老板带她去商场买衣服，到超市采购，从来都是她喜欢什么，他就拿起来塞到她手里，不看标价，也不问服务员。在谢丽的眼里，这是多么有钱的人啊，她也渐渐明白，原来人可以过成这样。

从容、自信、随意、休闲，这才是她应该过的人生，而不是像从前一样，每一分钱都要算计着花，一个铜板恨不得掰成两半。

所以和张大伟离婚后的谢丽曾经一度过得很快乐。对于家里的老房子，她也没放在心上。

然而这一天，却出了事。

两个人正你侬我侬地聊着天吃着饭，一个肥胖的女人却坦克一样冲了进来，她径直冲到他们面前，先是瞪眼看了杨老板一眼，然后扭过头，手一伸，准确地扯过谢丽的头发，谢丽疼得从座位上站起来，身子被胖女人拉过去，胖女人就势按住她的头，就往墙上猛烈撞去。一下，两下，“砰砰砰”。

谢丽晕头转向，一边挣扎一边对她说道：“救命呀，你疯了，凭什么打我？”

胖女人一边打一边骂，“我凭什么打你，你这婊子不要脸，勾引我老公，骚货，我凭什么打你，还有脸问?!”

“你老公？”谢丽呆了，她用尽力气，朝对面的男人喊道，“你不是说你没结婚吗？”那个姓杨的已经不在了。

胖女人嘿嘿一笑:“这种话你也信?你也不是十七八了,做小三也老了,还被男人骗。”

拿她头撞墙还嫌不过瘾,看到饭桌上的菜就气不打一处来,胖女人冷笑了一声,端起一碗滚烫的煲菜朝着谢丽的脸就泼了过去。

“啊……”谢丽匆忙间只来得转个向,汤水仿佛烧红的铁水落在她的背上,她疼得只差没晕过去,整个人疯了一般,尖叫着夺路而逃。

谢丽的梅开二度,就这样收场了。以为找到一个真心爱自己的有钱有房子的男人,到最后才发现她是被骗了,她糊里糊涂地成了破坏别人家庭的第三者,被大老婆打了才知道。

谢丽面如死灰,接下来几天躲在家里不敢出门。她后来给姓杨的打了电话,他居然不接,也就证实了胖女人话的真实性。她想着去番禺找他,到现在才发现,在番禺的时候每次都是他来找她,在一起的时候都在宾馆开房间,她根本就不知道他住在番禺哪里。

谢丽傻眼了,这一次的打击几乎要了她的命。她也没有心情开什么美发店了,原想着姓杨的有钱会资助她开店,现在姓杨的黄鹤一去杳无踪,她的美发店自然也开不起来。怀玉的钱她也没想着还,人处在绝境的时候,还会好心到想着去还别人的钱?

谢丽又开始天天待在家里,过起了从前的生活。

谢丽灰头土脸回到娘家长住后,谢婷婷也带回了一个男人,在娘家她的闺房里同居起来。

没了左璠生活总要过下去,而且听说,忘记过去的感情,最好的方法就是重新开始一段恋爱,谢婷婷出去找工作,认识了赵杰。赵杰开始疯狂地追她,他的热烈追求温暖了伤痕累累的谢婷婷。

她对他说出了实情,她离了婚,带着两个双胞胎女儿,负担很重。赵杰说他并不介意,只要婷婷不在乎他是来广州的外地人就好了。

赵杰比左璠长得高大帅气,三十出头了,比左璠更懂得疼人。谢婷婷有点破罐子破摔,想着她这样了还指望什么。以前年轻的时候,想着凭年轻美貌要找一个有钱人家嫁了,最后顺心如意地找到了左家。

结果证明她连金子的边也没啃到,一桩婚姻让她十年怕井绳,嫁给有钱人家最后她还折了本,不如找个真心对自己的。

赵杰对她是真好啊，不但对她好，对她的两个双胞胎女儿也好，两个人认识后，几乎大宝小宝所有的奶粉尿不湿都是赵杰买的，而且他还给婷婷去商场买了衣服，谢婷婷自从离婚后，自己一直没买过衣服，没钱，如今收到赵杰的礼物，眼眶都热了。

后来两个人就在一起了，睡在一起后，第二天早上醒来，赵杰向她说出了实情：他是外地人，结过一次婚又离了，带着一个五岁大的男孩子，家里没什么钱，一切要靠自己。

不过他在一家外企做技术工程师。

那时候谢婷婷已经对赵杰有些感情了，她想着他都不计较她有两个女儿，难道她还计较他有一个儿子？

所以也没有说什么。

这样赵杰就带着他五岁的儿子也住到谢家来了。生活以一种更加荒诞的形式展现在人的面前，五个孩子，小志、双双、赵杰的儿子，还有两个快一岁的双胞胎。男孩子特别调皮，成天在家里就像野马一样，一间房一间房地窜进窜出。

怀玉每次回到家都惨不忍睹。她只觉得自己的神经绷到极限，所有的神经就像绷紧的琴弦，在幽暗里发出银色的亮光，只需轻轻一触，就"啪"地断了，这样的日子什么时候是个头？

怀玉现在找尽一切办法加班出差，只要能晚点回家，能远离家几天，她就能轻松几天。

她和谢平也慢慢起了一点争执。她想搬出去，租房子也好过在老房里受罪，谢平却不同意，至于理由，谢平说："既然你想存钱买房子，那么就不要出去租房子花钱。这样我们才可以早点买到房子。"

她想拿着赠与合同请大姑小姑滚蛋，谢平坚决反对，因为一个是他亲姐一个是亲妹，两个人都在走下坡路，简直就是躺在烂泥塘，永无翻身之日了，他怎能在这个时候落井下石，置她们于不顾？他没这么冷血。

怀玉和谢平吵了一架，第二天，刚好电视台要她去北京参加一个专家论证会议，怀玉就赌气去了，出差的时候也没有和谢平说。

到北京了，看到了一起参加会议的人，其中有一个男编剧叫南华的怀玉认识很多年了。南华四十出头了，长相普通，可是气质随和亲切，而且对人很细致体贴。他每次看到怀玉总是很高兴。

他们开会的时候,一屋子的男人,只有怀玉一个女的。他们几乎都抽烟,怀玉受不了烟味,喉咙难受,几次想咳出来,她拼命忍耐着,这时候南华看到了,就站起来打开了窗户,让外面的风灌进来,怀玉才感觉好受了一点,那时刻,对南华的体贴就充满了感激。

怀玉和南华很有共同语言,大概是在同一个圈子的缘故。

开完会,有几天休息时间,大家约好了一起去后海划船。怀玉和南华租了一条脚踏船,南华踏着船,怀玉就静静坐在那里。湖边游人如织,远远的有细细的音乐声传过来。他们慢慢地划到湖中心去。

两个人一边游玩一边说起各自的创作理念。湖面上的风徐徐吹过来,就像山间的泉水,让人心旷神怡。远离了广州,没有家事烦她,怀玉心情愉快。

南华一边踩着船一边笑着问道:"怀玉,作为编剧,写故事最重要是什么?"怀玉想了想,笑道:"我觉得,写故事最重要是里面的人物要有移情作用,同情可以不必有。同情就是演员好看美丽就行了。"她沉吟了一会笑着说道,"如果同情就可以了,那么任何一部电视剧请偶像明星来演就准能红,事实上不是这么一回事,只有移情让观众觉得电视里的角色像我,有了共鸣感,才能有好故事。"

"人人心中有,别人笔下无?"南华顿了顿,看着她,微微笑道,"怀玉,很高兴我们的创作理念是一样的。"

怀玉呆了一下,那一刻,什么话也说不出来。

结婚这么多年,许多同事朋友都在她耳朵面前好奇地问:"怀玉,你老公是厨子,你是编剧,你们有共同语言吗?"怀玉呆在那里,仿佛心中有根弦,多年未动,尘埃满积,如今却伸过来一只手,把它拨动了。这就是共同语言啊,那一刻,只感觉一颗心都通透了,水晶一般,被对面的男人看得清清楚楚,而他的心,在那一刻,她只要轻轻一眼,也能全部看透。

这就是共同语言,心有灵犀一点通的欢喜。没有高处不胜寒的寂寞感,没有曲高和寡的苦闷感。怀玉闷在那里,心中欢喜,却说不出话来。

这是多么大的不同啊。和谢平在一起的时候,她遇到写作瓶颈时,愁眉苦脸,谢平却以为她生病了,忙着给她量体温找药吃。她在家里看书的时候,谢平在一旁游玩电脑游戏。她曾经无数次感慨,心里有个地方,她的老公却永远到达到不了。

水面这时候静极了,水波轻轻荡漾,两个人都没有动,脚踏停在半空中,画船静静浮在水面上，似动非动。远远望过去，依然是茫茫无际的水面。天与地之间，仿佛只有他与她了。

南华轻轻说道："怀玉，这些年，我们大概一年只能见一次面吧，每次开论证会我都不想来，可是想着一来就会碰到你，我就来了。见到你的时候，你知道我最盼望的是什么吗？我最盼望刚见面的时候，大家都会握手，你和我也会握手。"

他们各属于事业单位，办事情也还是老派的作风，见面喜欢握手。

南华轻声说道："那是我唯一能接近你的机会。"

怀玉怔了怔，不敢相信又不得不相信。她没有看他，却感觉他在看着她。是，她也是喜欢他的，可是不能够。南华这样的年纪，孩子肯定都很大了，她不能破坏别人家庭，而她，有谢平，很爱她的老公。

发乎情止乎礼，这是最好的方式。

在海一样的深情和爱面前，共同语言又算得什么？结婚这么多年，他们一直没共同语言，可是一直过得很幸福。他那么爱她，宠溺着她，她又怎么能伤害他？

怀玉的心只是片刻的紊乱，就像檐前的风铃。风来了就摇摆起来，可是那风很快就过去了，她又恢复到平静。

她看了看对面的男子，微微笑了笑，对他说道："远点也好啊，我记得有人说过，花看半开，酒喝微醺，这才是人间境界。"

南华也就明白她的意思了，点点头，微微笑笑，没有再说什么。

怀玉是理智和善良的女子，她懂得惜福。她不是谢丽，谢丽是太过冲动的人，不现实却容易感情用事，年轻的时候因为感情她嫁给了张大伟，年纪大了到现在同样因为感情，她不珍惜张大伟，看不到他的长处，所以肆意伤害。她也不是谢婷婷，谢婷婷太过现实，现实到当年结婚要男方买婚房，婚后要在房产证上加名字，现在心灰意冷认清真相找了一个差不多的带着拖油瓶的外地男人姘居在一起不提再结婚的事。

怀玉讲感情，但是她不冲动，任何时刻，她都能清楚地看到那条线，她不会越雷池半步。怀玉也现实，但是她不过，在她的眼里，现实有一个更好的代替词，那就是"理智"。

三个女人，性格决定命运，对婚姻也是如此，对婚房也是如此，在外遇上面，因为各自的性格不同，处理方法也不同。

怀玉从北京回来，给谢平和双双带了许多北京的特产，果脯、全聚德的烤鸭、老北京布鞋、冰糖葫芦等。谢平来机场接她,怀玉看到他就扑了上去,分别了几天,之前的争吵化为乌有,小别胜新婚,两个人都充满了想念。

父母的房子该给谁？

谢婷婷在一家私人幼儿园上班了。刚刚听到的人，看到谢婷婷人才出众，肯定以为她是在幼儿园当幼师。事实上错了，现在幼儿园幼师要求很高，要科班出身的。谢婷婷的专业与此毫不相干，她在幼儿园食堂工作，给小朋友们烧饭。

当谢婷婷把这个消息告诉她爸妈的时候，老人好半天没有出声。谢婷婷低着头垂着脸，心情早就因为频繁的痛苦麻木了。

现在工作不好找，她不是没有尝试过去找写字楼白领的工作，可现在大学生实在太多了，听说博士硕士都找不到工作，更别提她这种三流大学出来的本科生。而且她结婚一年，辞了职在家安心做家庭主妇，与社会脱节整整一年，如今又是离婚人士，且带着两个拖油瓶孩子，到最后，只找到了这份工作。人活着总要吃饭，没办法。

到这个时候，谢婷婷才彻底明白她当时有多么幼稚，付出这么沉重的代价。她后悔没有听谢丽的话，对于女人来说，离婚就是一条不归路啊，特别是没有特长没有能力的女人，如果嫁到一个好男人，真的不能冲动。

她总以为和左家摆脱了干系，她总算会好受一点，生活却以另外一种残忍的方式出现在她的面前。自尊照样慢慢被凌迟，以前是被公婆被老公慢刀凌迟，如今却是被整个社会凌迟——更加痛苦。

谢婷婷简直就像变了一个人，她几乎成了哑巴，不爱说话，也不再说话。刚大学毕业时的俏模样不见了，如今的她，常年低着头进出，脸上总是灰败的，头发也是毛毛的，好像早晨太匆忙没有梳头，事实上是她没有心情收拾打扮，有时候衣服上沾了油垢，她也可以视而不见。大夏天，同一件衣服，她可以穿几天去上班。

她仍然年轻漂亮，可是她不珍惜了。漂亮有什么用？结果还不是被左家戏耍了一年,所以她弃之如敝屣。

她和她姐谢丽殊途同归,她们两个人的漂亮都是随身带的珠宝赝品,不但没有给她们带来财富和幸福,反倒成了麻烦和累赘。

谢婷婷对人生心灰意冷所以不爱说话,除此之外,还有一个原因,她现在的生活负担太大了。年纪轻轻,二十五岁不到,可是她已经是三个孩子的妈了,两个亲生的,一个男人带过来的。赵杰在外企工作,可他一个月的工资谢婷婷从不知道,反正不经过她的手,具体赚多少她也不知道。甚至他的工作单位她也不知道。

谢婷婷忙着工作去养活三个小孩。和赵杰没在一起之前,给两个双胞胎女儿买奶粉买尿片赵杰买得很殷勤,自从他住到谢家来之后,每次都要婷婷主动提起,他才会"哦"一声,答应之后又没有动。

这一天,这种事反复了太多次,积累了太久,谢婷婷劳累了一天回到家里,大宝小宝的奶粉又没了,她便对赵杰说道:"赵杰给孩子买奶粉去。"

赵杰还是像从前一样,没有动,对着电脑。

谢婷婷心里的火气就一点一点起来了,就像大火之前的小火苗,她按捺着性子走到赵杰面前,对他说道:"你听到没有?"

赵杰只得站了起来,却仍然没有动,笑了笑,对她说道:"婷婷,我没钱了,你给我钱我去给孩子买奶粉。"

谢婷婷就愣了,对他说道:"给孩子买奶粉你也向我要钱?你一个月的工资呢?你又没交我一分。"

"我的钱不是留着以后买房子嘛。"赵杰抬头看了看这老房子四周,对她笑道,"这房子我们又没分,你说是吧,总得为以后打算。"

谢婷婷说道:"我那么一点工资我哪来的钱?你去买吧,我以后还你。"

大宝小宝因为饿哭得震天响,谢婷婷听得有如刀割,赵杰却说道:"我刚好手头也没钱,这样吧,婷婷你向你爸妈要吧。"

谢婷婷猛地抬起头来,看向赵杰,对他说道:"你怎么像变了一个人?你不愿意拿钱出来对吧?刚在一起时,不每天掏得心甘情愿吗?"

赵杰冷笑了一下,对她说道:"婷婷,你讲点道理好不好,我爱的是你,我与你那两个孩子没任何关系,我是想和你在一起,我不是过来给你养孩子的。"

谢婷婷就怒了,好像被人烫了一下,她说道:"果然是不想出钱!"

赵杰想缓和气氛，对她温和了语气说道："婷婷，父母的房子女儿儿子都有份，我听你爸妈说，这房子当时赠与你哥了，太不公平了，你得向你爸妈要回你那三分之一的产权，这样我们不用存钱买房子了，大宝小宝想吃奶粉要多少有多少，好不好？和你爸妈去说说。"

谢婷婷冷笑起来，在那一刻，她用她一贯现实的眼光把赵杰看得通透，甚至因为她受了伤害，如今自卫式的现实过头，眼光有点像哈哈镜，在她的视线下，赵杰本来存的一点私心放大扭曲起来。所以在谢婷婷眼里，赵杰就变得非常的可恶。

"你图我房子？你图我房子？！"她问到他脸上去，下死劲地吐了赵杰一口唾沫，对他冷声道，"幸好我聪明，没傻到和你领证，你当我是傻子？呵呵，赵杰你听好了，这房子我会拿回来的，但也没你的份，我就算和你领证，我也会在婚前做财产公证，不要脸的外地人，娶个老婆就想得到房子，如意算盘真会打啊。"

赵杰在一旁听着，好像被谢婷婷左右开弓地打耳光，他冷笑道："你也不想想你自己，五十步笑百步，带着两个拖油瓶，却想着找个会赚钱的男人给你养孩子，天下有这种好事，你有这房子的产权我都不稀罕，更何况没有！"

谢婷婷受不了，压抑地怒吼一声，扑了下去，两个人扭打成一团，最后赵杰扇了她一耳光，把她打倒在地。

谢婷婷迅速地爬了起来，对他冷声道："赵杰，你听好了，你现在就给我滚，带着你的孩子马上滚出我家！我们完了。"

赵杰说道："你以为我还会留下来？谁稀罕，有房子你都找不到好男人，你还是带着你的两个拖油瓶过吧。"

他转身迅速地收拾行李，然后唤醒睡着的儿子，一阵风地走了，谢婷婷在他身后骂道："老娘会要回这房子的，要回了也没你份，想要我的房子，做梦！"

从此以后，谢婷婷变得更无声息，简直成了一个游魂。她像死去的人，只是灵魂还滞留在娘家。有时候她想着，那天晚上，和左璠吵架跑出来，她走在路上，是不是出了车祸死过一次了，只是她不知道罢了。

对于离异的女人来说，现在的生活，未来的生活，都像一个可怕的深渊，除了一个劲地往下沉，没有其他的路。

谢丽和张大伟离婚的时间也不短了。

和杨老板分开后，谢丽又认识了一个男的，不过那男的没有房子，虽然对她很好，可是她却不上心。

那男的几乎天天要给她打电话,到她娘家来找她,有一次,小志放学回到家,看到他妈妈和一个陌生男人在那里拉拉扯扯,小志已经十多岁了,因为家庭生活的不幸福,让他变得早熟。看到他母亲这样,他便冲了过去。

就像一个小猛兽,对那陌生男人说:“滚,不要缠着我妈!”那男人讪笑着看了小志一眼,然后灰溜溜地走了。

谢丽心中又幸福又伤感。幸福的是,儿子这么小就知道保护她,伤感的是,未来的生活怎么办?她没有房子,没有男人,没有经济来源,她如何抚养儿子长大。

小志眼睛红红地,视线就像刀子一样跟踪着那个男人,直到谢丽拉了他一下,对他说道:“儿子,我们回去吧。”小志不说话,谢丽拉着他的手往家里走。

在路上,小志先沉默着,然后开口了:“妈,你和爸到底怎么了?”谢丽怔了一怔,她和张大伟离婚的事她一直没有正儿八经地和儿子说过。她说不出话来,对于教育儿子,她除了信奉“不打不成器”之外,别无他法。小志继续说道:“为什么爸爸不和我们住在一起了?妈,我想爸爸。”张大伟虽然窝囊没本事,对儿子却是打心眼里疼的,平时没钱买不起玩具,自己折纸飞机做风车剪皮影给儿子玩,小志和他父亲感情一直不错。

谢丽仍然不知说什么,小志却小大人一样深深看她一眼,把一直埋藏在内心的疑虑说了出来:“妈,你是不是和爸爸离婚了?”

谢丽怔了一怔,想着早说晚说都要说,只得点点头,努力笑笑,说道:“是,儿子,妈妈和爸爸生活在一起总吵架,所以离婚了。”

小志的眼里有了泪花,他努力让自己不哭,对他母亲道:“妈,你为什么要和爸爸离婚?爸爸隔一个星期就来学校偷偷看我,我知道是你想和爸爸离婚,你为什么这么自私?你有没想过我,我不想你们分开。”

谢丽看着小志,泪珠在小志的眼眶里打转,可就是不落下来,谢丽不敢看儿子的眼睛,她低下头,轻声说道:“儿子,不是妈妈想和爸爸离婚,实在是没办法,你爸他太不上进了,他不会赚钱,你都这么大了,他都买不起房子。”

小志突然出声道:“房子就这么重要吗?房子比我的幸福、爸爸的幸福都重要吗?以前家里没有房子,我们住在外婆家,不也过得很好吗?”

谢丽怔了怔,她想道,是啊,房子就这么重要吗?儿子的话就像在她的内心敲了一记警钟,她想她当时冲动之下和张大伟离婚是不是错了?可是这只是一瞬间的事,小志太小了，只有十多岁，更何况，在天下所有做母亲的眼里，哪怕儿子四五十岁了，在她们眼里也仍然是孩子，所以谢丽并没有重视小志的说法。

她苦笑了一下，说道："小志，我们不能长期住在外婆家，这不是我们的家，我们住在外婆家和在外面租房子没区别。"

小志继续问道："为什么外婆家不是我们的家？"

谢丽就继续说道："因为你舅和你舅妈讨厌我们住在这里，我天天都想搬出去，如果你爸爸能赚大钱，我们就有自己的房子，我就不会被你舅和舅妈看不起。这老房子不是妈妈的，是你舅和你舅妈的，以后也不会是你的，是双双的。"

小志小小的一颗心，听着他母亲的话，自以为明白了。他眼前浮现出怀玉和谢平的样子，对于一直喜欢的舅妈舅舅，慢慢就有了不同的印象，甚至因为他自己父母离婚，开始恨上怀玉和谢平了，甚至认为，是怀玉和谢平拆散了他的父母，让他回不到从前，没有一个完整的家。

谢丽作为一个家长，太不称职了。可是事实上就是这样，她并没有认为对儿子说错了话，因为她心里就是这么想的。

晚上一家人在一起吃饭的时候，谢婷婷和谢丽都受了生活的种种刺激，离了婚，生活变得更加寸步难行，现实的残酷让她们对未来的生活也心灰意冷起来，两姐妹几乎是心照不宣地都想到了这老房子，都虎视眈眈地盯上了这房子的产权。

老头在厨房里做晚饭的时候，怀玉在自己房里，谢丽和谢婷婷坐在她父母这边的房子里，她母亲也在房里，手里拿着一块抹布做一些擦擦抹抹的工作。

谢婷婷先开的口："妈，这老房子我也有三分之一，我现在想拿回来，你们不能那么做，这房子不能全给哥。"

老太太身子震了震，她知道这是迟早的事，只是没想到这么早。

谢丽看到妹妹有了这个打算，自然就好像有人在给她喊加油，她笑了笑，说道："妈，这话我早就想说了，今天婷婷既然提了出来，我也索性说了，父母的房子不管是从法律上还是人情上来讲，做儿子做女儿的都有份。你当时和我说房子要转给他们的时候，我也无所谓，想着要给就给吧，能让弟弟婚姻不满，我计较什么。至于房子，我虽然没房子，我可以凭自己本事去赚。但是妈，我现在离了婚带着小志，快四十了，一辈子也就这样，我是不可能凭自己买得起房子了，这房子我也要三分之一的产权，我不想有一天被弟媳妇扫地出门。"

谢婷婷听到这里,带着几分欣喜看了她姐一眼,两姐妹只差没抱成一团,击掌为盟了,她们在互望里在顷刻之间结成了最牢固的同盟军,老太太这时候为难地说道:“当时我和你爸签了赠与合同,现在却说要收回来,不太好吧。”

这时候老头子走出来了,他早在厨房里听到两个女儿的说话声,知道如果这事一闹,这家里没法过日子了,他说道:“说什么话,怀玉又不是坏人,她让你们走了吗?真到了那天,我们再收回来,我和你妈又没死,有我们在,你们还怕没地方住?”

老太太一辈子都是老伴的应声虫,听到这里,也附和说道:“别说你爸现在没死,就是死了,她要是敢赶你们走,你爸也会一骨碌爬起来护着你们。”

老头子气得半死,恨老太婆不会说话,对她们叮嘱道:“这话不要当怀玉和谢平面前说起。”说完一个人又进厨房了。

谢丽和谢婷婷互相笑了一下,心里感觉安心了一些,也就没再说什么。

吃晚饭的时候,风平浪静。

发生事情是在晚饭之后。

因为明天是周末,小志没有回房做作业,在那里玩积木,用五颜六色的积木累房子。这些积木是怀玉买给双双的,谢丽和谢婷婷各自回房了,小孩玩小孩的。

小孩子就是这样,有人抢着玩才有意思。平时积木堆在那里,积满尘埃双双也不会去玩,如今看到小志玩了,她便也摇摇晃晃地跑过去,扑到小志身上,对他说道:“志哥哥,我的,我的!”

小志正专心致志地垒高楼大厦呢,那么高,多像现实中的摩天大厦啊,他没有理睬双双,双双看到小志不理她,生气了,小手一推,小志的摩天大楼倒了。

“哗”的一声,毁于一旦,小志火了,他大眼喷着火,看着双双。在顷刻间想起他妈妈的话:“如果你爸爸能赚大钱,我们就有自己的房子,我就不会被你舅和舅妈看不起,这老房子不是妈妈的,是你舅和你舅妈的,以后也不会是你的,是双双的。”

小志在那一刻大怒,他恨,恨面前的双双,是她让他不能和他的爸爸在一起,现在又来捣乱,双双还在那里说道:“是我的,是我的,不让你玩,你走!”

小志突然站了起来,把双双猛地一推,双双应声而倒,小志一脚踢了上去,双双“哇”的一声号啕大哭。

怀玉闻声从房间里十万火急地出来,看到宝贝女儿倒在地上,小志正怒目而视,还对着她拳打脚踢,怀玉只差没疯掉,冲过去,把小志一拉一推,小志摔到了墙上,小脑袋碰到了红木柜子上，他吓慌了，也“哇”的大声哭起来。

谢丽听到儿子哭声也疯子一样冲了出来，小志大声哭道：“妈，舅妈打我，她打我！”

怀玉正待抱起双双解释几句，谢丽已经杀了过来。怀玉刚抬头眼前就一黑，然后头上一阵剧痛，一把乌黑的头发被拽了下来，落在地下，就像一团团鬼影子。

她神经质地尖叫一声，脸上又是火辣辣的一记耳光，两个女人扭成一团。谢婷婷也出来了，看到她姐和小志受欺负，也冲了过来，护着她亲姐，三个女人打成一团。

三个女人各怀心事，各有龃龉，一直都是滚雪球一样在心里藏着，就等着爆发的这一天，如今终于等来了，自然各凭本事，只恨不得把对方撕成一块一块。

怀玉双拳难敌四手，她一个人怎么打得过两个人。眼睛分不开，全身都在疼，好像整个人在被五马分尸，她越来越没力气，她想着她要被打死了，她的意识微弱下去，只模糊里听到谢平的怒吼声，最后被拉扯着分开了。谢平抱着她，她的身子剧烈地抖着，像秋天的一片凋零的叶子。她嘴角流血，眼角破了，一脸的指甲印，手背上的皮也被撕下来一大块，鲜红的血滴子渗了出来。公婆站在谢丽和谢婷婷身边，怀玉披头散发冷眼看着他们，眼前一阵阵发黑。

谢平在她耳边轻声道：“没事了，没事了，什么事说清就好。”

谢丽在那里尖声叫喊：“妈，我亲眼看到的，她打我儿子，她打我儿子！”

怀玉在那一刻，再也受不了了。她再也不要忍受了。她们占她的房，骗她的钱，吃她的用她的，偷她的抢她的，污她秽她，踩她害她，她再也不要忍受了。

她要让她们看看，这房子到底是谁的?!

怀玉积蓄起所有力气，推开抱着她的谢平，闪电一样冲进自己房间，然后翻箱倒柜，颤抖着手找出那份赠与合同，她极快地看了看，又一阵风地冲出来。

她扬起手中的合同，尽量让自己平静下来，不要失态，然而声音还是不受她控制地尖锐起来，她哆嗦着手扬起手中的合同，对着她们道：“这房子是我的！赠与合同在我这里，白纸黑字，你们给我滚，现在就给我滚！”

尾声:各得其所

怀玉话音刚落,谢丽和谢婷婷就异口同声地哈哈大笑起来,怀玉听在耳朵里,只觉得她们笑得像狗叫。

谢丽尖声说道:“爸!妈!你们听到了吧,听到没有!她现在就叫我们滚,叫我们滚!”

她的声音就像剃刀片,薄薄的,刮着怀玉的骨头。

“你们还要把房子给他们,还要给吗?!你们不收回来,我现在就去死,反正活着也是受罪,过到这份上,什么都没了,以为有个娘家可以靠,现在被人赶!天啊,活着有什么意思……”

谢丽大哭起来。

怀玉手中的合同轻下去,轻下去,慢慢地,就像一片羽毛,轻如无物,然后就像一片雪花,怀玉傻傻地看着,真担心它马上就会化了,没了。

这样的赠与合同有什么用啊?房产证没有过户到她和谢平名下,这样的合同就是流水浮灯,没有任何实质意义。

公婆肯定会收回赠与了,怀玉原本愤怒之下想叫大姑小姑滚蛋,如今倒是把自己往屋外推了一把。

她站在悬崖边上了。

她眼前一阵阵发黑,脚上没了力气,天花板在头顶旋转起来,眼里有了无助绝望的泪,她有如木头一样硬挺挺地站着,正无助的时候,谢平抱住了她,带着她往他们房间里走。

在自家男人的温暖怀抱里,怀玉终于哭出声来:“谢平,我们该怎么办呀……”

谢平紧紧抱着她,反复安慰着她:“没事,没事。”

然而事情却来了。

小两口进房不到三分钟,门外就响起了怀玉婆婆的声音:“谢平,你出来一下。”怀玉怔了怔,抬起头,含着泪眼看向谢平。

老太太的声音再次响起:“谢平,你听到没有?”而且反复敲门,“笃笃笃”像尖锐的啄木鸟的嘴,可啄的不是木头,是怀玉的心。

怀玉只觉得她不是站在地面上,此时此刻,她站在浮沉的海面。她茫然,她害怕。

谢平也知道怀玉这个时候不好受,他隔着房门对老人道:“妈,明天行吗?现在天晚了。”

“你出来!”老人的声音暴怒起来,谢平只得站了起来,对怀玉轻声道:“我很快回来。”然后转过身不情不愿地出门去了。

怀玉一动不动地坐在那里,此时此刻,世界变得出奇的静,时间成了蜗牛的脚,变得出奇的慢,一分钟就像一世纪。

然而,谢平终于回来了,他低着头,好似一个牵线傀儡,他无力地说道:“怀玉,爸妈说,他们收回赠与合同,这房子分成三份,我姐我妹各一份,在他们生前,不能分房产。”

“那合同呢?”

怀玉有气无力地说。

谢平有点为难地看着她,最后还是说了出来:“爸妈拿过去了,我姐刚撕了。”

怀玉一直在房子里面,没有出去。对于家事,她这个外地媳妇一直没什么话语权,公婆通知收回赠与合同,都不知会她。怀玉有如掉到冰窖里。

那份赠与合同收不收回也无所谓,反正留在手里也是一纸空文,怀玉也就算了,她现在拼命地想摆脱这样的局面,如今也好,公婆这么一做,大姑小姑这么一闹,让她对老房子彻底断了念想。

她以前一直舍不得割肉离场,就像股市被套牢的人,如今彻底死了心也是好事情。

她是寒了心,一直被他们盘剥、欺负,到今天算是看穿了,两姐妹合起来打她的时候,公婆竟然没出来劝架。在公婆面前,她做媳妇的怎么能和亲生女儿比?

怀玉没有再说话,这是她一早就料知的结果,她早就知道会有这么一天。只是还是比她意料中早,太早了一点。

她现在无钱无势,身无分文。

家庭战争拉开了序幕,再回复到从前风平浪静的日子是不可能的。

谢婷婷完全变成了谢丽。当她坐在怀玉客厅一边吃瓜子一边看电视剧的时候,谁看到了都会说她是另一个谢丽。

她慢慢地也变了,变得自私、冷血、爱占小便宜、不讲卫生、不做家务。

怀玉又过上了大姑刚回来的生活,只是现在比从前更辛苦了一倍,是从前的两倍,因为大姑小姑都住回来了,都心灰意冷,愤世嫉俗,都变得刻薄,破罐子破摔。

谢婷婷比起谢丽变本加厉。来月事时,她不但偷拿怀玉的卫生巾,她还会在马桶的坐便器上留下斑斑的血迹子。她现在赚钱少,孩子的奶粉钱和尿布钱不够,她理直气壮地向谢平要。

现在,怀玉和谢平,除了每个月给公婆交八百生活费,包了全家的水电费,还要负担小志的学费生活费,两个双胞胎外甥女的奶粉钱和尿布钱。

因为公婆说了,房子现在是三姐弟的,他们活着的时候,谁也别想分房产。他们必须住到一起,同在一个屋檐下。

怀玉比起从前,更加没有了话语权。这个房子收回了赠与,更加说不上是她的了,就算有,她也只有谢平那三分之一份的二分之一。可是三家人,公婆、大姑、小姑,所有的生活费用却全要他们负担。

这样的生活过了不到两个月,怀玉就崩溃了。

她原本想当做陌生人隐忍到她找到房子租出去。但她实在受不了这种生活了,她无法忍受回到家,眼睁睁看着无数只手向她老公伸出来,理直气壮地要钱。

怀玉烦恼,在办公室也不开心,向同事说了,同一个办公室的老编剧大姐给她出了一个主意:"怀玉,既然你公婆都说了房子分成三份,你们也有三分之一,那把这老房子卖了吧,卖得的钱分成三份,你们拿着这钱去外面凑个首付,你反正在我们单位,我们这种单位工资不高,但是公积金还是不错的,你用公积金贷款买个房子,和你老公搬出去住,不好过你现在找房子到外面租房?"

怀玉有如醍醐灌顶,眼前一亮,下班匆匆回到家,心急如焚地等着谢平回来,然后把这打算向谢平说了。

谢平听完后,却没有像怀玉那么高兴,怀玉对他说道:"你反对?"

谢平苦笑了一下,对她说道:"玉,我没意思,但是我爸妈他们……"

怀玉对他说道:"你没意见就行,现在我们和他们去说,没试怎么知道,也许你姐你妹也愿意。”

谢平知道她现在的心境，一直都是风雨天气，所以也就没有再说什么，拉着她的手到了她爸妈那边的房间。

谢姑和谢婷婷原本在他们的客厅看电视，谢平和怀玉走过去的时候，两姐妹就抬起头来，目光如狐。

谢平在那边刚一开腔：“爸，妈，我和怀玉想了想，既然你说这房子分成三份，我们也没意见，家里人太多了，我们想把这老房子卖了，所得的钱分成三份，我们另外买房子搬出去。”

老人的脸沉了下去，特别是老太太的脸，简直皱成一团。

“我反对！”谢丽和谢婷婷冲了进来，看了怀玉和谢平一眼，嘿嘿笑了笑，谢丽说道：“谢平，这样的主意估计你也想不出来。你们这算盘可真会打，你知不知道现在外面的房价多高，我们把这房子卖了，你们有工作，可以贷款买到新房子，过二人世界，爸妈怎么办？我和婷婷怎么办？做人不要太自私。”

郊外的房子好，还是市中心的房子好？小房子好，还是大房子好？老老实实住现成房子好，还是辛苦还贷好？自己拼命谋生计好，还是吃现成的软饭好？

不言自明。傻子都会做出正确的选择。

谢平就苦笑着看了一眼怀玉，其实在没有说之前，他早就知道是这种结局了。怀玉也猛然惊醒，是啊，她太低估大姑小姑的智商了。无论如何，她们是不会同意卖房的，她们没有工作，银行不会给她们贷款，她们又不是傻子，孰好孰坏，自然一眼就清楚。她们吃尽了生活的苦头，不会相信任何人，一丝风险也不会冒的。

公婆也反对。

公公说道：“一家人住在一起互相有个照应不正好吗？年轻人就想着分开出去住。”公公的语气也是不满的。

老太太就更加不隐晦了，直接对谢平说道：“我还没死呢，你们想卖房，等我们死后再说，我们活一天，这种主意就不要想，谢平，你也老大不小了，要有自己的主张，不要一心疼老婆，你姐和你妹拖儿带女的，又没有工作，你把这老房子卖掉，你叫她们住到哪去？得到的钱买不回房子，你让她们抱着钱睡马路去？”

怀玉知道婆婆又在埋怨她，她也无所谓了，反正在婆婆心中，她已经罪恶滔天，多一笔少一笔也无所谓，她试图说道：“爸、妈，这房子现在市价大概两百万，卖掉了，姐和婷婷可以分六十多万，也许一次性能买到郊外的小房子。”

怀玉说这话时，谢丽和谢婷婷一边听着一边飞速地在脑海里换算了一下，思量着怀玉有没阴谋，她说的话有多少真实的成分。

就算真能得到六十多万，真的能买得起小房子吗？就算真的能买得起，装修的钱呢？小孩子读书的钱呢？奶粉钱呢？现在在娘家，吃饭有爸妈做，生活上的花费有谢平和怀玉他们供着，两姐妹心照不宣地换算了一遍，觉得风险太大。

如果同意了怀玉的建议，很可能最后得到一堆很快就要贬值的纸币却要睡马路去了。

“也许”这两个字刺着谢丽和谢婷婷的神经。她们已经怕够了，已经不相信她们能买得起房子，所以宁愿守着不做它想，所以怀玉这样说了，她们不相信。

谢婷婷尖声道：“嫂子，你打着什么算盘我们一清二楚，我没你那么坏，我还想着我爸妈，我不同意。”

这样，这个打算就流产了。因为公婆大姑小姑都反对。

生活又以原先的方式继续。

又过了半个月，到了月底，当一家人吃晚饭的时候，公婆提出要谢平和怀玉交下个月的生活费，八百块。谢平想说什么，怀玉却拉住了他，她已经在外面找到了房子，她打算带着双双和谢平搬出去住，她宁愿去外面当租客，也不愿意再被别人当傻子一样压榨了。她养不起这么多闲人。

之前怀玉一直在找房子，谢平也知道。怀玉拉着他的手，他自然知道她的意思，也没有说什么。

小夫妻的动作，婆婆自然看在眼里，心里就冷哼了一声，说道：“谢平，这生活费是应该给的。”

怀玉却冷冷笑了笑，她已经不打算侍候这变态不要脸的一家子了，她冷声说道：“妈，我和谢平打算带着双双搬出去住，房子我们已经找到了。”

公婆愣了一下，谢丽和谢婷婷也抬起了头。

公公叹了口气，把筷子一放，对他们说道：“怀玉，让你受委屈了，你想搬出去住就搬出去吧，只怪我没本事。”

怀玉没有说什么，她现在不想恨任何人，恨也要力气，她只想过自己清静的生活。

老太太却说道：“你们要搬出去也行，但是每个月八百块的生活费你们还是要给的。”

怀玉的怒火就上来了，她本来想在走之前不生气的，可是这些天来累积的委屈，如今因为婆婆的一句话再次井喷，她冷声道：“妈，这就没道理了，我们都不在这住了，凭什么要我们出生活费？”

婆婆就筷子一放，对她怒道：“我儿子养这么大，要他出点生活费怎么了？你有没良心？他姐和他妹现在都没什么钱，他不出生活费，我们一家人喝西北风去啊。”

怀玉怒到极点，不怒反笑，她笑道：“妈，这么久了，你现在终于肯说实话了，你拿我们的钱就是为了贴你两个女儿是不是？你现在终于肯承认了。”

老太太气得站了起来，指着怀玉，对谢平说道：“你也不管管？”

怀玉以前因为这套房子，在公婆面前，在大姑小姑面前一味地做小伏低，如今她受够了。可以搬出去了，自然无所顾忌。

她说道：“爸妈，这房子你们给不给我们也无所谓，总之，你们听好了，从此以后，我们不再负担谢丽和婷婷的生活。”

老太太气得头发晕，最后扶着餐桌说不出话来。

谢丽看到自己爸妈这么受委屈，心里愤怒，激动之下道出惊天真相：“这房子本来也没你们的份，谢平是孤儿，我爸妈捡来的，你说有没你们的份？”

这话一说出来，就好似一个晴天霹雳，大家都震惊了，谢丽也知道自己说错了话，公婆也呆了，一齐看向谢平。

怀玉也是第一次知道这个事情，她紧张地看向老公。谢平神情仓皇，手抬了抬，大家以为他想说话，他却极快地转身走了出去。

怀玉担心老公，立马家也不搬了，追了出去，可是谢平已经走得没了影。她只能一边匆匆往外走，一边给谢平打电话，谢平一直没有接。

怀玉从早上找到晚上，直到夜幕降临，华灯初上，她仍然没有找到。她回了一趟家，谢平不在，公婆在埋怨谢丽多嘴，怀玉在自己房里，一边照顾女儿一边听着，知道谢平是孤儿这件事是真的。

双双睡下后，她因为担心老公，又冲进了夜色中。后来也想明白了，是啊，公公一直在国企上班，国企员工哪能生三个孩子？谢平平时和公婆关系也僵僵的，他好像很不擅长亲近老人——毕竟不是亲生父母，想亲昵也不自然，这应该是原因所在。

她想着谢平伤心之后可能去单位了，就像她一样。所以她先是去谢平工作的饭店找了,谢平不在。她只得低着头回自己电视台的办公室。

走到办公室外面,低低地听着一声:“怀玉?”

她怔了怔,回过身来,却发现附近的花坛处坐着一个人,夜色有如泼墨,他坐在那里,单薄得就像一个剪影。然而,她认得他,在一起那么多年,一路走来,就算轮回转世,她也能一眼就认得。

“老公!”怀玉叫了谢平一声,快步走了过去,“你一直在这里?我找了你一天。”她走过去拉着他垂在水泥台子上的手。谢平看了看她,朝她无声地笑笑,他对她道:“我其实一直都知道。我被爸妈收养的时候已经懂事了,隔了那么多年,当时他们牵着我去办认领手续的情景我都还记得,就像昨天发生的事,一切历历在目。”

怀玉突然听得鼻酸,在那一刻,对于谢平,她突然充满了心疼。

谢平低低说下去,“怀玉,其实你才是我最亲的人,你爱我,给了我家,给我生了孩子。我亲生爸妈不爱我,他们真要爱我,也不会把我丢掉,我现在的爸妈,他们真爱我,应该也不会到今天……怀玉,只有你……”

谢平脸上仍然带着微微的笑,可是那笑容却像洗涤伤口的细流,怀玉突然伸出手,抱住了谢平,谢平像一个孩子,将脑袋埋在她的怀抱里。

怀玉说道:“没事,你有我,我们到外面租房子去住,以后一定能买房子的。”这个时候,怀玉的手机却响了,她拿出来一看,是靖主任打来的电话,怀玉接起来,主任告诉她她先前写的剧本还是决定开拍,要她明天签合同。

怀玉也将信将疑,没有当真。不过第二天,她真的签了编剧合同,合同刚签就拿到了几万块定金,然后几个月后,影视剧开拍之后,她就一次性拿到了余下的钱。

手头有了钱,怀玉和谢平就决定买房了,十三万作首付不够,正想着到哪借钱的时候,她的大学好友却打电话过来:“上次你说借钱公证过户,后来怎么没听你提了,这六万块你还要不要?”怀玉立马说道:“要,要,不过我借来不是过户,我是买房子。”

她笑了起来,脸上顷刻间有了阳光,她十分喜气地告诉了同学经过,末了她说道:“那老房子不要了,我和老公自己买房去。”

谢平也找朋友借了一些钱,凑了二十五万。他们在广州郊区买了一套小小的二手房,贷了四十万,分十年还清,每个月还四千的样子。怀玉的事业好起来,这个电视剧还在拍,手头刚写的一个剧本又有制片方买了。所以对于房贷,两个人一起努力,倒没什么压力。

怀玉现在过得不错，有时候想想，从前的生活，简直噩梦一般。

她一直是一个很善良的人，到最后，因为自己一家的生活芝麻开花节节高了，想起从前的事情，对于不给公婆生活费的事情，她甚至觉得自己做得过分了，大姑小姑过得不好，每个月适当给一点生活费也是应该的，所以买房后，虽然每个月要还房贷，她也仍然叫谢平每个月送五百块钱过去给老人。

只是之前吵成那样，怀玉伤透了心，也没有再去过越秀区的老房子那边。

他们小夫妻买房半年后，在一天周末，公婆却亲自登门了。那天双双在家里给谢平唱歌，双双这孩子真是冰雪聪明，幼儿园给小朋友教了一首歌："我的好妈妈，下班回到家，辛苦了一天，妈妈辛苦呀。"双双不但唱给怀玉听了，还会唱给谢平听，而且小小年纪，居然无师自通地改了歌词："我的好爸爸，下班回到家，辛苦了一天，爸爸辛苦呀。"

谢平听得哈哈大笑，幸福得不知所以，抱着女儿又是亲又是搂的。

怀玉在一旁看着，甜蜜盈满心间。

公婆就是在这样的欢声笑语里登门的。

越秀区的老房子拆迁了，政府给他们家在郊外赔了三套小房子，另外还赔了一些钱，刚好谢丽和谢婷婷各一套，两老人要了一套小的，两个老人想了想，没有给谢平他们房子，所以把赔的钱给了他们，总共是六十万。

说完事情后，婆婆说道："谢平，你虽然不是我们亲生的，爸和妈其实把你当亲生儿子待的，如果不是这样，你结婚的时候我们也不会把房子赠与你们，只是手心手背都是肉，你姐和你妹后来太可怜，爸妈十指连心，十根指头根根都疼啊，之前是我们过分了，谢平，怀玉，请你们原谅爸妈。"

这是怀玉之前没有想到的。她现在过得很幸福，所以之前的不快也就不计较了，谢平现在和怀玉一样的心境，点头说道："爸、妈，以前是我不对，做儿女我没有姐和婷婷做得好，你们对我挺好的，我不怪你。"

一家人总算是和好了。

最后公婆无论如何要把六十万给谢平他们，怀玉拿了四十万，刚好给银行还一部分房贷，余下二十万给老人养老。

公婆才舒心地离开了。

谢丽分到房子后不久，张大伟偷偷来家看小志，谢丽回家撞到了。小志一手拉着张大伟一手拉着谢丽,对她说道:“妈,我们都有房子了,你和爸爸复婚吧。这世上没有比爸爸更爱你的男人了。”

谢丽心头一热,往事仿如回流的河水,全部到她心头,她看向张大伟,张大伟也紧张地看着她,小志说道:“我同学爸爸妈妈都在一起,我不想你们分开。”

小志看谢丽没吭声,继续说道:“妈,你当时和爸爸离婚,是因为我们家没房子,现在不是有房子吗?那还离婚做什么,马上复婚。”

张大伟也说道:“丽子,请你原谅我。”

谢丽还能说什么,她含着泪点了点头。离婚后被已婚男人骗,被别人老婆打,生活上受了那么多委屈,只有失去后才会珍惜,到现在,她才知道张大伟的好。以前房子迷住了她的眼睛,让她看不到他的深情。现在儿子都说了,是啊,儿子说得多好,现在房子都有了,还离什么婚?

易寻无价宝,难得有情郎。

两个人下午就去民政局复婚了。

怀玉公婆听到谢丽和张大伟复婚也很高兴,他们现在唯一担心的就是婷婷。

谢婷婷有一天在街上碰到了左璠,左璠刚好从他的车里出来,银灰色的荣威停在他的身边。两个人隔着一定的距离互望着,隔了悲伤和往事的河流,左璠的脸上带着微微的笑,谢婷婷正想走过去,一个女人却从左璠的车里钻出来,手挽上了左璠的胳膊。

她长得不如她美,却十分秀气,气质极佳,甚至和许佳仪有几分相像,谢婷婷意识到什么,然而她却不愿意承认。

谢婷婷就过不去了,就像她的过去,在离婚后的无数日子里,总是过不去。她的两只脚仿佛粘在了地上,左璠却挽着女子的手走了过来,对婷婷介绍道:“这是我太太。”

果然,他已经再婚了。

两个人的实际距离因为左璠走过来原本近了,可是听到这句话后,谢婷婷却觉得她被人拉远,和左璠有了天遥地迥的距离。

谢婷婷脸上微微笑,内心却是静静的悲伤,她没有说话,因为她不知说什么。左璠打破沉寂:“你现在还过得好吗?”

谢婷婷点头说:“好,我们家老房子拆了,我分到了一套房子。”

她笑了笑,现在她有房子,可是当左璠站在她的面前,微笑着问她过得好不好的时候，她突然明白过来，在真爱面前，房子算得了什么？她的爱，她的幸福，都被房子毁了。她现在有了房子，可是爱的人却没了。

她当时太傻了，太现实了。这就是为人现实的报应啊。如果重来一次，她一定不会这样做，可是人生没有重新洗牌的机会，爱情是，婚姻也是。

两个人便没有再说什么，互相点了头，道了再见，然后各自擦肩而过，消失在茫茫人海。

晚上，谢婷婷回到家里，她一间房一间房地走来走去，手指沿着墙壁划着，这房子如今多空啊，就像她的心。

左璠的电话却打了进来，谢婷婷接起来，左璠说道："婷婷，我和我爸妈说了，2009和2010你能不能交给我们带，我爸妈会真心疼她们的，你一个女人带着两个女儿不容易……"

谢婷婷耳朵里嗡嗡地响，她听到2009和2010的时候，视线已经被泪水模糊，左璠当时给双胞胎女儿取名的情景又浮现在她眼前。他说"纪念我们相爱和结婚的年份"。

末了，左璠在电话里说道："你在听吗？婷婷，你同不同意？婷婷……"

他一如从前温柔深情地叫她婷婷，然而谢婷婷知道那是她的错觉。她抹了抹眼泪，说道："好，我同意。"

人生没有后悔药，生活总要过下去。

第二天，左家就接走了两个宝贝，许佳仪看了看谢婷婷，对她说道："你要是想孩子，随时可以来看。"

谢婷婷没吭声，点了点头。许佳仪顿了顿，对她道："我新儿媳妇，我们也没在房产证上写她的名字。"谢婷婷微微笑了笑，许佳仪便没有再说什么，坐进车内，开着车走了。

不久后，谢婷婷没了两个拖油瓶，又顺利地恋爱了，对象是广州本地人，没有左家有钱，但是对婷婷不错。谢婷婷错过了一次真爱，不想再错过一次了。

谢家老人也变得安心了，老太太现在唯一着急的是，谢婷婷的男朋友会不会是看上了写着婷婷名字的房子，后来想了想又释然了，小女儿那么现实的一个人，为了房子曾经失去一切，房子比她的命还重要，试问有哪个男人敢打她房子的主意？

老太太放心了，晚年开始真正地舒心安逸起来。

有一天，谢婷婷给谢丽打了一个电话，两姐妹相约着一起去了怀玉家，正式向她承认了从前的错误,向她说对不起。怀玉现在事业正好,忙不过来,天天快乐得胸膛里都要开出花来,自然不会计较,姑嫂总算冰释前嫌了。

♥ ♥ ♥ 读者评论精选 ♥ ♥ ♥

这个故事之所以引起这么多人的关注，是因为故事抓住了当下最热门的两个话题：房子和婆媳关系。因为小说贴近生活，所以才能引起这么多人的共鸣，才会有人计较故事的真实性。

♥ Amy0729

终于追上了，好文章该顶。啥时候有编剧能看到这文章，拍成电视。我觉得里面的人都是当今社会的缩影，有小市民、房奴、啃老族、工薪阶层、婆媳，每一条线索都刺激着我们的神经。真的是很好的作品，人物刻画非常细腻，连怀玉那小两口亲昵的语言都很细腻地表达出来了，很好地体现了怀玉和谢平的恩爱。

♥ 魔卡小希

很现实，很好看。这篇文章大家可能都会发现自己的身影。

♥ 登步黄金瓜

如今这年头，房子可是一大笔钱啊。老人把房子给了儿子，那两个女儿呢？有没有同等价值的财产呢？如果没有，那也有失公平啊！

基本上现在城市里的家庭，儿子和女儿都是同等重要的了，基本上财产都是要平分的。

♥ 我爱看故事

这个房子虽然转让给了小两口，但于情于理，还是公婆的房子吧。

未出嫁的小姑子住父母家，是天经地义吧，和她的人品无关，她绝对有这个权利。

♥长笛倚楼

其实对怀玉和谢平两个人来说，真的很幸福了。婚姻忌讳的就是源源不断地掺和进更多的人来。面对双方的家庭，真的需要两个智者同心协力，希望最后怀玉有个美好的结局。

♥小福·苗苗

社会是个大染缸，把良知、善良、底线、感情、物质都染成了一个颜色。

房子，不仅仅是导火索，有时候真的是炸弹了。

♥蓝心独舞

楼主写得很好，非常真实，文笔也好！加油更新呀，昨天晚上一口气看完，现在又来跟贴了！

♥喜羊喜羊羊

看得出来，怀玉的老公真的很爱她。在这个物质的社会，有这么爱自己的老公，真的很幸福。说真的，希望最后不要因为家庭的矛盾，演变成夫妻的矛盾，毕竟，他们是真心相爱的。

♥乱世佳皮

左家有点过分，那么大户人家，就给为他家生孩子的女人一套房又能怎么样？何况还是安心和他们儿子过日子的媳妇。

♥梨花大人

爱情是浪漫的，生活是实在的，贫也罢，富也罢，做人是最重要的。多点爱心，多点宽容，也就少些争斗，少些麻烦。

♥云中飞燕2009

我觉得不应该到了现在才讨论房子的事，当初要娶媳妇的时候，都干什么去了？那时候为了把媳妇娶回来，只是给了套大房子，难道就要人家一辈子给他们做牛做马？当时他们给房子也是自愿的，现在人家要过自己的日子，自己做主，他们不应该多管闲事。找事的时候还是应该多多检讨自己，看不到自己的缺点，总是挑别人毛病的人，迟早也会得到报应的。

♥ nala2010

到底是谁把房子推到如此高的位置,没有房子的婚姻就活不下去了?

♥ 丹 830129

谢丽是个疯子,谢平确实是个好男人。

♥ 笨乖

忍不住浮上来了,太精彩了!唉!我家那边也是亲戚一大堆,昨天跟老公说了以后和婆婆、大姑、小姑会有矛盾的,他还不信!

♥ seasonhm

真好看!什么叫做嫁到我们家来赚的钱就是我们家的,这是什么破逻辑?这一家子口口声声说媳妇外地人以表明自己的优越感,其实他们也就是住在城里的穷人,不仅经济能力低,个人修养也高不到哪里去。何况他们也是从浙江迁到广州去的,算不得土著。都是高涨的房价闹的,以为自己有多富。自己有房子住的,并且没有能力再买新房的人,房子标价再高也不关他们的事。

♥ 经常看帖偶尔回复

女儿也有继承权的,房子如果值一百万,谢平和老人住,再给姐姐和妹妹每人 20 万,请她们出门,这样姐妹俩也没话说。

♥ wyyfine

看看怀玉的婆婆,心疼自己的女儿,愿意救济女儿是她自己的事,非得把别人拉进来一块付出。谢丽又不是怀玉生的,凭什么那么理直气壮的呀?在外面讨饭还得求人家呢,不管给多少都得说谢谢吧?

♥ 凌雪冰妃

现在每天都来跟这个贴子,贴近生活的情感文章我最喜欢看了。想来楼主对谢家二小姐对象的家庭作此一番深铺垫,结局肯定是黄了。想一下门不当户不对的,简单说男方看上女的貌,可这么一个大家庭老在图男方家的财,男方能顺心吗?现在到处都是美女,任何一个男的都不想找上这样的一家人。

♥幸福的尾巴草

如果我也有个像谢平那样的老公就满足了,一个死心塌地地疼自己的老公,唉,或许只有小说里才有吧?

♥miss 寿司

谢平这样的男人挺常见的,没结婚的时候跟谁都不近,结了婚就把老婆当最近的人,尤其是这么辛苦才追到手的。就算有孩子了,也是老婆第一。因为怀玉才是实在归他所有,或者他希望她永远是他的,他一个人的。

♥蓝心独舞

晕,其实我挺为谢婷婷不平的,她只是一个大孩子。有人居然说她是奸角。现实一点难道就是坏人了,再说她也没做什么大不了的坏事啊?只是被老妈宠坏而已。

♥振清

楼主啊,真的羡慕怀玉的幸福,我如果有一个这样疼爱我的老公,再累也感觉是幸福的,期盼更新。

♥紫 vs 媚

通过自己对生活的体验以及看身边朋友们的故事,我发现女人不自立真的不行。中国的法律逼迫女人越来越自立,男人们也在逼迫我们自立。所以女人们,醒醒吧,还是靠自己才能靠得住,把希望寄托在男人身上是虚无缥缈的。

♥噜噜眼泪